Siempre tuyo

Abby Jimenez es una autora superventas cuyos libros han figurado en las listas de best sellers de *USA Today* y *The New York Times*. Fundó Nadia Cakes en la cocina de su casa en 2007 y, desde entonces, ha ganado numerosos concursos de Food Network y acumulado multitud de seguidores internacionales.

A Abby le encantan las buenas novelas románticas, el café, los perritos y no salir de casa.

Síguela en redes:

authorabbyjimenez

AuthorAbbyJim

www.authorabbyjimenez.com

Siempre tuyo

Abby Jimenez

Traducción de Ana Isabel Domínguez Palomo
y M.ª del Mar Rodríguez Barrena

rocabolsillo

Penguin
Random House
Grupo Editorial

Título original: *Yours Truly*

Primera edición en Rocabolsillo: marzo de 2025
Segunda reimpresión: noviembre de 2025

© 2023, Abby Jimenez
© 2024, 2025, Roca Editorial de Libros, S.L.U.
Travessera de Gràcia, 47-49. 08021 Barcelona
Edición publicada por acuerdo con Grand Central Publishing,
una división de Hachette Book Group Inc., EE. UU.
© 2024, Ana Isabel Domínguez Palomo
y M.ª del Mar Rodríguez Barrena, por la traducción
Diseño de la cubierta: Adaptación de la cubierta original de Sarah Congdon

Printed in Spain – Impreso en España

ISBN: 978-84-10197-25-1
Depósito legal: B-1.425-2025

Compuesto en Mirakel Studio, S. L. U.
Impreso en QP Print
Molins de Rei (Barcelona)

RB 9 7 2 5 1

Aviso de contenido

Le tengo un cariño especial a este libro por muchas razones, pero antes de que te sumerjas en él quiero avisarte de algunos de los temas que trata, como el engaño sentimental que sufrió la protagonista, el recuerdo de un embarazo que no llegó a término, una mención al suicidio y un personaje que padece un trastorno de ansiedad. Sin embargo, y pese a estos temas serios, los lectores hallarán en estas páginas risas y un final feliz para todo el mundo. Puedes encontrar más información sobre el contenido en mi página de Goodreads. Muchas gracias por leerme y espero que disfrutes del libro.

Saludos,

Abby

*A mi maravilloso marido, Carlos,
que me ha cuidado en los momentos más duros.
Gracias por serme inofensivo*

1

Briana

ℒo llaman «doctor Muerte».

Jocelyn me miraba con gesto dramático desde el otro lado del mostrador del control de enfermería, donde yo estaba sentada frente al ordenador de las historias clínicas, registrando a mis pacientes.

La miré por encima de la pantalla y puse los ojos en blanco.

—Dale un respiro —dije sin dejar de teclear—. Lleva aquí once horas. Es su primer día.

—Pues justo por eso —susurró—. Tiene una tasa de mortalidad del cien por cien.

Resoplé, pero no volví a levantar la mirada.

—No puedes llamarlo así. Solo nos faltaba que los pacientes oigan a las enfermeras cuchichear sobre un tal doctor Muerte.

—¿Podemos llamarlo doctor Eme?

—No.

—¿Por qué?

—Porque doctor Eme suena a un supervillano.

Jocelyn resopló.

—Vale, pero ahora en serio. Alguien debería investigar el tema. ¿Seis pacientes muertos?

Miré la hora en mi reloj.

—Trabajamos en Urgencias, Jocelyn. Tampoco es tan raro.

—¿No se supone que eres la jefa del servicio? ¿No es tu trabajo investigar cosas como esta?

Acabé de teclear y la miré.

—El doctor Gibson todavía no se ha jubilado y la junta no ha elegido aún a su sustituto, así que no, no es mi trabajo.

—Pero lo será, porque vas a conseguirlo. ¿No crees que deberías empezar a actuar como jefa y ponerle fin a esta carnicería? —insistió al tiempo que se echaba hacia atrás y cruzaba los brazos por delante del pecho.

Sentía las miradas de un montón de enfermeras más, observándome con disimulo desde todos los rincones de la planta. Habían enviado a Jocelyn en calidad de embajadora. Cuando a las enfermeras les daba por algo, era imposible hacerlas cambiar de opinión. Pobrecillo. No iba a gustarle trabajar aquí.

Solté un largo suspiro.

—El primer paciente era un anciano de noventa y seis años con problemas de corazón. El segundo tenía ochenta y nueve, acababa de sufrir un ictus y tenía orden de no reanimar. También había un herido en un accidente de coche; le eché un vistazo a las radiografías y solo Dios podría haberlo salvado. El cuarto paciente tenía una herida de bala en la cabeza, que no necesito recordarte que es mortal en un noventa por ciento de los casos. A su llegada, estaba en coma, sin señal de actividad cerebral. El quinto era un enfermo terminal de cáncer y el sexto tenía tal infección que prácticamente estaba muerto cuando llegó. —La miré a los ojos—. Él no tiene la culpa —insistí—. A veces ocurre.

Ella apretó los labios.

—A veces. Pero no el primer día —replicó.

Tuve que darle la razón. La probabilidad era un poco baja. Pero…

—Mira…, envíame a todos los pacientes nuevos, ¿vale? —dije con tono cansado—. Solo le queda una hora. Y nada de llamarlo doctor Muerte. Por favor.

Jocelyn me miró.

—Es un borde, que lo sepas.

—¿Qué ha hecho? —le pregunté.

—Le dijo a Hector que guardara el móvil en la taquilla. Tú no nos obligas a hacer eso.

—¿No está Hector viviendo una ruptura épica con Jose? Seguro que está mirando el móvil cada cinco segundos. Es probable que yo también le hubiera dicho que lo guardara.

La puerta de la habitación ocho se abrió y salió un hombre blanco pelirrojo con pijama negro. Estaba de espaldas a mí, así que no pude verle la cara. Lo vi quitarse los guantes y arrojarlos a una papelera de residuos peligrosos. Se pellizcó el puente de la nariz, respiró hondo y echó a andar, arrastrando los pies y con la cabeza gacha, hacia los vestuarios.

Hector salió de la habitación detrás de él y nos miró. Levantó siete dedos mientras aspiraba el aire por la boca con cara de circunstancias.

Jocelyn me miró con cara de «te lo he dicho», y yo meneé la cabeza.

—Nada de doctor Muerte. Y vete ya. Haz algo productivo.

Ella hizo un mohín, pero acabó yéndose.

Me llegó un mensaje al móvil y lo saqué.

Alexis
Quiero ir a verte el 19.

Tecleé mi respuesta:

Yo
Estoy perfectamente.

No era verdad. Pero no iba a permitir que mi mejor amiga, que además estaba embarazada, abandonara la felicidad de sus primeros días de casada para venir a hacerme compañía en la tétrica casa embrujada en la que se había convertido mi vida. La quería demasiado como para condenarla a ello.

Me llamó antes de que hubiera soltado siquiera el móvil.

Me levanté, entré en una habitación vacía y acepté la llamada.

—Te he dicho que estoy bien —dije.

—No. Voy a ir a verte. ¿A qué hora sales?

—Alexis… —gemí—. Lo único que quiero es fingir que es un día como cualquier otro.

—No es como cualquier otro día. Es el día en que se hace oficial tu divorcio. Es importante.

—No voy a hacer ninguna tontería. No voy a llamarlo borracha. No voy a pillarme una cogorza y acabar vomitándome en el pelo.

—Me preocupa más que le lances unos cuantos cócteles molotov a las ventanas.

Resoplé.

—Supongo que es una preocupación legítima —murmuré.

En lo referente a Nick, no tenía precisamente un historial de calma y racionalidad. Me gustaría decir que reaccioné con serenidad y clase cuando descubrí que me había estado poniendo los cuernos, que fui la personificación de la dignidad mientras me enfrentaba a una traición y a un dolor inimaginables. Pero, en realidad, se me fue la puta cabeza. Tiré la alianza por el retrete y le regué las plantas con lejía. Después llamé a su madre para hacerle saber la clase de hombre que había criado…, y eso fue solo el comienzo. Me sorprendí a mí misma con los niveles de rencor a los que estaba dispuesta a llegar. El broche final de mis vengativas maquinaciones fue tan vergonzoso que le había prohibido a Alexis mencionarlo jamás.

—A menos que tengas una cita, iré a verte —dijo.

—Ja. Sí, claro. —Me senté en una camilla y apoyé la frente en la mano libre.

Desde que me separé de Nick, había sufrido algunas de las peores citas de la historia de las apps para ligar. La cantidad de basura que encontré en Tinder durante ese último año era tan desoladora que en comparación Nick parecía un príncipe azul.

—¿Todavía no ha habido suerte? —me preguntó Alexis.

—El mes pasado salí con un tío que llevaba un alcoholímetro instalado en el coche por orden judicial porque lo pillaron conduciendo borracho. Me pidió que soplara en el chisme para que el coche pudiera arrancar. Con otro quedé para tomar un café y se presentó con una esvástica tatuada en el cuello. La mujer del último con el que quedé, que yo ni sabía que existía, se presentó en el Benihana y le preguntó si eso era lo que estaba haciendo con el dinero que decía que necesitaba para el material escolar de los niños. Me había dicho que no tenía hijos.

Alexis debió de quedarse blanca.

—Qué asco.

—No sabes la suerte que tienes por haber encontrado a Daniel. En serio. Hazles un sacrificio a los dioses del amor para agradecérselo. —Comprobé la hora en el reloj—. Tengo que irme, estoy de turno. Te llamo cuando salga.

—Vale. Pero llámame de verdad —dijo.

—Te llamaré, de verdad.

Colgamos. Me quedé un momento mirando la pared. Había una gráfica de la escala del dolor con caritas de distintos colores sobre cada nivel. Una verde sonriente sobre el cero. Una roja llorando sobre el diez.

Clavé los ojos en el diez.

Había conseguido no pensar mucho en el día 19. La esperanza era que si no me centraba en la fecha, tal vez tuviese suerte y cayera en la cuenta del día en cuestión cuando ya hubiera pasado. Las cosas no iban a cambiar mucho una vez que pusiéramos fin al proceso de divorcio. Nick y yo llevábamos un año separados. Lo del 19 solo era la forma de hacerlo oficial.

Aunque de todos modos…

Tal vez Alexis tenía razón y no debería ir sola. Por si acaso el momento se acercaba sigilosamente y me daba un puñetazo en una teta.

La última hora de trabajo fue tranquila. Atendí al único paciente que vino y nadie más murió. Sin embargo, para ser justos, se trataba de nuestro paciente habitual, el tío del nunchaku, con otra conmoción cerebral, así que la suerte parecía sonreírme.

Me disponía a fichar cuando volvió Jocelyn.

—Oye, Gibson quiere hablar contigo antes de que te vayas. —Le brillaban los ojos—. ¡Ha llegado el momento! —exclamó—. Va a darte el puesto.

Gibson era el jefe del servicio de urgencias del hospital Royaume Northwestern. Se jubilaba ese mes, aunque técnicamente lo había hecho hacía casi un año. Alexis se quedó con su puesto y él se fue. Pero, un mes más tarde, ella renunció para

13

mudarse al pueblecito de su marido, en medio de la nada, y abrir su propia clínica, así que Gibson regresó.

—La junta todavía no ha votado, así que lo dudo —repliqué—. Pero gracias por la confianza.

Sin embargo, lo razoné un momento y pensé que a lo mejor sí que iban a darme el puesto. Ninguna persona salvo yo se había ofrecido a ocuparlo. No se había presentado nadie más. ¿Para qué necesitaban votar? ¿De qué otra cosa iba a querer hablarme Gibson si no era de eso?

Enfilé el pasillo hacia el despacho de mi jefe, un poco emocionada. Aceptar el ascenso supondría una tonelada de trabajo. Seis días a la semana, ochenta horas o más. Pero estaba preparada. Mi vida era el hospital Royaume Northwestern. Ya puestos, que me exprimieran al máximo.

Le di unos golpecitos al marco de la puerta.

—Hola. ¿Querías verme?

Gibson levantó la mirada y me sonrió con calidez.

—Pasa.

Estaba sentado a su mesa, con el pelo canoso muy repeinado. Me recordaba a un abuelito cariñoso. Me caía bien. A todo el mundo le caía bien. Llevaba toda la vida en el puesto.

—Cierra la puerta —dijo mientras firmaba un documento que acababa de leer. Me senté en la silla frente a él. Gibson apartó todo el papeleo con el que había estado lidiando y me sonrió de oreja a oreja—. ¿Cómo estás, Briana?

—Bien —contesté con alegría.

—¿Y tu hermano, Benny?

Asentí.

—Tan bien como se puede esperar.

—Bueno, me alegro de oírlo. Qué mala suerte tuvo. Pero cuenta con un equipo médico estupendo.

Asentí de nuevo.

—El Royaume Northwestern es el mejor hospital. Hablando de eso, estoy deseando empezar…, aunque eso no significa que quiera que te marches —añadí. Se rio entre dientes—. ¿Va a haber una votación? —pregunté—. No se presenta nadie más.

Entrelazó los dedos sobre el abdomen.

—Bueno, de eso quería hablarte. Quería decírtelo en persona. He decidido retrasar mi jubilación unos meses más.

—¡Ah! —Intenté disimular la decepción—. Vale. Tenía entendido que Jodi y tú os mudabais a una villa en Costa Rica.

Se rio de buena gana.

—Pues sí, pero la jungla puede esperar. Me gustaría que todos tuvierais tiempo para conocer al doctor Maddox antes de proponer una votación. Me parece justo.

Parpadeé.

—Lo siento. ¿A quién?

Señaló con la cabeza en dirección a Urgencias.

—Al doctor Jacob Maddox. Ha empezado hoy. Ha sido jefe de Urgencias en el Memorial West durante estos últimos años. Un tío estupendo. Muy preparado.

Me quedé muda durante diez segundos.

—¿Vas a retrasar la votación? ¿Por él?

—Para que el equipo lo conozca.

—Para darle ventaja —repliqué con contundencia.

Mi reacción pareció sorprenderlo.

—No, para ser justo. Ambos sabemos que estas circunstancias tienden a favorecer al más popular, y se merece una oportunidad.

Lo miré sin dar crédito.

—No me lo puedo creer. Vas a retrasar la votación para que tenga más posibilidades de ocupar el puesto. Llevo diez años aquí.

Me miró muy serio.

—Briana, tengo que pensar en lo mejor para el servicio. Siempre es preferible contar con distintos candidatos. Conseguir el puesto porque eres la única opción disponible no tiene mérito alguno.

—No sería por eso. Claro que tengo méritos. Tengo diez años de méritos.

Me miró con expresión paciente.

—Recuerda que Alexis tuvo competencia. La competencia es sana. Si eres la indicada para el puesto, será tuyo dentro de tres meses.

Me quedé allí sentada, intentando respirar pausadamente por la nariz. Tuve que echar mano de toda mi fuerza de voluntad para no soltar: «¡Lo llaman doctor Muerte!».

—Solo son tres meses —siguió Gibson—. Luego votaremos, y yo me iré a alguna playa a beber cócteles servidos en un coco y espero que tú también acabes donde quieres estar. Disfruta de la calma antes de la tormenta, tómatelo con tranquilidad. Aprovecha para pasar más tiempo con Benny.

Solté el aire despacio para tranquilizarme.

Seguro que Gibson tenía alguna relación con el tal doctor Muerte. Debían de ser amigos. Probablemente jugaban al golf o algo así. El tufo a nepotismo era importante. Pero ¿qué alternativa tenía? Si Gibson había decidido no jubilarse todavía, yo no podía hacer nada.

—Gracias por avisarme —repliqué con sequedad.

Me puse en pie y salí. Nada más subir al coche, llamé a Alexis.

—Odio al nuevo —le dije en cuanto contestó.

—Hola a ti también.

—Lo llaman «doctor Muerte». Se ha cargado a siete pacientes hoy. ¡A siete! En su primer día.

—Bueno, son cosas que pasan. —Parecía distraída.

—Y no te lo pierdas: Gibson va a retrasar su jubilación para darle la oportunidad de conseguir el puesto de jefe. Los putos tíos apoyándose entre sí, está claro.

—Ajá —murmuró ella.

Guardé silencio durante un segundo. Luego exclamé espantada:

—¡Ay, Dios! ¿Os estáis enrollando? ¡Que estoy al teléfono! —Daniel y ella siempre estaban uno encima del otro. Prácticamente solo se separaban para comer. Me froté una sien—. ¿Puedes echarle un poco de agua fría y hablar conmigo? Estoy en mitad de una crisis.

—Lo siento, espera. —Susurró algo que no alcancé a oír y soltó una risilla. Y luego él lanzó otra en respuesta.

Puse los ojos en blanco y esperé. Ese año entero iba a darme la excusa para convertirme en una villana, lo tenía clarísimo.

Oí que al otro lado de la línea se cerraba una puerta y al instante Alexis dijo:

—Vale. Aquí me tienes. Cuéntamelo todo.

—Pues que el nuevo es un pez gordo que viene del Memorial West. Creo que allí era el jefe, así que Gibson quiere retrasar la votación para que todos puedan conocerlo mejor. El tío es un capullo, las enfermeras lo odian...

—Bueno, si las enfermeras lo odian, no tienes por qué preocuparte.

—¡Es que eso es lo de menos! ¿Crees que Gibson haría esto si el nuevo fuera una mujer?

La oí pulsar los botones de un microondas.

—Pues..., sí. Creo que sí. Gibson es bastante justo. No me lo imagino convirtiendo esto en una cuestión sexista.

—Se supone que estás de mi parte.

—Y lo estoy. A ver, es imposible que no lo consigas. Te ha hecho un favor. Acaba de regalarte un verano sin estar metida en Urgencias ochenta horas a la semana. Benny te necesita. Es mejor que estés disponible estos meses mientras se adapta.

Guardé silencio. Tal y como iban las cosas con mi hermano, tenía las mismas posibilidades de verlo en Urgencias que en casa. Me tragué el nudo que siempre se me hacía en la garganta cuando pensaba en él.

—A ver, ¿cómo es el nuevo? —me preguntó Alexis, cambiando de tema a propósito.

—No tengo ni idea —murmuré—. Es como un espectro que se oculta en las sombras. Cuando estoy a punto de entrar en una habitación donde está él, sale por la otra puerta. Le he visto la nuca un par de veces, pero nada más.

—¿No te presentaste cuando llegó?

—A ver, iba a hacerlo. Pero llegaron varios casos de golpe en cuanto entré. Y cuando la cosa se calmó, no lo encontré. Creo que se esconde en el armario de la limpieza y solo sale para declarar la muerte de algún paciente.

—Mira —dijo ella, retomando el tema—. Todo el mundo te quiere. Vas a conseguirlo, no importa quién se presente contra ti. Y al tío nuevo le doy un mes. Las enfermeras se lo comerán vivo. Al final del verano serás la primera jefa salvadoreña en la historia del Royaume, *te lo prometo.**

Alexis era trilingüe. Inglés, español y lengua de signos estadounidense. Era inteligente, filántropa de renombre mundial procedente de una familia prestigiosa y, además, optimista.

La oí abrir la puerta del microondas.

—Oye, cuando vaya, te llevaré unos *scones* —dijo.

Y ahora, encima, le había dado por la repostería. Tuve que sonreír pese al mal humor. Que Alexis hiciera *scones* era comparable a que yo fuese al bosque a por leña: como ver a una rana criar pelo. Había cambiado muchísimo al conocer a Daniel, y para mejor.

Coloqué el codo en la ventanilla y apoyé la cabeza en la mano. Sentí que me calmaba poco a poco. Mi mejor amiga siempre me tranquilizaba. A veces odiaba que pudiera hacerlo. Había momentos en los que solo quería cabrearme y dejar que la rabia me impulsara hacia delante. Agradecía mucho mi capacidad de mantenerme furiosa, sobre todo durante el último año. La ira es un combustible poderoso. Muy motivador en ocasiones. Fortificante.

El único problema de la ira es que prende rápido y con fuerza. Y se consume en nada.

La tristeza tarda más en consumirse. Igual que la pena. Y que la decepción.

Comprendí que eso era lo que temía que pasara el día 19. Mi divorcio sería definitivo, mi rabia se extinguiría y me quedaría solo con lo que quedaba de mí.

Que no era mucho.

---

* Las expresiones que la autora emplea en español en el original van marcadas con cursiva. *(N. de las T.)*

2

Jacob

Me detuve en el aparcamiento y me quedé allí sentado, mirando por el parabrisas, sin tener claro si debía irme o no.

Amy y Jeremiah querían hablar conmigo.

En realidad, llegados a aquel punto, solo había un motivo para que quisieran hacerlo. Sabía cuál era. Llevaba meses esperándolo. Experimenté un alivio morboso al saber que por fin íbamos a acabar con aquello. Miré con desánimo el letrero del edificio.

ASADOR BAD AXE.

Ese era el sitio que habían escogido para hacerlo: un puñetero restaurante con una zona para lanzar hachas. ¿Allí iban a soltar la bomba? El lugar de la reunión era casi tan horrible como la noticia que estaba a punto de recibir.

Habría mucho ruido. Habría borrachos. Despedidas de soltera y grupos celebrando algún cumpleaños a gritos para hacerse oír por encima de la música. Era el típico lugar que parecía lleno a rebosar, como si hubiera personas sentadas unas encima de otras. La gente se tropezaba entre sí, los baños estaban sucios y abarrotados, y las mesas, pegajosas. Era como la versión adulta de un Chuck E. Cheese —esas pizzerías donde los niños celebraban el cumpleaños—, pero con alcohol y universitarios insoportables.

Sentí que el corazón empezaba a latirme con fuerza ante la idea de entrar.

Jamás pisaba un bar a menos que me arrastraran. Jeremiah debería saberlo. Era mi hermano, sabía que no me gustaban esos sitios, que me sobreestimulaban y me agobiaban. Pero suponía que se había dejado llevar por Amy…, y aquel lugar le pegaba. Mucho. Cuando me llevaba a un sitio de ese estilo, se quedaba pasmada si quería irme lo antes posible y decía algo como «¡Pero si es famoso por las alitas! Te encantan las alitas, ¡por eso te he traído!». Como si una buena salsa búfalo compensara todo lo demás.

No me extrañaba que me hubiera dejado.

Era aburrido, reservado e imposible de entender. Incluso después de dos años y medio juntos.

Me removí en el asiento. Debería irme. Decirles que hablaría con ellos más tarde. Estaba tan agotado que apenas podía pensar con claridad. Ese día había empezado un nuevo trabajo. Había perdido a todos los pacientes a los que había atendido.

Me froté las sienes. Me sentía como el ángel de la muerte. En mi trabajo es inevitable que muera gente. Es imposible salvar a todo el mundo, y es de ingenuos pensar que se tiene algún control sobre lo que llega por esas puertas correderas. Pero ¿durante el primer día?

Las enfermeras me odiaban. Había percibido durante todo el turno el odio que irradiaban. Ninguno de los otros adjuntos se había acercado a saludarme.

Me había costado tomar decisiones durante las últimas doce horas. Dejar el Memorial West para trabajar en un nuevo hospital, renunciar a mi puesto de jefe, empezar de cero. En teoría parecía una buena idea, pero era posible que hubiera sobrestimado mi capacidad de adaptación. Me sentía sin rumbo, como si me zarandeara en un mar agitado y los capitanes de los barcos que pasaban a mi lado se burlaran de mí en vez de lanzarme un salvavidas.

Entrar en ese restaurante infernal acabaría con la poca energía que quedaba en mi ya agotada alma.

Tal vez podría aplazar el encuentro hasta el día siguiente. Pero si me iba, Amy y Jeremiah creerían que estaba dolido. Que no lo había superado. Que era incapaz de manejarlo. Aunque les explicara que lo que me afectaba era el sitio y no las noticias, no me creerían. Había salido con Amy durante años y no había logrado que entendiera mi ansiedad, ¿por qué iba a hacerlo en ese momento?

Ojalá hubiera un piloto automático que pudiera activar como acostumbraba a hacer en el trabajo. Una memoria muscular que me guiara en cada movimiento. Pero no, tendría que hacerlo todo yo solo. Tendría que estar presente. Ser plenamente consciente.

Solté un largo suspiro, apagué el motor de la camioneta y me bajé para recorrer con renuencia la distancia hasta el restaurante. La jefa de sala, una chica con un aro en la nariz, me llevó hasta una mesa del fondo, donde mi exnovia y mi hermano pequeño estaban sentados juntos.

Antes de verme se estaban riendo, inclinados el uno hacia el otro; pero en cuanto me vieron, se separaron de un salto.

Se me revolvió el estómago al verlos juntos.

Ya no eran bienvenidos a la cena familiar mensual en casa de mis padres, así que no me había visto obligado a presenciarlo con mis propios ojos hasta ese momento. Podría vomitar.

Me senté e intenté parecer relajado.

—Hola. Siento llegar tarde.

Amy se mordió el labio como acostumbraba a hacer cuando se ponía nerviosa.

—No pasa nada. Pensábamos que te habías entretenido para tomarte algo con tus nuevos compañeros de trabajo. Ya sabes, como celebración por el primer día y tal.

Resoplé para mis adentros.

—Gracias por venir —añadió ella.

Asentí.

Pum.

Pum.

Pum, pum, pum.

Hachas golpeando paredes.

Ya sentía la visión de túnel que precedía a un ataque de ansiedad y me pregunté cuánto tiempo me quedaba hasta verme obligado a ponerme en pie e irme, fuera apropiado o no.

Ellos siguieron sentados, mirándome como si no supieran cómo empezar.

Miré el reloj.

—Mañana empiezo muy temprano… —mentí.

Amy asintió con la cabeza en silencio.

—Vale. Lo siento. —Se colocó un mechón de pelo detrás de una oreja—. En fin, es que no sé cómo decirte esto…

—Os vais a casar —la interrumpí.

Vi la confirmación en su gesto de disculpa antes de que dijera una sola palabra.

Al final asintió.

—Nos vamos a casar.

Pum. Pum, pum, pum.

Risas, gritos, el tintineo de los cubiertos al golpear los platos. A alguien se le cayó un vaso, se hizo añicos y todos aplaudieron. Lo que sucedía a mi alrededor pareció cernirse sobre mí, pero conseguí sonreír de una forma que me pareció auténtica.

—Enhorabuena —dije—. ¿Habéis fijado una fecha?

Amy miró a Jeremiah y él le sonrió.

—Estamos pensando en julio —contestó.

Asentí.

—Bien. Es un buen mes. En fin, estoy deseando veros en el altar. —Me sorprendió parecer tan estoico.

Amy se lamió los labios.

—Todavía no…, no se lo hemos dicho a nadie. Hemos pensado que deberías ser el primero en saberlo.

—Gracias —repliqué—. Pero no era necesario. Estoy seguro de que todos se alegrarán muchísimo. —Volví a mirar el reloj—. Hay demasiado ruido aquí para mí. Creo que voy a irme. Enhorabuena. Y avisadme si puedo ayudar en algo.

Me miraron agradecidos. No sé qué esperaban. Tal vez creían que, pese a la elegancia con la que había manejado el asunto hasta el momento, aquello podría ser la gota que colmara el vaso. Sin embargo, estaba decidido a mantener la compostura. Mostrarme difícil e indignarme no cambiaría las cosas. Y ellos no querían hacerme daño.

Aunque me lo estuvieran haciendo.

Me puse en pie y me esforcé por salir del restaurante a una velocidad normal. Los golpes me perseguían, y cada uno de ellos era como un disparo en los talones.

Sentí que había logrado superar el inminente ataque de ansiedad cuando salí al aire fresco de abril, me incliné sobre las rodillas y empecé a jadear allí en la acera.

Así que por fin estaba sucediendo. La mujer que amaba había pasado página. Se casaba con otro.

Y ese otro era mi hermano.

Al día siguiente estaba en el hospital, entre paciente y paciente, cuando me llamaron al móvil. Era mi hermana mayor, Jewel. Miré la llamada entrante con una resignada sensación de horror.

Tendría que lidiar con la onda expansiva de la noticia por capas. Mis sentimientos al respecto, y luego los de los demás, caerían sobre mí como agua helada una y otra vez hasta empaparme.

Me metí en el almacén de suministros y acepté la llamada.

—Jewel.

—¡Es increíble! —exclamó—. No voy a ir, que lo sepas. Que se jodan.

—¡Que se jodan! —repitió de fondo Gwen, su mujer.

Me froté la frente con cansancio.

—Gwen, no pasa nada.

—Jacob, claro que pasa, es normal estar molesto. —La voz de mi madre.

—Yo tampoco voy —gritó una cuarta persona. Mi otra hermana, también mayor que yo, Jill.

—¡Ni yo! —Jane, la más pequeña.

Amy y Jeremiah debían de habérselo dicho a toda la familia.

—Tu padre está aquí —anunció mi madre.

—Jacob, aquí me tienes si quieres hablar —dijo él desde algún lugar más alejado que el que ocupaban las mujeres.

Seguramente lo habían obligado a participar en la llamada. Las manifestaciones dramáticas no eran su estilo.

—Se lo han buscado ellos solitos —añadió Jewel—. Nadie de la familia va a ir.

—Yo sí. Me alegro por ellos —mentí—. Y tengo la intención de apoyarlos por completo —dije con sinceridad—. Y espero que vosotros también lo hagáis.

Todas cogieron aire, indignadas, al unísono.

—¿Cómo es posible que estés de acuerdo con esto? —preguntó Jewel—. Empezaron a salir menos de tres meses después de que cortarais. Es asqueroso.

—Es de mal gusto, tío. —Walter, el marido de Jill.

Toda la pandilla. Perfecto.

Me senté sobre una caja de papel higiénico.

—En serio, estoy bien —insistí mientras me pellizcaba el puente de la nariz.

—No lo estás —me contradijo Gwen—. ¡Son gilipollas! ¿Cómo es posible que esperen que vayas? ¿Cómo es posible que esperen que vaya alguien de la familia?

—No creo que esperen nada —repuse con cansancio—. Pero que no los apoyéis no va a cambiar las cosas. Si me invitan a la boda, iré. Aunque vosotros no lo hagáis.

—Jacob —dijo mi madre con tiento—, siempre has sido diplomático. Me encanta ese rasgo de tu carácter, pero no tienes por qué obligarte a pasar por esto. Está bien poner ciertos límites.

—Mamá, estoy perfectamente. Lo he superado. He pasado página.

—¿Cómo has pasado página? —me preguntó Jewel—. No has salido con nadie desde que ella se fue.

—Tal vez se está encontrando a sí mismo —susurró Jill de fondo—. No necesita salir con nadie para pasar página.

—¡Sí que lo necesita! —masculló Jewel—. Si no se está acostando con otra, es que sigue obsesionado con ella…

—No sabemos si se está acostando con alguien o no —terció mi madre—. Que no haya traído a nadie a casa no significa que no lo haga, ¿verdad, Jacob? Aunque creo que el sexo después de una ruptura puede ser maravilloso para la autoestima, es habitual comportarse de forma un poco arriesgada si la separación ha sido traumática. Estás usando protección, ¿verdad? Ya sabes lo que opino del aceite de coco como lubricante, es muy cicatrizante para la vagina, pero acaba rompiendo los preservativos.

—¿Y el aceite de pepitas de uva? —preguntó mi padre a lo lejos—. ¿También es malo para los condones? A mí me gusta. Es muy suave.

—Vale, ¿os cortáis un poco, por favor? —protestó Jewel.

—Vuestro padre y yo somos seres sexuales —dijo mi madre—. No finjamos que no sabemos cómo habéis llegado hasta aquí.

Cerré los ojos con fuerza. Aquello era el infierno.

—Jacob, ¿te estás acostando con alguien? —me preguntó Jill—. Creo que deberíamos dejarlo claro.

Levanté una mano.

—¿Sabéis qué? Sí. Me estoy acostando con alguien.

La mentira fue tan inesperada que parecía que la hubiera soltado otra persona. ¿Y por qué lo había dicho? No tardé en entender el motivo.

Era uno de esos embustes destinados a hacer sentir mejor a otra persona. Como decirle a un moribundo que todo iba a ir bien cuando estaba claro que no era el caso. Una mentira piadosa. Para todos.

Creo que en el fondo mi familia ansiaba apoyar la boda. Todos querían a Amy y a Jeremiah. Solo estaban molestos por principios y por mi bien, no porque los odiaran a ellos. Lo que odiaban era lo que me habían hecho sentir. Era obvio que mientras yo no tuviera pareja sería el ex despechado que necesitaba su protección e indignación. Amy y yo nunca volveríamos a estar juntos, así que ¿qué sentido tenía? ¿Por qué esa resistencia en mi honor? Yo no la compartía.

Amy y Jeremiah se casarían con el apoyo de mi familia o sin él. Y tendrían hijos, y esos hijos no tendrían culpa de nada. Aunque toda la familia rechazara a mi hermano y a mi exnovia durante el resto de su vida, eso no cambiaría las cosas. Así que si tenía que soltar una mentira piadosa para desviar la atención, eso haría.

—¿Estás saliendo con alguien? —preguntó Jill—. ¿Con quién?

—Una compañera del trabajo —contesté, esperando que lo dejaran.

—¿Del Royaume? —preguntó Jewel—. ¿Por eso dejaste el Memorial West?

—Pues...

—¡Todos pensábamos que renunciaste para no tener que trabajar con Amy porque tenías el corazón roto y estabas triste! —Jill parecía emocionada—. Pero ¿te fuiste porque estás enamorado y quieres estar cerca de ella?

Parpadeé.

—¿Sí?

Se oyó un «¡Oooh!» colectivo.

—¿Cuándo podremos conocerla? —preguntó Jane con entusiasmo.

—No... No lo sé —balbuceé—. Todavía no estoy preparado para presentársela a nadie. Es algo muy reciente.

Podía sentirlas eufóricas al otro lado de la línea. Joder. Ya no me dejarían tranquilo.

—Escuchadme —dije, poniéndome el teléfono en la otra oreja—. No tengo el menor problema con la boda. Lo he superado y me alegro por ellos.

—¿Traerás a tu novia? —me preguntó Gwen con una sonrisa en la voz.

—Supongo... Si todavía estamos juntos, sí.

Más chillidos.

Oí el dramático suspiro de Jewel.

—Vale —dijo—. De acuerdo. Supongo que, como a ti te parece bien, ya no lo veo tan mal. Pero sigo sin estar emocionada.

—A mí me gustan las bodas —terció Jill—. Pero tienes razón, sigo enfadada con ellos —se apresuró a añadir.

Meneé la cabeza.

—No te enfades con ellos. A ver, tengo que irme. Estoy de turno.

—¿Nos vemos el 19 para cenar? —preguntó mi madre—. Yo quiero lasaña, pero tu padre a lo mejor ahúma un asado de cerdo.

—Sí, estaré allí para la cena —respondí.

—¿Puedes traer una botella de vino?

—Sí, llevaré vino.

—Vale. ¡Te quiero!

Todos se despidieron al unísono y colgaron. Me coloqué el teléfono en el muslo y me llevé las palmas de las manos a los ojos.

Cuando llegara el momento, tendría que decirles que había cortado con mi novia imaginaria. Pero, con un poco de suerte, mi mentira aliviaría la presión mientras tanto. A lo mejor dejaban de mirarme por fin como si estuviera a punto de desmoronarme.

Que sí, que la ruptura había sido trágica. Pero al menos me quedé con el perro.

Me levanté a rastras, salí del almacén de suministros... y me choqué con alguien. Solté un «¡Uuuf!» al tiempo que el teléfono salía volando y acababa estrellándose contra el suelo.

La persona que me había golpeado no se detuvo. Al contrario, se apartó de mí y siguió corriendo por el pasillo hacia las habitaciones de los pacientes.

—Qué coño... —murmuré, cogiendo el móvil. La pantalla estaba rota—. ¡A ver si miras por dónde vas! —grité molesto.

Ella ni siquiera volvió la cabeza. Una enfermera me miró mal, como si el gilipollas fuera yo.

¿Todo el mundo era así de maleducado en ese hospital? ¿Se podía saber qué les pasaba?

Miré con tristeza mi móvil. Todavía funcionaba, pero la esquina estaba destrozada. El final perfecto para la peor semana de mi vida. Apreté los dientes.

Eché a andar por el pasillo en la dirección en la que corría la mujer. No tenía exactamente un plan concreto. ¿Iba a dejarle claro lo que opinaba de que la gente corriera por los pasillos? ¿Exigirle que me pagara la reparación de la pantalla?

Me asomé a las habitaciones de una en una hasta que la encontré. Estaba junto a la cama, de espaldas a mí, hablando con un chico.

El paciente estaba gris. Llevaba un catéter de diálisis en el pecho. La piel que lo rodeaba se hallaba enrojecida e hinchada.

—¿Por qué no me has llamado? —le estaba diciendo al chico—. Esto está infectado. —Se movió a su alrededor, comprobando sus constantes vitales—. Podrías haber acabado con una septicemia. Es muy peligroso. —Le sacó un termómetro de la boca y meneó la cabeza—. Benny, no puedes dejar que las cosas lleguen a estos extremos. Cuando te pase algo, tienes que decírmelo.

En ese momento me di cuenta de que me estaba entrometiendo en algo privado y me dispuse a salir, pero apareció una enfermera por detrás de mí con una enorme máquina de diálisis, obligándome a entrar en la habitación. Me aparté y me quedé de pie junto a la pared mientras ella la acercaba a la cama.

—Me duele… —susurró el tal Benny.

—Lo sé —dijo la mujer con más suavidad—. Te daré antibióticos y analgésicos. —Le puso una mano en la cabeza—. En un momento soñarás con cuando tenías dieciséis años y te desmayaste borracho en un maizal por culpa del Jägermeister.

Ahogué una risa desde mi rincón, y ella se volvió y me vio allí de pie.

—Esto…, ¿necesitas algo?

Dios. Era guapísima. Era tan guapa que me desarmó. Por un segundo me olvidé de lo que estaba haciendo allí. Pelo castaño largo recogido en un moño despeinado. Grandes ojos marrones. Pestañas espesas.

En ese momento mi ansiedad hizo acto de presencia. Una violenta mezcla compuesta por los traumas de cuarto de secundaria, el nerviosismo por hablar con una chica atractiva y el estrés de conocer a una nueva compañera de trabajo en un entorno laboral hostil, estando en una habitación en la que no debería estar. Me quedé paralizado.

Era algo que no solía sucederme mientras trabajaba. Controlaba bastante bien la ansiedad en el hospital. Me sentía seguro y confiado en mis interacciones con mis compañeros y subordinados. Era un médico excelente, pero esa mujer me ponía nervioso solo con mirarme. Y me estaba observando fijamente, molesta e impaciente. Sentí que mis habilidades sociales caían en picado, como el electrocardiograma de una víctima de infarto.

Carraspeé.

—Eh…, te has tropezado conmigo allí atrás —dije con torpeza.

Ella parpadeó como si le estuviera diciendo la cosa más insignificante del mundo.

—Vale. ¿Lo siento?

—No deberías correr por los pasillos.

Me clavó la mirada.

Se me empezó a secar la boca.

—Es que era jefe de Urgencias en el Memorial West y sé que es muy fácil que los accidentes…

Sus ojos relampaguearon.

—Sí, conozco tu currículo, doctor Maddox. Gracias por el consejo. Ahora, si no te importa, me gustaría quedarme a solas con mi paciente.

Echaba chispas por los ojos. Benny me estaba mirando. Hasta la enfermera me miraba.

Me quedé allí un segundo más. Luego salí de la habitación. Sentí que el cuello se me ponía colorado por la vergüenza. ¿Cómo se me había ocurrido entrar así? «¡Por Dios, Jacob!».

Volví a mi lado de Urgencias y seguí repasando una y otra vez todo el incómodo encuentro, obsesionado con lo que debería haber dicho o hecho.

«Soy imbécil».

No debería haber abordado el tema delante de un paciente. Eso era lo primero. Quizá debería haber empezado diciéndole que me había roto el teléfono, para que supiese que no estaba allí solo con la intención de echarle la bronca por correr por el pasillo.

«Quizá debería haberlo dejado pasar».

Sí, eso habría sido lo mejor. Porque en ese caso no habría habido ningún encontronazo. Debería haber dicho que me había equivocado de habitación e irme.

Por Dios, era un imbécil. Estaba consiguiendo convertirme en la persona más odiada del hospital Royaume Northwestern sin apenas esforzarme.

Después de tantos años de terapia sabía que estaba dándole demasiadas vueltas al asunto. Que aquella conversación seguramente no habría sido relevante para ella, aunque a mí me parecía lo más vergonzoso que me había pasado en la vida. Dentro de diez años estaría tumbado en la cama y abriría los ojos de golpe al recordar la incredulidad con la que me había mirado. A mí, el tío que había tenido la osadía de entrar en la habitación de su servicio de urgencias y de echarle la bronca por haber salido corriendo para atender a un paciente crítico, al que obviamente conocía y por el que se preocupaba.

Pasé la segunda mitad del día muriéndome de la vergüenza. La ansiedad me perseguía como una corriente eléctrica, una corriente baja y constante que sentía debajo de la piel. Un instinto de supervivencia que se disparaba y me atormentaba, diciéndome que huyera. No podía escapar de ella ni calmarla.

Normalmente, los ansiolíticos me ayudaban a mantener el equilibrio, pero los medicamentos tenían un límite. Era yo quien debía controlar el estrés y utilizar las técnicas que había aprendido en terapia. Y lo más importante: necesitaba llevar un estilo de vida tranquilo. Eso era lo que pensaba que estaba haciendo al cambiar de trabajo, al dejar atrás la situación tóxica del Memorial West con Amy y Jeremiah, al tomar una decisión que era mejor para mi salud mental.

Pero no, ahora me había tocado esto.

Sabía que era callado y taciturno, y que eso no me ayudaba a ganarme la simpatía de las enfermeras de mi turno, que ya eran distantes, pero estaba tan metido en mis pensamientos que no podía evitarlo. Había cambiado el suplicio de ver a Amy y Jeremiah por el de tener un equipo que me odiaba a muerte.

Siempre me había costado hacer amigos. Me ponía nervioso en entornos sociales desconocidos, lo que me llevaba a meter la pata o retraerme, así que a la gente le costaba trabajo llegar a aceptarme. Quizá necesitara un poco más de tiempo en este entorno. Aunque algo me decía que este lugar era distinto. La gente me parecía demasiado cerrada. Me sentía como si estuviera otra vez en el instituto. Yo era el marginado y continuaría siéndolo, sobre todo si seguía cagándola constantemente. Y ni siquiera sabía cómo parar.

Me quedaba una hora más de turno, pero necesitaba un descanso. Mi batería mental volvía a estar agotada. No quería encontrarme con esa mujer en la sala del personal, así que volví al almacén de suministros.

Sin embargo, no estaba vacío cuando entré.

3

Briana

$\mathcal{A}$tendí a Benny y conseguí mantener las lágrimas a raya en todo momento.

Una vez que estuvo cómodo, hice una rápida escapada hacia la llorería.

Me gustaba llorar en el almacén de suministros que quedaba junto al despacho de Gibson. Tranquilo, poco transitado. Había una caja de papel higiénico en la que me gustaba sentarme, y el contenido de las estanterías actuaba como aislante acústico para que nadie pudiera oír cómo me desahogaba.

Era incapaz de contar las veces que había llorado en ese almacén. Allí era donde lloraba cuando perdía a algún paciente. Allí lloré cuando me dijeron que Benny tenía insuficiencia renal terminal. Allí lloré por Nick. Incluso lloré un poco por la traidora de Kelly, la «amiga» que se pasó dos años acostándose con mi marido entre almuerzo y almuerzo conmigo. Pero en ninguna de esas ocasiones me habían pillado. Hasta ese día.

La puerta se abrió y entró un hombre. Nada más cerrar, se dio media vuelta y me vio allí sentada, moqueando y con el pelo pegado a las mejillas.

El doctor Muerte.

Nos miramos sorprendidos durante una fracción de segundo… y luego salió por patas.

Solté el aliento que había estado conteniendo y volví a enterrar la cara entre las manos.

Cómo no iba a violar ese tío la santidad del almacén. Menudo imbécil.

Me había gritado poco antes. A ver, que sí, que me choqué con él porque iba corriendo, así que lo entendí. Pero después me siguió a la habitación de Benny para echarme la bronca por correr por los pasillos. Primero le extendieron la alfombra roja para que intentase quitarme el trabajo y luego aquello. Era increíble...

La puerta volvió a abrirse y entró de nuevo. Cerró la puerta, se acuclilló frente a mí y me ofreció una toalla húmeda.

—Para la cara —me dijo con delicadeza—. Está templada.

Esos ojos castaño claro tenían una expresión tan agradable y cautivadora que casi se me olvidó lo mal que me caía. Casi.

Tardé un momento en aceptar la toalla.

—Gracias. —Sorbí por la nariz.

Él esbozó una sonrisa fugaz y asintió. Pero no se fue. Se sentó en el suelo, con la espalda pegada a la puerta.

Me quedé mirándolo sin dar crédito. Quería que se fuera. El almacén parecía abarrotado con él dentro, y no iba a seguir llorando mientras estuviera allí sentado.

Aunque entonces me di cuenta de que tal vez quería asegurarse de que me encontraba bien. Supuse que sería raro que me diera una toalla y se fuera, en plan «Que disfrutes de la llorera».

Solté un suspiro resignado y me presioné la toalla templada contra los ojos. Me alivió bastante, lo confieso.

—¿Estás bien? —me preguntó en voz baja.

Resoplé y asentí, mirando a cualquier parte menos a su cara.

Se le había subido el pantalón negro del pijama y podía verle los calcetines grises. Con un estampado de perritos marrones. Supongo que era el tipo de tío que se ponía calcetines modernos.

Llevaba un reloj inteligente negro. Tenía los brazos pecosos y tonificados, como si hiciera ejercicio. Se había colgado el estetoscopio al cuello y llevaba la tarjeta identificativa del hospital enganchada a la camisa. Cuando llegué a sus ojos, descubrí que él también me estaba mirando. Necesitaba afeitarse, porque ya le había crecido la barba, y tenía una espesa mata de pelo castaño cobrizo. No era feo. En absoluto.

Desconfiaba de los hombres guapos por principios. Nick era guapo, y fíjate adónde me había llevado eso…

Tenía los ojos enrojecidos y me pregunté si le estaría yendo el día tan estupendamente como a mí. A lo mejor también iba allí a tomarse un respiro.

—Bueno —dijo—, ¿vienes aquí a menudo?

Solté una carcajada seca por el chiste.

—El mejor sitio para llorar de todo el hospital —contesté con la voz ronca.

—A mí me gustaba la escalera del Memorial West.

Asentí.

—También es una buena opción. Demasiado eco para mi gusto, pero es una buena alternativa a un almacén de suministros si eres claustrofóbico.

—Las salas de guardia también están bien —comentó.

—Demasiado lejos de Urgencias. Me gusta la llorería. Queda lo bastante cerca como para desahogarte durante una crisis inesperada a mediodía.

—Esas son mis preferidas —replicó con voz cansada.

Así que su propósito era esconderse.

Guardó silencio un momento.

—Soy Jacob —dijo por fin.

—Briana.

Después nos callamos de nuevo.

Había algo reconfortante en el silencio, una especie de entendimiento.

Me recordó a un viaje de mochilera que hice unos años antes. Nick no quiso acompañarme, así que fui sola. A esas alturas sabía muy bien por qué no quería ir. Su momento favorito para ponerme los cuernos era cuando yo estaba en una montaña en algún lugar sin cobertura para el móvil. En fin, a lo que iba. Que justo después del amanecer emprendí la ruta Superior Hiking Trail en Minnesota y me encontré con un oso en el camino. Nos detuvimos para mirarnos. Él con sus garras y sus dientes. Yo con mi espray antiosos. Pero ninguno se movió para herir al otro, y la única explicación que puedo dar es que llegamos al acuerdo mutuo de sernos inofensivos y

compartir el espacio. Eso fue lo que sentí. Una tregua silenciosa y tácita.

Tal vez no fuese tan mala persona. No parecía horrible. Parecía cansado. Un poco vulnerable.

—¿Lo conoces? —me preguntó en voz baja—. ¿Al paciente
de diálisis?

Solté el aire despacio.

—Es mi hermano pequeño —contesté.

—¿Qué lo causó? —preguntó.

—Una enfermedad autoinmune. Apareció de la nada.

Nos quedamos en silencio. Él apoyado en la puerta y yo sentada en la caja de papel higiénico.

—Bueno, podría ser peor —dijo al cabo de un momento—.
Con la diálisis puede vivir décadas.

Regresé al presente de golpe.

«Podría ser peor».

Estaba harta de que me soltaran tópicos.

«Dios tiene un plan».

«Todo sucede por un motivo».

«Lo que no te mata te hace más fuerte».

Pues no, no es así. A la mierda todo.

No había ninguna razón por la que esto le tuviese que suceder a Benny. No era el plan de Dios, y no lo iba a hacer más
fuerte. ¿Y sabes qué? Que sí, que podría ser peor. Pero ¿a quién
le importa? Ese era el comentario más ridículo de todos. Benny
tenía todo el derecho a odiar lo que le estaba pasando. Tenía todo
el derecho a llorar por la vida y el cuerpo que había perdido,
y a enfadarse por ello, sin importar que hubiera otras muchas
circunstancias peores que la suya.

—¿Por qué coño querría vivir décadas sometiéndose a diálisis?
—solté—. Tiene veintisiete años. Quiere viajar a Las Vegas con
sus amigos si les da por ahí, beber cerveza, conocer chicas y acostarse con ellas sin avergonzarse de los tubos que le salen del pecho.

Levantó una mano.

—No me refería…

—Espero de corazón que no le pase nada similar a ninguno
de tus seres queridos. ¡Ni a ti! Y de verdad espero que no les

digas estas chorradas a tus pacientes. —Me puse en pie—. Déjame salir.

Él soltó un largo suspiro y hundió un segundo la cabeza entre las rodillas. Después se incorporó y se alejó de la puerta.

Me detuve justo antes de abrirla.

—Y otra cosa. Creo que lo que estáis haciendo Gibson y tú es muy poco ético. Pero tranquilo. No pasa nada. —Lo miré a los ojos—. Este es mi equipo. Este es mi hospital. No te darán el puesto, sin importar a quién tengas moviendo los hilos.

Salí dando un portazo.

4

Jacob

$\mathcal{N}$o tenía ni idea de lo que estaba hablando. Ni idea. Y no pensaba preguntárselo. Esperé unos segundos antes de salir del almacén de suministros para darle la oportunidad de que se alejara. Después hice todo lo posible por quedarme en mi lado de Urgencias durante lo que me quedaba de turno.

Me pregunté si podría seguir en ese puesto. Lo estaba pasando fatal allí. Lo estaba pasando fatal en el Memorial y seguramente también lo pasaría fatal en cualquier sitio al que fuera. A lo mejor mi vida se había convertido en eso, en existir sin más y en detestar cada minuto.

Se me pasó por la cabeza que tal vez Amy había hecho bien al darse por vencida conmigo. ¿Cómo iban a quererme cuando ni siquiera caía bien?

Terminé con mi último paciente y me dirigía al vestuario cuando Zander salió de la habitación siete, en la que estaba Benny.

—¡Maddox! —Me sonrió—. Aquí estás. Iba a buscarte.

El doctor Zander Reese era nefrólogo. Un especialista renal muy bueno. Y era mi mejor amigo. Fuimos compañeros de habitación en la facultad de Medicina y también mientras hacíamos la residencia. Él fue uno de los motivos por los que cambié a este hospital. Saber que tenía a alguien aquí era un plus. Me alegraba de ver por fin una cara conocida, una que no se miraba con el ceño fruncido.

¿Zander era el nefrólogo al cargo de Benny? Miré por encima de su hombro hacia la habitación, pero la cortina estaba echada al otro lado de la puerta corredera de cristal.

Me pregunté si Briana seguiría allí. Probablemente.

Tenía la sensación de que debía disculparme por el comentario en el almacén de suministros, pero parecía que cuanto más hablaba, más lo empeoraba todo.

Zander me dio una palmada en un hombro.

—Oye, siento no haberte visto ayer, colega, pero tenía que hacer la ronda entre los pacientes de diálisis. —Señaló con la cabeza hacia el final del pasillo—. Gibson me ha mandado a buscarte. Ya has terminado, ¿no? ¿Te apetece una copa? Hemos pensado en ir a Mafi's, al otro lado de la calle.

Me gustaba Mafi's. Sobre todo porque ya había estado allí. Seguramente Zander lo había escogido por ese motivo.

Los lugares que ya conocía me resultaban menos estresantes porque ya me hacía una idea de lo ruidosos que iban a ser, de cuánta gente habría. No tendría que preguntarle a nadie dónde estaba el servicio.

A veces buscaba en Google un sitio solo para obtener toda la información posible antes de ir. Para hacerme una idea de qué pedir y dónde aparcar. O si tenía que asistir a una cena importante o a una fiesta, me pasaba por el sitio el día anterior, para sentirme más ubicado y menos estresado cuando llegara, antes de verme obligado a enfrentarme a un gran evento social.

Eso también lo he hecho aquí. Visité el Royaume dos veces antes de aceptar el traslado. Zander estaba aquí, y yo conocía a Gibson, conocía el trabajo, y sentía que el cambio sería cómodo.

Sin embargo, a veces ni con la investigación más exhaustiva logras saber de verdad dónde te estás metiendo.

Zander esperaba mi respuesta.

En circunstancias normales después del día que había tenido, querría irme a casa. Pero necesitaba una interacción social positiva para no darle vueltas y vueltas a la última que había tenido. Si no interponía algo entre lo que había pasado y yo, me obsesionaría con ello el resto de la noche.

—Claro —contesté—. Deja que me cambie. Nos vemos allí.

Me encontré con ellos en el restaurante media hora después. Gibson me hizo señas con una sonrisa afable para que me acercara. Era una de esas personas que le caía bien a todo el mundo.

Gibson y yo teníamos mucha historia. Nunca habíamos trabajado juntos, pero habíamos desempeñado el mismo trabajo durante los últimos años y coincidimos en bastantes conferencias como para llegar a conocernos bien. Además, conocía a mi madre. Como la mayoría de los médicos. Era una médica muy respetada por méritos propios.

Me sonrió mientras me sentaba.

—Maddox, ¿qué tal vas en tu nuevo trabajo?

—Bien —mentí.

—¿Y cómo está Amy? —me preguntó.

—Bien. Cortamos hace ocho meses.

Levantó una ceja.

—Uf. No lo sabía. Lo siento. ¿De ahí el traslado?

Cogí una carta y la miré, aunque no me hacía falta. Ya la había leído online.

—En parte sí —contesté—. De hecho, se va a casar. Con Jeremiah.

Zander me clavó la mirada.

—¿Lo dices en serio?

—Me temo que sí.

Gibson se echó hacia atrás.

—¿Y qué dice tu madre al respecto?

—Más de la cuenta —murmuré.

Zander asintió con la cabeza en mi dirección.

—Al menos te has quedado con el perro —comentó.

—Ya te digo.

Adopté a Teniente Dan cuando Amy y yo estábamos juntos. Era mi perro, pero lo compartíamos por igual y Amy lo quería tanto como yo. Casi esperaba que me pidiera la custodia compartida, pero por suerte no opuso resistencia. Ahora que lo pienso, no opuso mucha resistencia en casi nada. No había nada por lo que oponer resistencia. Nunca llegamos a vivir juntos, no tuvimos hijos.

Miré a Gibson por encima de la carta.

—Oye, quería preguntarte una cosa. Hay una doctora, una tal Briana... Zander, creo que estás tratando a su hermano.

—La doctora Ortiz —dijo Gibson con cierto titubeo—. ¿Te está dando problemas?

—No. Me ha comentado algo de que habías movido los hilos por mí... Parecía molesta. ¿Sabes de qué va el asunto?

Soltó el aire por la boca.

—Aspira a sustituirme cuando me vaya. Le mencioné que había retrasado mi jubilación para que el personal tuviera la oportunidad de conocerte antes de la votación para elegir al próximo jefe. No le hizo mucha gracia.

Apreté los labios y asentí. En fin, ya tenía la explicación.

—No me interesa el puesto, Gibson.

Eso pareció sorprenderlo.

—¿No? Supuse que intentarías conseguirlo. Has bajado bastante de categoría al venir.

—Mis días como jefe se acabaron. He venido para simplificar mi vida. —Y estaba fracasando estrepitosamente...

Suspiró.

—Vale. En fin, respeto tu decisión.

—Parece un poco injusto que retrases la votación por mí —seguí—. Entiendo por qué se siente frustrada.

—Bah, daría igual —dijo Gibson, restándole importancia—. No es por menospreciarte, porque estoy seguro de que pelearías con uñas y dientes, pero sería una avalancha a su favor por mucho que esperemos. Su equipo la quiere con locura y es una profesional increíble.

—En ese caso, ¿por qué retrasar la votación? —le pregunté.

Cogió su carta y empezó a ojearla.

—No me gusta la imagen de que se presente sin oponente. Le resta validez a su victoria, y no quiero que vayan cuchicheando por ahí que ha conseguido el puesto porque no había nadie más. Es injusto para ella y no es una buena manera de llegar a una posición de liderazgo.

Zander asintió con la cabeza varias veces.

—Así que la pones a competir con un rival de su categoría... y dejas que lo machaque. —Parecía impresionado—. Me gusta. —Me señaló con la cabeza—. Una putada para ti, pero me gusta.

A mí también me gustaba. No la parte de ser el perdedor, sino el razonamiento. Al menos su intención había sido buena.

—Por noble que parezca, tendré que bajarme del carro —dije.

Gibson asintió con la cabeza.

—Entendido. En fin, de todas maneras voy a quedarme un poco más por si aparece alguien lo bastante valiente como para desafiarla. Y, la verdad, agradezco el par de meses extra. Todavía no estoy preparado para irme. Renunciar después de veinte años es muy fuerte. ¿Y pasar el día entero con Jodi? No sé si estoy listo para eso.

—No lo estás —replicó Zander—. Hazme caso. Yo me paso la vida deseando que mi marido se vaya de viaje para jugar al *curling* y poder disfrutar de un poco de paz.

Gibson meneó la cabeza por encima de la carta.

—Supongo que no se acepta un trabajo como este si eres feliz en casa. A menos que estés en tu situación. Supuse que a Amy le daba igual, ya que te veía en el trabajo de todas formas.

—No le daba igual —masculló, sin añadir nada más—. Y la verdad, allí tampoco quería el puesto de jefe. Se puede decir que mi equipo me empujó para conseguirlo. No es lo mío.

Gibson agitó una mano para restarle importancia a mis palabras.

—Si te empujaron a conseguirlo, sí que es lo tuyo. Eres diplomático, justo y no te van los dramas. Te respetaban. De hecho, Briana es igual. Aunque un poco más testaruda.

Zander levantó un dedo para llamar a la camarera.

—Briana será una buena jefa…, si es que te marchas de una puñetera vez.

Gibson soltó una risilla.

—¿Cómo va la ansiedad? —me preguntó Zander—. No es fácil ser el nuevo.

—Va bien —mentí una vez más.

—Empezar un trabajo nuevo debe de ser un infierno para ti —siguió Zander—. La versión adulta de plantarte delante de la clase y presentarte.

Resoplé. Era justo eso. Pero estando desnudo y después de que mi perro se hubiera comido los deberes.

Por suerte nuestra camarera se acercó antes de que tuviera que añadir nada. En lugar de primer plato, Zander ordenó un entrante de cada para compartir, pero yo me pedí una ensalada. Probaría lo que trajeran, pero no me atiborraría de fritos y sal.

Cuando mi salud mental se resentía, seguía un régimen de autocuidados estricto. En cuanto empezaba a notar la sensación de que algo iba mal, como si me envolviera la estática, me esforzaba de forma consciente en hacer ejercicio y dormir lo suficiente. Dejaba el alcohol, el azúcar y los carbohidratos, e intentaba ingerir alimentos más sanos. Escribía en un diario. Todo eso ayudaba. Y en ese momento necesitaba toda la ayuda que pudiera encontrar. Estaba tambaleándome al borde de un precipicio, intentando no caerme. Amy y Jeremiah, mi familia, mi nuevo trabajo…, todo me empujaba hacia el abismo.

Nos llevaron las bebidas, para ellos unos cócteles y para mí agua con gas y lima. Empezaron a contar anécdotas de pacientes mientras yo disfrutaba de la distracción, tranquilamente sentado. Me alegraba de haber ido. Lo necesitaba. Un recordatorio de que había gente a la que yo le caía bien.

Este tipo de interacciones no me agotaban. Me conocían. No se tomaban a pecho que me quedara callado para escuchar sin más. No se ponían pesados por que no bebiera alcohol, algo que a mí tampoco se me pasaba por la cabeza hacerle a los demás. Nunca se saben los motivos de otra persona para no beber.

Esos amigos eran fáciles. No todos lo eran.

No todo el mundo te demanda el mismo esfuerzo. Había gente que me quitaba más energía que otra. Mi padre, por ejemplo, era muy tranquilo. Podía pasarme días con él en su taller sin sentir la necesidad de tomarme un descanso. Jill y Jane también eran así. Pero ¿mi madre, Jeremiah y Jewel? Eran personas de alta energía capaces de agotarme en cuestión de minutos. Solo los toleraba en pequeñas dosis.

Amy era quien tenía la energía más alta de todos. Con ella nunca había silencio. Tenía que llenar cada segundo.

Al principio me gustaba. No tenía que mostrarme simpático ni forzar una conversación. Ella lo hacía todo y yo podía quedarme tranquilo escuchándola mientras me reía de sus anécdotas porque no necesitaba que contribuyera con nada. Escuchar era mi contribución. Cuando asistíamos a fiestas, ella se encargaba de la conversación con todo el mundo y yo solo tenía que estar presente. Me quitaba presión. Mi familia la adoraba. Era fácil. Creo que mi personalidad tan retraída la hacía sentirse escuchada, el centro de atención, tal como le gustaba. Y eso tenía el efecto contrario en mí. Hacía que yo me sintiera invisible, que era lo que me gustaba a mí.

Sin embargo, un día caí en la cuenta de que yo lo sabía todo de ella, pero que ella no sabía nada de mí. Nada. Y me sentía solo, aunque estaba con alguien. Así que por fin hablé con ella del tema y… en fin. Que pasó lo que tuvo que pasar.

Gibson le hizo un gesto con la cabeza a Zander.

—Me ha parecido ver hoy a Benny.

—Sí. Se le ha infectado el catéter.

Enderecé la espalda.

—Briana me ha hablado de él —dije, interesado de repente en la conversación—. Enfermedad autoinmune.

—Tío, qué mala suerte ha tenido el pobre. De estar sano a acabar con una insuficiencia renal en año y medio.

—¿Su hermana va a donarle un riñón? —pregunté.

Zander bebió un sorbo de su bourbon.

—No es compatible. De momento, nadie lo es.

Gibson meneó la cabeza.

—Pobre chaval. Perdió el trabajo y su novia cortó con él.

—Eso me cabreó un huevo —dijo Zander al tiempo que inclinaba su vaso hacia Gibson.

—¿Por qué cortó con él? —quise saber.

—No supo adaptarse a la situación —contestó Gibson—. La cosa no pintaba nada bien desde el principio y no quiso esperar a ver qué pasaba.

Meneé la cabeza.

—¿Cuánto tiene que esperar un paciente como él para un trasplante? No creo que sea mucho.

Zander negó con la cabeza.

—Depende. Podemos estar hablando de tres a siete años. Pero tiene un tipo sanguíneo poco común. El menos común, de hecho. Así que puede que a él se le alargue más.

Me apoyé de nuevo en el respaldo de la silla.

—Más de siete años —susurré—. Dios, es que ni me lo imagino. —Con razón su hermana estaba tan preocupada.

No quise ser insensible con el comentario de la diálisis. Mi intención era la de consolarla diciéndole la verdad. La diálisis lo mantendría vivo. Pero su calidad de vida se resentiría mientras tanto. Lo que había pasado ese mismo día era un buen ejemplo.

Además de la montaña rusa de su salud, se pasaría enganchado día sí y día no a una máquina de diálisis cuatro horas al día. No podía tomar muchos líquidos, ya que su cuerpo sería incapaz de eliminarlos. Nada de sopa, de sandía o de helado. Nada de copas con los amigos. Ni siquiera una Coca-Cola. Nada salado, porque no podía procesar el sodio, nada frito. No podría hacer lo que yo estaba haciendo en ese momento: comer un aperitivo cualquiera sin pensármelo.

—¿No dañará su enfermedad autoinmune el riñón trasplantado? —pregunté.

Zander se encogió de hombros.

—Lo tenemos controlado. La probabilidad de recurrencia es solo del diez por ciento. Llevará una vida normal si consigue un donante. Pero no tengo muchas esperanzas.

Me quedé callado un buen rato.

Recordando lo que dijo Briana, que su hermano solo quería ser normal. Yo sabía bien lo que era que un factor externo controlase tu vida. Mi ansiedad también era limitante. Pero ¿lo de Benny? Eso tenía que ser duro. En especial para alguien tan joven.

¿Qué estaba haciendo yo a los veintisiete? Me fui de mochilero al Machu Picchu con Zander, y de acampada a menudo. Cosas que daba por sentadas. Cosas que serían imposibles con la diálisis, desde luego.

—Tiene más oportunidades de conseguir un donante muerto —siguió Zander—. Pero el órgano no durará tanto y los resultados no son tan buenos. Hay mayor riesgo de rechazo. Lo ideal sería que consiguiera un donante vivo, pero ningún miembro de la familia es compatible, y con su tipo sanguíneo...

—¿Cómo es la recuperación para el donante vivo? —quise saber.

—No muy dura. Un par de semanas. ¿Por qué? ¿Te lo estás pensando?

—Lo he tenido en mente después de lo de mi madre.

—Ah, sí, se me había olvidado —dijo Zander—. Eso fue... ¿Cuándo? ¿Hace veinte años?

Asentí.

—Más o menos.

Mi madre tenía lupus. Le diagnosticaron insuficiencia renal cuando yo estaba en el instituto. Pero no llegaron a incluirla en la lista de espera para un trasplante porque su mejor amiga, Dorothy, se ofreció a darle uno. Mi madre tuvo suerte. Nunca tuvo que pasar por diálisis.

Por aquel entonces éramos demasiado jóvenes, así que ninguno pudo ayudar, y mi padre no era un buen candidato por culpa de su hipertensión.

El gesto me conmovió muchísimo.

—Me prometí que cuando tuviera la edad apropiada devolvería el favor —dije.

—¿Cuál es tu tipo sanguíneo? —me preguntó Zander.

—0.

Enderezó la espalda.

—Donante universal. —Me dio la impresión de que me observaba con más atención—. ¿Algún problema de salud?

Negué con la cabeza.

—No.

—¿Quieres que hagamos la analítica? ¿Solo para comprobarlo? Sin compromiso. La familia no lo sabrá.

Me lo pensé un momento.

¿Qué había de malo en comprobarlo? Puede que acabara siendo incompatible y siempre podía negarme.

Me encogí de hombros.

—Sí, claro.

5

Briana

*C*uando llegué a casa ayer por la noche, me derrumbé por completo.

Empezaba a darme cuenta de que nunca más volvería a ser feliz. No igual que lo había sido en el pasado. No iba a recuperar mi vida, y no se trataba solo de mi matrimonio con Nick. La enfermedad de Benny me había destrozado. Fue la gota que colmó el vaso.

Benny era como mi hijo. Le sacaba ocho años y prácticamente lo había criado yo mientras mi madre trabajaba y estudiaba Enfermería.

Podía ser la mujer fuerte que mi madre me había enseñado a ser. Había sido capaz de sacarme la carrera de Medicina, ganar dinero para vivir sin que nadie me ayudara y superar mi espantoso divorcio. Pero no podía ver a Benny deteriorarse poco a poco y seguir de una pieza. No podía.

Cuando me pasé el día anterior por su piso después del trabajo para recoger a su gato, encontré un aviso pegado en su puerta para que abandonara la casa en un plazo de tres días. No estaba pagando el alquiler. Al entrar, la cosa empeoró.

El piso era un estercolero. Llevaba semanas sin limpiar el arenero del gato, los platos del fregadero tenían moho y una montaña de ropa sucia cubría la cinta de correr que antes usaba religiosamente. El gato se lanzó a mis brazos en cuanto me vio, como si yo formara parte de un equipo de rescate al que llevaba mucho tiempo esperando y fuera un alivio que por fin hubiera llegado para salvarlo.

A Benny le habían diagnosticado depresión. Llevaba deprimido desde que empezó el año anterior, pero había pasado de una depresión funcional, cuando todavía se duchaba y se tomaba los medicamentos, a esto. Se había rendido al mismo tiempo que lo hacían sus riñones.

Llegué a la conclusión de que tenía que llevármelo a vivir conmigo. Eso o llamaba a mi madre. Benny necesitaba que un adulto más responsable que él lo cuidara en ese momento. Tendría que decidir a qué mujer agobiante prefería en su vida, porque iba a acabar con una de ellas, lo quisiera o no.

Anoche, cuando llegué a casa, me arrojé en la cama para sollozar con ganas sobre la almohada hasta que me quedé dormida…, algo que no duró mucho, porque el gato de Benny me despertó. Tardé diez segundos de pánico absoluto en darme cuenta de que lo que había en mi dormitorio era un gato y no un asesino. Después de eso ya no pude conciliar el sueño.

Necesitaba faltar al trabajo ese día, estar tranquila en casa, sin sujetador, con el pelo recogido en un moño de cualquier manera, viendo reposiciones de *Schitt's Creek*. Todavía tenía los ojos enrojecidos e hinchados, y estaba a un pelo de perder el control de nuevo… y encima me había bajado la regla. Una semana desangrándome sin la dulce liberación de la muerte.

Supongo que de momento era bueno que no tuviera que prepararme para el nuevo puesto, aunque no me hacía mucha gracia cómo había pasado todo y por qué. Pero al menos no tenía que estar en el hospital ochenta horas a la semana cuando apenas aguantaba las cuarenta y ocho que hacía por aquel entonces.

Eran las seis y media de la mañana. Había quedado con Jessica antes del trabajo para tomarnos un café.

Al principio no me caía muy bien. Era muy amiga de Alexis porque fueron vecinas antes de que esta se mudara, pero siempre me pareció un poco amargada. Claro que como a esas alturas yo también estaba amargada, apreciaba sus ganas de acabar con el patriarcado.

Llegué a la cafetería del hospital y me pedí un capuchino triple. Ojalá llevara un chorrito de vodka.

Vi a Jessica en la mesa que había elegido en un rincón y eché a andar hacia ella, vestida con una sudadera negra y ancha por encima del pijama del hospital. La capucha puesta y las gafas de sol que me llevaba para esconder los ojos rojos e hinchados me hacían parecer una rapera a punto de sacar el disco de hiphop del año.

Jessica, en cambio, estaba genial. Pelo perfecto y pintalabios rojo brillante a las seis y media de la mañana, joder. Era obstetra. Tenía cuarenta y seis años, siempre iba impecable y nunca la había visto sonreír. Pero nunca. Estaba casada con un abogado de renombre o algo así, pero lo odiaba; cosa que no me sorprendía, porque odiaba a todo el mundo. En ese momento eso era lo que más me gustaba de ella.

Estaba mirando el móvil cuando me dejé caer en la silla en frente de ella como un saco de patatas humano.

—¿Qué te ha pasado? —preguntó con voz aburrida y sin levantar la cabeza.

—¿Por qué crees que me ha pasado algo?

Soltó el móvil y me miró como una madre miraría a un adolescente petulante.

—Llevas gafas de sol dentro del hospital.

—A lo mejor tengo conjuntivitis.

Se quedó esperando.

Solté el bolso, que cayó al suelo junto a la silla con un golpe seco.

—A Benny no le va bien. Y mi divorcio será definitivo dentro de dos semanas.

—Bien —replicó con sequedad—. Por fin libre.

Puse los ojos en blanco.

—¿Libre para qué? ¿Para salir con alguien? ¿Para montármelo con un montón de solteros buenorros? ¿Has visto cómo está el patio? —Me incliné hacia delante—. Y eso que tengo el listón muy bajo, te lo aseguro. Bajísimo, tirado por los suelos. A estas alturas me conformaría con un hombre que tenga pene, más de una toalla y ni una sola bandera colgada en la pared. Es que… ¿de verdad esperan que nos acostemos con ellos en un futón en el sótano de su madre? ¿En serio?

Jessica resopló, lo que venía a ser su versión de una carcajada, y dijo:

—Lo único que hacen es mentir y desequilibrarte el PH. Son un recordatorio constante de que no elegimos nuestra sexualidad, porque ¿quién en su sano juicio elegiría sentirse atraído por los hombres? Son totalmente inútiles como pareja. ¿Sabes que la probabilidad de que un hombre abandone a su mujer si ella enferma de gravedad es seis veces mayor que si enferma él?

La miré fijamente.

—¿Lo dices en serio?

Sacó una polvera y se miró los dientes.

—Y cuanto mayor es la mujer, mayor es la tasa de abandono. Creo que en oncología hasta tienen un dicho: cuando la mujer enferma, el marido se busca una nueva. —Cerró la polvera y me observó con los labios apretados y cara de incredulidad.

Yo le devolví la mirada parpadeando por el espanto.

—Es asqueroso.

—Sí que lo es —convino—. Pero ya sabes, no hay pena sin pene … —canturreó.

Me eché a reír, aunque me salió un poco en plan desquiciada, antes de apoyar la frente en una mano.

—Se acabó —mascullé—, me rindo. Debería aceptar que no voy a catar de nuevo el sexo. Voy a cancelar la cita para depilarme las ingles. Voy a dejar que el bosque reclame su territorio natural y sucumbiré a la bruja del pantano que llevo en mi interior. —Cerré los ojos con fuerza detrás de las gafas—. Tengo la sensación de que si muero, tardaría un día entero en darme cuenta de que estoy en el infierno. —En ese momento gruñí al recordarlo—. Y luego está el gilipollas con el que trabajo. El nuevo al que no soporto…

—¿Ah, quién? —preguntó Jessica mientras miraba de nuevo el móvil, como si no le interesase mucho.

—El doctor Maddox. —Hice una mueca.

Se quedó pasmada un momento y me miró por encima de la pantalla.

—¿Jacob Maddox?

Me froté la frente con gesto cansado.

—Sí. ¿Lo conoces?

—Un hombre maravilloso —contestó con firmeza.

Me quedé helada mientras la miraba parpadeando.

—Perdona..., ¿cómo?

Su busca empezó a sonar.

—Conozco a su madre —dijo mientras lo miraba—. Conozco a toda la familia desde hace años. Tengo una cesárea de emergencia, así que me piro. —Se puso en pie.

—Espera. ¿Estamos hablando del mismo Jacob? —pregunté mientras cogía su bolso—. ¿Pelo castaño cobrizo? ¿Más o menos de esta altu...?

—Fue jefe de Urgencias en el Memorial West. Es un ser humano excelente.

La miré fijamente. Un ser humano exc...

—¡No le cae bien a nadie!

Ella se colgó el bolso del hombro.

—Pues se equivocan. ¿Te hace una copa luego?

—No puedo. Pero...

—Mándame un mensaje cuando tengas hueco.

Cogió su café y la observé mientras se alejaba taconeando. Tiró el vaso a la papelera, dobló la esquina y desapareció.

Me quedé allí sentada, parpadeando detrás de las gafas.

¿Qué acababa de pasar?

Jessica jamás decía algo agradable de alguien, mucho menos de un hombre. ¿Un ser humano excelente? Puaj.

Daba igual.

Estaba demasiado cansada como para pensar en ello. Ese día tenía que decirle a Benny que o se iba a vivir conmigo o con nuestra madre. Si accedía, tendría que hacer la mudanza, aunque dado su estado él no podría ayudar. No tenía tiempo para pensar en la bondad del capullo ese.

Me terminé el café a solas y después fui al vestuario para quitarme la sudadera y las gafas y cambiarme el tampón. Estaba enfurruñada y más gruñona de la cuenta, así que cuando llegué a Urgencias y vi a Gloria con Hector delante de la puerta de un paciente, mirando a través de una rendija en la cortinilla, me coloqué detrás de ellos como una vieja cascarrabias a punto de echar a alguien de su jardín.

—¿Qué hacéis? —pregunté malhumorada.

—Chisss —susurró Gloria—. Estamos mirando.

—¿El qué? —pregunté mientras intentaba ver a través de la puerta corredera de cristal.

—Al doctor Maddox —susurró ella.

Gemí.

—Por Dios, ¿qué ha hecho ahora?

Llevaba varios días sin verlo, desde que lo mandé a la mierda en el almacén de suministros. Creo que me estaba evitando.

Bien.

Hector siguió mirando a través del cristal.

—Ha venido una niña pequeña con una mordedura de perro y le está cosiendo la muñeca que trae.

Fruncí el ceño.

—¿Cómo?

—Lo que has oído. Yo estaba delante. Supongo que el perro le destrozó la muñeca y la niña estaba histérica y llorando, y el doctor Maddox entra y empieza a decir cosas como «*Mija*, vamos a curar a tu bebé, ¿vale?». Y luego sacó el kit de sutura y empezó a coser la muñeca mientras su residente se puso a suturar la herida de la niña para que no se diera cuenta. *Dios mío*, nunca he visto nada tan bonito. —Se volvió hacia Gloria—. ¿Crees que está soltero?

—Sí —contestó ella—. Y también creo que es hetero.

Hector meneó la cabeza.

—No. Ni de coña. Lo he visto en el Cockpit.

—¿Dónde? —preguntó Gloria.

Hector se ladeó un poco para ver mejor.

—Un bar gay en las afueras. Era él, estoy seguro. Jamás se me olvidaría un mentón como ese.

—Que estuviera en un bar gay no implica que sea gay —le recordó ella—. He oído que salía con alguien en el Memorial West. Una doctora —añadió. Me miró y me hizo un gesto con la cabeza—. Ven a echar un vistazo. —Se apartó para que yo pudiera mirar por la rendija de la cortinilla.

En la habitación estaban el doctor Maddox, la madre de la paciente, un residente de segundo año y Jocelyn. El doctor Maddox se encontraba de espaldas a nosotros, sentado junto a la camilla. Tenía los pantalones del pijama subidos y llevaba otra vez unos calcetines estampados, aunque no distinguía el dibujo desde donde estaba.

Había colocado la muñeca en una mesa y la estaba cosiendo. La niña no tendría más de cuatro o cinco años. No estaba llorando, se hallaba distraída. Jacob parecía estar contándole un cuento mientras trabajaba, porque la niña se reía. Hasta Jocelyn sonreía, y eso que fue una de las primeras en odiarlo, y más que los demás.

—Qué fuerte —masculló—. Pues resulta que no es Satanás.

—¿Qué estáis haciendo?

Dimos un respingo al oír la voz. Zander se acercaba a nosotros desde la puerta de doble hoja.

—Hola. Nada —contesté al tiempo que le daba la espalda al cristal—. Observando una cura.

Gloria y Hector decidieron que había llegado el momento de irse.

—¿Qué pasa? —le pregunté.

—He venido para decirte que voy a darle el alta a Benny hoy mismo. Lo veo bien. Listo para irse.

Me animé de inmediato.

—¡Genial!

—Bueno, ¿a quién estás mirando? —Se inclinó un poco para echar un vistazo en el interior de la habitación—. Ah, Jacob. —Sonrió al ver lo que estaba haciendo—. Qué cabrón, míralo. Siempre me ha gustado su actitud con los pacientes.

Ladeé la cabeza.

—¿Lo conoces?

Asintió.

—Sí. Compartimos habitación durante años. Es uno de mis mejores amigos. Un buen tío.

Hice una mueca.

Me miró fijamente.

—¿Qué?

—Nada, es que no dejo de oír lo mismo hoy, pero aquí no le cae muy bien a nadie.

Frunció el ceño.

—¿Jacob?

—Sí. Se puede decir que es un capullo.

A Zander se le escapó tal carcajada que me sorprendió.

—Qué va a ser un capullo. Jacob es el mejor tío que he conocido en la vida, en serio. Te daría hasta la camisa que lleva puesta.

—Jacob —repliqué con sorna al tiempo que cruzaba los brazos por delante del pecho— es un maleducado.

—Si te ha dado esa impresión, seguro que es porque se pone nervioso, nada más. Es introvertido, más bien tímido. —Se miró el reloj—. En fin, tengo que irme. —Empezó a andar deprisa de espaldas—. Oye, sé amable con él, ¿sí? Es uno de los buenos. —Se dio media vuelta y corrió hacia las puertas de doble hoja.

Me quedé allí mirándolo boquiabierta mientras se alejaba. ¿Uno de los buenos?

Conocía a Zander desde hacía años. Además de respetarlo como médico, también confiaba en su juicio en general. No lo creía capaz de decir algo así de una persona a menos que lo pensara de verdad. A ver, que no era cierto, porque estaba claro que Jacob era un capullo. Y se había confabulado con Gibson para conseguir el puesto de jefe, algo que me seguía cabreando. Pero sí creía que Zander tenía a Jacob por una buena persona.

Jessica también era de la misma opinión…

Y seguro que a Gibson también le caía bien.

Mmm…

Miré de nuevo por el cristal. Jacob estaba terminando con la muñeca. La agitó delante de la niña y después le dio un toquecito en la nariz con ella antes de dársela. La niña la aferró con fuerza y sonrió de oreja a oreja.

Sentí que se me suavizaba la expresión.

Era cierto que me había llevado la toalla húmeda el otro día al almacén de suministros. Podría haberse ido sin más, sobre todo después de haber sido tan borde con él en la habitación de Benny. Además, no llegué a disculparme por el encontronazo en el pasillo. En ese momento estaba salvando una muñeca de una muerte segura… Supuse que no era tan malo.

Me mordí el labio.

Si Jacob era tímido, perder a todos sus pacientes el primer día y después cabrear a todas las enfermeras no le podía haber sentado muy bien. Nadie le había dado una oportunidad después de aquello. Si de verdad era «uno de los buenos», tal como Zander decía, eso hacía que me sintiera un pelín mal, como si fuera su primera semana en un colegio nuevo y yo fuera una de las chicas malas.

A lo mejor sí era una de las chicas malas.

De un tiempo a esa parte estaba tan gruñona que seguramente le había demostrado menos paciencia de lo que sería normal si mi vida no se estuviera yendo por el desagüe.

Benny también era introvertido. Lo pasó fatal en el colegio…

A través de la rendija en la cortinilla, vi que Jacob se ponía de pie, y eché a andar hacia el control de enfermería, aunque solo di unos cuantos pasos antes de soltar un gemido y retroceder.

Un segundo después, cuando se abrió la puerta de la habitación donde estaba Jacob, lo estaba esperando. Me planté delante de él con los brazos cruzados.

—Oye —dije con sequedad.

Se quedó paralizado con una mano en la puerta.

—Hola —dijo con cara de espanto, como un ciervo iluminado por los faros de un coche.

—Tráeles dulces.

Me miró parpadeando.

—¿Cómo?

—Deberías haberles traído dónuts a las enfermeras tu primer día. Apareciste con las manos vacías, ese fue tu primer error. Puede que los cupcakes te salven, pero que no sean de los cutres. Ve a Nadia Cakes, compra veinticuatro, uno keto para Gloria, al menos cuatro sin gluten y uno vegano. Hector no come nada de origen animal. Puntos extra si compras un cupcake perruno para el nuevo cachorro de Angelica.

Aunque seguía mirándome fijamente, me di media vuelta y me alejé.

Ya estaba. Había sido amable con él, tal como me había pedido Zander. Le había dado las herramientas para salir de la zanja en la que se había metido con su equipo. Si decidía seguir mi consejo ya era cosa suya. Yo tenía la conciencia tranquila. Ya no era una matona.

—Oye —dijo.

Solté un largo suspiro y me di media vuelta.

—¿Qué?

Seguía allí de pie, con esa mirada de cachorrito ansioso por agradar que me dificultaba mantener la expresión indiferente. Otra vez pensé, casi para mi consternación, que era mono.

Tenía un magnetismo sensual superfuerte, así en plan tranquilo y callado. Unos ojos oscuros tiernos y profundos; un mentón cuadrado con la barba justa para que pareciera un poco brutote, pero aseado al mismo tiempo. Debía de rondar el metro ochenta, mientras que yo medía uno sesenta y dos. Treinta y tantos años, en forma. Tenía las manos metidas en los bolsillos del pijama negro, y se le marcaban las venas en esos musculosos brazos. Me encantaban unas venas bien hidratadas.

Me lo saqué de la cabeza. ¿Estaba bueno? Sí, vale. No podía negarlo. Pero era muy irritante.

—¿Qué? —insistí con impaciencia.

—¿Y a ti? —me preguntó—. ¿Qué cupcake te gusta?

—Red velvet, pero no quiero ninguno —contesté mientras me daba media vuelta.

No quería nada de él.

6

Jacob

*D*espués de mi turno me pasé para la segunda tanda de analíticas que había pedido Zander. Luego encargué los cupcakes que Briana me había recomendado que comprara para las enfermeras, de modo que pudiera recogerlos tres días después, cuando volviera al trabajo.

No sabía por qué me estaba ayudando. Saltaba a la vista que le molestaba hacerlo. ¿Le había dicho algo Gibson? Ojalá que no. No necesitaba que el jefe intercediera por mí, que la obligara a ser amable.

Le di un paseo a Teniente Dan y compré algo en Grubhub. Cené, me di una ducha y acababa de sentarme en la habitación de las plantas para escribir en el diario, cuando me llamaron por teléfono.

Mi madre.

No contesté. Llevaba una semana pasando de las llamadas y de los mensajes de todo el mundo desde la última conversación. Sabía lo que querían: conocer a mi novia. No tenía ni idea de lo que hacer al respecto.

Sopesé la idea de alargar el asunto. De ir poniendo excusas para explicar por qué nunca me acompañaba a ningún evento hasta acabar diciéndoles que habíamos cortado. A lo mejor conseguía mantenerlos engañados hasta la boda…, a la que asistiría solo, para que todos mirasen con lástima al nuevamente soltero ex de la novia, al que habían abandonado y roto el corazón dos veces.

A lo mejor debería decir la verdad sin más. O, al menos, acabar con esa farsa y «cortar» con ella en ese momento.

Una cosa era no dar detalles. Decir que estaba saliendo con alguien y dejarlo en eso. Y otra verme obligado a especificar. No me gustaba mirar a mis familiares a los ojos y darles el nombre y el pasado inventados de una mujer que ni siquiera existía. Me parecía mal, aunque mis intenciones fueran buenas. Pero no sabía qué hacer. La verdad, me sorprendía que nadie hubiera insistido más preguntándome el nombre cuando lo conté. En aquel momento creo que se quedaron demasiado sorprendidos como para pedir más información, pero era evidente que ya estaban preparados para hacerlo. Incluso Walter me había llamado.

Mi madre cortó la llamada. Después me llegó un mensaje.

Mamá
Jacob, vas a venir acompañado el 19? Tengo
que saberlo para calcular cuánta carne preparo

Un segundo después: tin.

Mamá
Da igual, haré mi pasta con pesto. Habrá de sobra.
A menos que sea alérgica a los piñones. Es alérgica
a los piñones?

Me pellizqué el puente de la nariz. «No lo sé, Jacob. ¿Tu novia imaginaria es alérgica a los piñones?».

Dios.

¿Cómo saldría airoso si se me iban a echar todos encima?

Después recordé que hasta el interrogatorio más brutal sería preferible a la alternativa: todos atentos por si perdía los papeles, todos echándoles la culpa a Jeremiah y a Amy. La tensión de esa situación inevitable se cernía sobre mí como un calor radiante.

Solo quería ser invisible. Deseaba borrarles la memoria a todos y que olvidaran que Amy y yo fuimos pareja.

Joder, ojalá yo mismo pudiera olvidar que Amy y yo habíamos sido pareja.

Teniente Dan se levantó de donde estaba echado a mis pies y me puso la enorme cabeza en el regazo. Siempre sabía cuándo tenía la ansiedad por las nubes.

Teniente Dan era un san bernardo de tres patas y dos años. También era uno de los muchos motivos por los que no me interesaba el puesto de jefe de Urgencias en el Royaume Northwestern. Cuando Amy y yo lo compartíamos, no pasaba mucho tiempo solo en casa, aunque yo estuviera trabajando ochenta horas semanales. Pero a esas alturas solo me tenía a mí. Ya no me interesaba pasarme la vida fuera. Me gustaba estar en casa. De un tiempo a esa parte mi casa era el único sitio en el que me sentía en paz de verdad.

Sobre todo cuando todos me odiaban en el trabajo.

Me acomodé en el sillón de la habitación de las plantas y miré con cansancio las suculentas. Ojalá los cupcakes ayudaran, aunque no sabía muy bien cómo iban a hacerlo. La situación parecía trascender el poder de unos dulces.

Miré de nuevo el diario. Escribir un diario me centraba, me ayudaba a serenarme. Era una de las habilidades que había aprendido en terapia, me servía para enfrentar lo sucedido durante el día y las posteriores emociones cuando las plasmaba en papel. Pero al final no escribí en el diario.

Le escribí una carta a Briana Ortiz.

7

Briana

O te vienes a vivir conmigo o llamo a mamá.

Eran las siete de la tarde y llevaba a casa a Benny, al que le habían dado el alta del hospital, después de mi turno.

Mi hermano me miró horrorizado desde el asiento del acompañante.

—¿Por qué me castigas? ¿Es que mi vida no te parece lo bastante mala?

—No lo hago para castigarte —repliqué—. Ahora mismo necesitas ayuda, y no puedo estar en tu casa para limpiar y para asegurarme de que te tomas la medicación. No estás pagando el alquiler y has acabado en el hospital. Te estás saltando las sesiones de diálisis. Ni siquiera te duchas.

Apoyó la frente en la ventanilla. Parecía muy frágil y agotado. Muy distinto del hombre saludable, en forma y viril que era hacía un año y medio, antes de que esa pesadilla empezara para los dos.

¿La verdad? Mi madre tenía que intervenir. Yo no estaba segura de contar con la fortaleza mental y emocional necesaria para cuidarlo a él y cuidarme yo también. Claro que tampoco estaba segura de contar con la fortaleza mental y emocional para lidiar con ella. Llamarla era el último recurso, y no me lo tomaba a la ligera.

Cuando saltó la liebre con lo de Nick el año anterior, mi madre se subió en un avión en Arizona, donde vivía con Gil, su marido, desde que se jubiló, y me asfixió con sus cuidados maternales. Tuve que llamar a Gil para que viniera a buscarla y se la llevara a la fuerza al comprobar que ella no daba señales de estar dispuesta a irse después de un mes. No dejó de cocinar. Ni un segundo. Me llenó el congelador y después compró un arcón para el garaje que también llenó. El día que se fue preparó perritos calientes, los envolvió con papel de aluminio y los metió en el frigorífico, como si yo no fuera capaz de prepararme uno en cuanto ella se fuera. Un año después todavía seguía comiendo lo que ella me había preparado. Si la llamaba para que viniese, su caótica energía lo inundaría todo.

Me incorporé a la autopista.

—O llamo a mamá o te vienes a mi casa —insistí.

—No quiero renunciar a mi piso —protestó Benny con cansancio.

—Lo sé —dije al tiempo que me colocaba en el carril izquierdo—. Pero tu piso está hecho un desastre. Casi ni cuidas al gato. Vente a mi casa. Solo será una temporadita. Puedes quedarte en tu antiguo dormitorio. O en el mío, que es más grande —añadí en un intento por convencerlo.

Se quedó callado un momento antes de contestar, como si le costase componer las frases.

—No quiero fastidiar tu vida sentimental —murmuró.

—No hay nada que fastidiar. No tengo pareja. No me vas a cortar ningún rollo si te vienes a casa, en serio. Ahora mismo no tengo nada. —Lo miré porque no dijo ni pío—. Solo es algo temporal, Benny. Conseguirás un trasplante y recuperarás tu vida.

Siguió callado un buen rato.

—Tendré que lidiar con esto el resto de mi vida —repuso en voz baja.

—No siempre será tan malo. En cuanto consigas un riñón…

—No voy a conseguirlo. Sabes que no voy a conseguirlo. Pero no quieres admitirlo.

En ese momento fui yo quien se quedó callada. No sabía qué era mejor, si tratar de alentar su esperanza o hacer que tuviera los pies en la tierra.

—Vale —dije—. Supongamos que no consigues un riñón y que esta es tu vida a partir de ahora. Puede ser una buena vida. Puede ser una vida estupenda. ¿Y si te buscamos una máquina de diálisis para casa? Puedes hacer la sesión por la noche, mientras ves la tele. Solo necesitarías un par de horas si la haces todos los días.

Volvió a quedarse callado, así que tuve que mirarlo.

—¿Puedo hacerlo en casa? —preguntó con tiento.

—Sí, claro. Tienes a una hermana que es médica. No puedes hacerlo si vives solo, pero si te vienes a vivir conmigo, yo estaré ahí para esterilizar el equipo y controlar tus constantes vitales. —Me pareció que su expresión era un pelín optimista, aunque con reservas—. Y si te haces la diálisis a diario en vez de tres veces a la semana, puedes tomar alimentos restringidos, ya que el nivel de fluidos no aumentará.

Se incorporó un poco.

—¿Puedo comer helado?

Asentí.

—Ajá. Tal vez incluso podríamos quitarte algunos de los medicamentos con diálisis más frecuente. Te sentirás mejor, tendrás más energía…

Creo que fue la primera vez que lo vi sonreír en meses. Bueno, medio sonreír. Más bien se trataba de una mueca neutra casi a punto de convertirse en sonrisa…, pero iba por el buen camino.

—Benny, puedes hacerlo. Solo tienes que acostumbrarte. Yo te ayudaré.

«Por favor, déjame ayudarte».

El silencio se alargó.

—Vale —dijo al cabo de un rato.

—¿Vale? ¿Vas a venirte a mi casa?

—Sí. Supongo.

Solté el aire. Me sentí aliviada y triste al mismo tiempo. Aliviada porque podría cuidar de él, porque ya no tendría más visitas inesperadas a Urgencias, porque al estar conmigo su calidad de vida mejoraría. Y triste porque cierto capítulo terminaba para los dos. Porque nuestras vidas se habían parado oficialmente de golpe. Éramos adultos, pero en regresión.

Era como si el reloj hubiera retrocedido veinte años. De repente, yo no era la Briana adulta y casada de treinta y cinco años. Él no era el Benjamin inteligente y aplicado que trabajaba en informática y se entrenaba para correr los cinco mil metros lisos. Yo volvía a ser la hermana mayor encargada de cuidar a un Benny con ortodoncia mientras mi madre asistía a clases nocturnas y trabajaba en un turno doble. E iba a cuidarlo. Porque no me fiaba de que él pudiera hacerlo solo.

Lo llevé a su piso y le preparé la cena. Casi no la tocó y se acostó de inmediato. Volví a mi casa después de poner el lavavajillas y de regarle las plantas marchitas, que de todas formas parecían mucho más vivas que él.

Estaba tan agotada mentalmente cuando por fin llegué a casa que me derrumbé sobre el sofá, envuelta en una manta, y caí rendida hasta que el gato me pisoteó sin miramientos a las dos de la madrugada. Después me fui al dormitorio y me quedé con la mirada clavada en el techo a oscuras, incapaz de volver a dormirme.

Poco a poco me iba alejando de la persona que había planeado ser. O, mejor dicho, de la vida que había planeado.

En cuestión de dos semanas ya no estaría casada. A partir de ese día mi soledad sería oficial.

No pensaba meterme de nuevo en una relación. Ni de coña.

Me había convencido de que lo que le sucedió a mi madre con mi padre fue un hecho aislado. De que la mayoría de los hombres no abandonaban a su mujer embarazada y a su hija de ocho años, dejándolas en la calle y sin dinero. Creía en el amor. Y cuando conocí a Nick, pensé haber encontrado a mi media naranja. Me mostré casi ufana. ¡Ja, hay hombres buenos en el mundo! Conocía a montones de ellos. Zander, Gibson, Benny…, y por fin había encontrado también al que iba a ser el amor de mi vida.

Sin embargo, poseer amigos, compañeros de trabajo y familiares varones no es lo mismo que tener a un hombre de pareja.

Todo lo que mi madre me había dicho sobre mantener una relación con un hombre acabó siendo verdad. No se puede confiar en ellos. No se puede depender de ellos. Los hombres siempre te harán daño, te dejarán y te decepcionarán.

Lo que hizo mi padre me dolía mucho más en ese momento, porque su hijo había heredado su tipo sanguíneo raro, pero no se había molestado en quedarse para ofrecerle un riñón cuando lo necesitaba. El resentimiento hizo que me ardiera el estómago como si tuviera fuego dentro.

Se acabó. Se acabaron los hombres para mí.

A partir de ese momento los usaría igual que ellos usaban a las mujeres. Por entretenimiento. Por sexo. Por conveniencia. Nunca viviría con un hombre con quien saliera y desde luego nunca volvería a casarme. Jamás. ¿Y tener hijos? No. No si eso implicaba estar vinculada a su padre el resto de la vida.

Lo que Nick y mi padre habían resultado ser me revolvía las tripas, me decepcionaba muchísimo. Una emoción que se veía reforzada a diario con cada mujer maltratada que llegaba a Urgencias y con cada imbécil que conocía por Tinder. Ni siquiera me sorprendía que no pudiera encontrar a uno lo bastante decente para un polvo ocasional. Los que usaban las apps de citas y parecían estar medio centrados acababan estando casados, algo que solo reafirmaba mi opinión sobre lo de salir con hombres en general.

Jessica tenía razón. Con el gato me iría mejor.

Durante los siguientes tres días recogí todas las cosas del piso de Benny y las trasladé a mi casa. Sus mejores amigos, Justin y Brad, se acercaron para ayudar a mover los enseres pesados. Pusieron la cinta de correr en la sala de estar, llevaron sus muebles a un trastero y lo dejaron a él instalado. La perspectiva de ver a sus amigos lo hizo ducharse y ponerse ropa limpia, así que por esa parte todo estupendo.

Organicé que me mandaran una máquina de diálisis a casa. Me pasé un día entero lavando la ropa sucia que había recogido de su piso y guardado en bolsas de basura mientras él dormía, llevado por la depresión. Después estuve cinco minutos con una taza de café frío en las manos y la mirada clavada en ese chisme espantoso que el gato rascaba, instalado en el salón al lado del sofá rosa de flores igual de espantoso que mi madre compró en 1994.

Estaba viviendo en la casa donde había crecido.

Cuando mi madre se casó con Gil, no quiso renunciar a su casa. Aunque se mudaron a Arizona cuando él se jubiló, ella siguió negándose a venderla. Mi madre decía que con los hombres hacía falta cierta seguridad. Que nunca pusiera todos los huevos en la misma cesta que el hombre.

Parece que mi madre tenía razón. Cuando dejé a Nick, al menos tuve un lugar donde vivir.

No llegué a redecorar la casa después de la mudanza. Ni siquiera planeaba seguir viviendo en ella un año después, y redecorar hacía que mi situación fuera permanente. Así que me limitaba a vivir allí entre los recuerdos desvaídos de mi infancia. Toda la casa parecía una cápsula del tiempo de los años setenta. Objetos de macramé colgados en las paredes, armarios de roble con tiradores de latón, una alfombra marrón, suelo de linóleo medio despegado en la cocina. Era deprimente. Y en ese momento había un rascador para gatos del tamaño de un árbol.

¿Por qué vivía así?

Podía permitirme un piso propio. ¡Podía permitirme una casa! Sin embargo, la idea me paralizaba. Como si hubiera tenido la fuerza justa para abandonar el hogar que había construido con Nick, pero no me llegara para construirme uno nuevo para mí. Así que vivía allí de gorra como un náufrago atrapado en una isla desierta.

A lo mejor a una parte de mí le asustaba la idea de abandonar la isla. Porque entonces todo sería real.

Me tomé otro día libre para acabar la mudanza de Benny. Cuando volví al hospital el miércoles, era una zombi. Me sentía totalmente entumecida. Como si lo de Nick, lo de Benny y lo de la casa fueran una espantosa quemadura de tercer grado, tan profunda que había desintegrado las terminaciones nerviosas y me hubiera dejado incapaz de sentir nada.

Me di cuenta de que ese era el peor momento de toda mi vida.

A ver, cuando Nick me puso los cuernos, pues sí, fue malo. Pero al menos los riñones de Benny todavía funcionaban. Al menos yo todavía tenía a Alexis cerca. Tenía esperanza.

En ese momento tenía una máquina de diálisis que me entregarían al cabo de varios días; a Benny consumiéndose mentalmente en la cama al final del pasillo y un cajón de arena en el lavadero que tendría que encargarme de limpiar. Mi mejor amiga vivía a dos horas de distancia y estaba demasiado ocupada con su nueva vida como para ofrecerme la distracción que necesitaba para no pensar en todo eso.

No tenía nada a lo que aspirar. Incluso el puesto de jefa estaba en el aire. No tenía perspectivas de salir con nadie. No había alegría en mi vida. Ni un solo entretenimiento. Llevaba un año sin sexo. Me hacía mayor y poco más. Me dirigía en la dirección equivocada en todos los aspectos, mi vida se desmoronaba a mi alrededor.

Y estaba aburrida.

Eso era lo peor de todo. El aburrimiento. La monotonía de mi puta vida tranquila, anodina y deprimente.

Si no tuviera lo de Benny, me apuntaría a Médicos Sin Fronteras o algo, recorrería el mundo. ¿Qué sentido tenía quedarme en Minnesota? Un lugar donde hacía frío y todo me recordaba a Nick o, lo que era peor, a Kelly. Estaba sola. Ni siquiera quería el puesto de jefa a decir verdad. Simplemente era lo que todos esperaban de mí después de que Alexis se fuera, así que me dije que por qué no, que qué otra cosa iba a hacer. Al menos así engordaría mi currículo.

Esa no era la vida que deseaba. Y no sabía cómo cambiarla. Estaba pisando arenas movedizas.

Me encontré a Jocelyn en el control de enfermería cuando llegué a la planta con un capuchino triple en la mano y la sensación de estar tan cansada como aparentaba. No tenía ni idea de cómo iba a pasar el día.

—Oye, te han dejado una cosa. —Señaló con la cabeza un punto detrás del mostrador.

Me incliné con recelo para mirar y vi un cupcake red velvet enorme en una caja con un sobre pegado en el que estaba escrito mi nombre.

Sonreí por primera vez en varios días. ¿Alexis?

—¿De quién es? —pregunté.

—No lo sé. Estaba aquí ayer cuando llegué. —Empezó a darle golpecitos al mostrador con el bolígrafo mientras me miraba—. Oye, ¿estás bien? Te has pedido un día libre.

—Estoy bien —contesté al tiempo que me inclinaba para coger el sobre. Solté el café en el mostrador y lo abrí metiendo el dedo por debajo de la solapa.

Era una carta. Muy larga. Escrita a mano.

Del doctor Maddox.

La miré parpadeando. ¿Del doctor Maddox? ¿Por qué?

Eché un vistazo a mi alrededor, como si pudiera estar cerca, observando. No lo vi.

—¿De quién es? —me preguntó Jocelyn.

—De nadie. Ahora vuelvo.

Cogí la caja del cupcake y me fui al almacén de suministros a toda prisa. Cerré la puerta, me senté en mi caja de papel higiénico y saqué la carta del sobre. Estaba escrita con pluma y tinta negra, y la letra era clara y meticulosa.

Briana:

Me he dado cuenta de que a veces escribir un diario me ayuda a organizar mis pensamientos. Parece que, de un tiempo a esta parte, me cuesta mucho decir y hacer lo correcto, así que se me ha ocurrido que sería mejor escribir esto.

Quería darte las gracias por la sugerencia de los cupcakes.

Seguramente no lo sepas, pero padezco trastorno de ansiedad y fobia social que empeora cuando me encuentro en una situación nueva con personas desconocidas. Las relaciones sociales no me resultan naturales en esas circunstancias y me cuesta. Cuando cometo errores, como me ha pasado a menudo desde que llegué, me siento más incómodo y mi ansiedad empeora. Me pongo más nervioso, y eso a su vez hace que me retraiga más. Es una especie de círculo vicioso. Así que te agradezco mucho la ayuda, aunque sé que no tenías motivos para ofrecérmela.

Hay varias cosas que quiero comentarte.

Dijiste que el doctor Gibson estaba retrasando la votación para el puesto de jefe del servicio de urgencias con la esperanza de que yo me presentara como candidato. No me interesa ese trabajo ni le comenté nada al respecto al doctor Gibson cuando llegué. No era consciente de que había tomado esa decisión y le he dicho que no pienso postularme al puesto. Lamento que sientas que el retraso de la votación se debió a mí. Yo no tuve nada que ver.

El otro día, cuando entré en la habitación de tu hermano, no mencioné que me rompiste el móvil. Estaba frustrado y debería haber elegido otro momento para sacar el tema del choque en el pasillo. Pero mi ansiedad a veces hace que me cueste interpretar las señales, y no siempre me expreso como quiero hacerlo. Fue una mala decisión por mi parte y me disculpo.

Por último, en el almacén de suministros, cuando dije que tu hermano podía vivir muchos años con la diálisis... A mi madre le diagnosticaron insuficiencia renal crónica cuando yo era adolescente. Recibió un trasplante de riñón antes de que necesitara diálisis, pero esa etapa de mi vida fue aterradora. Recuerdo el alivio que supuso saber que si le fallaban los riñones antes de que consiguiera un riñón, al menos la diálisis la mantendría viva. No era como perder los pulmones o el corazón. Tendría tiempo. Tendría décadas si lo necesitaba.

Mi intención fue la de consolarte, pero no me paré a pensar lo insensible que parecería sin contexto. De ninguna de las maneras quería minimizar lo que le está pasando a tu hermano ni invalidar el que ha debido de ser un diagnóstico traumático y demoledor.

Si alguno de mis errores te ha provocado estrés o tristeza, por favor, te pido que aceptes mis más sinceras disculpas. No fue mi intención.

De nuevo, gracias.

Atentamente,

JACOB

Dejé la carta sobre las piernas.

Uf. Era una gilipollas. Me sentía FATAL.

En ese momento veía muchas de las cosas que habían pasado en las últimas semanas desde otra perspectiva. Debería haber hecho más para darle la bienvenida. Debería haberle ofrecido el beneficio de la duda o, al menos, no haber sido tan cabrona.

Miré de nuevo la carta que tenía sobre los muslos.

No recordaba que me hubieran escrito una carta antes. Era una herramienta muy efectiva. Muchísimo mejor que un mensaje de texto o un correo electrónico, como si tuviera más peso o algo así. Sostener el papel entre las manos, ver la tinta allí y la presión de la pluma tenían algo distinto. Lo había hecho él. Requería esfuerzo. Era un acto físico. No podía borrar si cometía un error, tenía que pensar lo que iba a decir antes de escribirlo... o escribirlo tal como quería para no cambiarlo.

Miré el cupcake. Ni siquiera quería comérmelo. No me lo merecía. No era normal comprar un cupcake de ese tamaño en Nadia Cakes, solo los hacían por encargo. Lo había encargado especialmente... para mí. Era un detalle.

Eso hizo que me sintiera mil veces peor.

Tuve que volver a planta, pero la carta me estuvo carcomiendo todo el día. No dejaba de pensar en ella, en cómo responder; porque tenía que responder. Pero mientras tanto, evitaría a Jacob como si me fuera la vida en ello, algo que no me costó mucho, porque él también me estaba evitando. ¿Por qué no iba a hacerlo? Yo era la Bruja Malvada de Urgencias.

Imagínate ser el motivo de que alguien odiara su nuevo trabajo. Eso era yo. Yo era el motivo.

Durante mi descanso para comer, me escondí en el almacén de suministros con unos folios que saqué de la fotocopiadora y le contesté.

8

Jacob

$\mathcal{H}$abía un sobre pegado a mi taquilla. Se me aceleró el corazón antes de tocarlo.

Seguramente se tratara de una nota de agradecimiento de las enfermeras por los cupcakes. También había muchas posibilidades de que fuera Briana mandándome al cuerno.

No debería haberle escrito la carta.

Quería aclarar las cosas con ella y decirle que sentía el comentario que hice sobre su hermano. Pero quizá debería haberme disculpado en persona. Quizá la formalidad de una carta era demasiado árida para algo así y ella no lo había visto como la rama de olivo que pretendía ser.

Quizá ese sobre contenía mi carta, devuelta sin leer.

Me pasé una mano por la boca y lo arranqué de la puerta. Saqué las hojas que contenía y fui directo a la última en busca de la firma.

Era de Briana. El pulso me atronaba en los oídos.

Doblé de nuevo la hoja sin mirar nada más y la guardé en el macuto para volver a casa.

Tenía la impresión de que todo el mundo me observaba mientras salía, como si supieran que me había escrito una carta y conocieran el contenido.

Tal vez ese era el caso.

Quizá se la había leído a las enfermeras antes de dejarla en mi taquilla. Quizá también les había leído mi carta… Quizá en ese mismo momento estaban todos juntos tomándose unas copas y riéndose de mí.

Sentía que el sobre que llevaba en el macuto, a mi lado, era una bomba de relojería a punto de estallar.

El cupcake que le había comprado había desaparecido al final de su turno. ¿Se lo habría comido o se lo habría dado a otra persona? O, lo que era peor, ¿lo habría tirado? Me dijo que no quería ninguno, así que quizá no debería habérselo comprado. Pero, según mi experiencia, aunque alguien te dijera que no quería comida, nunca protestaba cuando acababas ofreciéndosela.

Quizá no la quería si procedía de mí.

A lo mejor le había molestado que se lo regalara, porque lo había interpretado como una obligación de comerse un dulce cuando me había dicho explícitamente que no quería. ¿Había sido una grosería por mi parte? ¿Había pecado de presuntuoso?

Llegué a casa y me llevé a Teniente Dan a dar un paseo largo, más que nada para retrasar lo inevitable.

Por un instante me planteé no leer la carta, una ridiculez. Necesitaba saber a qué atenerme, sobre todo porque tenía que trabajar con ella. Pero algo me decía que si la carta era chunga, si su tono era el que me temía, sería el final para mí. No podría quedarme en el Royaume Northwestern. Tendría que aceptar que me había metido en una situación insalvable y pasar página. Renunciar e irme a otra parte.

Cuando por fin me obligué a sentarme y mirar la carta, eran casi las diez. Respiré hondo y la saqué del sobre. Eran dos páginas, escritas con bolígrafo azul en papel de impresora.

Querido Jacob:

Dado que ahora sé que sufres de ansiedad, he supuesto que sería mejor responder por escrito a tu carta en vez de hablar contigo, para que no te resulte tan estresante.

Resoplé. De todas formas había acabado estresándome yo solo.

No suelo escribir muchas cartas. Acabo de empezar y ya me duele la mano, así que tendré que hacer un montón de descansos, pero allá voy.

En primer lugar, si crees que puedes ablandarme con cupcakes y cartas de disculpa escritas de puño y letra, estás en lo cierto. Acepto tus disculpas y tus explicaciones. Yo también quiero disculparme. Me he portado <u>fatal</u> contigo.

Había subrayado «fatal» dos veces.

Sé que no me conoces, pero normalmente no soy así. Y sé que es un tópico que se dice a menudo, pero en este caso lo digo en serio. No suelo ser así. Ahora mismo no estoy en mi mejor momento. Sé que no es una excusa, pero este último año ha sido horroroso y estoy agotada, y creo que en parte lo he pagado contigo. Ha sido muy injusto por mi parte y lo siento. Fíjate hasta qué punto que ni siquiera me apetece comerme el cupcake que me has regalado porque no creo merecerlo. No merezco nada que venga de Nadia Cakes en este momento. Voy a congelarlo hasta que demuestre ser una persona *kármicamente* merecedora de un cupcake con cobertura de queso crema.

Qué vergüenza haberte roto el móvil, no me lo puedo creer. Por supuesto, te pagaré la reparación. Pásame la factura, por favor. Y siento mucho haberte juzgado tan mal. Pero, para serte sincera, *Gibson* se ha mostrado muy vago sobre el tema de su sustitución, así que en cierto modo lo culpo por haber instigado todo esto. Aunque de todas formas lo siento mucho. Me siento fatal.

Me gustaría hacerte una ofrenda de paz. Creo que seguramente deseas lo que desean todos los introvertidos: que te inviten, aunque rehúses la invitación. Tomarte unas copas con todo el mundo puede que no sea tu idea de pasártelo bien; pero, de todas formas, cada vez que vayamos a Mafi's pienso invitarte. Esa será mi forma de compensarte. Ten claro que siempre serás bien recibido y, si alguna vez decides aceptar la invitación, me sentaré a tu lado en la barra, no te obligaré a hablar de tonterías y no dejaré que se te acerque ningún extrovertido borracho. Te lo juro solemnemente. No se te acercará ni uno solo.

Sentí que la sonrisa me llegaba a los ojos.

Lo digo en serio, ¿vale? Créeme. ¿Sueles escribir cartas así con frecuencia? Porque VAYA DOLOR DE MANO.

Después de esa frase había una palabra tachada. Bueno, un montón de palabras tachadas, la verdad. Me daba que había echado mucho de menos la tecla «Suprimir».

Muy bien, aquí estoy de nuevo. Me he tomado un descanso de cinco minutos para estirar un poco la mano.

Si alguno de mis errores te ha provocado estrés o tristeza, por favor, te pido que aceptes mis más sinceras disculpas.

Atentamente (siempre he querido acabar una carta con «atentamente»). ¡Ah! Y recibir una que se despida con un «siempre tuyo» y que empiece con un «queridísima». Es muy del señor Darcy),

BRI

P. D.: Necesito comprar papel de verdad. Y si tiene rayas, mejor todavía.

Sonreí encantado al ver la firma en el papel.

No podía explicar la sensación que me invadía el pecho. Por primera vez desde hacía semanas, el zumbido eléctrico de la ansiedad se había suavizado. Sentí que el flujo casi constante de cortisol con el que había estado luchando desaparecía casi por completo. Podía respirar de nuevo.

Teniente Dan apoyó la cabeza en mi regazo y me miró como si hubiera percibido el cambio en mi estado de ánimo.

Leí la carta por segunda vez. Luego por tercera. A medida que la releía, me sentía más ligero.

Después de leerla por cuarta vez, saqué papel y cogí una pluma.

9

Briana

*U*n día después de dejar mi respuesta colgando de un trozo de celo en la taquilla de Jacob, encontré un sobre con mi nombre pegado en la parte posterior de la puerta del almacén de suministros.

Queridísima Briana:

Me reí.

Gracias por tu amable respuesta y por ofrecerte a pagar la reparación del móvil. Tengo seguro y el coste ha sido mínimo, así que no es necesario que pagues nada, aunque te agradezco el ofrecimiento. Lo que sí voy a aceptar es tu invitación de ser invitado para poder no ir. Tal como lo describes, me parece genial. También me encanta no contestar llamadas, pasar de hacer contactos, no salir de casa y relacionarme con mi perro.

Me alegro de que hayas podido perdonarme, y por supuesto que estás perdonada. Sé muy bien lo que es pasar una época difícil y el desgaste que supone para la salud mental y la paciencia. Creo que siempre has sido muy generosa en tus interacciones conmigo, teniendo en cuenta las circunstancias, y me apetece mucho seguir trabajando a tu lado. Espero que no seas demasiado dura contigo misma y que descongeles el cupcake para comértelo.

Vuelvo a mi aislamiento. Necesito de veinte a veintidós horas de soledad al día para funcionar.

Atentamente,

JACOB

P. D.: No todo lo que he escrito es de coña.

Me reí. Y luego volví a leerla. Me gustaba la gente que sabía reírse de sí misma.

Una hora después, le dejé un pósit amarillo doblado y pegado en su ordenador de las historias clínicas.

¿Tienes perro? ¿Puedo acariciarlo si prometo no hacer contacto visual contigo ni hablarte del tiempo?

BRI

Y una hora más tarde era mi ordenador el que tenía un papel doblado pegado con cinta adhesiva.

Queridísima Briana:

Sí, puedes acariciar a mi perro. Pero debería mencionar que a Teniente Dan le gusta hablar del tiempo, así que aunque no quieras sacar el tema conmigo, ¿te importaría hablar con él de lo fría que está siendo esta primavera?

¿Tienes alguna mascota? Espero con ansia tu respuesta.

Atentamente,

JACOB

Después de eso estuvimos muy ocupados y no tuve tiempo de responderle antes de irme. Paré en Target de camino a casa para comprar papel bonito y un bolígrafo mejor que el Bic barato que había estado usando, pero no me gustó mucho lo que tenían, así que busqué en Google y encontré una papelería llamada Papel para Cartas Manuscritas hasta la que conduje.

Jacob utilizaba un papel muy grueso y sobres que parecían de lino para sus cartas. Era muy elegante, y despertó en mí el deseo de serlo también.

Entrar en una tienda de artículos que nunca había necesitado fue muy divertido. Era como si tuviese una misión, como si estuviera en una búsqueda del tesoro o algo así. Como si fuera un proyecto con el que me había comprometido de verdad.

Me decanté por un papel con rayas rosas y estampado vintage de flores en las esquinas. El paquete contenía tres tipos de estampados: rosas, lilas y margaritas. Así podría escribirle tres cartas con distinto papel.

Una vez que compré lo que necesitaba, volví a casa a toda prisa. La máquina de diálisis de Benny llegaba ese día.

Tardé dos horas en configurarla y luego mantuve una larga sesión de aprendizaje con una enfermera de diálisis para asegurarme de que sabía usarla. Después conecté a Benny y preparé la cena. Vi una película con él mientras controlaba sus constantes vitales, así que era tarde cuando me senté a escribir.

La escritura era relajante de verdad. Catártica.

Me gustaba lo de tener algo que hacer.

10

Jacob

$\mathcal{D}$espués de dejar la nota en el ordenador de Briana, no recibí nada más por su parte. Sin embargo, a la mañana siguiente, me encontré otro sobre pegado a mi taquilla. Entré en una sala de guardia para leer el contenido.

Briana había comprado papel y sobres nuevos. Me había dicho que no escribía cartas, así que seguramente los había comprado solo para esto. La idea de que hiciera ese esfuerzo me arrancó una sonrisa.

Jacob:

¿Teniente Dan? Juas.

No tengo mascotas, pero mi hermano y su gato se han mudado a mi casa, así que supongo que ahora tengo gato, ¿no? Se llama Chichi. Es monísimo. Mi hermano se lo encontró en una gasolinera, detrás de un contenedor de basura, que según dicen es donde se crían los mejores gatos. Por aquel entonces Benny estaba en la universidad y compartía casa con sus mejores amigos, Brad y Justin, y les pareció graciosísimo ponerle ese nombre. A estas alturas, siete años después, aquí me tienes en la cocina diciendo «mini, mini, Chichi, Chichi» cada vez que voy a ponerle la comida...

El caso es que casi ni lo he visto durante la semana que lleva aquí. El traslado a una nueva casa lo ha acojonado y se pasa el día escondido. Sé que está vivo porque a las tres de la mañana se le va la pinza y empieza a destrozarme la casa. Les tiene tirria a los estores, no sé por qué.

Se me escapó una carcajada.

Era graciosa. Entendía por qué les caía bien a Zander y a Gibson, bueno, a todo el mundo en realidad. Seguí leyendo.

> Vale, vas a pensar que esto no viene a cuento, pero no dejes de leer. Sigo a una bloguera de viajes, Vanessa Price, que siempre cuenta unas historias increíbles. Una vez, antes de que se casara y de que su marido la acompañara a todos lados, acabó atrapada en un torreón en Irlanda con no sé qué conde que creyó que sería graciosísimo encerrarla. En realidad, ella se cabreó bastante. Supongo que hay muchas corrientes en los torreones y que no son tan románticos como parecen. A modo de disculpa, el tío le regaló un poni Shetland, y ella se quedó en plan «Gracias por el caballito, capullo, pero quiero que me devuelvas las cinco horas de tiempo perdido».

Solté otra carcajada.

> Así que se me ha ocurrido una cosa. ¿Y si se me dieran tan mal las disculpas que en vez de ofrecerte protección contra los extrovertidos borrachos te hubiera regalado un caballito? ¡Qué suerte has tenido!

Había dibujado una carita sonriente con los ojos muy abiertos y el garabato de un caballito, y había firmado con la inicial de su nombre.

Esa la leí dos veces antes de salir para empezar el turno. En el descanso del almuerzo, compré un burrito de espinacas, cogí unas cuantas hojas de papel y le contesté.

11

Briana

*J*usto antes de salir, encontré un sobre en la taquilla. Se me escapó una sonrisa en cuanto lo vi. La carta era bastante larga, y la emoción me provocó mariposas en el estómago al ver todas las páginas.

Qué divertido era aquello. Me lo estaba pasando genial de verdad por primera vez desde hacía tanto que ni me acordaba. Me llevé la carta a casa, me senté en la cama con las piernas dobladas y extendí las hojas.

Queridísima Briana:

Ya que estamos con el tema de las disculpas insuficientes, permíteme contarte una anécdota.

Tengo tres hermanas: Jewel, Jill y Jane. Y sí, mis padres nos pusieron a todos nombres que empiezan por jota. Mi hermano se llama Jeremiah. Mi madre se llama Joy. Por favor, no me lo tengas en cuenta.

Jewel es tatuadora. Tiene un estudio de tatuajes en St. Paul. Es una artista de verdad.

Hace unos años, hice una apuesta con ella. Si yo perdía, debía dejar que me tatuara lo que ella quisiera.

No llevo ningún tatuaje. Siempre me ha asustado la idea de comprometerme con una cosa tan permanente. Sin embargo, Jewel es increíble en su trabajo, así que creí que me tatuaría algo precioso con un significado profundo, algo atemporal que yo siempre valoraría. Algo que hasta el momento no sabía que necesitaba en mi vida.

Me hizo un cortacésped diminuto en el pecho al lado de un trocito de vello rasurado.

¡Me eché a reír a carcajadas!

Me reí tanto que creo que asusté al gato, que estaba en la habitación de al lado.

Me sorprendió descubrir lo gracioso que era Jacob. Por lo general se lo veía tenso. Pero me di cuenta de que seguramente proyectaba esa imagen por la ansiedad. Me pareció que allí había una lección sobre lo de juzgar los libros por la portada o algo así…

Seguí leyendo.

El tatuaje ya no existe. Me lo quité con láser. Me dejé ochocientos dólares y me dolió bastante. Mi hermana se negó a disculparse. Me dijo que los juegos tontos merecían premios tontos o no sé qué.

De haber perdido, ella tendría que haberse rapado la cabeza. De todas formas, se la rapó. Al parecer, siempre había querido hacerlo, así que ella habría salido ganando en cualquier caso. Después de la experiencia de toda una vida, debería haber tenido claro que soy incapaz de quedarme con las mujeres de mi familia; y esa supongo que fue la lección que aprendí.

Creo que el caballito me habría encantado.

Atentamente,

JACOB

Y nada más. Así acababa su carta.

Empezaba a desear tener su número de teléfono. Bueno, sí y no. Las cartas formaban parte de la diversión. Pero se acababan muy rápido. Solo duraban un par de minutos y luego nada durante un día entero. Me preguntaba si me lo pasaría tan bien hablando con él por teléfono o enviándole mensajes. Seguro que sí.

Benny seguía durmiendo. Tenía que despertarlo para cenar y hacerle la diálisis, pero decidí esperar para poder escribirle a Jacob muy rápido. Si no le entregaba una carta al día siguiente, tardaría más en recibir una suya.

Iba por la mitad cuando Benny entró en la cocina, arrastrando los pies.

—¿Qué haces? —dijo, y me pareció tan ido que me pregunté si entendería la respuesta.

Tenía el mismo aspecto que un sonámbulo. Llevaba la misma ropa que el día anterior. Una camiseta gris arrugada y el pantalón de un pijama de cuadros. Necesitaba afeitarse.

Sabía que no por trasladarlo a mi casa lo vería bien de inmediato, pero esperaba que a esas alturas ya hubiera mejorado un poco. Se estaba tomando la medicación. Llevaba una semana haciéndolo al menos. Porque yo misma le daba las pastillas. Y había retomado la terapia con la psicóloga porque allí estaba yo para asegurarme de que lo hiciera. La psicóloga me había dicho que había faltado a varias sesiones antes de acabar en Urgencias, lo que explicaba muchas cosas.

Ya no estaba solo y se encontraba en un lugar seguro. Yo me estaba encargando de todo para que hiciera las cosas bien. Pero quería una señal de que mi hermano seguía allí. De que al menos algo de todo aquello, por pequeño que fuera, estaba funcionando. Aunque fuera un poco.

Carraspeé y aparté la mirada de su cuerpo demacrado.

—Estoy escribiendo una carta —contesté.

Él se dejó caer en una silla junto a la encimera de la cocina. Solté el bolígrafo.

—Oye, ¿qué te parece si vemos una película esta noche?

Se quedó mirando al frente en silencio.

—¿Benny?

No contestó.

Me acerqué y le puse una mano en la muñeca.

—Ey, vamos a dar un paseo después de la diálisis. Solo una vuelta a la manzana, ¿sí?

Cerró los ojos con fuerza.

—Deja… de darme la lata —susurró.

Tuve que tragarme el nudo que se me hizo en la garganta.

En una ocasión vino una mujer a Urgencias con su hijo. Llegó en la misma ambulancia que lo traía a él después de que intentara suicidarse. No pudimos salvarlo.

Cuando salí a darle la noticia, la descubrí... resignada. Como si lo supiera desde hacía años. Como si ya hubiera llorado por él, hubiera pasado por el luto y aquello lo hiciera oficial. Me miró con los ojos enrojecidos y me dijo con total sinceridad:

—He hecho todo lo que he podido.

En ese momento me aterrorizaba comprender el significado de esas palabras.

No podía hacer nada más por mi hermano. No tenía nada más en mi arsenal, salvo súplicas para que se levantara y se pusiera en marcha. Ya iba a terapia y tomaba medicamentos para la depresión. No podía ingresarlo en ningún hospital a menos él lo aceptara, y eso no sucedería. No podía ingresarlo sin su consentimiento a menos que fuera un peligro para los demás o para sí mismo, y no lo era. No me preocupaba que Benny pudiera hacerse daño. Al menos, no de forma directa. Simplemente iba a renunciar a seguir con vida.

No quería vivir en ese cuerpo. Uno que no funcionaba.

Conocía a muchísimos pacientes con discapacidades y enfermedades crónicas que vivían su vida con dignidad, alegría y determinación. Conocía a personas con insuficiencia renal terminal, como Benny, que ni siquiera bajaban el ritmo. Se iban de vacaciones, criaban a sus hijos, se divertían, atesoraban recuerdos y hacían planes. Jacob tenía razón sobre la diálisis. Era un regalo. Te daba tiempo. Y yo esperaba que Benny lo superara, que aceptase su nueva realidad y encontrara la forma de seguir amando la vida. Pero no era así. Se estaba marchitando. Todo había sucedido demasiado rápido y le había arrebatado demasiadas cosas. Las circunstancias lo ahogaban. Y la diálisis era el recordatorio constante de que había sucedido lo peor. Cada vez que se sentaba para someterse a ella, perdía más de sí mismo. Solo un riñón podría cambiar eso de forma rápida y significativa. Y yo no podía conseguirle un riñón. Ni siquiera podía darle esperanzas.

—¿A quién le escribes? —me preguntó, interrumpiendo mis pensamientos. Su tono era conciliador. Seguro que se sentía mal por haberme contestado con esa brusquedad.

Resoplé.

—A un amigo. Al médico que entró en tu habitación aquel día en Urgencias.

—Creía que no te gustaba ese tío.

Me encogí de hombros.

—Me cae bien. Es simpático.

—¿Estás tratando de salir con él o algo así?

—No. Solo somos amigos. —Puse la carta bocabajo y me levanté de la silla—. Voy a llenarte la bañera.

Soltó un gemido.

—¿Qué? Nooo.

—Sí. Te traeré una muda de ropa para que te la pongas cuando termines.

Dejó escapar un gemido resignado desde el fondo de la garganta.

—Deja la bañera. Me… ducharé —murmuró.

—Genial. Y aféitate. Luego daremos un paseo rápido y veremos una película mientras te hacemos la diálisis —dije, intentando mantener un tono alegre.

Él soltó un hondo suspiro, se puso en pie y subió la escalera. Lo seguí con la mirada y me desinflé en cuanto desapareció.

Era difícil ser fuerte por los dos. Apenas tenía fuerzas para mí.

A la mañana siguiente, dejé la carta asomando por debajo del teclado del ordenador de Jacob en cuanto llegué al trabajo.

Jacob:

Vale, ¿de verdad te habría gustado el caballito? ¿En serio? A ver, ¿hacen algo? No puedes montarlos a menos que tengas siete años. Son monos, pero muy poco prácticos.

Son como esos monitos que llevan pañales. Parecen guais, pero se bañan en sus propios orines, hacen lanzamientos de caca y te desenroscan las bombillas.

Creo que me enteré del momento en el que leyó esa parte porque oí una carcajada procedente del almacén de suministros. Le gustaba pasar los descansos allí dentro.

> Oye, no tienes novia, ¿verdad? Se me acaba de ocurrir que nunca te lo he preguntado, y a lo mejor no es muy apropiado que vaya dejándote cartas en la taquilla. No te estoy tirando los trastos, en caso de que tu novia o tú os lo estéis preguntando. Quería dejarlo claro. No tengo pareja ni la estoy buscando, así que no tengo que pedirle permiso a nadie para recibir cartas o traer animales exóticos a casa. A lo mejor me lío la manta a la cabeza y doy el salto para crear el refugio de mofetas con el que siempre he soñado. Según tengo entendido, son estupendas para acariciarlas una vez que se les extirpan las glándulas anales.

Firmé la carta con un dibujo horroroso de una mofeta.

Había pensado que debía dejarle claro que todo ese intercambio de cartas era producto de la amistad, por si acaso se preguntaba si estaba tonteando con él.

No salía con hombres con los que trabajaba. Esa era una regla básica para mí, aunque el tío en cuestión fuera superatractivo. En su caso quizá precisamente porque era superatractivo.

Su personalidad hacía que lo fuera todavía más.

A la hora del almuerzo encontré una carta en mi ordenador. El papel era el que Jacob usaba cuando escribía desde casa, lo que significaba que lo había llevado al trabajo solo para poder continuar allí con nuestra correspondencia. Sonreí.

> Queridísima Briana:
>
> Yo también estoy soltero y sin compromiso. Mi ex y yo cortamos el año pasado. No he malinterpretado tu amistad, pero supongo que está bien aclarar las cosas, sobre todo porque trabajamos juntos.
>
> Creo que podría apañármelas con un poni Shetland. Tengo experiencia con animales difíciles de controlar. Teniente Dan vino de un refugio y tenía problemas de com-

portamiento. Además, crecí con un loro. Un yaco africano de treinta años que se llama Jafar. Es un gamberro. Tira las cosas al suelo y luego le echa la culpa al gato. También le gusta la palabrota (espero que me perdones por escribirla) «cabrón», así que a veces oímos que algo de cristal se rompe y justo después chilla: «¡Ha sido el gato, cabrón!».

A esas alturas estaba LLORANDO de la risa.

Acaba de añadir «gilipolleces», «mamonazo» y «te has sentado encima del mando» a su retorcido repertorio. No sabemos quién se lo ha enseñado, aunque sospechamos que ha sido mi abuelo, al que le gusta que se monte algún pollo durante las reuniones familiares más formales.

Le contesté durante el descanso para almorzar, contándole una anécdota sobre un paciente que había tenido ese mismo día. El chico se había cortado un pulgar para demostrarle a su amigo que podía volver a unirlo. Lo hicimos nosotros, así que supongo que llevaba razón, pero en fin...

Jacob me respondió a las cinco con la historia de un muchacho que les demostró a sus amigos que era capaz de comerse un envase entero de ositos de gominola sin azúcar. Llegó con una diarrea severa. Tuvo que recetarle una pomada con óxido de zinc para la irritación y echar a los amigos de la habitación, porque no paraban de reírse.

Y luego ambos llegamos al final de nuestras jornadas laborales. Nos fuimos a casa con cuatro días de descanso por delante, porque teníamos el mismo horario: turnos de doce horas durante una semana con cuatro días de trabajo y tres de descanso. La semana siguiente serían tres días de trabajo y cuatro de descanso.

Cuatro días sin recibir cartas. Vaya mierda.

A esas alturas sí que era cierto que no tenía nada que hacer. Me aburría mucho.

En mi primer día libre hizo buen tiempo, así que llevé a Benny a tomar un helado, con la esperanza de que eso lo animara, ya que llevaba seis meses sin poder probarlos. Se comió un par de cucharaditas y dijo que sabía raro. La medicación seguramente le había afectado las papilas gustativas. Me detuve en un parque de camino a casa y lo obligué a pasear conmigo alrededor del lago. Actuó como si lo hubieran secuestrado y estuvo enfurruñado todo el tiempo. Cuando volvimos, se fue directo a su dormitorio.

Si no hubiera tenido que estar con él, tal vez me habría ido a ver a Alexis aprovechando el fin de semana largo. Supuse que todavía podría hacerlo. Si conectaba a Benny a la máquina de diálisis en ese momento, podría irme y regresar al día siguiente por la noche a tiempo para la siguiente sesión. Pero no me sentía bien dejándolo solo, aunque a él le diera exactamente igual que yo estuviera allí o no. Así que me quedé. Sin hacer nada.

Durante el segundo día libre, puse la lavadora. Lavé los platos. Limpié la caja de arena. Luego me tumbé en el sofá y me entretuve con TikTok.

Me di cuenta de que lo único que me emocionaba a esas alturas era la correspondencia con Jacob. Era un tío muy interesante. Y gracioso.

Sentía curiosidad por saber qué haría en sus días libres. ¿Me hablaría en su carta de cómo había pasado él esos días?

Me pregunté si estaría en TikTok. Escribí su nombre en la barra de búsqueda, pero no apareció nada salvo un vídeo que se había hecho un poco viral con varios miles de likes. Alguna paciente que había estado unos meses antes en el hospital Memorial West había grabado a Jacob desde lejos en Urgencias para presumir de lo bueno que estaba su médico. Fui directamente a los comentarios y no me decepcionaron. Creo que estuve cinco minutos riéndome.

«Ya sé dónde voy a hacerme la próxima citología».

«Esto explica por qué te decía tu abuela que siempre llevaras bragas limpias por si te pasaba algo».

Y el comentario que más me gustó decía:

«Como si no hubiera bastante humedad ya en Minnesota…».

Casi me morí de la risa.

Esperaba que Jacob no supiera que eso existía, porque de lo contrario pasaría una vergüenza horrorosa. Me encantó el vídeo y me encantaron los comentarios.

Reanudé la búsqueda todavía con una sonrisa en los labios, pero cambié a Google, donde solo encontré su biografía en el sitio web del hospital Royaume Northwestern. Ni Facebook ni Twitter. Fui a Instagram. No obtuve resultados con su nombre, pero al ojear entre los amigos de Zander, lo encontré.

Su perfil era privado. Le envié de inmediato una solicitud de amistad que él aceptó unos minutos después. Me incorporé con una sonrisa y me puse a espiar sus fotos.

Solo tenía veintitrés amigos, pero muchas publicaciones. Me desplacé hacia abajo y llegué al principio. Eran fotos de hacía tres años.

La mayoría parecían instantáneas familiares. Fotos navideñas, barbacoas, fotos en el lago. Jacob no salía en casi ninguna de ellas y no parecía hacerse selfis. Su foto de perfil era un paisaje natural.

Eso sí, Teniente Dan salía en muchísimas. Su perro, que solo tenía tres patas.

Me eché a reír en cuanto lo vi. Le había puesto el nombre del personaje que pierde las piernas en combate en *Forrest Gump*. Jacob no me había mencionado que a su perro le faltara una pata. Me sorprendía que fuera un tío tan gracioso, capaz de reírse de sí mismo y tan discreto.

Creo que una de las mejores cosas de esa nueva relación con Jacob era el ir conociéndolo poco a poco. Quería desentrañarlo, saber más sobre quién era como persona. Tenía la impresión de que le estaba quitando capas, una a una, a medida que nos carteábamos. En cada carta encontraba un atisbo nuevo de esa persona que sabía que era, tan retraída y reservada. Me gustaba la gente así. Como Benny. Había que ganarse su amistad. No se la daban a cualquiera que estuviera interesado, y cuando lo hacían, era un gesto importante.

Parecía que estaba reformando una cabaña. Había compartido un montón de fotos del proceso.

No encontré fotos de su exnovia. Tal vez las había borrado. Bien sabía Dios que yo borré todas las fotos de Nick después de separarme de él. Tardé como un millón de años en deshacerme de todas. Seguramente habría sido más fácil borrar la cuenta y empezar de nuevo, pero me negué por principios a eliminar mis recuerdos no relacionados con él.

Deberían hacer una app para eso. Una con reconocimiento facial, capaz de localizar las fotos de un ex y hacerlas desaparecer. Dispositivo limpio con un solo clic. Y que también borrara todos sus comentarios, para que no ver cosas como «¡Maciza!» en una foto tuya en bañador en casa de tu mejor amiga un día que a estas alturas sé a ciencia cierta que estaba acostándose con Kelly en nuestra cama.

Nick y sus mentiras lo habían tiznado todo. Hasta los recuerdos de los que él no formaba parte.

Aparté la nube oscura y seguí mirando las fotos de Jacob.

Tenía una de las cascadas del Parque Estatal de Gooseberry Falls y del faro de Split Rock cerca de Duluth. Una ruta de senderismo. De repente, encontré una foto suya, algo insólito. Estaba en un kayak con una rubia.

¿Sería la ex? Llevaban chalecos salvavidas. No pude distinguir su cara. Otra foto suya arrodillado entre dos niños pequeños a los que les había echado los brazos sobre los hombros. Una niña y un niño. En esa sonreía de verdad. Me hizo sonreír a mí. Parecía muy feliz. Al contrario que en el trabajo.

Hector mencionó haberlo visto en el Cockpit. Después de ver su muro, estaba casi segura de que Hector se había equivocado. En sus fotos no había ni un solo sitio remotamente parecido y, además, no acababa de ver a un hombre con trastorno de ansiedad y fobia social en un bar ruidoso tomando copas con un camarero que soplaba un silbato mientras los clientes bebían chupitos.

Seguí mirando fotos unos minutos más. No había publicado nada en los últimos días. Ni idea de dónde estaba ni de lo que hacía. Cuando llegué a la última foto, suspiré.

Empezaba a sentir que las cartas no eran suficientes. La correspondencia era divertida, pero no bastaba. En el último turno habíamos intercambiado cuatro cartas en total, y tenía la impresión de que me quedaban muchas cosas por decir, lo mismo que a él.

Quería que fuéramos juntos a algún sitio. Me preguntaba si estaría dispuesto. Sin embargo, tendría que repetir de forma tajante que no estaba tirándole los tejos. Quedar con él parecía un poco confuso, sobre todo si íbamos a hacerlo fuera del trabajo y solo íbamos a estar nosotros. Aunque tal vez podría conseguir que viniera a Mafi's la próxima vez que fuéramos todos. Eso estaría bien.

Me gustó la última foto que había publicado, una de su perro durmiendo en un porche de madera, y le dejé un comentario. Al cabo de unos minutos, le dio a like.

Eso era lo único que iba a conseguir de Jacob hasta que volviéramos al trabajo el lunes.

A menos que…

12

Jacob

Era sábado, el segundo de los cuatro días libres, y me encontraba en la cabaña, trabajando en el jardín. Estaba cubierto de maleza y me había pasado el día anterior talando unos cuantos arces que bloqueaban la vista del lago. Me había quitado la camisa y Teniente Dan me observaba desde el porche mientras cortaba uno de los árboles para hacer leña. Estaba apilando los troncos para que se secaran cuando oí que me llegaba una notificación al móvil. Cuando miré, me quedé un rato allí parado, con el corazón en un puño.

Briana me había enviado una solicitud de amistad.

Fue una descarga instantánea de adrenalina.

Mis redes sociales no eran fáciles de encontrar. Había debido de buscarlas a propósito. ¿Por qué?

Nos habíamos estado intercambiando cartas sin ánimo de tontear. Me lo había dejado claro. De hecho, sentí una punzada de decepción al leerlo.

A ver, que supongo que en realidad yo tampoco estaba tonteando con ella. Y no porque no me interesara, sino porque no era tan atrevido. Me costaba mucho dar el primer paso o incluso aceptar que una mujer pudiera estar disponible para que lo diera. Lo que estábamos haciendo era más atrevido de la cuenta para mi gusto, incluso a nivel de amistad. ¿Quizá era más fácil porque no hablábamos? Solo nos carteábamos. Tenía la impresión de que teníamos prohibido hablar, como si no formara parte de la relación que manteníamos. ¿Y lo de la solicitud sí? ¿Lo de ser amigos en Instagram?

No soy de los que colecciona seguidores. Solo me siguen mis amigos más íntimos y mi familia. Ningún conocido, ningún compañero del instituto. Solo mi círculo más cercano. Las fotos que comparto son para los que me conocen mejor que nadie, así que nunca me ha preocupado lo que piensen. Pero me preocupaba lo que pensara Briana. Me importaba mucho.

¿Y si aceptaba su solicitud de amistad y se daba cuenta de lo aburrido que era? ¿Y si no cumplía alguna de las expectativas que ella tenía sobre mi persona fuera del trabajo? ¿Y si simplemente no le gustaba una vez que me conociera mejor?

Me pasé una mano por la boca y me senté en los escalones traseros. ¿Por qué se interesaba por mí una mujer como ella? Yo no era interesante, ni gracioso.

De todas formas, me había enviado la solicitud. Seguro que quería que la aceptara.

Me quedé mirando la notificación durante un buen rato más. Luego tragué saliva y acepté la solicitud.

Fui directamente a mirar sus publicaciones. En la primera foto estaba ella con un gato gris en el regazo. El animal se estaba frotando la cabeza contra su barbilla en plan cariñoso. El pie de foto decía: «Mi nuevo compañero de piso». Debía de ser Chichi.

Más abajo había unas cuantas fotos en una boda. Llevaba un vestido negro y posaba con la radiante novia, una pelirroja.

Había algunas fotos en la naturaleza. Un sendero con árboles de hojas verde claro. Un selfi frente a las cascadas del Parque Minnehaha. En esa llevaba gafas de sol y una gorra de béisbol gris. Le gustaba hacer senderismo, como a mí. Había muchas fotos en el bosque, de acampada. Había hecho la ruta Superior Hiking Trail.

En una de ellas estaba en bañador en una piscina. La miré más tiempo del que debía. Tenía una bonita figura. Era difícil distinguirla debajo del pijama del trabajo, pero la tenía. Era una mujer muy atractiva.

En otra llevaba un vestido azul de fiesta, como si fuera a un evento, hacía siete meses. Estaba preciosa.

Al bajar, vi una foto suya con su hermano hecha dos años antes. La diferencia era notable. El antes y el después de su enfermedad. Estaba moreno y en forma. Ella también parecía más feliz. En esa llevaba alianza.

¿Estuvo casada? Tal vez a eso se refería al decir que el último año había sido horroroso.

De no estar al tanto de la situación con Benny, tal vez no habría notado su aspecto cansado. En esa foto estaba guapa, y lo seguía siendo. Pero la enfermedad de su hermano le había pasado factura y era evidente.

Recibí la notificación de que le había dado like a una de mis fotos, seguida de otra de que tenía un comentario nuevo. Pulsé en la notificación. Era mi última foto de Teniente Dan. Había escrito: «¡Qué mono! 😍».

A lo mejor le gustaría conocerlo. Podía preguntarle si le gustaría ir al parque para perros conmigo algún día después del trabajo. Podía mandarle un mensaje por privado.

Podíamos mensajearnos. En ese mismo momento. Quería hacerlo.

Era difícil mantener una conversación continua por carta. Se tardaba demasiado tiempo. Aunque a veces intercambiábamos tres o cuatro, tenía que esperar todo el día para obtener una respuesta por escrito a una sola pregunta. Y luego, en los días libres, nada.

Los días sin cartas parecían especialmente largos.

Aunque, ¿qué podía decirle? ¿Qué mensaje iba a enviarle? ¿Un simple «Hola»? No podía enviar un «Hola» sin más. Tenía que ser algo inteligente. O gracioso. No un «Hola».

Me llegó otra notificación. Tenía un mensaje. De Briana.

El corazón me dio un vuelco. Me apresuré a hacer clic.

Briana
Hola

Mi mente empezó a acelerarse. ¿Qué le respondía? ¿«Hola a ti también»? Tal vez debería hacer una pregunta directa. Así ella tendría que responder y no se quedaría en un par de holas y luego nada.

Apareció otro mensaje.

Briana
Qué haces?
Ataque de pánico???!!!

Me levanté y empecé a pasear de un lado para otro. Después, escribí en la barra de mensajes:

Yo
Poca cosa. Estoy en el campo este fin
de semana. Y tú?

Lo leí cinco veces antes de decidir que estaba bien. Puse la interrogación de abertura y luego la quité. Le di a «Enviar» y me quedé mirando la pantalla.

No llegó ningún mensaje nuevo.

Esperé unos minutos. Después decidí volver a su muro, solo para entretenerme con algo. Sin embargo, al intentarlo vi un uno en color rojo que me avisaba de que tenía un mensaje sin leer. Lo toqué, pero no encontré nada.

Mierda. Era la red inalámbrica. Mis mensajes no se cargaban. ¡Nooo!

Internet y la cobertura de móvil allí en la cabaña eran una mierda. De hecho, esa era una de las razones por las que me había ido ese fin de semana, para tener una excusa real que explicase por qué no me había sometido al interrogatorio de mi familia. De haberme quedado en casa, habrían aparecido para acorralarme, por eso había huido al norte. Pero a esas alturas mi plan estaba resultando contraproducente, porque no podía mantener el contacto con la única persona con la que quería hablar.

Instagram tardaba horas en cargarse. Mi móvil solo tenía una barra de cobertura, a menos que me acercara al pequeño restaurante decorado como si fuera una cabaña rústica que había al final del sendero.

Sí que iría al pequeño restaurante decorado como si fuera

una cabaña rústica que había al final del sendero en busca de cobertura.

Me puse la camisa, cogí la chaqueta, la cartera y la correa de Teniente Dan. Se la enganché al collar más rápido de lo que me había movido en la vida y empecé a correr con él los cuatrocientos metros que me separaban del restaurante. En cuanto llegué a la terraza del local, mi móvil se conectó a su red inalámbrica y apareció su mensaje.

Briana
Nada. Qué aburrimiento.

Me quedé de pie, jadeando.

Una camarera señaló con la cabeza una mesa vacía y caí en la cuenta de mi aspecto: sudoroso y sin aliento, como si hubiera salido a correr con la chaqueta y las botas de trabajo.

La chica dejó una carta en la mesa mientras yo me sentaba con la mirada fija en la pantalla, preguntándome qué debía responder. Sin embargo, antes de poder hacerlo, ella me mandó otro mensaje.

Briana
Puedo llamarte?

¿Quería hablar? ¿Por teléfono?

Me pasé una mano por el pelo. Quería hablar con ella. Pero no tenía tiempo para cambiar el chip y hacerme a la idea de que iba a suceder en breve. No me gustaba la espontaneidad, mucho menos en situaciones sociales.

Pero tenía muchas ganas de hablar con ella. Lo estaba deseando.

Yo
Claro

Escribí mi número de teléfono.

Me llamó de inmediato. Acepté la llamada al instante y me reprendí por parecer tan impaciente.

—Hola —me saludó con alegría.

Era la primera vez que me hablaba en persona desde el día en que me dijo qué cupcakes comprar, hacía más de una semana.

—Hola —repliqué.

—Lo siento, es que tecleando se tarda mucho. Es mejor hablar por teléfono —dijo.

—Sí, tranquila.

—Vale, tengo que preguntarte una cosa —dijo—. Y necesito que seas supersincero. ¿Me estás enviando todos los culos rellenos a mí?

Contuve una carcajada.

—¿Cómo dices?

—Esta semana me han llegado un montón de pacientes con cosas raras en el culo. Un calabacín, una Barbie sin cabeza, un candelabro antiguo (y el tío me pidió que tuviera cuidado al sacarlo porque era de su madre). ¿Me los estás enviando tú? ¿Te has compinchado con las enfermeras de triaje?

Meneé la cabeza con una risilla.

—No. Pero si te ayuda a sentirte mejor, esta semana me han tocado todos los universitarios borrachos. Uno se quitó la vía y se largó en pelotas. Tuve que agarrarlo antes de que escapara. ¿Te has compinchado con las enfermeras de triaje?

—Por supuesto. Pero no pienso enviarte a todos los universitarios borrachos en pelotas. Solo a los corredores.

Me reí tan fuerte que la camarera me miró.

—El último universitario borracho que me tocó creía que estaba en el coche, haciendo cola para recoger sus hamburguesas —siguió—. Tuve que decirle: «Caballero, ¡que esto no es un Arby's!».

Tuve que enjugarme las lágrimas de los ojos. Por Dios, qué graciosa era.

—Aquí la gente nos llega todos los días como si hubiera luna llena —dijo—. ¿En el Memorial West pasaba igual?

Negué con la cabeza.

—No, no hasta este punto. Pero allí no hay Urgencias de traumatismo de primer nivel, así que…

—Sí, por eso aquí no nos aburrimos. ¿Te gusta más?

Asentí.

—Eso creo. No hay tiempo para aburrirse, desde luego.

Me dio la impresión de que se estaba desperezando.

—¿Por qué elegiste medicina de urgencias? Con tu ansiedad, debe de ser una especialidad difícil.

Ese era un error muy común entre la gente. Y lo entendía. Pensaban que se trataba de un trabajo muy estresante, nada bueno para los nervios. Pero era perfecto para mí.

Siempre había sabido de lo que era capaz y de lo que no, incluso de niño. Tus padres aseguran que puedes llegar a ser lo que quieras. Pero yo sabía desde muy pequeño que eso no era cierto. Recuerdo que mi maestra me dijo un día que podría ser presidente, y yo le dije que no quería porque no me gustaban los desfiles.

—Estuve una temporada en Urgencias durante la residencia, en Las Vegas —le expliqué.

—¿Viviste en Las Vegas?

—Solo durante unos años. Zander y yo compartíamos casa, no sé si lo sabes. Nos conocemos desde hace mucho tiempo, es uno de mis amigos más antiguos. El caso es que él quería vivir allí. Y como está bastante cerca de Utah y yo quería visitar todos los parques del estado, me fui con él. No me decidía entre pediatría y Urgencias, pero acabé escogiendo Urgencias. El ritmo es tan rápido que me obliga a concentrarme. Es como si mi cerebro se tranquilizara porque solo tiene tiempo para la tarea que tengo entre manos. En realidad es bastante relajante.

—Supongo que tiene sentido —repuso—. Te concentras a tope. El turno pasa volando. Dios, ¿te imaginas ser cirujano? ¿Con tanto tiempo para pensar?

—Lo detestaría.

—¿Viste a algún famoso por allí? —me preguntó.

—Pues sí. —No podía darle nombres, por la ley de protección de datos, y ella no quería preguntármelos por la misma razón, pero podía ofrecerle unas líneas generales—. Muchos artistas —dije—. La mayoría borrachos. Contusiones, laceraciones. Una vez vino un músico muy famoso. Con una mano magullada, pero en el informe lo anoté como una fractura.

—¿Ah, sí? ¿Por qué?

Me encogí de hombros.

—Algo me dijo que necesitaba tomarse un respiro.

—Qué detalle por tu parte. Pero ¿y si te hubieran pillado?

—Habría hecho lo que nuestros residentes hacen con nosotros. Actuar como si no me enterase de nada.

Soltó una carcajada.

—Es una tradición con peso.

Sonreí. La camarera se acercó a la mesa.

—Un momento, ¿vale? —le dije a Briana. Silencié la llamada y pedí una ensalada y un vaso de gaseosa con lima. No tenía hambre, pero estaba ocupando la mesa. Para Teniente Dan pedí una pechuga de pollo a la plancha sin aderezar y un cuenco de agua—. Vale, ya estoy —dije.

—¿Qué haces para divertirte? —me preguntó—. Hector dijo que te había visto en el Cockpit. ¿Te gustan los bares?

Negué con la cabeza.

—No, qué va. —En una ocasión soñé que estaba en un bar abarrotado sin servicio de mesa y que tenía que ir a pedir a la barra, apretujándome entre la gente y hablándole a gritos al camarero. Me desperté empapado de sudor frío—. Seguro que me vio el verano pasado —añadí—. Solo he ido una vez. La dueña de ese bar es Gwen, la mujer de mi hermana Jewel. La acompañé al mercado de productos ecológicos. Como compró muchas cosas, necesitaba ayuda, así que yo llevé una sandía.

—¿Una sandía? —preguntó con sorna.

—Sí. Nadie arrincona a Baby.

Briana se rio de mi referencia a *Dirty Dancing* y yo sonreí al oírla.

—Si no te gustan los bares, ¿adónde vas cuando sales con alguien? —quiso saber.

—No estoy saliendo con nadie. Ahora mismo estoy tratando de acostumbrarme al nuevo trabajo. Tú tampoco tienes pareja, ¿verdad?

Ella suspiró.

—He pasado una temporada intentándolo. Pero el patio está mal.

—¿En serio? —pregunté—. ¿Muy mal?

—Ay, madre, prepárate que te cuento. Mal tirando a fatal. Conocí a uno que se presentó con sus tres gatos...

—¿¡Se llevó a sus gatos!?

—Sí. Le dije que me gustan los animales, así que se llevó a sus tres gatos romanos. Sueltos en el coche. Luego se dio cuenta de que no podía dejarlos allí mientras nosotros comíamos, así que intentó convencerme de ir a su casa para dejarlos y enseñarme su *gatio* personalizado.

—¿Su qué?

—Su *gatio*. Es un patio cerrado para gatos. Y el tema me interesa, si te soy sincera, pero no estaba dispuesta a entrar en la casa de un desconocido para que me asesinara. Mientras trataba de convencerme, se colocó a uno de los gatos sobre los hombros, como si fuera un chal. Todo muy raro. Luego conocí a otro que quería que le mirara un sarpullido...

—Esa me la sé. Conocí a una chica así antes de mi ex.

—¿Por qué siempre es un sarpullido?

—A veces es un lunar.

Se rio con ganas.

Y luego siguió hablando entre carcajadas.

—También conocí a un chico por internet y era como tú. Guapo, listo, gracioso, normal. No dejaba de preguntarme dónde estaba el fallo. Quedamos para ir a cenar y en cuanto nos sirvieron las copas, empezó a hablarme de estafas piramidales.

Me reí entre dientes. E intenté disimular lo mucho que me gustaba que pensara que yo era guapo, listo y gracioso.

—Dios, a veces creo que solo atraigo a los raritos —dijo.

—Eres una mujer guapa e inteligente —repliqué—. Atraes a todo el mundo.

Se quedó callada y me pregunté si había dicho algo indebido. Se me había escapado sin más. ¿Habría creído que estaba tonteando y no le había gustado? Sin embargo, percibí su sonrisa cuando volvió a hablar.

—Es increíble lo que te agota esto de quedar con desconocidos después de un tiempo. Yo ya paso por completo. A estas alturas me conformo con que aparezca alguien tan centrado como para tener cabecero en la cama.

—¡Ja!

—¿Tienes cabecero? —me preguntó.

—Sí. Por supuesto.

La camarera me puso la bebida delante.

—Enhorabuena. Formas parte del uno por ciento superior.

Me alegró pertenecer a una categoría que ella aprobaba. Un hombre en posesión de un dormitorio bien amueblado.

—Estoy a un tris de buscar otras mujeres que piensen como yo para crear un aquelarre —añadió—. En fin, que Teniente Dan es monísimo.

Miré a mi perro, que dormía junto a mis pies debajo de la mesa.

—Los del refugio casi no me dejaron adoptarlo.

—¿Por qué?

—No le gustaban los hombres. Creemos que un hombre lo maltrató cuando era cachorro. Al principio ni siquiera me dejaba acercarme a él.

—¿Cómo lo conseguiste? —me preguntó asombrada.

—Iba todos los días. Le llevaba comida, me sentaba en el suelo y le hablaba en voz baja hasta que empezó a confiar en mí.

—¡Oooh! ¿Y el nombre se lo pusiste tú?

—Pues sí. Me pareció apropiado.

—¿Qué le ha pasado en la pata?

Exprimí la rodaja de lima en la gaseosa.

—Creemos que nació así. Seguramente en un criadero ilegal.

—Qué triste. Antes de que el algoritmo se diera cuenta de que no me gustaban, no paraban de salirme vídeos en TikTok de animales maltratados o abandonados. También me salían vídeos de animales adoptando cachorros huérfanos o de militares que regresaban a casa y sorprendían a sus perros. Ahora mismo no me encuentro emocionalmente preparada para enfrentarme a ese tipo de energía. ¿Estás en TikTok?

—No —contesté—. Bueno, sí uso la app. Veo vídeos sobre reformas de casas, pero no publico nada.

—Yo me he metido en el TikTok de lesbianas, y estoy en la gloria.

—¿En serio? No sé por qué, pero a mí me salen un montón de vídeos de caídas en la sección «Para ti» —repliqué—. Y los odio.

—Yo también. ¿Por qué nos enseñan el accidente y luego no nos cuentan cómo acabó la cosa? Necesito un vídeo de «Dónde están seis meses después» con una lista de las lesiones.

—Sí. Es como un documental que acaba cuando se pone interesante.

—¿A que sí? De todos modos, tienes que interactuar con la app —me aconsejó—. Pasa los vídeos que no te gusten, pero en cuanto los veas, para que sepan lo que no quieres que te salgan. Dentro de nada estarás conmigo en el cálido abrazo del TikTok lésbico.

—¿Las lesbianas de TikTok saben cómo quitar papel viejo de la pared? Porque ese es el tipo de contenido que necesito en este momento.

—Pues claro que sí. Lo saben todo. Me han enseñado a doblar las sábanas bajeras.

Hice una nota mental: «TikTok lesbianas».

Seguimos hablando por teléfono de cosas intrascendentes durante horas. Se me pasó el tiempo volando. Hablar con ella era fácil, y no estaba acostumbrado a eso.

Briana me atraía. Hacía que me encontrara cómodo. Y que las palabras fluyeran. Con ella me sentía interesante, como si quisiera saber cosas de mí y le interesase lo que yo decía. Y también teníamos mucho en común. Supongo que no era raro, dado que trabajábamos en lo mismo. Pero a los dos nos gustaba estar en la naturaleza. Nos gustaban más las vacaciones culturales que las relajantes en la playa y nos gustaban las mismas películas. Incluso teníamos las mismas canciones de Lola Simone en el móvil.

Al cabo de una hora, empezó a lloviznar. Me metí debajo de la sombrilla de la mesa, aunque no era lo bastante grande. Había salido con tanta prisa que no había considerado la logística de llevarme al perro. No podía entrar en el restaurante por culpa de Teniente Dan. Otra posibilidad era la de interrumpir la conversación con Briana, volver a casa corriendo, dejar el perro y regresar. Sin embargo, tenía la sensación de que si le decía que la llamaba en breve, me diría que ya hablaríamos el martes, y no quería arriesgarme. Así que me acurruqué debajo de la sombrilla mientras la lluvia me empapaba la espalda de la chaqueta y Teniente Dan seguía debajo la mesa, más seco que yo. La camarera me miró como si se me hubiera ido la pinza.

Después de tres horas, de una porción de tarta de fresa y ruibarbo, y de la puesta de sol, Briana colgó porque tenía que conectar a Benny a la máquina de diálisis.

Los mosquitos me estaban comiendo vivo, así que por esa parte bien, aunque de todas formas yo habría sido incapaz de ponerle fin a la llamada.

Me gustaba. Mucho.

Lo raro era que yo también parecía gustarle, por alguna razón. No entendía por qué.

Me sentía pletórico. Me arrancaba una sonrisa cuando lo pensaba. Seguramente porque me había sentido muy imperfecto y rechazado durante los últimos meses, y esa sensación había desaparecido. Al menos con ella.

No volví a saber nada de Briana durante el resto del fin de semana, pero no me importó, porque sabía que cuando volviera al trabajo reanudaríamos la comunicación. Lo esperaba con impaciencia. Más de la cuenta, aunque no quisiera admitirlo.

El martes, de camino al hospital, silencié otra llamada de Jewel. Seguía sin decidir qué hacer con mi familia. Lo único que se me había ocurrido era llamar para cancelar la cena familiar del día siguiente.

Justo cuando el estrés provocado por mi nuevo trabajo y mis compañeros empezaba a calmarse, el que me generaba mi familia comenzaba a aumentar.

Entré en Urgencias para empezar mi turno y silencié directamente el número de Jewel para no recibir tampoco las notificaciones de sus múltiples llamadas. Iba por el pasillo concentrado en eso cuando Briana dobló la esquina a la carrera.

—¡Por fin llegas! Vamos, ¡te lo vas a perder! —Me agarró por un codo.

Era la primera vez que me tocaba sin chocar conmigo. Su inesperada aparición y el contacto me dejaron sin aliento.

—¿El qué voy a perderme? —le pregunté, dejándome arrastrar.

—A la soprano.

—¿A quién?

—Hay un grupo de cantantes de ópera que vienen borrachos más o menos una vez al mes y se ponen a cantar. Tienes que verlo. Te estaba buscando por todos lados.

Contuve una sonrisa.

Atravesamos la puerta doble de Urgencias y vi que ya se había congregado una pequeña multitud junto a la habitación seis. La voz aguda de una soprano cantando un aria resonaba por los pasillos. Todo el mundo escuchaba en silencio.

Conocía esa pieza. «Der Hölle Rache» de *La flauta mágica*. Mozart. Unas notas agudas impresionantes que se alzaban como pavesas ardientes. Mi mente añadió los instrumentos musicales que faltaban. Flautas, oboes, violines, clarinetes. Me dejé llevar por la complicada y conmovedora pieza. Era preciosa.

Miré a Briana mientras escuchábamos. Me había percatado de que el personal nos había hecho un hueco, dejándonos pasar para que pudiéramos acercarnos a la puerta. Era una señal de respeto, pero no hacia mí.

Desde lo de los cupcakes me habían dedicado más gestos amistosos. Las enfermeras ya no eran tan frías conmigo. Pero ese recibimiento era por Briana. Que hubiera ido a buscarme y apareciera conmigo transmitía el mensaje de que yo era del agrado de alguien a quien querían y respetaban. Tal vez incluso lo había hecho en parte para que todos lo supieran.

Sentí que me ablandaba. Como si el instinto de lucha o huida, la respuesta al estrés agudo, que este lugar había activado hubiera desaparecido por fin.

Desde que entraba en el hospital mi cuerpo se ponía en alerta. Se preparaba para la confrontación, para las muestras de antipatía. Para cualquier cosa desagradable en general. Pero mi cerebro había decidido que ya no era necesario. Gracias a Briana.

A esas alturas me gustaba ir a trabajar. Me hacía ilusión. Cada vez que veía una carta se producía una pequeña descarga de dopamina en mi interior.

Cada vez que la veía por Urgencias se producía una pequeña descarga de dopamina en mi interior…

Sabía que para ella seguramente fueran cartas sin importancia. Era una mujer simpática y extrovertida. Ya fuera con cartas o de otra manera, a lo mejor mantenía ese divertido intercambio con todo el mundo. Pero para mí era un salvavidas. Una mano tendida para evitarme una caída, un paraguas en un aguacero. Amistad en un entorno hostil.

Durante los últimos días había estado haciendo algo por ella. Había estado viendo *Schitt's Creek*.

No acostumbro a ver series nuevas. Me limito a ver las mismas una y otra vez. Me gusta la familiaridad, la previsibilidad. Si repito una serie, nunca hay sorpresas. No hay sustos emocionales. No tengo que procesar nuevos sentimientos ni estresarme si dejan la trama en suspenso. Sé adónde va y cómo acabará. Con la música, igual. Cuando mi nivel de ansiedad es alto, me resulta agotador procesar música que no he escuchado antes. Recurro a listas de reproducción antiguas. Un espacio lírico seguro, la comodidad de la repetición. En ese momento concreto, ni siquiera recordaba haber alcanzado nunca un nivel de ansiedad tan elevado.

Sin embargo, empecé a ver *Schitt's Creek* porque Briana la mencionó en la llamada telefónica y quería entender sus referencias. Quería tener algo en común con ella. Quería probar las cosas que a ella le gustaban.

Era un gesto de amistad pequeño e invisible por mi parte. Algo que seguramente ella no llegaría a apreciar en su totalidad, porque desconocía el esfuerzo que conllevaba. Se limitaría a pensar que estaba viendo la misma serie de moda que estaba viendo ella, nada más. En realidad, esa era mi forma de hacerle un hueco en mi vida, aunque nunca llegara a saberlo. Mi forma de agradecerle su amistad, aunque fuera demasiado silenciosa y ella nunca pudiera a oírla.

El aria llegó a su fin. Muchos se estaban enjugando las lágrimas.

Todos empezaron a dispersarse y me volví hacia Briana.

—Es buena cantante —dije—. Es increíble que pueda hacer eso borracha.

—Deberías oír al tenor.

Nos quedamos allí plantados, como si no supiéramos cómo proceder una vez que la distracción hubo terminado.

Por Dios, era guapa a rabiar. Llevaba el pelo recogido en una coleta floja y gafas para leer.

Carraspeé.

—Gracias por traerme. Te lo agradezco. Sentirme incluido significa mucho para mí.

—Ya te avisé de que lo haría. —En ese momento bajó la mirada—. Te han comido los mosquitos.

Me miré los brazos.

—Sí. La cabaña está llena de bichos. —O más bien lo estaba la mesa de la terraza del restaurante donde me senté para hablar con ella.

Hizo un gesto con un pulgar, señalando por encima de su hombro, hacia atrás.

—Voy a hacerle una visita a la llorería sobre mediodía…

—Ah. Me alegro de saberlo —repliqué—. Programaré mi bajón para eso de las dos y así podrás desahogarte a gusto.

Ella se rio.

—No hace falta. ¿Quieres quedar conmigo? Iba a almorzar allí. Acaban de traer una caja de servilletas de papel, así que hay un asiento para cada uno.

Estuve a punto de sonreír.

—Es una buena hora para almorzar. Pero ¿no quieres comer en la sala de descanso del personal? ¿O en la cafetería?

Yo no quería hacerlo. Francamente, prefería el almacén de suministros. Casi todos los días almorzaba allí o en mi camioneta. Me gustaba la tranquilidad. Pero en su caso, me resultaba raro.

Negó con la cabeza.

—En el almacén hay tranquilidad.

—En el almacén hay tranquilidad, sí —convine.

Ella sonrió.

—Genial. Nos vemos a mediodía.

Se despidió apuntándome con el índice de una mano como si fuera una pistola y después se dirigió hacia el grupito de enfermeras que la esperaban. La seguí con la mirada mientras se alejaba por el pasillo y doblaba la esquina.

Y justo entonces me asaltó el pánico. Me pasé las siguientes cuatro horas obsesionado con la idea de qué comer durante el almuerzo.

No quería nada que pudiera apestar el pequeño espacio. Nada de queso feta ni de ajo. No tendríamos mesa, así que nada que requiriera cubiertos. La sopa quedaba descartada. No quería nada crujiente, ya que el sonido se amplificaría en la pequeña estancia. Ni manzanas ni patatas fritas. Al final me decidí por un sándwich —sin cebolla ni espinacas por si se me quedaban en los dientes— y una macedonia de fruta.

Caí en la cuenta de que seguro que ella no estaba dándole tantas vueltas. Sin embargo, yo me sentía demasiado cohibido.

Comer era algo íntimo. Tardaba mucho tiempo en sentirme cómodo de verdad para hacerlo en compañía.

Tardaba mucho tiempo en sentirme cómodo haciendo muchas cosas en compañía.

A mediodía entré en el almacén de suministros con mi comida. Ella estaba en el mismo sitio que la última vez, mirando el móvil. Cuando me vio, levantó la cabeza y esbozó una cálida sonrisa.

—Hola.

A su lado, en el suelo, había un cuenco de ramen instantáneo que cogió en cuanto yo cerré la puerta.

—Te estaba esperando para empezar a comer —dijo.

—No tenías por qué hacerlo —repliqué mientras me sentaba en la caja de servilletas de papel.

Ella sacó un tenedor de plástico y le quitó la tapa al ramen.

—¿Qué has traído?

—Solo un sándwich —contesté, sin decirle que me había pasado medio día decidiéndolo.

Lo desenvolví sobre mi regazo y de repente casi me muero al darme cuenta de que le habían puesto vinagre. Levanté la mirada hacia ella para ver si reaccionaba al olor, pero estaba enrollando los fideos alrededor del tenedor para llevárselos a la boca, tras lo cual recogió los que se le habían caído al cuenco… y reparé en que a esa mujer le daba igual. No le importaba el aspecto que tenía comiendo y seguramente tampoco le importaba a qué olía mi dichoso sándwich. Joder, el almacén olía a su ramen.

Me relajé un poco. Debía recordar que no todo el mundo le daba tantas vueltas a las cosas como yo.

Seguro que era increíble vivir así, ¿verdad? Sin esa carga encima. Sin sentirse constantemente abrumado y sobreestimulado, y sin darle vueltas a cualquier cosa.

Sin embargo, la situación iba mejorando según iba conociendo a la gente. En el Memorial West mi ansiedad no me planteaba problemas. Allí todos eran mis amigos, mi equipo. Estaba acostumbrado a ellos y me sentía cómodo en su compañía.

Caí en la cuenta de que también me sentía cómodo con Briana.

Aunque me ponía nervioso, no me sentía incómodo con ella. Algo muy distinto. Porque en mi caso, el nerviosismo mejora con el paso del tiempo. La incomodidad no.

Al menos así fue con Amy.

Amy nunca dejó de incomodarme. Todavía lo hace. Sobre todo porque no creo que llegara a conocerme lo bastante como para conseguir que me sintiera cómodo.

Le di un mordisco al sándwich mientras Briana se comía los fideos, y nos quedamos en silencio. Sin embargo, a diferencia de la mayoría de los silencios, ese no me resultó incómodo. Era como la pausa entre nuestras cartas. Una pequeña pausa en el diálogo.

Briana se agachó y cogió la botella de zumo que había llevado.

—¿Qué estampado llevas hoy en los calcetines? —me preguntó al tiempo que me señalaba los tobillos.

Me subí la pernera del pantalón para mirar.

—Elefantes.

—¿Siempre llevas calcetines de animales?

—Lo hago por mis sobrinos. Les gustan.

—¿Vas a verlos hoy?

Negué con la cabeza.

—No. Pero a los niños les gustan, así que siempre me los pongo para trabajar.

Ella sonrió.

—¿Puedo hacerte una pregunta? —dijo, tapando de nuevo la botella de zumo.

Me limpié la boca con una servilleta.

—Claro.

—Dijiste que a tu madre le trasplantaron un riñón, ¿verdad?

Asentí.

—Tiene lupus. Su mejor amiga le donó uno.

Se produjo una pausa.

—¿Cómo está?

—Genial. Tiene una salud estupenda. El lupus está prácticamente controlado. —La miré de reojo—. ¿Cómo está tu hermano?

Se encogió de hombros, con la mirada clavada en el cuenco de ramen.

—No está mejorando con la diálisis. Creía que a estas alturas al menos ya se habría adaptado o estaría en proceso, pero… —Volvió a quedarse callada—. Está tan deprimido que empiezo a pensar que lo del catéter infectado fue a propósito.

Parpadeé.

—¿Crees que tiene tendencias suicidas?

Hundió el tenedor en los fideos.

—No creo tanto que quiera morir como que ya no tiene interés en vivir así.

La miré fijamente. No imaginaba que las cosas estuvieran tan mal.

Ella siguió sin mirarme.

—Creo que si hubiera sido más gradual, no le habría afectado tanto. Pero todo sucedió muy rápido. Perdió el empleo porque no podía trabajar por sus problemas de salud. Luego su novia cortó con él a los pocos meses, algo que no ayudó.

Eso lo sabía. Gibson lo había mencionado. Pero escucharlo de sus labios hizo que me indignara de nuevo.

—¿Porque estaba enfermo? —pregunté sin dar crédito.

Ella se encogió de hombros.

—No sé si lo hizo porque estaba enfermo o si fue más bien porque él dejó de ser la persona que ella había conocido. Se mostraba malhumorado y taciturno con ella, y le ocultaba el cuerpo. No quería que lo tocara. Quizá fue él quien la apartó. No lo sé.

No era razón suficiente. Yo jamás podría abandonar a un ser querido si me necesita, sobre todo si está enfermo.

Miré con atención la cara de Briana. Parecía muy cansada cuando hablaba de su hermano.

—¿Algún donante en ciernes? —le pregunté.

Ella negó con la cabeza.

—No. He creado una página web y todos llevamos pegatinas en los coches. «AYUDA A BENNY A ENCONTRAR UN RIÑÓN. ¡PUEDES SER COMPATIBLE!». Pero han pasado ocho meses desde que empecé con la búsqueda.

—¿Tienes más pegatinas? Pondré una en mi camioneta.

Me miró y se animó.

—¿Seguro?

—Claro, por supuesto.

Me sonrió como si ese pequeño detalle fuera un mundo.

—Gracias. Y gracias por comer conmigo —dijo.

—Cuando quieras —repliqué, y lo decía más en serio de lo que ella pensaba—. Quizá la próxima vez podamos ir a la cafetería.

Soltó una risilla.

—Sé que no te gustan los sitios ruidosos y abarrotados. Nunca te he visto en la sala de descanso de los médicos. Por eso pensé que estarías más cómodo aquí.

Sentí que mi expresión se suavizaba.

¿Había elegido almorzar allí a propósito? ¿Por mí?

Briana acababa de hacer lo que Amy no había conseguido en casi tres años juntos. Llevarme a almorzar a un sitio que no me pusiera nervioso.

Amy no tenía la culpa de que yo fuera así. Pero me preguntaba si habríamos seguido juntos de haber conseguido no agotarme en cada cita. ¿Nos habríamos visto más si los encuentros no me hubieran dejado exhausto? Quizá ella habría llegado a conocerme mejor si hubiera entendido cómo hacerlo. El truco era ese. Lograr que me sintiera a gusto. Poner un poco de su parte para encontrarnos a medio camino.

Alguien llamó a la puerta del almacén. Como estaba sentado contra ella, tuve que levantarme para abrirla.

—¿Esperas a alguien? —bromeó Briana.

Estaba sonriendo cuando abrí la puerta, pero en cuanto vi de quién se trataba, me quedé muy serio. Era Jewel.

—¿Qué... qué haces aquí? —le pregunté confundido.

Ella cruzó los brazos por delante del pecho, sobre la camiseta rosa.

—He tenido que venir para comprobar que estás bien, ya que parece que no quieres contestar las llamadas. Una enfermera me ha dicho que estabas almorzando en el almacén. —Luego miró a Briana y esbozó una sonrisa de oreja a oreja.

—Hola —dijo Briana, que se levantó también con una sonrisa—. Debes de ser Jewel.

Mi hermana llevaba la cabeza rapada, estaba llena de tatuajes y era igualita que yo. No era difícil reconocerla después de la anécdota que le había contado a Briana sobre ella.

Mi hermana parecía eufórica.

—Exacto. ¿Y tú eres?

—Briana —respondió ella con alegría mientras le tendía la mano.

—Briana. Encantada de conocerte. —Le estrechó la mano sin dejar de sonreír—. Bueno, ¿qué estáis haciendo aquí? —preguntó, mirándonos primero a ella y luego a mí.

—Almorzando —le contesté.

—Ya veo. En fin, ahora que sé que estás vivo, os dejaré para que sigáis. Llámame después del trabajo.

—Vale.

Me regaló una sonrisa que no pude interpretar y se marchó. Cerré la puerta y volví a sentarme.

—Es simpática —dijo Briana, que cogió la botella de zumo—. A ver, para haberte tatuado un cortacésped en el pecho como regalo, quiero decir.

Resoplé.

—¿Tu familia acostumbra a aparecer de repente para ver cómo estás?

—Ahora mismo Jewel no me deja tranquilo —contesté—. Ni los demás.

—¿Por qué?

—Pues… es una larga historia.

Briana se miró el reloj.

—Todavía nos queda un cuarto de hora.

—Voy a tardar más de un cuarto de hora.

—Vale. ¿Quieres que quedemos para tomar algo después del trabajo? Todos van a Mafi's para celebrar el cumpleaños de Hector. Podemos sentarnos en un reservado solo para nosotros mientras apoyamos la industria de las bebidas alcohólicas.

Me reí. Luego me pregunté si de verdad quería que fuera o si me había invitado porque pensaba que iba a negarme. Observé su expresión. Parecía casi esperanzada. Quería incluirme en el grupo.

—Voy a ir de todos modos —dije—. Con Zander. Hace un rato me mandó un mensaje para que nos tomáramos algo después del trabajo.

—Perfecto. Me acercaré para saludaros.

Una vez que terminó el descanso, le abrí la puerta para que saliera.

—Hasta la tarde —se despidió antes de volver a su lado de Urgencias. Mientras la observaba alejarse, oí el tono que anunciaba que me había llegado un mensaje al móvil. Y volvió a sonar una y otra vez, en rápida sucesión.

Lo saqué del bolsillo para ver qué pasaba y, en cuanto lo miré, se me borró la sonrisa.

Ay, no…

13

Jacob

$\mathcal{M}$e quedé mirando el montón de mensajes de mi familia que habían ido llegando desde la hora del almuerzo. De todos menos de mi padre. Muchos signos de exclamación y emojis con corazones por ojos. Me pasé una mano por la boca.

Estaba en Mafi's con Zander, tomándonos una copa después del trabajo tal como le había prometido. Briana se encontraba al otro lado del restaurante con el grupo del cumpleaños. La veía riéndose con Hector, apoyada en la barra.

—Qué mal, qué mal —mascullé mientras ponía el teléfono bocabajo y me llevaba las manos a los ojos.

Jewel creía que Briana era mi novia.

En aquel momento ni siquiera se me pasó por la cabeza la impresión que podía dar que estuviera a solas con una mujer en un almacén de suministros y que Briana reconociera a mi hermana sin haberla visto antes, como haría una novia. Con razón Jewel no dejaba de sonreír.

Les había dicho a los demás que había conocido a mi novia. Incluso había llegado al extremo de buscar los datos personales de Briana y su foto en la página web del Royaume Northwestern, cosa que después compartió en el chat grupal.

—¿Qué pasa? —me preguntó Zander.

Me eché hacia atrás en el asiento y me quedé callado un buen rato.

—He metido la pata —acabé diciendo.

—¿Con qué?

—Con mi familia. Les dije que tenía novia.

Me miró en silencio parpadeando.

—¿Se puede saber por qué?

Solté el aire por la boca.

—Porque estaban preocupados por mí. Jeremiah y Amy se van a casar. Solo quería que creyeran que estaba bien.

Su sonrisa se transformó en una risilla.

—Joder. A tu madre se le va a ir la pinza cuando se entere. Van a psicoanalizarte hasta el infinito y más allá.

—Lo sé —dije—. Pero hay más: creen que es Briana.

—¿Nuestra Briana? ¿¡Esa Briana!? —Señaló con la cabeza el lugar donde ella estaba en la barra con Hector.

—Jewel ha venido a verme hoy y me ha encontrado almorzando con ella en el almacén de suministros que hay junto al despacho de Gibson. Sacó sus propias conclusiones.

—En fin, ¿qué dicen? —quiso saber.

Miré el móvil.

—Que mi novia es guapa. Que se mueren por conocerla. Que nos estábamos liando en un almacén de suministros.

Estuvo a punto de llorar de la risa.

—Pues no tiene pareja, que lo sepas —dijo sin dejar de reírse—. Y no te lo vas a creer, pero ¿el capullo con el que estaba casada? Le puso los cuernos con una amiga. —Meneó la cabeza—. Imbécil. Deberías haber visto lo que le hizo cuando lo pilló.

Fruncí el ceño.

—¿Qué hizo?

—No me corresponde a mí contártelo, pregúntaselo a ella. Digamos que su ex recibió su merecido y que yo espero que nunca se cabree conmigo. —Se rio a carcajadas de nuevo.

Respiré hondo.

—Voy a llamar a mi familia. —Cogí el móvil e hice el ademán, pero me Zander lo impidió.

—Espera un segundo. Espera —repitió—. ¿Por qué no se lo dices a ella?

—¿Decirle el qué?

Se encogió de hombros.

—Que te acompañe a la boda.

—Pero si ya creen que es mi novia. No puedo llevarla como una amiga sin más.

Se encogió de nuevo de hombros.

—Pues pídele que sea tu novia.

Lo miré sin dar crédito.

—No que se lo pidas en serio. Que le pidas que te eche una mano. —Se inclinó sobre la mesa al ver que yo no decía nada—. Oye, Briana es una tía majísima. Seguro que te ayuda. Sobre todo si eres el donante de riñón de su hermano… —Levantó las cejas con una sonrisa.

Lo miré fijamente un segundo.

—¿Somos compatibles?

Meneó la cabeza.

—No es que seáis compatibles, es que sois calcados… Bueno, todo lo calcado que se puede ser sin cultivar tus propios órganos. Lo que te quiero decir es que el chico no va a encontrar a nadie mejor.

«Compatibles».

Durante las dos últimas semanas Zander me había pedido una revisión física y psicológica, además de las analíticas. Supongo que eso debería haberme hecho pensar que las cosas empezaban a encajar. Aun así, la noticia me sorprendió.

—Cuéntame los detalles básicos.

—Vale —dijo al tiempo que se echaba de nuevo hacia atrás—. En fin, los riesgos son los mismos que los de cualquier cirugía: dolor, infección y hernia. Sangrado, trombos. Anestesia general, una nefrectomía laparoscópica de dos o tres horas. Después de eso, un par de visitas de control. Nada de conducir durante dos semanas, ni de levantar más de cinco kilos de peso durante un mes. Ya está. Los donantes tienen la misma esperanza de vida que las personas que no han donado. Retomarás tu vida con normalidad.

Me acomodé en mi asiento.

—Tengo que pensármelo.

—Claro.

—Ahora mismo no es un buen momento para mí. La boda será dentro de unos meses.

—Podemos programarlo para cuando te venga bien.

—Y no sé si Gibson me dará los días libres...

—Lo hará. Ya se lo he preguntado.

Resoplé.

—Oye, que no intento meterte presión —aclaró—, pero mentiría si te dijera que no deseo que lo hagas. Es lo mejor que le podría pasar al chico. Y Briana es mi amiga y quiero ver que se relaja un poco. Esto ha sido muy duro para ella.

Briana. A decir verdad, eso era un punto a favor para hacerlo. Me caía bien. Aunque si decidía dar el paso, ella no sabría que yo era el donante. Quería donar de forma anónima.

—Tengo que pensármelo —repetí. Era una decisión muy importante.

Zander asintió con la cabeza.

—Vale. Pero con esto conseguirías que te acompañara a la boda sí o sí.

—Si lo hago, no quiero que se sepa que he sido yo.

Me miró como si estuviera hablando en otro idioma.

—¿Por qué? Tío, serías el héroe de todo el servicio de urgencias. Seguramente hasta harían un desfile en tu honor...

—Por eso precisamente no quiero que nadie se entere. Si lo hago, no es para que me lo agradezcan. Es para ayudarlo. No quiero recibir esa clase de atención.

Cuando me fui del Memorial West, no se lo dije a nadie. No quería que le dieran importancia a mi último día. Ni siquiera me gustaba que me cantasen el «Cumpleaños feliz». Que la familia de Benny me agradeciera lo que había hecho entre lágrimas y unos desconocidos me dieran palmaditas en la espalda y me estrecharan la mano sería un infierno para mí.

—Si lo hago, será de forma anónima y en el centro de trasplantes en la Clínica Mayo en Rochester, no aquí. No quiero que nadie se asome a mi habitación mientras me recupero.

Soltó un suspiro.

—Muy bien, muy bien. Tú eres así y lo respeto. Pero de todas maneras creo que deberías pedírselo.

Me froté la frente con gesto cansado.

—No puedo pedirle que haga esto —murmuré.

—¿Por qué? ¿Qué es lo peor que te puede decir? ¿No? —Bebió un sorbo de su cóctel old-fashioned—. Tú dile lo que me has contado a mí. Sé sincero con ella. Además, tu familia es la leche. Seguramente se lo pasará en grande en la boda.

Solté un largo suspiro.

—Seguramente creerá que somos una panda de anormales.

La idea de hacerle esa emboscada bastaba para provocarme palpitaciones. Mi abuelo persiguiendo a la gente con la silla de ruedas eléctrica para tirarla a los arbustos; mi madre hablando de juguetes sexuales y lubricantes con Jafar chillando palabrotas de fondo. No. Dios, no.

Zander me señaló con el vaso.

—Tu familia es increíble. Joder, yo sería tu acompañante si pudiera. Y quiero ver si eres capaz de hacerlo. —Soltó una risilla contra el vaso.

Miré el móvil y la cadena de mensajes. Parecía que ni siquiera me necesitaban para esa conversación, se estaban montando una película ellos solitos. Se habían tragado el cuento por completo. ¿Por qué no iban a hacerlo?

Parecía una especie de profecía autocumplida, como si yo mismo hubiera creado a Briana al soltar esa mentira en el universo. Era justo el tipo de mujer que me gustaría llevar a casa para presentársela a mi familia. Lista, con éxito, agradable…, guapa. Y trabajaba conmigo, tal como les dije cuando me inventé que estaba saliendo con alguien. Nadie me tendría lástima porque mi ex se estaba casando con mi hermano si aparecía con esa mujer del brazo. Era perfecta en todos los sentidos.

Sin embargo, no sabía cómo abordar el tema con ella. No tenía ni idea. Y me daba miedo que si llegaba a hacerlo, le resultara tan desagradable o incómodo que me retirara la palabra.

Esa flamante amistad era lo único bueno que me estaba pasando en ese momento. No quería arriesgarla.

Aun así, la idea de confesarle a mi familia que no tenía novia… No sabía qué era peor: si la posibilidad de espantar a la única amiga que había hecho desde que llegué al Royaume

Northwestern o la de presentarme solo en la boda de Amy y Jeremiah y que todos me mirasen para averiguar si me iba a morir porque tenía el corazón destrozado.

—¿Cómo he acabado en esta situación? —susurré.

Zander meneó la cabeza.

—Pídeselo sin más. En serio. Conozco a poca gente que sea tan maja como ella.

Miré de nuevo el teléfono. En esa ocasión era un mensaje de mi padre: «Me muero por conocerla».

Todos querían lo mejor para mí. Se alegraban tanto porque era una prueba de que estaba bien, de que había pasado página, de que me había recuperado. Y verme así les otorgaba el permiso para perdonar a Amy y a Jeremiah, para alegrarse por ellos, para aceptar esa nueva realidad. Sentía la alegría que me llegaba a través del teléfono, el suspiro de alivio colectivo de que lo mío era real, de que había una mujer de carne y hueso…, de que por fin le había dado carpetazo al asunto.

Si me quedaban dudas de lo mucho que mi familia lo necesitaba, ahí tenía la confirmación.

Miré a Briana, que seguía en el otro extremo del restaurante. Descubrí que también me estaba mirando. Me saludó con una mano y después se inclinó hacia Hector para decirle algo. Él también me miró y me saludó. Después Briana se bajó del taburete y echó a andar hacia nosotros.

Me puse nervioso de inmediato. Como si ella se hubiera enterado de alguna manera del lío que había montado mi familia y fuese a pedirme explicaciones. Sentí que me retraía a medida que se acercaba y que perdía hasta la capacidad de hablar.

—Hola —me saludó al llegar a la mesa—, has venido. —Esbozó una sonrisa deslumbrante.

Por suerte no tuve que replicar, porque Zander intervino.

—Siéntate —le dijo al tiempo que le hacía sitio.

Briana se sentó en el reservado, dejó el bolso a su lado y le quitó una patata frita del plato a Zander para comérsela.

—¿De qué estáis hablando aquí tan solos? —nos preguntó mientras masticaba—. Te he oído reírte desde el otro lado del restaurante.

Zander le deslizó el plato por la mesa y me señaló con un gesto de la cabeza.

—Estábamos recordando aquella vez que Jacob salvó al conductor de un quad herido en un bosque hace unos años.

Lo miré parpadeando. No estábamos hablando de eso. Era una historia real, pero llevábamos años sin recordarla. ¿Qué pretendía? ¿Estaba intentando hacerme quedar bien delante de ella?

Briana me miró con una ceja levantada.

—¿En serio? ¿Qué pasó?

Carraspeé.

—Se estrelló. Se rompió los dos pies. No había cobertura para pedir ayuda.

—¿Y lo sacaste del bosque a caballito?

Asentí.

—Tardamos tres horas.

—¿Y eso es gracioso? —preguntó ella mientras nos miraba a uno y a otro.

Zander no perdió comba.

—El tío le vomitó en la espalda mientras lo llevaba.

Briana se atragantó con una risilla. En fin, adiós a lo de hacerme quedar bien.

—Pero menudo gesto por tu parte —dijo ella, sin dejar de reírse. Después se inclinó un poco hacia delante—. Para que lo sepas, le he prohibido a Hector que venga. —Señaló hacia la barra con la cabeza—. Es el extrovertido borracho del día.

Se me escapó una carcajada.

Después fue como si recordara algo, porque bajó la mano y empezó a rebuscar en su bolso.

—Se me había olvidado: aquí tienes la pegatina para la camioneta —dijo. La deslizó bocabajo sobre la mesa—. Gracias por sumarte a la campaña.

La cubrí con la mano.

—Claro.

—Tengo que volver —dijo mientras se miraba el reloj—. Oye, ¿por qué no me cuentas eso tan largo de tu familia durante el almuerzo de mañana? ¿En el almacén de suministros? ¿A mediodía?

Asentí.

—Vale.

—¡Que os divirtáis! —exclamó al tiempo que le robaba otra patata frita a Zander del plato. Después se levantó y se fue, de vuelta a su lado del restaurante.

—¿Lo ves? Es maja —dijo Zander, recuperando sus patatas—. Insisto en que se lo pidas.

La seguí con la mirada mientras regresaba a la barra y se subía de un salto al taburete junto a Hector.

Cogí la pegatina y la miré un momento. Era blanca con letras azules. Decía: AYUDA A BENNY A ENCONTRAR UN RIÑÓN. ¡PUEDES SER COMPATIBLE! Debajo se veía la dirección de una página web.

Parecía un gesto inútil. Como un grito en el vacío.

Ese chico no iba a encontrar ningún donante. Tardaría años.

Nunca me imaginé que le donaría un riñón a un desconocido. Siempre había pensado que si lo hacía, se lo donaría a alguien cercano, no a un extraño. Una parte de mí incluso creía que debería esperar por si mi madre necesitaba otro trasplante, aunque sabía que tenía otros cuatro hijos que se ofrecerían encantados. No necesitaba que yo conservase los míos.

Miré la pegatina fijamente.

No conocía a Benny. Pero sí conocía a su hermana. Si lo hacía, no solo cambiaría la vida del chico. También cambiaría la de ella.

Miré a Briana de nuevo. Se estaba riendo con una de las enfermeras. Recordé la expresión de su cara cuando hablé de su hermano. Recordé el día que Benny llegó a Urgencias y el pánico de su voz mientras lo trataba. Recordé que estaba llorando en el almacén de suministros cuando la sorprendí... Lo derrotada que estaba. Lo impotente que debía de sentirse. Así me habría sentido yo si mi madre no hubiera encontrado un donante en su momento.

Seguro que se percató de mi mirada, porque me la devolvió y me sonrió. Fue una sonrisa sincera, preciosa y amable.

Y en ese momento me decidí.

—Cuenta conmigo —le dije a Zander, pero con la vista clavada en ella.

Se hizo un breve silencio a mi lado.

—Perdona, no te he oído bien.

Lo miré.

—Que cuentes conmigo. Voy a hacerlo. Donaré el riñón.

Golpeó la mesa con una mano.

—¡Muy bien! ¡Sí! —Después guardó silencio un momento—. ¿Estás seguro?

Asentí.

—Estoy seguro.

Sonrió.

—Se lo diré esta noche. Se va a volver loco. De verdad, tío, no tienes ni idea de lo que significa para ellos. Vas a hacer algo increíble. —Otra pausa—. ¿Estás seguro de que quieres hacerlo de forma anónima?

Asentí de nuevo.

—Estoy seguro. No se lo cuentes a nadie. Ni siquiera a mi madre.

—¿No se lo vas a decir a tu madre?

—No. No se lo voy a decir a nadie.

Y no porque no quisiera que mi familia se enterase. Sino porque no quería que se enterara Briana. No quería que se creyera en deuda conmigo o que se viera en la obligación de ser mi amiga por lo que había hecho. No quería ataduras ni alabanzas. Solo deseaba ayudarla, y quería hacerlo en secreto, así que era un peligro que mi familia lo supiera. Ya habían establecido contacto con ella. A saber si Jewel aparecía de nuevo por el hospital y mencionaba de pasada que le iba a donar un riñón a alguien. Y lo mismo con mi madre. Conocía a mucha gente, lo que aumentaba la probabilidad de que la información se filtrara. Quería que fuera un asunto confidencial, secreto, al menos de momento.

Y después me eché a reír sin poder evitarlo, porque caí en la cuenta de que me resultaba más fácil donar un órgano que preguntarle a una mujer si podía fingir ser mi novia para acompañarme a un puñado de reuniones familiares. Así de acusado era mi miedo al rechazo y a lo que pensaran los demás.

Supuse que era una cuestión de decidir qué me asustaba más: presentarme solo en la boda o hacerle una proposición indecente a Briana Ortiz.

14

Briana

*C*uando llegué a casa, Alexis estaba sentada en el columpio del porche delantero.

—¿Qué haces aquí? —pregunté mientras cerraba la puerta del coche—. ¡Creía que no llegabas hasta mañana! —Corrí a abrazarla.

—Me quedo a pasar la noche —contestó con la barbilla pegada a mi hombro y la barriguita de embarazada contra la mía—. He supuesto que necesitabas apoyo emocional. Jessica vino a verme para una serie de consultas gratuitas y me comentó que habías dicho no sé qué de dejar que el bosque reclamara su territorio.

Me eché a reír y la solté.

—¿Estás bien? —me preguntó sin dejar de mirarme.

Suspiré.

—Estoy bien. Más o menos.

Tan bien como estaría cualquiera la víspera de su divorcio.

El día siguiente era 19. Por fin había llegado. El Día D. Había planeado trabajar y hacer como que era un miércoles como otro cualquiera. Le había dicho a Alexis un montón de veces a lo largo de las últimas dos semanas que no viniera. Pero no me había hecho caso.

Y por eso la quería.

Estaba fantástica. Se había recogido la melena pelirroja en una coleta y llevaba una camiseta de manga corta ceñida verde oscuro con unos vaqueros. Se le notaba la barriguita. Nada de maquillaje. Un aspecto muy relajado. Muy distinta de como era antes de Daniel. Yo también había cambiado, pero no para bien.

Cogió un macuto del columpio y una bolsa de papel marrón.

—Te he traído muffins —dijo—. Los he hecho yo.

—Pues claro que sí. Ahora eres una chica de campo. ¿También haces tu propia mantequilla?

Se rio.

—Cierra el pico —replicó mientras me seguía al interior.

Nos cruzamos con Justin, el amigo de mi hermano, que justo se marchaba.

—Hola —dije, sorprendida y contenta de ver que había alguien con Benny.

—Hola.

Mi hermano estaba en el salón detrás de él, en el sofá. Levantó la vista y miró a Alexis con la expresión indiferente que siempre tenía de un tiempo a esa parte, tras lo cual volvió a mirar la tele.

—¿Lo habéis pasado bien hoy? —le pregunté a Justin con voz esperanzada.

Él apretó los labios, un gesto que dejaba claro que no.

—Mañana vamos a ir a GameStop, ¿a que sí, colega? —dijo Justin por encima del hombro.

Benny no contestó. Justin me miró como diciendo: «Lleva así todo el día».

—Gracias por intentarlo —le dije en voz baja.

—No las merece. —Miró de nuevo a Benny—. Lo intentaremos otra vez mañana.

Justin era un buen amigo. Brad también. Los tres eran uña y carne. El padre de Justin había muerto unos años antes, y Benny y Brad lo ayudaron en todo momento, de la misma manera que los chicos lo estaban ayudando a él. Ambos se habían hecho las pruebas por si eran compatibles. Todos los amigos de Benny se las habían hecho. Pero después empezaron a alejarse uno a uno. Salvo Justin y Brad, ya nadie iba a casa. Me sentía muy agradecida con los que sí iban.

Justin se fue. Llevé a Alexis a la habitación de invitados antes de empezar a preparar a Benny para la diálisis. Alexis me ayudó a colocarlo en posición. Nos comunicamos sin decirnos una palabra durante todo el rato. Después de haber pasado diez años trabajando juntas, además de la facultad de Medicina, teníamos un idioma propio. Alexis estaba preocupada por mi hermano.

Su deterioro físico debía de resultarle sorprendente. Había perdido por lo menos trece kilos en los seis meses que habían pasado desde la última vez que lo había visto. Benny llevaba pantalones cortos. Tenía las piernas tan delgadas que parecían dos cuerdas con un nudo en el centro. No se había afeitado, tenía los ojos hundidos. Apenas si nos dirigió la palabra durante todo el proceso.

Alexis me miró a los ojos mientras le tomaba la tensión. Era la misma expresión que ponía cuando trabajábamos juntas y quería decirme que teníamos que hablar de un paciente en privado.

Tuve que apartar la mirada.

Detestaba que las cosas estuvieran así. Que no pudiera enseñarle que mi vida era más alegre, que no tuviera buenas noticias que contarle. Que hubiera tenido que venir porque me divorciaba al día siguiente y no quería que yo estuviera sola, y que llegara y viera cómo era mi vida. Esa casa vieja y destartalada, mi hermano enfermo. Mi corazón roto.

Era patético.

Eché un vistazo por el salón mientras intentaba concentrarme en cualquier cosa que no fuera la mirada preocupada de mi mejor amiga y mi desanimado paciente, pero el resto no era mucho mejor: el sofá viejo y hundido; la alfombra marrón y el puto árbol del gato.

Me abrumó una repentina oleada de desesperación.

A veces mi escudo protector se resquebrajaba entero. La ira no aguantaba la presión y se colaba la tristeza. Detestaba con toda mi alma que eso pasara. Al menos si estaba cabreada, la emoción iba dirigida hacia el exterior, no hacía el interior. Pero ese día era demasiado pesada. Los sentimientos se abalanzaron sobre mí y me derrumbé.

Fingí que necesitaba una manta para Benny del armario de la ropa limpia y me alejé del sofá. En cuanto doblé la esquina del pasillo, me detuve y me eché a llorar en silencio.

¿En qué coño se había convertido mi vida? ¿Cómo había llegado a ese punto?

Todo se había torcido.

En cuanto las lágrimas se desbordaron, fui incapaz de pararlas. Fue una avalancha. Un tsunami. Prueba de que no estaba bien ni de coña.

Nick.

Mi matrimonio se había acabado. Se había acabado oficialmente.

No quería celebrar mi divorcio. No quería abrir una botella de champán, salir a quemar la ciudad y comportarme como si me alegrara que mi matrimonio hubiera llegado a su fin. No era feliz. Estaba viviendo una pesadilla. Una realidad alternativa que en teoría no debía conocer nunca.

Lo que se suponía era que Nick y yo íbamos a envejecer juntos. Nuestra relación iba bien. Éramos felices.

Sin embargo, yo no era ella.

Creo que siempre supe que había algo. Ella era su compañera en el trabajo. Nunca habían salido. Kelly tenía novio cuando yo conocí a Nick, y luego marido. Quedamos para hacer barbacoas en nuestras casas, nos fuimos de viaje de pareja juntos. Me caía bien. Era mi amiga.

Sin embargo, a esas alturas vi la verdad que no pude reconocer en aquel entonces.

Vi a Nick el día de la boda de Kelly, bebiendo más de lo que nunca lo había visto beber y cayéndose desplomado en la cama de la habitación del hotel, todavía vestido.

Los vi discutiendo entre susurros la noche de la cena de nuestro décimo aniversario, una discusión que según él fue por un asunto del trabajo y yo lo creí porque quería creerlo. Vi todas las ocasiones en que Nick se mostraba seco y distante porque yo no era ella y eso lo cabreaba.

Fue como descubrir que tienes cáncer y por fin unir todos los puntos y darte cuenta de que has visto los síntomas durante años y te preguntas cómo es posible que hayas pasado por alto algo tan espantoso. Y en ese momento me preguntaba cómo había sido tan tonta. Cómo era posible que no me diera cuenta hasta aquel día.

Mi madre tenía razón.

Hay que ser muy imbécil para poner todos los huevos en la misma cesta que el hombre. Y yo se lo había dado todo a Nick. A esas alturas ya no tenía nada, ni siquiera esperanza. Porque él había destrozado mi confianza en los hombres, la que iba a necesitar si alguna vez volvía a estar con otro. No habría una próxima vez para mí. No habría un segundo marido, otro amor de mi vida. Solo habría lo que estaba viendo en ese momento.

—Oye, ¿estás bien? —me preguntó Alexis en voz baja desde atrás.

Me di media vuelta mientras me secaba los ojos.

—Sí. Lo siento. Es que… —Meneé la cabeza mientras intentaba por todos los medios recuperar la compostura—. Es que se me ha venido todo encima de repente.

Mi amiga extendió una mano hacia el cuarto de baño y sacó unos pañuelos de papel de la caja para dármelos. Después se apoyó en la otra pared del pasillo.

—Gracias. —Sorbí por la nariz mientras me secaba las lágrimas.

Esperó, observándome en silencio.

Tomé una honda bocanada de aire y la solté despacio.

—¿Te acuerdas de cuando eras pequeña y te teletransportabas?

—¿Cómo?

—Ya sabes, cuando eras pequeña y te quedabas dormida en el coche y tu padre te llevaba a la cama, pero luego no te acordabas. Solo tenías el vago recuerdo de estar flotando en el espacio. Y luego te despertabas al día siguiente en la cama sin saber cómo habías llegado allí, aunque te venía alguna imagen a la cabeza.

Alexis me miró con los ojos entrecerrados como si estuviera pensando.

—Sí. Aunque no era mi padre. Era la niñera. Pero sí.

Sorbí de nuevo por la nariz.

—Mi padre se fue cuando yo tenía ocho años. Después de eso, nunca volví a teletransportarme. No había nadie lo bastante fuerte como para llevarme en brazos. —Hice una pausa—. Todos los hombres me abandonan, Ali —añadí en voz baja.

Ella guardó silencio, a la espera.

—Nunca te das cuentas de que estás viviendo el mejor momento de tu vida —seguí en voz baja—. Sucede y luego termina, y solo lo comprendes después. Le entregué a Nick una parte de mí que no le he entregado a nadie. Le di el amor tonto e inocente que solo se da antes de descubrir que no debes hacerlo. Se llevó lo mejor de mí. Y nunca volveré a ser esa persona.

—Sí que lo serás...

Meneé la cabeza.

—No, no lo seré. Porque nunca volveré a ser tan confiada. Nunca me entregaré de nuevo a otra persona con el mismo abandono con el que me entregué a Nick. Ya no puedo. Él fue la excepción. Fue una manera de decirle al mundo: «Vale, mi padre se fue. Pero este no se va a ir. He elegido bien, no todos los hombres son como mi padre. Este se quedará a mi lado. Pese a mis traumas». —Hice una pausa—. Y no lo hizo. Hizo justo lo que mi madre siempre me advirtió que hacían los hombres. Validó todas las advertencias con las que crecí. Ten siempre una cuenta separada. Asegúrate de que tu nombre figura en la escritura de la casa. Confía, pero compruébalo todo. —Negué de nuevo con la cabeza—. No hice caso —susurré—. Y ahora ya nunca volveré a teletransportarme.

Alexis me miró con tristeza.

—Esto no es tu vida, Bri. Esto solo es un capítulo horrible de tu historia. Ya sabes que creía que nunca volvería a salir con nadie después de Neil, pero luego encontré a Daniel. Hay hombres buenos ahí fuera, tú también encontrarás a alguien.

Resoplé con sorna.

—Ese barco ya ha zarpado. No me fío de mi juicio para elegir hombres. —Me pasé un dedo por debajo de los ojos y respiré hondo—. Hablando de maridos —dije para cambiar de tema—, no puedo creerme que hayas dejado al tuyo en casa solo.

—El sexo mejora cuando me voy unos días.

—Ah, ahora entiendo por qué has venido a verme. Son los preliminares.

Se echó a reír.

Suspiré.

—Ojalá el matrimonio viniera con una app para hacer que el pene de tu marido solo funcione con una única usuaria. Como un móvil que solo puedes desbloquear tú. Ese habría sido mi regalo de boda.

—Creo que con Daniel no tengo que preocuparme de eso.

Asentí.

—Seguro que tienes razón. Algún día será un estupendo teletransportador…, pero tú ten una cuenta corriente separada. Hazme caso.

Sonrió. Luego meneó una ceja con gesto juguetón.

—Que sepas que Doug sigue soltero.

Fingí unas arcadas y ella se echó a reír. El mejor amigo de su marido, un tío muy borde, me había seguido con una guitarra en su boda.

—No estoy tan desesperada —repliqué—. De momento.

Nos estábamos riendo cuando empezaron los gritos.

¡Benny!

Alexis y yo nos miramos una milésima de segundo antes de salir corriendo.

Después de eso todo sucedió a cámara lenta.

Recorrer el pasillo, doblar la esquina, entrar en el salón… Estaba preparada para algo horrible. Un tubo desconectado, sangre por todas partes. Sin embargo, cuando entramos en el salón, él se encontraba justo donde lo habíamos dejado, conectado a la máquina.

Estaba llorando histérico.

Alexis y yo nos acercamos en modo urgencias total, comprobando cables y pantallas en la máquina de diálisis mientras él seguía gritando.

—¿Qué pasa? —pregunté mientras tocaba botones—. ¡Benny!

Estaba tan alterado que ni siquiera era capaz de pronunciar una palabra.

Alexis meneó la cabeza.

—Parece que todo está bien. No es la máquina.

Miré a mi hermano frenética.

—Benny, ¿qué pasa?

Y en ese momento vi que no solo estaba llorando. También estaba riéndose. Soltaba unas carcajadas histéricas y agudas entre sollozos.

—Zander… —consiguió decir, mirándome con lágrimas en los ojos—. Acaba de llamar… Tengo… Tengo un donante.

15

Jacob

Noté las vibraciones incluso antes de entrar en Urgencias. El estado de ánimo de la planta se podía palpar. Todos estaban contentos y charlaban. Y cuando vi a Briana junto al control de enfermería, con un grupito congregado a su alrededor, supe el motivo. Seguro que Zander se lo había dicho a Benny.

Sonreí, me mantuve un poco alejado y observé con las manos en los bolsillos a una resplandeciente Briana. Reía, sonreía. Alguien la abrazó. Después la estrechó otra persona.

La sonrisa me llegó a los ojos.

Ella levantó la cabeza, me vio y me saludó con un gesto animado de la mano. Después les dijo algo a los demás y se acercó a toda prisa.

—¿Te has enterado? —Sonreía de oreja a oreja.

—No —contesté, haciéndome el tonto—, ¿qué pasa?

—Benny tiene un donante de riñón.

La miré con una sonrisa.

—Eso es maravilloso.

Se mordió el labio inferior y dio unos botes.

—Gracias por poner la pegatina en tu camioneta. A ver, sé que no fue por eso. Es demasiado pronto. Pero son esas cosas las que han hecho que esto suceda. Así que gracias.

—De nada. —Me quedé allí plantado, sonriendo.

Se le empezaron a llenar los ojos de lágrimas y se pasó un dedo por debajo.

—Lo siento. Tengo las emociones a flor de piel. No me lo esperaba. Hoy no puedo comer contigo, mi mejor amiga está en la ciudad. ¿Lo dejamos para mañana? ¿En el almacén de suministros? Tienes que contarme lo de tu familia.

Asentí.

—Sí, claro, nos vemos mañana.

Después la vi alejarse para volver con el grupo de enfermeras que la esperaban.

Ni siquiera me había dado cuenta de lo bien que me sentaría todo aquello. Me alegraba ser la fuente de la alegría de todos, aunque no supieran que era cosa mía. Pero sobre todo me encantaba ver a Briana tan emocionada. Jamás habría imaginado la alegría que eso me provocaría.

De repente se me ocurrió que yo acababa de aliviar la ansiedad de Briana de la misma manera que ella había aliviado la mía al darme la bienvenida al Royaume Northwestern. El cambio había sido drástico. Verlo de esa manera me hizo sonreír. Como si le hubiera devuelto su gesto amable, aunque lo hiciera en secreto.

Ojalá Benny pasara el día celebrándolo. Aunque debía admitir que me interesaba más la reacción de Briana. Y a pesar de que la cena familiar de esa noche me estresaba, estuve de buen humor durante toda la mañana.

Mi vida era un desastre. Pero al menos la de Briana sería como tenía que ser.

16

Briana

$\mathcal{A}$cababa de almorzar en la cafetería con Alexis, tras lo cual ella volvió a mi casa. Después aproveché los últimos diez minutos del descanso para pasarme por el despacho de Gibson y llamé al marco de la puerta abierta. Él levantó un dedo para pedirme que esperase mientras terminaba de hablar por teléfono.

Necesitaba pedir los días libres para el trasplante de Benny en julio. Me resultaba imposible no ponerme a dar botes. Llevaba así desde la noche anterior. Tampoco podía dejar de sonreír.

Era como si hubieran activado un interruptor dentro de mi hermano. El cambio había sido instantáneo.

Se quedó hasta tarde celebrándolo con Alexis y conmigo. Brad y Justin fueron a casa, y mi hermano estuvo bromeando y riendo y siendo Benny por primera vez desde hacía tantísimo tiempo que me entraban ganas de llorar solo de pensarlo. Esa mañana estaba en la cinta de correr cuando me levanté. Dijo que si quería estar preparado para la próxima maratón, tenía que empezar a entrenar ya. Después se comió un desayuno copioso. Entero. Tuve que contener el sollozo de felicidad que me subió por la garganta.

Alguien me había devuelto a mi hermano.

No sabía quién era el donante ni cómo nos había encontrado. Solo nos habían dicho que estuviéramos disponibles para un trasplante a finales de julio, que querían hacerlo en la Clínica Mayo y que deseaba permanecer en el anonimato. Zander aseguró que era compatible al cien por cien.

¡Compatible al cien por cien!

Me había preparado para que fuera un día asqueroso. Y en ese momento ni siquiera me importaba estar oficialmente divorciada. Me daba igual. Nada podía ensombrecer la ocasión. Ni siquiera Nick.

Gibson colgó y me hizo un gesto para que entrara.

Me quedé delante de su mesa, feliz y emocionada.

—Necesito dos semanas libres en julio —dije.

—Muy bien. —Entró en su ordenador—. ¿Te vas a algún sitio chulo? —preguntó mientras tecleaba.

—A Rochester. Al centro de trasplantes.

Se quedó quieto y me miró por encima de las gafas con una sonrisa.

—Toma ya, ¿lo ves? Todo tiene su razón de ser. —Empezó a teclear de nuevo—. Y pensar que podría haberse ido a otro hospital.

Se me escapó una carcajada.

—¿Por qué iba a irse Benny a otro hospital?

—Benny no, Jacob. Nunca habría conocido a tu hermano si se hubiera ido a otro sitio. Y mira, todo ha salido bien. —Meneó la cabeza con una sonrisa y se concentró de nuevo en la pantalla.

Me quedé allí plantada mientras mi cerebro intentaba encontrarle sentido a lo que Gibson acababa de decir.

—¿Jacob? —pregunté.

—Lo hace por Joy —explicó él, sin apartar la vista de la pantalla—. ¿Te lo ha contado? Su madre recibió un trasplante de riñón cuando era pequeño. Siempre soñó con poder hacer lo mismo por otra persona. Al menos eso dijo cuando Zander le preguntó si quería hacerse las pruebas de compatibilidad. Me alegro de que haya salido bien.

El alma se me salió del cuerpo. Literal.

—¿Jacob es el donante de mi hermano? —susurré.

Gibson me miró.

—¿Qué has dicho?

Tragué saliva.

—El donante es anónimo.

Vi que la sonrisa de Gibson desaparecía antes de convertirse en una mueca de pánico absoluto.

—Es... Él no ha... Briana, no lo sabía —balbuceó—. Ha hablado del tema sin tapujos, pa-parecéis ser amigos... Ayer..., a ver, ayer comisteis juntos. No lo sa-sabía, supuse que...

Me di media vuelta y salí corriendo. Tenía que encontrarlo. Ya. ¡De inmediato!

Abrí la puerta de nuestro almacén de suministros al pasar por el lado. No estaba allí, así que me fui corriendo a Urgencias mientras marcaba su número.

El corazón me atronaba los oídos, mi mente corría tan deprisa que era incapaz de seguirle el ritmo y los detalles no dejaban de cambiar y cambiar de forma.

Jacob era el donante de riñón de Benny.

¡Jacob era el donante de riñón de Benny!

¿¿¿Cómo era posible???

Había sido muy cruel con él.

Ni siquiera le había mostrado amabilidad al principio. Había sido una auténtica bruja. Y él ya debía de estar pensando en hacerlo en aquel entonces, porque se tardaba semanas en tener las pruebas de laboratorio, las muestras de tejido y las evaluaciones físicas y psicológicas, y sabía que tardaban tanto porque yo había pasado por todo el proceso cuando quise comprobar si era compatible.

Abrí las puertas correderas de cristal de las habitaciones de los pacientes y descorrí cortinas con el móvil pegado a la oreja, llamándolo. No contestó, así que corrí hacia la sala de descanso de los médicos y miré en la escalera y en la cafetería.

Después empecé a llorar.

No quería que yo lo supiera.

No quería que ninguno lo supiéramos. Quería hacerlo en secreto, cuando podría haberlo hecho de forma pública para que todos lo adorasen..., que es exactamente lo que habría pasado. Todas las personas del servicio de urgencias lo habrían adorado de inmediato por hacer algo tan altruista, habrían besado el suelo que pisaba. Lo habrían querido, le habrían perdonado cualquier cosa, lo habrían considerado un héroe.

Sin embargo, Jacob no era así. Era un héroe, pero de los que no dejaban que los demás lo supieran.

Se me escapó un sollozo y tuve que taparme la boca con una mano.

Jessica tenía razón: era un ser humano excelente.

Me arrojaría delante de un autobús por ese hombre. Dejaría que me disparasen. Me enfrentaría a una turba. Lo defendería hasta la muerte, mataría a cualquiera que lo mirase mal.

Quería retroceder en el tiempo y darme un puñetazo en la cara por haberle provocado un solo segundo de tristeza. Mi devoción por él me generó un subidón de adrenalina, haciendo que estuviera frenética por encontrarlo para darle las gracias, aunque agradecérselo nunca sería suficiente.

Seguro que parecía una loca corriendo por los pasillos mientras sollozaba y abría puertas con el rímel corrido. Todo parecía un sueño. Uno de esos en los que las piernas no se mueven lo bastante deprisa y es imposible encontrar lo que se busca.

Y luego lo vi.

Venía en dirección contraria por el pasillo, desde el vestuario. Ese ángel tan guapo y benevolente.

Corrí hacia él, lo cogí de la mano y tiré para entrar con él en un almacén de suministros.

—Eh… —dijo mientras dejaba que lo arrastrase—, ¿qué vam…?

Lo metí en la pequeña habitación y cerré la puerta a mi espalda, sin dejar de jadear.

Me miró fijamente.

—¿Estás bien?

Seguí jadeando un momento antes de decir sin rodeos:

—¿Eres el donante de Benny?

Vi la expresión que ponía mientras procesaba la pregunta.

Meneé la cabeza.

—Sé que no quieres que nadie lo sepa. Y no se lo contaré a nadie. Ni siquiera a Benny. Pero tengo que saberlo, por mí, tengo que saber si eres tú. Por favor. ¿Eres tú? —Se me quebró la voz en la última palabra.

Me miró en silencio. El momento se alargó mil años.

Intenté interpretar su expresión, intenté averiguar la respuesta a través del tic nervioso de su mentón o del gesto resignado de sus cejas, intenté buscarla en sus tiernos ojos castaños. Tenía que saberlo, ¡tenía que saberlo!

Vi que separaba los labios antes de decir:

—Sí.

Me abalancé sobre él.

17

Jacob

Se abalanzó sobre mí.

La atrapé entre mis brazos y retrocedí tambaleándome unos pasos antes de recuperar el equilibrio.

Me estaba abrazando como nunca me habían abrazado en la vida. Era como si se hubiera desmayado al llegar a la meta de una carrera.

—Gracias —sollozó—. Gracias, gracias, gracias.

—Yo… De nada —dije—. Quería hacerlo.

Se echó a llorar contra mi cuello, y el instinto me dijo que la abrazara y la consolase, aunque sabía que no eran lágrimas de tristeza. Cuando la rodeé con los brazos, me estrechó con más fuerza, y sentí que todo lo que iba a hacer, la donación del riñón, la operación, la recuperación, merecía la pena por ese único momento.

Pensaba que cualquier muestra de agradecimiento me haría sentir incómodo. Pero por algún motivo no me importaba que aquello estuviera sucediendo, y creo que era porque sucedía con ella.

Me gustaba.

Me gustaba hacerla feliz y me gustaba verla así, y también me gustaba el abrazo.

Caí en la cuenta de que nadie me había abrazado —un abrazo de verdad de la buena— desde Amy. Y ni siquiera recordaba que nos hubiéramos abrazado alguna vez y sintiera algo parecido. Amy estaba muy frustrada conmigo y yo me sentía muy alejado de ella, ya que la intimidad terminó muchísimo antes que la relación.

Se me había privado de ese contacto humano básico y, una vez que lo había recuperado, me daba cuenta de lo mucho que lo necesitaba. Mientras soltaba el aire, Briana llenaba el espacio y me sentía... en paz. Tranquilo. Anclado.

—Ni siquiera fui amable contigo —me susurró contra el cuello.

—Eres amable conmigo —repliqué en voz baja.

Se apartó un poco y me miró con los ojos llenos de lágrimas y la barbilla temblándole.

—Jacob, ¿cómo voy a poder agradecértelo? No tengo palabras.

Me metí la mano en el bolsillo y saqué un pañuelo de papel del paquete que siempre llevaba conmigo.

Lo cogió y se secó a toquecitos bajo las pestañas.

—Gracias.

Empezaba a tranquilizarse. A respirar con normalidad.

La observé mientras recuperaba la compostura. Era preciosa. Incluso llorando estaba guapísima. Tenía la sensación de que debería apartar la mirada, pero no sabía ni cómo hacerlo. Todavía sentía el abrazo, aunque se había acabado; ese abrazo había vuelto a desactivar algo en mi interior, tal como había hecho aquel primer día en la habitación de Benny. Me dejó helado, sin habla y totalmente a su merced, y tuve que preguntarme con cierto asombro y sorna si no me habría embrujado. Si no estaba bajo un hechizo. Porque nunca me había sentido de esa manera, tan obligado a hacer algo por alguien a quien acababa de conocer, tan atraído por alguien.

A lo mejor había creado ya el aquelarre.

Sorbió por la nariz y me miró.

—Jacob, le has cambiado la vida. A ver, sé que lo sabes, pero no eres consciente de hasta qué punto. Mi hermano está vivo de nuevo. Vuelve a ser él.

La miré con una sonrisa tierna.

—Bien. —Después ladeé la cabeza—. ¿Cómo te has enterado? —le pregunté.

Se secó de nuevo los ojos.

—Gibson. Creo que se le ha escapado sin querer.

Asentí.

—Ah.

Supongo que era un error normal. Gibson no sabía que la donación era anónima. Y ese día todavía no lo había visto.

Habíamos conseguido mantenerlo en secreto doce horas.

—Te agradecería mucho que no se lo dijeras a nadie más —le pedí.

Ella asintió.

—Cuenta conmigo. Te prometo que no se lo voy a decir a nadie. ¿Estás cabreado con él por habérmelo contado?

Me metí las manos en los bolsillos.

—No, ha sido un error comprensible.

—Deberías mandarle un mensaje para decírselo. Seguramente se esté subiendo por las paredes. —Sorbió de nuevo por la nariz.

Asentí.

—Vale.

Me miró a los ojos.

—¿Sabes qué día es hoy, Jacob? —me preguntó mientras me observaba—. Es el día en el que mi divorcio se hace definitivo. No sé si sabías que estaba casada.

—Llevabas una alianza en algunas de las fotos.

Ella asintió con la mirada clavada en el pañuelo que tenía en las manos.

—Creía que nada podría alegrarme el día. —Me miró de nuevo a los ojos—. Pero luego ha pasado esto. —Me sonrió y parpadeó para contener las lágrimas—. Es uno de los mejores días de mi vida y uno de los peores días de mi vida a la vez. Y lo único que voy a recordar cuando piense en este día es a ti y lo que has hecho. Muchísimas gracias. —Se le quebró la voz al llegar a la última palabra.

No sabía qué decirle, de modo que no le dije nada.

El silencio siempre era mi respuesta predeterminada. A veces es más fácil comprender ciertas cosas cuando no se expresan. A veces las palabras complican todo y lo embarran. El momento no las necesitaba.

Nos quedamos allí plantados. Yo con las manos en los bolsillos y ella secándose los ojos mientras irradiaba gratitud a oleadas.

Había pasado mucho tiempo anhelando esa admiración por parte de Amy…, aunque en el caso de Briana ni siquiera era real. Solo estaba agradecida y emocionada, y se le pasaría. Pero de todas formas era estupendo.

Mi móvil sonó en mitad del silencio.

Carraspeé.

—Puede que sea Gibson. Debería comprobarlo.

Saqué el móvil y suspiré al mirarlo. Una llamada perdida de Briana que no había oído y cinco mensajes de texto de mi madre. Preguntándome por la cena de esa noche.

Debí de hacer una mueca, porque Briana preguntó:

—¿Va todo bien?

Me pasé una mano por la boca.

—No. Es solo lo de mi familia que te iba a contar.

—¿Qué? ¿Qué es? ¿Puedo ayudarte con algo?

Se me escapó una carcajada. Menuda ironía.

—¿Qué pasa? —preguntó.

Meneé la cabeza.

—Nada.

—No, ¿qué pasa?

Eché la cabeza hacia atrás y clavé la mirada en el techo.

—La verdad es que sí que podrías ayudarme con esto. Pero no pienso pedírtelo de ninguna de las maneras.

—Y un huevo que no me lo vas a pedir —replicó—. A ver, no quiero ponerme dramática, pero ahora mismo daría la vida por ti. ¿Qué necesitas?

La miré fijamente.

—No puedo. Es demasiado ridículo como para pensarlo siquiera.

—Prueba a ver. Pensar en cosas ridículas es mi especialidad. Se me da de vicio.

Se me escapó una risilla. Después solté el aire.

—Necesito una novia durante unos meses.

Me miró fijamente.

Levanté una mano.

—No en ese plan. Para que me acompañe a todo lo relacionado con una boda. Necesito que mi familia crea que tengo una relación. Mi hermano se va a casar. Con mi ex.

Me miró con cara rara.

—Con tu… ex.

—Estuvimos saliendo un poco más de dos años y medio. Cortamos el año pasado. Empezaron a salir tres meses después y se comprometieron hace unas semanas. La boda es en julio. Necesito que crean que he pasado página.

—¿Por qué?

Aparté la mirada de su cara un momento mientras intentaba encontrar el modo de explicarlo. Cuando la miré de nuevo, clavé la vista en sus ojos.

—Cortar conmigo y elegirlo a él no fue fácil para ella. Mis hermanas dejaron de hablarles durante seis meses, y mis padres prácticamente lo desheredaron. La situación destrozó a mi familia durante casi un año. Todos van a observarme para decidir cómo actuar. Si estoy alterado, ellos se alterarán; y ya me estoy esforzando mucho en ocultar mis sentimientos. Quiero que crean que soy feliz y que he pasado página. Si estoy solo, se pasarán los siguientes tres meses esperando a que aparezca una grieta en mi fachada para decidir odiarlos a los dos. Eso disminuirá la felicidad de Amy. Y no es lo que deseo.

Briana me miraba sin dar crédito.

—¿Esperó solo tres meses antes de salir con tu hermano y tú deseas que sea feliz?

—La quiero —repuse—. Por supuesto que deseo que sea feliz.

Su expresión se suavizó.

—En fin, Jacob Maddox, eres muchísimo mejor persona que yo. Porque cuando alguien me la juega, no paro hasta devolvérsela con creces.

Me eché a reír a mi pesar.

—Así que todavía no lo has superado —siguió. No era una pregunta, sino una afirmación.

Me quedé callado. Era complicado y, la verdad, ni siquiera yo estaba seguro de la respuesta.

Mis sentimientos estaban embrollados por muchos motivos: la ruptura tan en el aire, lo rechazado que me sentí, la traición de que empezara a salir con alguien tan pronto y de que el hombre elegido fuera Jeremiah. Pero con el fin de simplificar, contesté:

—No, no lo he superado.

Ella apretó los labios y asintió con la cabeza.

—Vale. ¿Crees que se lo tragarían? Lo de que estamos saliendo —preguntó.

—Ya lo hacen. Cuando mi hermana nos vio en el almacén de suministros, sacó sus propias conclusiones. No la corregí. Es que me dejé llevar por el pánico. Lo siento.

Cruzó los brazos delante del pecho.

—¿Y qué necesitarías que hiciera exactamente?

—Que conocieras a mi familia. Que me acompañaras a las cenas mensuales en casa de mis padres. Después, que vinieras a la fiesta de compromiso, a la cena del ensayo y a la boda. Ya está.

—Cuenta conmigo.

La miré parpadeando.

—¿Cu-cuento contigo?

—Al cien por cien. Y ni siquiera es por lo del riñón. Lo habría hecho de todas formas.

Eché la cabeza hacia atrás.

—¿En serio? ¿Por qué?

—El año pasado habría dado un ojo por tener un acompañante que llevar a la boda de mi mejor amiga Alexis. Un tío llamado Doug me siguió todo el rato con una guitarra. Me cantó «More Than Words» de Extreme. Dos veces. Me planteé seriamente fingir mi muerte para que acabara antes. Nadie debería estar obligado a asistir solo a una boda.

Eso me arrancó una sonrisa, pero me puse serio enseguida.

—¿Estás segura? —le pregunté.

—Segurísima.

La miré fijamente.

—Gracias —dije—. Esto me quita muchísimo estrés de encima.

—Bien. Tenemos que cuidar ese riñón.

Solté una especie de risilla y ella sonrió.

—Bueno, ¿cuándo es lo primero? —quiso saber.

—Esta noche.

Se quedó blanca.

—¿¡Esta noche!?

—Esta noche hay cena familiar. Jeremiah y Amy no irán. Están invitados, pero es el cumpleaños del padre de Amy. Es el único evento en el que no tendrás que ver a mi familia y a mi ex a la vez. Podemos esperar a la fiesta de compromiso si quieres, pero a lo mejor es demasiado que los conozcas a todos de golpe.

Apretó los labios mientras se lo pensaba y luego asintió con la cabeza.

—Vale. Puedo hacer lo de esta noche. ¿Vendrás a buscarme a mi casa?

—Iré a buscarte.

Dio un paso hacia delante y me miró.

—Jacob, voy a ser la mejor novia que has tenido en la vida.

18

Briana

$\mathcal{T}$uve que cancelar la cena con Alexis. No podía explicarle por qué de repente me había comprometido a estar en otro sitio esa noche, así que le conté la verdad a medias: que había quedado con un tío bueno. Se puso contentísima por irse a casa antes de tiempo dado el motivo. Además, creo que echaba de menos a Daniel.

Regresé corriendo a casa después del trabajo y me preparé. Alexis le había hecho la diálisis a Benny antes de irse, lo cual era perfecto porque iba justa de tiempo. Elegí un top gris muy mono con unos vaqueros. Me peiné y me maquillé, y Jacob me recogió en su camioneta, una Ford F-150 negra, a las ocho en punto.

Estaba dispuesta a hacer hasta el pino puente con tal de ayudarlo a que todo este rollo de la novia falsa saliera bien. La mía sería una actuación tan digna de un Oscar que hasta en Hollywood se quedarían impresionados. Tan decidida me encontraba a que aquello funcionara que llegaría al extremo de tatuarme su nombre en una teta. Si él me lo pedía, participaría en un reportaje falso de fotos de compromiso. Joder, hasta organizaría una boda falsa.

Lo vi acercarse a la puerta por la pantalla del videoportero, así que antes de que llamara yo ya había abierto y estaba saliendo. No quería invitarlo a entrar para evitar que viese la cápsula del tiempo en la que vivía.

—Hola —lo saludé mientras salía por la puerta, que solo abrí una rendija. Una vez fuera, cerré también la mosquitera.

—Hola. ¿Lista para irnos?

Llevaba vaqueros y un fino jersey negro de pico con las mangas remangadas. Estaba muy guapo.

—Llevo una botella de vino —anuncié al tiempo que levantaba la botella de chardonnay.

—Les encantará —me aseguró él, que se metió las manos en los bolsillos. Parecía un poco nervioso. Estaba apretando los dientes.

Le eché un vistazo a su camioneta. Teniente Dan había sacado la cabeza por la ventanilla trasera que estaba bajada.

—¡Has traído al perro!

Jacob echó un vistazo por encima del hombro.

—Sí. Lo llevo a todas partes.

Corrí por el camino de entrada para acariciarlo mientras Jacob me seguía.

—Qué mono es —dije, acariciándole la cabeza. El perro meneó el rabo y empezó a agitarse, como un cachorro emocionado—. No te imaginaba con este tipo de coche —añadí mientras le rascaba a Teniente Dan detrás de una oreja.

Jacob sonrió un poco, pero el gesto no le llegó a los ojos.

—Estoy arreglando la cabaña. Necesitaba un vehículo con mucho espacio. —Se miró el reloj—. Deberíamos irnos. Creo que vamos a ser los últimos en llegar.

—Vale.

Me abrió la puerta y luego rodeó la camioneta para sentarse al volante.

—¿Dónde está la casa de tus padres? —le pregunté mientras me abrochaba el cinturón.

—En Edina —contestó al tiempo que arrancaba.

Asentí.

—Mmm… Una buena zona. —Seguro que era bonita. No como la mía.

El exterior de mi casa era tan feo y desastroso como el interior. El césped estaba lleno de malas hierbas; el camino de entrada, agrietado; la fachada necesitada de una mano de pintura. Me alegré de que Jacob no dijera nada al respecto.

—¿Dónde viven tus padres? —me preguntó cuando salíamos de mi barrio.

—Mi madre vive en Arizona con su marido, Gil. No tengo relación con mi padre. Esto está bien —le dije—. Hazme más preguntas. Deberíamos intentar descubrir todo lo posible el uno del otro antes de llegar.

—Buena idea.

—¿Cómo nos conocimos? —le pregunté—. Seguro que nos lo preguntan.

—Les dije que me había cambiado de hospital para estar más cerca de mi novia. Eso significa que tuvimos que conocernos hace unos meses, así que no podemos decir que nos hemos conocido en el Royaume Northwestern.

—Vale. ¿Y si decimos que Benny acabó en Urgencias en el Memorial West y que así fue como nos conocimos?

Asintió con la cabeza.

—Eso me gusta. Pero sin dar muchos detalles, para que técnicamente la historia sea real. Creo que deberíamos intentar ceñirnos a la verdad todo lo posible. Mantener las cosas lo más sencillas que podamos.

—Estoy de acuerdo. ¿Saben que vas a donar un riñón? —le pregunté, mirándolo.

Negó con la cabeza.

—Había pensado no decir nada. Pero porque no quería que te llegaran las noticias. Mi madre es amiga de Jessica. Y de Zander. Y de Gibson.

—¿Y has cambiado de opinión?

Se encogió de hombros.

—Es posible, supongo —contestó mientras nos incorporábamos a la autopista—. A estas alturas ya no hay razón para ocultárselo. Oye, ¿eres alérgica a los frutos secos? —quiso saber.

—No. ¿Y tú? ¿Alguna alergia alimentaria? ¿Algo que no te guste?

—Odio los huevos demasiado cocidos. No soporto el olor. Y no me gusta el eneldo. Salvo por eso, como de todo. ¿Y tú?

—El yogur me repugna. Y me pica la garganta cuando como melón.

—Ni yogur ni melón. —Me miró—. ¿A qué hora tengo que llevarte de vuelta? ¿Vas a hacerle la diálisis a Benny?

—Se la ha hecho mi mejor amiga antes de irse. —Sonreí—. Benny no estaba en casa cuando llegué. Ha salido con sus amigos para celebrarlo. Se ha afeitado y todo. Ha dejado el lavabo lleno de pelos. Nunca pensé que me haría tanta ilusión tener que volver a limpiar esa porquería.

—¿No limpia el lavabo después de afeitarse? —me preguntó mientras cambiaba de carril.

—¿Algún hombre lo hace? A ver, que eso es lo que pensáis. Pasáis un trozo de papel higiénico mojado y punto pelota.

—Pues yo sí que limpio el lavabo después de afeitarme —me aseguró.

—Sí, claro. Me lo creeré cuando lo vea. Por cierto, ¿cómo es tu casa? Me da que debería saberlo.

—Pequeña. Un dormitorio y una habitación para las plantas.

—¿Para las plantas?

—Me gustan las plantas —dijo—. ¿A ti te gustan?

—A ver, sí. Mientras no sea yo quien las cuide. He matado un cactus.

—¿Lo regaste demasiado?

—No lo regué en absoluto. Me olvidé de su existencia. El alféizar de la ventana de mi cocina es más inhóspito que un desierto por lo que se ve.

Eso pareció hacerle gracia.

Al cabo de unos minutos, llegamos a un barrio muy bonito. Teniente Dan se incorporó y se asomó entre nuestros asientos para mirar por el parabrisas como si supiera dónde estaba.

—¿Vienes mucho a casa de tus padres? —le pregunté a Jacob mientras acariciaba al perro.

—Somos una familia unida. Yo los visito y ellos me visitan.

Se frotó la frente y lo miré.

—¿Estás bien?

Soltó un suspiro.

—Me duele un poco la cabeza. Y no puedo dejar de apretar los dientes. —De repente, miró a ambos lados, inclinándose hacia el parabrisas, y se acercó a la acera para aparcar.

—¿Qué pasa? —le pregunté.

—Tengo que recoger una cosa —respondió, tras lo cual sacó unos guantes de goma y una bolsa de basura de la guantera.

—Mmm..., ¿qué tienes que recoger? —quise saber mientras le echaba un vistazo a la calle en la que se había parado. Una zona residencial. Normal y corriente.

—Vuelvo enseguida.

Se bajó y me volví para verlo rodear la camioneta. Me quedé perpleja mientras se agachaba para mirar un mapache muerto junto a la acera. Le levantó las patas delanteras y le dio media vuelta. Acto seguido, lo metió en la bolsa de basura.

Bajé la ventanilla.

—Esto..., ¿no se supone que hay gente que se ocupa de estas cosas?

—Es fresco, es un buen ejemplar —dijo.

—Pues vale, pero ¿por qué es importante?

Arrojó la bolsa al cajón de la camioneta, volvió al lado del conductor y se subió mientras se quitaba los guantes.

—Lo siento. Necesitaba recogerlo para dárselo a mi padre.

Lo miré fijamente.

—Vas a llevarle a tu padre un mapache muerto —dije pasmada.

Se puso el cinturón de seguridad.

—Mi padre es taxidermista. Lleva un tiempo buscando un buen mapache.

Parpadeé sin dejar de mirarlo.

—¿Y no podrías haberme dicho eso para evitar que pensara que voy en un coche con un asesino en serie?

Me miró y justo en ese momento pareció darse cuenta de la expresión de mi cara.

—Lo siento. Ha sido raro. —Parecía un poco avergonzado—. Debería habértelo explicado antes de salir. Lo siento. Es que... estoy nervioso y cuando estoy nervioso..., a veces me salto algunos pasos.

Tenía otra vez la mirada de cachorrito ansioso por agradar. Esa expresión vulnerable, como si hubiera hecho algo mal.

Sentí que se me ablandaba la cara.

—No te pongas nervioso. Lo tenemos controlado. Todo va a salir bien.

Me miró como si no me creyera.

—Ya verás como sí. No te preocupes por lo del mapache. Para ser sincera, ni siquiera es lo más espeluznante que me ha pasado en una cita. Lo estás haciendo bien.

Se rio a su pesar y luego volvió a ponerse serio y apartó la mirada.

—No quiero que pienses que hago esto a menudo.

—¿Recoger animales muertos en la carretera?

Me miró de nuevo.

—No. Mentirle a mi familia.

Me giré en mi asiento para mirarlo de frente.

—Jacob, no necesitas explicarme qué clase de persona eres. Ya lo sé.

Me miró durante un buen rato. Con esa mirada tranquila y pensativa con la que me observaba a veces, y me di cuenta de que detrás de esa expresión seguramente estaban los engranajes de su cerebro, haciendo horas extra. Intentaba evaluar la situación, se preocupaba, pensaba demasiado, como le pasaba a Benny. Era su ansiedad en acción. Un pánico interno que nadie más podía ver.

Aunque yo sí lo veía. Porque lo había visto en mi hermano toda la vida.

Creo que por eso el diagnóstico fue tan duro para Benny. No solo vivía lo que estaba pasando. Vivía lo que podría pasar. Un número infinito de posibilidades, alimentadas por la ansiedad y experimentadas como si estuvieran sucediendo a la vez, carcomiéndolo, aterrorizándolo, atormentándolo. Una vez que emprendía ese camino, era muy difícil detener su progresión. Era un ciclo de destrucción emocional que se perpetuaba solo.

Un ciclo cuya trayectoria había desviado el gesto desinteresado de Jacob.

Su gesto le había dado a Benny una razón para dejar de gritar por dentro y mirar hacia delante, en vez de analizar todos los posibles escenarios que su cerebro podía imaginar. Le había dado esperanza. Y al hacerlo, le había ofrecido paz a su mente inquieta.

Y en ese momento de silencio en la camioneta comprendí que Jacob estaba gritando por dentro. Lo vi sin necesidad de que me lo dijera. Estaba preocupado por lo que iba a pasar con su familia. Le preocupaba lo que yo pensara de él. Estaba lidiando con el hecho de que su exnovia se iba a casar con su hermano y seguramente tenía miedo de que nos pillaran por mentirosos.

En ese instante decidí que mi trabajo consistiría en silenciar todas sus preocupaciones. Me convertiría en un amortiguador. En una persona de apoyo emocional. Lo envolvería como un chaleco antibalas. Lo protegería.

—A ver, todo saldrá bien —le dije—. Estamos listos. Me he resaltado los pómulos con contorno. Llevamos vino y el bicho ese muerto...

Le temblaron un pelín los labios por la risa.

—Vamos a sonreír y a comer, nadie descubrirá la verdad, y todo saldrá bien. Confía en mí.

Soltó un largo suspiro por la nariz.

—Vale.

En esa ocasión parecía creérselo. O al menos parecía que quería creerlo.

Siguió conduciendo unas manzanas más hasta detener la camioneta delante de una bonita casa de dos plantas con seis o siete coches aparcados en la entrada. Se quedó un rato sentado, mirando la casa a través del parabrisas.

—Menudo caos habrá ahí dentro —dijo casi hablando consigo mismo.

—Vale. El caos se me da bien.

—A mí no —murmuró.

Ladeé la cabeza.

—¿Te apetece jugar a una cosa?

Levantó una ceja.

—¿Jugar a una cosa?

—Sí. Creo que te gustará. Solía hacerlo con Benny cuando íbamos a este tipo de reuniones.

—Vale...

—Voy a decirte una frase y tú la usarás en una conversación. En cuanto lo hagas, podrás ausentarte de la reunión. Salimos y nos sentamos en la escalera con el perro o algo así.

Me miró fijamente.

—¿Una frase? ¿Por ejemplo?

Hice un mohín con los labios y lo miré de reojo.

—Como por ejemplo... ¡No en mi guardia! —dije, imitando el acento británico.

Sonrió un poco.

—A Benny le gustaba, porque le daba un propósito y lo obligaba a hablar con la gente.

Jacob parecía pensativo.

—De acuerdo. Lo probaré.

—¡Genial! —Me desabroché el cinturón—. ¿Algún consejo de última hora?

—Sí, no le des tabaco al abuelo, diga lo que diga. Es muy convincente. Y bajo ninguna circunstancia le saques el tema de los juguetes sexuales a mi madre. No podrás escapar de la conversación. Nadie podrá salvarte.

—Uf, no sé, pero no creo que el tema de los juguetes sexuales surja mientras hablo con ella.

—Pues yo creo que te sorprendería comprobar su habilidad para hablar de ellos —murmuró. Apoyó el hombro en la puerta y salió para sacar a Teniente Dan.

Cogí mi bolso y me reuní con él en la parte delantera de la camioneta.

—¿Nos cogemos de la mano? —pregunté en voz baja—. Mientras vamos por el camino de entrada, digo. Por si alguien está mirando por la ventana o por la pantalla del videoportero o algo.

Negó con la cabeza.

—No es necesario que me toques como parte del trato. Creo que podemos lograrlo sin eso.

—No me importa.

Volvió a negar con la cabeza.

—Me parece que así vamos bien.

No tuvo que llamar al timbre al llegar a la puerta. Estaba

abierta, así que pasamos sin más. Fue como entrar en un bar durante un partido. Música, risas, niños gritando, un videojuego a todo volumen, una batidora en marcha. El maravilloso olor de la comida cocinándose.

Un loro atravesó el vestíbulo volando y me agaché.

—¡Madre mía!

Se posó encima del perchero y chilló a voz en grito:

—¡CABRÓN!

—Lo siento —se disculpó Jacob, que ya parecía nervioso—. Ese es Jafar.

En ese momento dos niños aparecieron de la nada y se abalanzaron sobre nosotros.

—¡Titooo!—gritaron al unísono.

Jacob sonrió y se agachó para abrazarlos con fuerza y levantarlos del suelo. Los niños le rodearon el cuello con los brazos.

—¿Qué calcetines llevas?

Jacob sonrió y se le marcaron las arruguitas en los rabillos de esos ojos del color de la miel.

—Los de las ranas, como me dijisteis.

—¡Sí!

Se giró para que los niños pudieran verme.

—Carter, Katrina, esta es Briana.

El niño me miró.

—Hola.

Sonreí.

—Hola.

La niña me observó con curiosidad.

—Eres guapa.

—Gracias —repliqué—. Me gusta tu collar.

La niña no contestó. Se zafaron de los brazos de Jacob como si hubieran llegado a un acuerdo tácito para largarse. Cayeron al suelo y desaparecieron, gritando como pregoneros que el tito había llegado con una chica de pelo largo.

Jacob me miró.

—Esos son los mellizos de Jewel y Gwen. La presentación más fácil de la noche.

—Lo de los calcetines de animales me encanta —le dije.

—A veces no se ponen de acuerdo y tengo que llevar uno de cada.

Me reí.

Y en ese momento empezaron a llegar adultos al vestíbulo. Fue como una estampida humana que recorrió el pasillo antes de rodearme, muy sonrientes y saludándome con gran emoción.

Sentía el cuerpo de Jacob tenso a mi lado, y estaba a punto de ceder al impulso instintivo de acercarme y darle un apretón en la mano para hacerle saber que no me importaba, pero no pude porque lo apartaron para acercarse a mí. Me encontré rodeada por completo. Un gato empezó a frotarse contra mis piernas, los gemelos no paraban de dar brincos entre la multitud y Jafar seguía gritando palabrotas desde el perchero mientras la familia empezaba a estrecharme la mano, presentándose tan rápido que apenas si pude seguirles el ritmo.

Una chica guapa llamada Jane con un vestido rosa. Jewel, a quien ya conocía; su esposa, Gwen, una mujer asiática de pelo azul con un aro en la nariz. Jill, menuda y de cabello cobrizo como Jacob, con piratas y una recatada blusa blanca, y su marido, Walter, un hombretón negro con una camiseta de un refugio que rescataba pitbulls. Un anciano con oxígeno en una silla de ruedas eléctrica entró de repente, se chocó contra mis piernas y me miró sin decir nada. Alguien lo presentó como el abuelo. Pasó de mí cuando lo saludé.

El que supuse que era el padre de Jacob se quedó detrás de la multitud, como si estuviera esperando a que todos se calmaran para saludar. En ese momento se abrió paso entre los demás una mujer entrada en años con un top holgado de cachemira, pendientes largos y brazos llenos de tintineantes pulseras que me dio un abrazo.

El recibimiento le resultaría abrumador a cualquiera, pero cuando mi madre nos llevaba de visita a El Salvador para ver a la familia, hacía eso mismo cien veces en cada reunión familiar. Se tardaba una hora entera en saludar a todos mis primos y a sus familias. Así que aquello no era nada. Además, las reglas eran universales y sencillas: sonreías, saludabas a todo el mundo y preguntabas qué tal estaban. Sabía cómo manejar la situación y no estaba nerviosa en absoluto. Sin embargo, miré a Jacob y me di cuenta de que se encontraba al borde de un ataque de pánico por mi culpa. Le regalé una sonrisa tranquilizadora por encima del hombro de su madre antes de que ella se apartara.

—Soy Joy —se presentó ella con una sonrisa cariñosa. Me sonaba su cara, pero no acababa de ubicarla. ¿Sería por el parecido con Jacob quizá?—. Encantada de conocerte —dijo.

Sonreí.

—Lo mismo digo.

El hombre mayor se acercó mientras el resto de la multitud empezaba a dispersarse hacia el interior de la casa. Se aproximó a su mujer.

—Soy Greg, el padre de Jacob. Encantado de conocerte.

Jacob se parecía mucho a su padre. Irradiaban el mismo tipo de serenidad.

Señalé con la cabeza a Jacob, que se había acercado a mí, ya que le habían dejado sitio.

—Te hemos traído un mapache que hemos recogido por el camino —anuncié.

Greg se alegró.

—¿En serio?

—Está en la camioneta —dijo Jacob.

Su padre se frotó las manos.

—Bueno, pues vamos a por él. —Pasó a mi lado y salió por la puerta con Jacob, de modo que me quedé con el abuelo, el perro y Joy.

Sonó un temporizador en alguna parte.

Joy miró en la dirección de la que procedía el sonido.

—Me reclaman. —Me hizo un gesto para que la siguiera—. Ven y dime qué quieres beber —dijo mientras se alejaba por el pasillo con Teniente Dan pisándole los talones.

Chasqueé los dedos.

—¡Anda! —exclamé al acordarme—. Me he dejado una botella de vino en la camioneta de Jacob. Salgo un momento a buscarla.

—Muy bien. La cocina está por este pasillo —dijo sin dejar de andar, antes de desaparecer por una puerta, y me quedé a solas con el anciano.

Le sonreí y él me fulminó con la mirada.

—Dame un cigarro o le diré a Jacob que me estás tirando los tejos. Tienes cinco minutos.

Casi se me escapó una carcajada.

—¿Cómo?

—Un cigarro y me sacas al cenador del jardín con alguna excusa.

Negué con la cabeza.

—Caballero, lleva usted una bombona de oxígeno.

—¿Y a ti qué más te da? Voy a estirar la pata de todos modos. Ya estoy medio muerto. Un cigarro. Si me consigues un paquete entero, te daré mi Corazón Púrpura.

Me costó trabajo mantenerme seria.

—Lo siento, pero no puedo hacerlo.

Me miró con los ojos llorosos entrecerrados.

En ese momento Jacob regresó al vestíbulo con el vino. Su padre no lo acompañaba. El abuelo me señaló con un dedo.

—¡Me está tirando los tejos!

Jacob se detuvo de repente y nos miró.

—Es verdad —dije—. Es guapo. No he podido evitarlo.

El anciano frunció el ceño e hizo el amago de embestirme con la silla. Luego se dio la vuelta, fulminándome con la mirada sin pestañear siquiera y se fue.

Me volví hacia mi falso novio y sonreí. Aquello era muy divertido.

Jacob dejó el vino en el banco que había junto a la puerta. Parecía agotado.

—Lo siento.

Me reí.

—¿El qué sientes?

—¿Eso? —replicó al tiempo que señalaba con la cabeza hacia el pasillo por donde se había ido su abuelo.

—¿Quién dice que está mintiendo?

Jacob soltó un resoplido.

—Te advertí que iba a ser agobiante.

—Jacob, tengo veintidós primos hermanos en El Salvador —dije mientras me quitaba los zapatos y los colocaba junto a los de los demás—. Esto no es nada. Deberías relajarte. —Señalé la puerta con la cabeza—. Deberías irte a hacer cosas con tu padre o lo que sea. Despellejar al mapache muerto. Yo me quedaré con tu madre en la cocina.

Negó con la cabeza.

—No. No quiero dejarte sola con ellos.

—¿Qué va a pasar?

Se metió las manos en los bolsillos, me miró sin pronunciar palabra, y yo me imaginé que los engranajes volvían a girar, repasando todos los escenarios que podían acabar en desastre.

—Vale —dije—. Pues acompáñame, pero relájate. Me lo estoy pasando bien.

Estaba claro que no me creía.

Suspiré. Me alegraba de haber conseguido que lo de esa noche funcionara, porque si aquello era demasiado para él, la siguiente con el hermano y la ex habría sido un desastre.

Esa casa era sin duda la pesadilla de un introvertido. Ruidosa, abarrotada. Muchas expectativas sociales congregadas en un espacio de tiempo minúsculo, sumadas al estrés de llevar a una persona nueva para que la familia la conociese. La preocupación de que nos acusaran de farsantes porque se nos notaba que mentíamos.

La próxima vez Jacob no tendría esa presión, porque nos lo habríamos quitado de encima. Todavía tendría que lidiar con todo lo demás, pero al menos ya habríamos resuelto los detalles del acuerdo.

Señalé la casa con la cabeza.

—Vamos. Enséñamela.

Se lo sugerí a propósito para darle la oportunidad de relajarse antes de volver a unirnos al grupo. Me di cuenta enseguida de que había sido una buena idea. Jacob suspiró aliviado y me hizo un gesto para que lo siguiera.

La casa era enorme. Me dio la impresión de que era el refugio familiar. Estaba diseñada para las reuniones. Un bar muy bien surtido en el sótano y otro en la piscina, que además tenía un tobogán, una caseta y una preciosa zona de barbacoa. Una sala de proyección y un salón muy cómodo y grande donde los mellizos estaban jugando con la PlayStation. Un comedor enorme con una mesa para veinte personas y muchas habitaciones para invitados.

—¿Has vivido aquí alguna vez? —le pregunté mientras pasábamos junto a la puerta abierta de una habitación de invitados llena de juguetes de los mellizos.

—Crecí aquí.

—¡Oooh! —exclamé, y me volví con una sonrisa—. Enséñame tu dormitorio.

—Ya no está igual que cuando era pequeño. Ahora lo usa mi padre —replicó.

—Quiero verlo de todas formas.

Me detuve frente a una estantería situada en el pasillo. Había fotos enmarcadas junto a los libros. Una de Jacob en segundo de secundaria. Con el pelo alborotado y ortodoncia para corregir una maloclusión.

Joder. La pubertad lo había machacado bien. El cambio era increíble.

—Anda, mira —dije al ver un libro que conocía—. *El amor se demuestra*. Lo he leído —añadí, golpeando el lomo.

—Lo escribió mi madre.

Me quedé helada.

—¿Cómo?

—Es consejera matrimonial y terapeuta sexual. Autora superventas. Tiene un doctorado en sexología clínica. También es ginecóloga y obstetra colegiada.

Me giré despacio para mirarlo horrorizada. Luego lo empujé a la habitación más cercana y cerré la puerta cuando entramos.

—Por favor, dime que es una broma —susurré.

Parpadeó confundido.

—¿Tu madre es la doctora J. Maddox? ¿Una experta en relaciones de renombre mundial? ¿Hablas en serio, Jacob? ¿No se te ocurrió mencionarme este detalle?

Parecía desconcertado de verdad.

Meneé la cabeza.

—Su trabajo consiste en darse cuenta de que lo nuestro es mentira, literalmente.

—Les dije que lo nuestro acababa de empezar...

—Jacob, ni siquiera sé qué aspecto tiene tu pene.

—Pues no pienso enseñártelo.

—¡Tampoco te lo estoy pidiendo! ¡Estoy constatando un hecho! —Me llevé una mano al pecho—. Creía que iba a llegar y que tu padre se pasaría todo el rato llamándome Brenda o Bianca; que hablarían de tonterías conmigo y que luego me iría a casa y tendríamos tres semanas más antes de la fiesta de compromiso para perfeccionar el numerito. Y ahora resulta que estoy en una consulta de dos horas con una autora superventas experta en sexualidad. Me echará un vistazo y sabrá que nunca te he visto desnudo. Me lo va a ver en la cara. —Lo miré con tristeza.

Jacob pareció reflexionar al respecto.

—Tal vez no nos hemos acostado todavía. Porque nos lo estamos tomando con calma.

Negué con la cabeza.

—No. De ninguna manera. Definitivamente lo hemos hecho. Porque en teoría te cambiaste al Royaume Northwestern para estar más cerca de mí, ¿cómo es posible que no nos hayamos acostado? ¿Te parece creíble? La idea es que piensen que estamos coladitos. ¿¡Cómo vas a superar lo de Amy si no estás montándotelo a todas horas y en plan guarrillo con tu nueva novia!?

Empezó a sonreír.

—¡No tiene gracia!

—Un poco sí.

—¡No! ¿Y qué es esta habitación? —pregunté al tiempo que extendía los brazos.

Mil ojos de mármol me miraban fijamente. Estaba llena de animales disecados. LLENA. Y todos eran rarísimos.

Una ardilla con sombrero de vaquero y zahones montada en una tortuga. Un ratón blanco con gafas y vestido con una túnica de mago, leyendo un libro. Un conejo con cuernos. Un hurón en una bañerita frotándose la espalda con una esponja. Un coyote muerto vestido como Flo, la de los anuncios de los seguros Progressive. Con el mismo corte de pelo y los labios rojos como ella. Era muy gracioso, pero aun así...

—Mi antiguo dormitorio. Estas son las cosas de mi padre —contestó—. Es donde guarda sus piezas modernas.

Volví a centrarme en el problema.

—Esto es un desastre, Jacob —susurré—. ¿Y si tu madre me envía una solicitud de amistad en Instagram? No tenemos ni una sola foto juntos. Es como si yo no hubiera existido hasta hoy. —Meneé la cabeza—. Nos hemos pasado tres pueblos al venir así. No sé lo suficiente sobre ti para hacer esto. Ni siquiera sé cuántos años tienes. ¿Duermes con el ventilador encendido? ¿Cómo te gusta el café? ¿Roncas?

—Tengo treinta y cinco años. Duermo con el ventilador —contestó con tranquilidad—. Descafeinado si la ansiedad es importante, con nata y azúcar, y no ronco, al menos que yo sepa.

Sacudí la cabeza mientras miraba a ese hombre que tenía delante, tan guapo y que no se enteraba de nada, y que seguía sin comprender la gravedad de la situación.

—Has dicho que tu madre conoce a Jessica, ¿verdad? —le pregunté.

—Sí. Y a Zander y a Gibson.

—Tendremos que fingir que estamos juntos delante de todo el mundo. Tendremos que anunciarlo en el trabajo. Tendré que decírselo a Benny. Tendremos que decírselo a los de Recursos Humanos.

Le cambió la cara.

—No pasa nada, no me importa —añadí—. Lo que pasa es que la trola va a ser mayor de lo que pensaba.

Ojalá Jessica no tuviera demasiado contacto con Joy y no surgiera el tema de cómo había pasado del «Lo odio» al «Lo amo».

—Tendremos que tomárnoslo más en serio, Jacob. Pero mucho más. Tu madre dice en el libro que la intimidad se percibe en los detalles más insignificantes —susurré—. Como ponerme una mano en la parte baja de la espalda cuando entremos en una habitación o mirarme cuando estemos juntos. Tendrás que tocarme. Tienes que hacerlo a propósito, pero como si fuera algo espontáneo, como si tocarme fuera algo natural para ti porque te gusta. Y yo tendré que hacer lo mismo.

Se metió las manos en los bolsillos.

—Vale.

—Tendremos que pasar mucho más tiempo juntos —murmuré—. Si tu madre no nos descubre al final de la noche, nos pillará Amy dentro de tres semanas como no nos esforcemos. Tendré que ver tu casa. Y tú tendrás que ver la mía..., ¿verdad? —Tragué saliva al preguntárselo—. Tendrás que almorzar conmigo todos los días.

Me pareció ver que le temblaban los labios.

—Quizá deberías venir a la cabaña —sugirió.

—¡Sí! Todo eso. —Solté un lento suspiro—. Dios. Con razón me advertiste sobre los juguetes sexuales. —Claro que en realidad a lo mejor era a mí a la que le apetecía sacarle el tema...

Había leído su libro. Dos veces. Era bueno. Joy sabía de lo que hablaba. Fue el libro que me hizo darme cuenta de lo poco que había recibido de Nick. De lo mal que habían estado las cosas durante tanto tiempo. Y pensaba que yo tenía la culpa. Me propuse arreglarlo cuando ni siquiera sabía dónde estaba el fallo.

Y luego me enteré.

—Deberíamos volver ahí fuera —dije mientras me mordía el labio.

Genial. Estaba nerviosa. Los dos lo estábamos. Perfecto.

—Lo siento. No sé por qué no caí en la cuenta de todo esto —replicó desanimado.

Le resté importancia con un gesto de la mano, intentando no asustarme por estar en casa de la doctora J. Maddox. Típico de un hombre lo de pasar por alto lo más obvio e importante.

Se quedó quieto un momento, incómodo, como si no supiera qué hacer. Después me tendió una mano como si le diera apuro que tuviera que cogérsela.

Solté el aire por la nariz al percatarme de su expresión de disculpa. No quería que se sintiera mal por la situación. Habría aceptado ayudarlo aunque hubiera sabido lo de su madre. Tener que decirles a todos mis conocidos que tenía novio era un giro inesperado, y no me había preparado para lo lejos que tendría que llegar la farsa. Y lo que había dicho antes de entrar era cierto: no me importaba tener que tocarlo, no era un problema para mí en absoluto.

Lo miré con una sonrisa para tranquilizarlo.

—Todo saldrá bien, Jacob. Lo solucionaremos.

Coloqué mi mano en la suya y me sorprendí por la sensación en el estómago que me provocó el contacto.

No era la primera vez que lo tocaba. Antes lo había abrazado en el almacén de suministros, pero lo que estábamos haciendo en ese momento me parecía más íntimo, aunque solo fuera para aparentar. Sentí que el rubor me subía por el cuello. Carraspeé.

—Nada de besos en los labios —susurré.

—Nada de besos —convino.

Tras lo cual, mi «novio» me sacó al pasillo.

19

Jacob

Nos instalamos en la cocina. Jill, Jane, Jewel y Gwen estaban sentadas en la encimera bebiendo vino y cortando pasta recién hecha que luego colgaban para evitar que se pegara. Walter era el encargado de lavar los platos mientras mi madre se encargaba de cocinar algo en una olla. Mi padre ya había vuelto de su taller y estaba haciendo pan de ajo. El abuelo se encontraba sentado en su silla, mirando el jardín a través de la ventana. Había aperitivos preparados. Una tabla de embutidos con forma de pene que la mejor amiga de mi madre le regaló por Navidad, y una cesta de fruta de Edible Arrangements.

Briana se puso a secar los platos nada más entrar en la cocina.

En cuanto lo hizo, me relajé un poco. Parecía comprender de forma natural el esfuerzo comunitario que suponía la cena familiar.

Parecía comprender muchas cosas.

Mi ansiedad había regresado con toda su fuerza durante las últimas horas. Una bola de nieve que había ido cobrando impulso con cada acontecimiento inesperado que se producía.

No estaba preparado para que me identificaran como el donante del riñón. No pasaba nada, pero era un cambio mental del que no me había hecho a la idea. Me pasaba lo mismo con esa «cita» que habíamos organizado de repente.

No había planeado pedirle a Briana que me ayudara, pero había sucedido así, y no había tenido la oportunidad de procesarlo ni de acostumbrarme a la idea de estar inmersos en la farsa. Además, no había previsto lo mucho que iba a disgustarme.

Nunca le había mentido a mi familia. Y aunque sabía que lo hacía por una buena razón, el miedo a que nos descubrieran bastaba para que me subiera por las paredes.

Si conseguíamos salir airosos, toda la familia se beneficiaría del engaño. Pero si nos pillaban, todos sabrían lo desesperado que estaba. Pensarían que había mentido porque no había superado lo de Amy y no me encontraba bien. Que había tenido que recurrir a una novia falsa porque no podía encontrar una de verdad. La lástima sería insoportable. Había mucho en juego. Y, además, me sentía fatal por pedirle algo así a Briana.

Una parte de mí sabía que se sentía en deuda conmigo, y eso no me gustaba porque jamás sabría qué había sentido de verdad al aceptar. ¿Sería un inconveniente? ¿Habría decidido hacer de tripas corazón? ¿Se encogería por dentro cada vez que tuviera que darme la mano? ¿Desearía no haber descubierto quién era el donante de Benny para no sentirse obligada a aceptar mi ridícula petición?

Habría preferido que tomase la decisión antes de que se enterara de todo, porque así sabría que quería hacerlo de verdad. Me preocupaba tanto que se sintiera presionada que estuve a punto de cancelarlo todo poco antes de pasarme a recogerla.

Sin embargo, allí estábamos. Ya no había vuelta atrás.

Aunque luego «cortáramos», ya estaba hecho, habíamos plantado la semilla de la mentira. Habíamos puesto en marcha la farsa. Y, lo que era peor, le había pedido a Briana que participara en ella. La había hecho cómplice de mi engaño. La había convertido en una mentirosa.

Pero ya no había vuelta atrás. Así que no me quedó más remedio que sentirme culpable al tiempo que reconocía que seguramente estábamos haciendo algo bueno. Al menos para mi familia.

El estrés de todo aquello hizo que la electricidad regresara. Los cables de alta tensión chisporroteaban y zumbaban bajo mis dedos, una sensación que había empeorado a medida que nos acercábamos a la casa de mis padres. Y luego voy y me detengo para recoger el mapache atropellado, porque —como no podía ser de otra manera— tenía que hacer algo en piloto automático que me hiciese parecer más raro de lo que era. Y después todas las excentricidades de mi familia nos recibieron justo en la puerta. Jafar, el abuelo y la entusiasmada turba familiar. Sentía la presión creciendo en mi interior, como si fuese un grito que pugnara por salir.

Sin embargo, Briana estaba secando los platos. Y mi familia charlaba y se reía con ella.

Si seguía nerviosa por lo de mi madre, no se le notaba. Era un detalle que ni siquiera se me había ocurrido. Tal vez porque estaba tan obsesionado pensando en todo lo demás que había pasado por alto lo más importante. Pero Briana parecía haberse recuperado. Parecía cómoda, y lo que estábamos haciendo se me antojó fácil y creíble, y empecé a sentir el alivio que había imaginado que sentiría cuando se me ocurrió el plan. Cuando por fin me quitara ese peso de encima. Cuando todos creyeran por fin que me encontraba bien. Y la verdad era que me sentía un poquito mejor. Porque ya no estaba pasando por aquello solo.

Llené una olla de agua para hervir la pasta y Briana me sonrió.

Le devolví la sonrisa.

Resultaba gracioso que me pareciera más fácil aceptar que iba a donar un órgano que asimilar que Briana Ortiz estaba en ese momento en la cocina con toda mi familia, fingiendo ser mi novia. Y lo más fuerte de todo era que lo estaba haciendo porque Amy iba a casarse con Jeremiah. Creo que si mi yo de un año antes tuviese la capacidad de saltar a la conciencia del yo de ese día, aunque solo fuera durante treinta segundos, se moriría del pasmo.

—Bueno —dijo Jewel, extendiendo más pasta—, ¿vais a contarnos cómo os conocisteis o qué?

Briana sonrió.

—Ah, es una historia estupenda. Jacob, ¿te importa si la cuento?

Encendí el fuego sobre el que había puesto la olla.

—No. Adelante.

Briana dio unos botes y se volvió para mirarlos a todos, con el paño de cocina todavía en la mano.

—Mi hermano estaba ingresado en el hospital y yo eché a correr por el pasillo para llegar a su habitación y me choqué con un tío que salía por una puerta. Le rompí el teléfono.

Se me escapó una carcajada, aunque logré contenerla en parte.

Todos me miraron.

—Es verdad —dije—. Me lo rompió —añadí.

Briana siguió:

—Llevaba tanta prisa que ni me paré a disculparme. Ni siquiera me fijé en él. Y cinco minutos después, entró un médico en la habitación de mi hermano, y resulta que era el tío con el que me había chocado. ¡Monísimo! ¿Un poco raro? Pues sí, pero en plan tierno, como si no se diera cuenta de lo guapo que era.

Sentí que me ponía colorado. Tuve que fingir que buscaba la tapa de la olla para que no se dieran cuenta.

—¿Qué te pareció ella? —me preguntó Jane, que me estaba mirando cuando me aparté del armarito con la tapa en la mano.

Briana también me miraba, a la espera.

Hice una larga pausa, mientras pensaba qué decir. Al final decidí que la verdad era lo mejor.

—Que era la mujer más guapa que había visto en mi vida.

—¡Ooooh! —exclamaron mis hermanas al unísono.

Briana sonrió.

—Pero no le di mi número —dijo ella.

—¿Por qué no? —le preguntó Jane.

Briana levantó las manos.

—Porque no me lo pidió.

—Es muy tímido —replicó Jill.

Jewel asintió con la cabeza.

—Ya te digo.

Briana las miró con una sonrisa traviesa.

—Pero ¿sabéis lo que hizo? Me escribió una carta.

—¿¡Te escribió una carta!? —exclamó Jill.

Briana asintió de nuevo con la cabeza.

—Sí.

—Qué romántico —replicó Jane.

—Jacob tiene una letra preciosa —dijo mi madre, que estaba preparando el pesto—. Siempre lo he dicho.

—¿Por qué una carta? —me preguntó mi padre.

Todos me miraron.

Reflexioné de nuevo antes de responder. Pero volví a decidir que la verdad era lo mejor.

—Quería hablar con ella, pero no sabía cómo.

Briana sonrió.

—Así que le contesté. Y él me contestó. Y a partir de ese momento solo podía pensar en cuándo me llegaría la siguiente carta… Luego lo seguí en Instagram y le pedí su número por mensaje privado. Estaba en la cabaña. Lo llamé y nos pasamos casi medio día hablando.

Jill parecía confusa.

—¿Habló contigo mientras estaba en la cabaña? —Se volvió hacia mí—. Si allí arriba no tienes cobertura.

Carraspeé.

—Estaba en la terraza del restaurante del final de la calle.

A esas alturas era Briana quien parecía confusa.

—¿Estabas en un restaurante? Pero… si estuvimos hablando como tres horas.

Volví a carraspear.

—Ya. —Guardé silencio—. Me apetecía hablar contigo.

Nos miramos en silencio un buen rato. Y luego se decidió a dejar de mirarme para continuar con la historia.

—Pero no me invitó a salir —añadió y volvió a mirarme. Tuve que darle la espalda—. Así que al final tuve que invitarlo a almorzar, y el resto es historia.

Todas las mujeres me sonrieron y suspiraron.

Bueno, hasta ahí todo bien.

Seguimos charlando tranquilamente durante la siguiente media hora. El agua echó a hervir, volqué la pasta, coloqué los platos con las guarniciones en la mesa y nos sentamos a cenar.

El abuelo se colocó al lado de mi madre, como de costumbre, pero eso significaba que lo teníamos justo enfrente, así que aprovechó la posición para mirar a Briana. A su favor debo decir que no parecía molesta.

—¿A qué te dedicas? —le preguntó mi madre a Briana mientras le pasaba una bandeja con pan de ajo.

—Soy médica de urgencias, como Jacob —contestó ella, que cogió dos rebanadas de pan y me las pasó.

—¿Sabes que no siempre quiso ser médico? —siguió mi madre—. Quería ser veterinario.

Briana me miró.

—Me encaja. ¿Por qué cambiaste de idea?

Le pasé el pan de ajo a Jane.

—No soportaba ver animales maltratados o abandonados.

Briana se rio.

—Ha cambiado los animales por humanos maltratados y abandonados.

—Para los humanos hay más recursos.

Briana asintió con la cabeza.

—Cierto.

—¿A qué se dedican tus padres? —le preguntó mi padre.

—Bueno, mi padre se fue cuando yo tenía ocho años. Pero mi madre es enfermera. Está jubilada. Emigró desde El Salvador cuando tenía dieciocho años.

—¡Oh! ¿Hablas español? —quiso saber mi padre.

Caí en la cuenta de que yo tampoco lo sabía. Briana tenía razón. No estábamos preparados.

La vi asentir con la cabeza.

—Sí. Es mi lengua materna.

—La mía fue el hmong —terció Gwen—. Así que lo pasé fatal en el colegio.

—Yo no tuve muchos problemas —replicó Briana, que se encogió de hombros—. Creo que fue más difícil para mi madre. No tenía familia aquí ni nada. —Se volvió hacia Walter e hizo un gesto con la cabeza para señalar la camiseta—. ¿Trabajas con esa asociación?

—Es mía.

Briana sonrió.

—Impresionante.

—Sí, ahora mismo tenemos casi treinta perros. La primavera es horrible.

—Haré una donación. Si me das el número, lo hago ahora mismo —le dijo mientras sacaba el móvil.

Walter la estaba dirigiendo a la página web del refugio cuando Jafar empezó a zigzaguear entre nuestros pies por debajo de la mesa. No paraba de hablar, recitando todas las palabrotas que conocía, entre las que intercalaba la palabra «Bieber». Algo horrible, porque, según mis hermanas, esa era la palabra segura de mis padres. Le supliqué a Dios que Briana no preguntara al respecto.

Jafar acostumbraba a trepar por los pies cuando le apetecía, así que supe el momento exacto en el que llegó hasta los de Briana, porque soltó un chillido de sorpresa.

—Bueno, ¿no tenéis alguna foto de cuando Jacob era pequeño? —preguntó ella mientras hacía un visible esfuerzo por no reaccionar mientras el loro la pisoteaba.

—Tenemos muchas —respondió mi madre mientras le servía un plato a mi abuelo—. Te las enseñaré después de cenar. Verás el disfraz que llevó en tercero de primaria para Halloween. ¡Para comérselo!

Gemí por dentro.

Briana intentaba parecer interesada en mí, pero estaba seguro de que no era así. Me sentí mal por que se viera obligada a soportar aquello. No fui un niño guapo. Era torpe y tenía acné. No pegué el estirón hasta los quince años.

Y estaba seguro de ella fue una de las chicas guais del colegio. No me la imaginaba pasando malos ratos durante la adolescencia. Seguramente dominaba el instituto de la misma forma que dominaba el área de Urgencias. Seguro que era popular y querida. Las chicas así nunca hablaron conmigo, o quizá a mí me había dado demasiado miedo hablar con ellas.

No había cambiado mucho.

—¿Cómo era Jacob de joven? —le preguntó Briana a mi madre mientras enrollaba la pasta en el tenedor.

—Oh, era un chico buenísimo —respondió mi madre, que se estaba sirviendo ensalada—. Era muy autosuficiente, incluso de pequeño. Podía jugar solo durante horas. Le encantaba que lo abrazaran, era muy sensible. No soportaba las etiquetas en la ropa ni el pelo mojado. ¿Te acuerdas de eso, Greg? No podía llevar nada que picara.

Mi padre asintió con la cabeza.

—Sí. Tenía que comprar ropa interior que no tuviera etiqueta, o se la quitaba y echaba a correr desnudo.

Jewel se rio.

—Yo me acuerdo de que se hacía caca encima en el colegio.

—¡Jewel! —la reprendió Jill.

Miré a la susodicha.

Ella puso los ojos en blanco.

—¿Qué pasa? Fue hace como veinticinco años. Supéralo.

—Solo pasó como ocho o nueve veces —dijo Jill—. Tal como lo has dicho parece que lo hacía todos los días.

—Chicos... —terció Jane, que parecía avergonzarse por mí.

Me puse colorado y Briana bebió un trago extra largo de vino a mi lado.

—Tenía un estómago irritable —explicó mi madre—. Siempre estaba en la enfermería, el pobre. Nos resultó un poco difícil enseñarlo a ir al baño. Pero era un niño muy cariñoso, en serio.

Jafar gritó «¡¡¡BIEBER!!!» desde debajo de la mesa a pleno pulmón, y todos empezaron a reírse a carcajadas.

Entre eso, la ropa interior sin etiquetas y la historia de la diarrea en el colegio, lo único que quería era acurrucarme y desaparecer. Parecía que mi familia había organizado un concurso para ver quién era capaz de avergonzarme más, y que hasta el loro participaba.

Teniente Dan se levantó de donde estaba tumbado a mi lado y me puso la cabeza en el regazo. Sin embargo, cuando fui a acariciarlo, la mano de Briana se posó sobre la mía y me dio un apretón tranquilizador. Se me aceleró el corazón tal como había sucedido en la sala de taxidermia de mi padre.

La miré y me sonrió con ternura.

—En fin —dijo, dirigiéndose a la mesa—, hace tiempo leí un estudio que aseguraba que a los niños con altas capacidades es más difícil enseñarlos a ir al baño.

Jewel pareció pensárselo.

—Sí. Me cuadra. Es listo que te cagas.

Jill asintió con la cabeza.

—Desde luego.

—Siempre les decía a mis amigos que mi hermano mayor era un genio —dijo Jane—. Es la persona más inteligente que conozco. ¿No se saltó un curso?

—Sí —contestó mi padre—. Y se sacó la carrera de Medicina como si no fuera nada del otro mundo.

Briana volvió a darme un apretón en la mano. Se me escapó una sonrisilla. Mis padres compartieron una especie de mirada íntima que fui incapaz de interpretar desde el otro lado de la mesa.

Una hora más tarde, la cena llegó a su fin. Mi madre le pasó a Briana un álbum de fotos. Me las arreglé para incluir la frase acordada en la conversación cuando le ofreció la cesta de fruta, entre la que había melón.

—¡No en mi guardia! —exclamé, tras lo cual me lancé a por la cesta como si fuera a morderle. Ese fue mi apoteósico e incómodo final a la velada.

Después, Briana cumplió su promesa de darme un respiro y puso como excusa para irnos que tenía que volver a casa para darle de comer al gato.

Todos se despidieron de ella con un abrazo. Parecía gustarles de verdad, que era lo que estaba seguro de que sucedería. Lo habíamos conseguido. Ese día al menos.

Por mi parte, yo me preguntaba cuánto se arrepentía de haber aceptado ayudarme.

20

Briana

*E*ran casi las diez y media cuando Jacob me acompañó a la puerta.

—En fin, ha sido una pesadilla —dijo al tiempo que se metía las manos en los bolsillos—. Gracias por aguantar hasta el final.

—Pero ¿qué dices? —repliqué mientras rebuscaba las llaves en el bolso—. Me lo he pasado en grande. Y creo que nos ha ido bastante bien. A ver, lo de meter la frase hay que pulirlo. —Saqué las llaves y me volví para mirarlo—. Creo que para la próxima tienes que lograr pasar de una cosa a otra más sutilmente, pero de todas maneras le doy un seis sobre diez.

El comentario pareció hacerle gracia.

—Y esas fotos tuyas de Halloween eran monísimas. No me puedo creer que fueras de sirena.

—De tritón —me corrigió con fingida seriedad—. Iba de tritón.

Me eché a reír, y eso hizo que él se riera y que le salieran arruguitas alrededor de los ojos. Me gustaba cuando se relajaba. Parecía menos tenso ahora que todo había acabado. Lo rodeaba el aura aliviada de haberse salvado de la muerte por los pelos.

—Gracias por tu comentario sobre lo de enseñarme a ir al baño —dijo—. Al parecer, meterse conmigo forma parte del ritual de iniciación familiar.

—Sí, eso me lo inventé por completo. Pero contextualmente es verdad: eres inteligentísimo.

—Quiero dejar claro que hace mucho que voy al baño solo. Me siento muy orgulloso.

Me reí de nuevo y él esbozó una sonrisa tímida.

Joder, qué guapo era. Parecía un tópico, pero su sonrisa iluminaba cualquier estancia. Era preciosa y deslumbrante…, y no sonreía así a menudo. Había que trabajársela para lograr una.

Y yo disfrutaba cuando la conseguía.

Se me pasó por la cabeza que si fuera una cita de verdad, me lo estaría pasando muy bien. Estupendamente. De hecho, acabaría en su casa.

¿Por qué no había hombres así en las apps de citas?

Claro que sabía el motivo. Jacob era demasiado introvertido como para exponerse de esa manera. Y aunque lo hiciera, algo me decía que no era de los que querían ser amigos con derecho a roce ni rollos de una noche, que eran los únicos que me interesaban. Seguramente su perfil diría que buscaba a una mujer para toda la vida. Que quería casarse y tener hijos. Yo habría *swipeado* a la izquierda.

Eso sí, podía disfrutar de las vistas.

—Bueno, pues mañana se lo decimos a todos en el trabajo —dije—. Seguramente quede con Jessica para almorzar y decírselo.

Asintió.

—Vale.

—¿Cuándo quieres venir a mi casa para verla?

Señaló la puerta con la cabeza.

—¿No puedo verla ahora?

—Nooo. —Meneé la cabeza—. No, no y no. Primero tengo que limpiar.

Y quemar incienso, arrancar los suelos y quitar los pósters que colgué en mi dormitorio con trece años.

—Vale —repitió—. ¿Qué te parece el viernes después del trabajo?

—Estupendo.

Y nos quedamos allí plantados, mirándonos. Como hicimos aquel día en la llorería.

Acordando sernos inofensivos.

La noche era templada y serena. Las ranas croaban a lo lejos y también se oía un coro de grillos. Las polillas revoloteaban alrededor de la luz del porche y la lila que había crecido más de la cuenta junto a la farola, que tendría que podar en algún momento, estaba en flor.

El columpio del porche me tentaba mucho. Me daban ganas de invitarlo a quedarse y sentarme con él un rato para hablar. Pero teníamos que trabajar al día siguiente y seguramente estaba cansado después de lidiar con tanta gente. De todas formas, me encantaría pasar más tiempo con él. Me gustaba.

Jacob miró el columpio como si estuviera pensando lo mismo. Después carraspeó y señaló con un pulgar por encima del hombro.

—Debería irme.

—Sí, claro. —Me coloqué un mechón de pelo detrás de la oreja—. Nos vemos mañana.

—Hasta mañana. —Se detuvo en el primer escalón un segundo como si fuera a decir algo más, pero después pareció pensárselo mejor y echó a andar hacia la camioneta.

Crucé los brazos por delante del pecho mientras lo observaba alejarse.

—¿Jacob?

Se detuvo en la acera y se dio media vuelta para mirarme con esos tiernos ojos castaños.

—¿De verdad te pasaste tres horas sentado en un restaurante solo para hablar conmigo?

Se sumió en el silencio, como hacía a menudo.

Empezaba a darme cuenta de que esas pausas eran un reflejo para protegerse. Siempre pensaba lo que iba a decir antes de hablar. Como si lo estuviera sopesando, como si estuviera decidiendo qué revelar.

Jacob era una fortaleza. Y me daba la impresión de que no les permitía la entrada a los demás muy a menudo. Pero era imperativo que yo entrase. En primer lugar, para que su familia se tragara lo de nuestra relación. Y, en segundo lugar, porque quería entrar. Quería conocerlo de verdad.

Me intrigaba.

¿Qué clase de persona protegía a su exnovia y a su hermano pequeño de las consecuencias de sus actos egoístas? ¿Qué clase de persona anteponía los sentimientos de su familia a los propios?

¿Qué clase de persona le donaba un riñón de forma anónima a un desconocido?

Zander había dicho que Jacob era capaz de darte hasta la camisa que llevaba puesta, y la analogía parecía muy inadecuada en ese momento, cuando ya le conocía de verdad.

Tenía su propio código ético.

Yo carecía de esa honradez. Mi moralidad estaba en construcción.

Sin embargo, eso hacía que me gustase mucho. Al igual que todas las anécdotas de su familia. Quería retroceder en el tiempo y abrazar al niño que fue. Ser su amiga en el instituto y mandar a la mierda a sus acosadores. También tenía ganas de mandar un poco a la mierda a Jewel...

Esperó otro segundo antes de contestar la pregunta.

—Sí —dijo—, me quedé sentado en el restaurante tres horas.

Lo miré meneando la cabeza.

—Pero... ¿por qué?

Jugueteó con las llaves mientras miraba la acera.

—Quería hablar contigo —respondió sin más, igual que antes. Me miró de nuevo y nos quedamos allí, observándonos.

Siéndonos inofensivos.

No significaba nada. Yo también quería hablar con él aquel día, sin un plan preconcebido detrás. Además, él estaba enamorado de otra. Ese era el motivo, literalmente, por el que estábamos allí. Pero de todas maneras hizo que el estómago me diera un pequeño vuelco.

A lo mejor me dio ese vuelquecito porque por algún motivo yo le gustaba. Y gustarle a Jacob parecía importante, porque era muy tímido. Era como cuando la mascota de otra persona te hace sentirte la elegida al sentarse contigo en vez de con su dueño. Me sentía un poco especial, como si Jacob viera algo en mí. Aunque no tenía ni idea de lo que era.

—Vale —dije—. Muy bien, sí. Yo también quería hablar contigo.

Le temblaron las comisuras de los labios por la risa y bajó la mirada a sus pies.

—Buenas noches.

—Sí, buenas noches.

Lo observé meterse en la camioneta y marcharse, y solo entonces entré en la casa.

—Creía que lo odiabas —dijo Jessica con sequedad.

Estábamos sentadas en la cafetería para almorzar al día siguiente. Ella se había pedido una ensalada de pollo y yo un burrito César.

—Creo que solo era cosa de la tensión sexual...

Me miró con los ojos entrecerrados.

—Sí, ¿sabes lo de que la línea entre el amor y el odio es muy delgada? ¿Eso que suele decirse y tal? Pues resulta que es verdad. ¡Quién lo iba a decir!

—Creía que habías dicho que nunca saldrías con un compañero de trabajo.

—Eso era más un consejo que una norma.

Apretó los labios y pinchó un tomate cherry con el tenedor que se llevó a la boca y masticó despacio, sin dejar de mirarme.

Habíamos hecho el anuncio oficial esa mañana. Se lo habíamos dicho a Gibson, que pareció sorprendido y aliviado a la vez, porque aunque no se hubiera ido de la lengua con lo del riñón, Jacob me lo habría contado él mismo al ser mi novio y eso.

La única persona que estaba en el ajo era Zander, a quien suponía que Jacob había puesto al tanto de su situación. Así que le pregunté si podía contárselo a mi mejor amiga, a lo que accedió, ya que era lo justo.

Esa fue una conversación curiosa.

Alexis dijo que parecía una comedia romántica y que le contara cuando llegáramos a la escena en la que los protagonistas tenían que compartir cama.

Toda la familia de Jacob me había mandado peticiones de amistad en Instagram. Tendríamos que empezar a publicar fotos de los dos juntos en esa red, después de haber hecho pública nuestra «relación».

Cuando volví a casa del trabajo, me puse manos a la obra. Jacob vendría al día siguiente para verla. La verdad, no podía hacer demasiado. No estaba sucia, simplemente era viejísima.

Aunque podía hacer mejoras en mi dormitorio. En primer lugar, no tenía por qué dormir con la desgastada colcha que mi madre me compró cuando cumplí los quince. Las estrellas fosforitas podían desaparecer del techo. Tampoco necesitaba los pósters de *Smallville* que había colgados por todas partes. Estuve obsesionada con Tom Welling de un modo que daba yuyu.

Empecé quitando los pósters. La pintura verde azulada que elegí cuando tenía catorce años se había descolorido alrededor de estos después de veinte años dándole el sol. Las marcas eran horrorosas, pero no tenía tiempo para pintar. Quería comprar una colcha nueva, pero tampoco tenía tiempo para eso.

Me alejé un poco para mirar mi patética habitación y me di cuenta de la impresión que le causaría a Jacob. Era humillante. Triste.

Tiré los pósters a la basura y me rendí.

Mi móvil sonó mientras me arrojaba a la cama.

Jacob
Qué planes hay para la cena de mañana?

Yo
No lo sé. Podemos pedir algo a domicilio

«Jacob está escribiendo…».

Jacob
Necesito más información

Lo llamé. Me contestó de inmediato.

—¿Qué tienes en mente? —le pregunté sin saludar.

—Me da igual. Es que me gusta saber lo que voy a comer.

Seguro que era por su ansiedad. Probablemente se sentía mejor cuando sabía para qué debía prepararse. Me guardé esa información.

—Muy bien —dije—, ¿qué te parece Taco Bell?

Gimió.

—¿Es obligatorio?

—¿Qué? ¿Por qué no? Hace siglos que no como nada de Taco Bell. Nick me sorprendía a veces trayéndome comida de allí cuando volvía a casa. Además de un ramo de flores.

—¿Taco Bell? ¿Esa era su idea de una noche romántica? ¿Que todos acabarais con diarrea?

—Da la casualidad de que me gusta Taco Bell. Y para que lo sepas, no hay mayor muestra de amor que llevarle comida a alguien sin que te lo haya pedido. Un hombre que te trae comida sin que se lo tengas que pedir es detallista y considerado. Es un cuidador nato, está velando por ti. Es un detalle importante. Aunque sea comida de Taco Bell.

—Parece un buen tío.

—Es un gilipollas.

Se le escapó una carcajada.

—¿Qué pides en Taco Bell? —preguntó, todavía con el deje risueño en la voz.

Me encogí de hombros.

—Una chalupa y dos Tacos Supreme con salsa picante.

—Objetivamente son los peores tacos del mundo.

—El corazón quiere lo que quiere, Jacob.

Hubo una pausa e intuí una sonrisa.

—¿Puedo hacerte una contraoferta? —preguntó.

—Venga.

—Juicy Lucy's. Yo paso a recoger la comida. Cuando llegue a tu casa, el queso ya se habrá enfriado lo suficiente como para comer.

Ese era un detalle clave cuando se comía una Juicy Lucy, una hamburguesa que llevaba queso hirviendo dentro del pan. Tardaban una eternidad en enfriarse.

—Podría servir —dije.

—Vale. Te mando la carta. ¿Qué más vamos a hacer?

Me tumbé de espaldas y clavé la mirada en el techo, en el antiguo ventilador de latón e imitación de madera que tenía justo encima.

—No sé. ¿Ver la tele? Va a ser muy informal. Yo voy a estar en pijama. No voy a llevar maquillaje ni sujetador, así que no vengas de punta en blanco. Puedes traerte a Teniente Dan si quieres, al gato no le dan miedo los perros.

—Muy bien.

—Pero tengo que ponerte sobre aviso: mi casa es feísima.

—Me doy por avisado —replicó—. ¿Dónde aparco?

—Delante del garaje que hay detrás de la pequeña plaza de aparcamiento.

—Vale. No estás molesta por que no vaya a llevar comida diarreica, ¿verdad?

—Estoy muy molesta. Pero cada vez que me veas cabreada, tú saca el comodín del riñón.

Se echó a reír y colgó.

Un minuto después me envió una foto de Teniente Dan. Tenía la lengua fuera y parecía estar sonriendo. Yo sí que sonreí. Respondí con una foto borrosa de Chichi atravesando el pasillo durante una de sus raras apariciones diurnas desde la mudanza. Seguía escondido gran parte del tiempo.

Jacob mandó un emoji con cara de gato y corazones por ojos. Fue la última vez que supe de él esa noche.

Al día siguiente Jacob y yo éramos los dos únicos adjuntos en la planta de Urgencias, lo que quería decir que no podíamos comer al mismo tiempo, dado que no había nadie más para vigilar a los residentes. Sin embargo, sí me dejó una carta al mediodía, junto a mi ordenador, pegada a una bolsa de papel marrón.

Queridísima Briana:

No se puede hacer nada con tu mal gusto. Pero el corazón quiere lo que quiere.

Atentamente,

JACOB

175

Abrí la bolsa. Era comida de Taco Bell.

Solté una carcajada y lo busqué con la mirada al otro lado de Urgencias, desde donde me observaba con una sonrisa. Le lancé un beso y él fingió cogerlo, un gesto juguetón muy poco habitual en él. Me hizo reír con más ganas. Varias enfermeras y unos cuantos pacientes corearon un «Oooh».

Estábamos haciendo un trabajo maravilloso a la hora de aparentar que estábamos enamorados. Todo el mundo se lo estaba tragando.

Le dejé una nota en su ordenador después de mi descanso.

Si cuando llegues a casa estoy en el baño, que sepas que he muerto comiendo lo que me encanta. Y también que eres muy atento.

Saludos,

BRIANA

Hasta me había comprado la salsa picante.

21

Jacob

*E*n cuanto supe que íbamos a comer algo de Juicy Lucy's, planeé con mucho tiento cuándo tendría que pasarme a por la comida para llegar a su casa a tiempo. Lo busqué en Google Maps. No quería aparecer antes por si no estaba preparada. Y si lo hacía, pensaba esperar en el coche hasta que fuera la hora, pero no en su camino de entrada. En algún punto de la calle. Si esperaba en su camino de entrada, podría verme llegar y después se estresaría al saber que estaba fuera, aunque no hubiera llamado…, y pensar en que yo la estresaba me estresaría a mí.

Sin embargo, al final acabé llegando tarde porque mi ultimísimo paciente me vomitó encima.

Retrasó todo mi plan veintisiete minutos. Llegaba veintisiete minutos tarde. Eso me alteró, de modo que estaba nervioso cuando aparqué delante de su casa, aunque le había mandado un mensaje para contarle lo sucedido y a ella no pareció importarle que todavía no estuviera allí.

Cuando llamé a la puerta casi a las ocho, mi ansiedad estaba cocinándose a fuego lento. Pero en cuanto ella abrió, se calmó y desapareció en un segundo.

Llevaba unos pantalones de pijama de franela, negros con calaveras, y una camiseta azul marino que decía «Todo es espantoso». Se había recogido el pelo en un moño en la coronilla y, como había prometido, no llevaba sujetador.

Costaba estar nervioso cuando la situación era tan informal. Y empezaba a darme cuenta de que costaba estar nervioso cuando ella andaba cerca. Casi siempre que lo estaba, era justo antes de verla, no durante el tiempo que pasaba con ella, y era mi cerebro, que no dejaba de darle vueltas a todo, el que me llevaba a ese estado.

Hablando de darle vueltas a todo…

Había algo que no podía quitarme de la cabeza desde la otra noche en casa de mis padres. Había dicho que esperaba con ansia mis cartas. Me preguntaba si se lo había inventado para darle credibilidad a la historia. Porque yo sí que esperaba con ansia esas cartas. Con muchísima ansia.

Creo que me importaba tanto porque eran de antes de que supiera lo del riñón. Lo que ella sentía por las cartas no tenía nada que ver con lo que yo iba a hacer por Benny, era algo entre nosotros dos. Sin gratitud de por medio.

Ya no habría nada más que no estuviera teñido de gratitud. Ya no sabría si lo que dijera o hiciera se debía a que estábamos fingiendo o a que se sentía en deuda conmigo.

Ojalá supiera llevarlo mejor y saber a qué se debía cada cosa.

¿De verdad le habían gustado las cartas? Si Briana no estuviera intentando que nuestra relación pareciera real, ¿me habría invitado a su casa? ¿Habríamos hablado por teléfono como la noche anterior? ¿Cuánto tiempo extra estaba disfrutando con ella por la falsa relación, porque se sentía obligada?

Detestaba no saberlo.

—Hola —dijo mientras abría la puerta para dejarnos pasar a Teniente Dan y a mí. Entré en el vestíbulo y ella se agachó para acariciar a mi perro, que se puso a dar saltos sobre su única pata delantera y a gimotear como un cachorro. Le gustaba Briana.

Eché un vistazo alrededor mientras ella le acariciaba la cabeza. No bromeaba con lo de la casa: era… vieja.

Me gustaba lo viejo. Mi cabaña era vieja. Pero lo que tenía delante no era la clase de antigüedad nostálgica que había envejecido bien. Era la clase de antigüedad pasada de moda y con necesidad de una reforma urgente. Había una alfombra marrón de pelo largo, el techo tenía gotelé. La mesa del sofá era de cristal con relucientes patas de latón. Un enorme árbol para gatos ocupaba un rincón junto a una ventana cubierta por unos estores baratos y doblados. El sofá rosa de estampado floral del salón estaba cubierto con un plástico duro y sobre él había un enorme cuadro de la Virgen María con un reluciente marco.

Briana puso los brazos en jarras y observó su casa conmigo.

—En fin, aquí la tienes.

—Es…

—No me mientas. Mira, no, miénteme.

Me eché a reír por lo bajo.

Ella señaló el sofá.

—Vamos a comer. Luego te enseñaré la casa.

Me quité los zapatos y ella echó a andar hacia el sofá. Tenía el pijama del revés.

—Llevas los pantalones del pijama del revés —le dije mientras la seguía.

—Lo sé. La parte de fuera es más calentita. Sígueme para más consejos sobre moda.

Sonreí.

Al final, había decidido ponerme la ropa con la que hacía ejercicio: una camiseta gris de manga corta y unos pantalones negros Nike.

Tardé un día entero en decidirme.

Se dejó caer en el sofá y le dio unas palmaditas al espacio junto a ella. Me senté y el plástico crujió bajo mi peso. Empecé a sacar la comida de las bolsas para ponerla en la mesita y ella encendió la tele mientras Teniente Dan olisqueaba la casa. Empezó a oler debajo del volante del sofá y a menear el rabo. Seguro que el gato estaba debajo.

Me senté en el suelo y apoyé la espalda en el cojín del asiento.

—¿Qué haces? —preguntó ella.

—Intentando conocer a tu gato.

—¿Está ahí abajo?

—Eso creo.

Le ofrecí una hamburguesa. Ella cogió una manta y se la puso sobre el regazo. Después dobló una pierna y se sentó sobre ella, de modo que me pegó la rodilla al hombro.

Fingí no darme cuenta, pero sí que lo noté. Lo noté mucho.

Tendríamos que tocarnos. Por obligación, pero tendríamos que tocarnos de todas maneras. Tendríamos que hacerlo delante de mi familia.

Eso me provocó lo mismo que todo lo demás. Me gustaba, pero detestaba no saber si a ella también le gustaba.

Subió el volumen de la tele. Dos actores caminaban por un aparcamiento mientras un edificio estallaba a sus espaldas.

—Eso me mata —dijo al tiempo que soltaba el mando a distancia y abría su caja de comida.

—Es una gilipollez —convine.

—No estarían andando así. Les habrían reventado los tímpanos como poco —dijo.

—El cambio de presión estallaría un pulmón. Daños en tejidos blandos.

Se comió una patata frita y me miró como si le gustara que yo supiera eso y pudiéramos quejarnos de lo mismo. A mí también me gustaba.

—Bueno, he buscado en Google juegos para conocerse —soltó de repente— y creo que deberíamos jugar a *¿Qué prefieres?*

Se me escapó una carcajada carente de humor.

—¿Qué pasa? —me preguntó.

—El último juego al que Amy quiso jugar era *Pene* —murmuré al tiempo que abría con los dientes una bolsita de kétchup.

—¿El juego en el que la gente se turna gritando «pene» en lugares públicos cada vez más alto hasta que uno se rinde por la vergüenza? Para ti debe de ser el infierno en la tierra.

Asentí.

—Exacto. El problema es que no soy muy gracioso.

Resopló.

—Eres gracioso. Ese juego es una mierda. ¿A qué otras torturas te sometió? ¿También le gustaba mandarte mensajes en plan «Tenemos que hablar»?

Me quedé callado un momento.

—Pues la verdad es que sí.

Briana puso los ojos en blanco.

—El año pasado me organizó una fiesta sorpresa de cumpleaños —dije—. No entendió por qué me sentí tan avergonzado, ya que solo estaban mi familia y Zander, y había comprado mi tarta preferida. —Meneé la cabeza—. No me gustan las fiestas. Mucho menos si son en mi honor y no tengo la oportunidad de prepararme mentalmente para ellas. Fue como una pesadilla por triplicado.

Briana le dio un mordisco a una patata frita.

—¿Se puede saber qué le pasa? Solo te conozco desde hace tres semanas y hasta yo sé que lo detestarías.

Le quité un pellizquito a la hamburguesa y metí la mano debajo del sofá. Un segundo después una boca se lo llevó con tiento.

—No es culpa suya. Sus intenciones siempre eran buenas. Solo es una persona muy extrovertida a la que le gustan las fiestas. Yo era el que siempre estropeaba las cosas. —Me di cuenta de que Briana me observaba con detenimiento y levanté la cabeza—. ¿Qué?

—Sabes que no tienes la culpa de que no te gusten esas cosas, ¿verdad? No te pasa nada malo.

No supe qué replicar a eso.

Ella se volvió para mirarme de frente.

—¿Has oído eso de que si juzgas a un pez por su capacidad para trepar un árbol, vivirá creyendo que es inútil?

—Sí…

—Pues parece que a Abby le gusta vivir en los árboles.

Se me escapó una carcajada.

—Nunca te juzgaré por cómo trepas un árbol, Jacob. Y deberías saber que como pez eres excepcional.

Me sostuvo la mirada, y sonreí antes de bajar la vista a mi regazo. No sabía que necesitaba oír eso, pero así era.

Me había echado encima casi toda la culpa de lo sucedido entre Amy y yo, y no se me había ocurrido mirarlo desde otra perspectiva. Me permití creer, solo por un instante, que tal vez fuera un pez colocado en un árbol.

—Muy bien —dijo Briana al tiempo que se acomodaba de nuevo en el sofá—, pues vamos a lo nuestro. ¿Preparado?

Le quité otro pellizquito a la hamburguesa y metí de nuevo la mano debajo del sofá.

—Preparado.

—¿Qué prefieres: ser un centauro al revés o un tritón al revés?

—¿Estamos hablando de un hombre con cabeza de caballo o de pez?

—Eso mismo.

Me lo pensé.

—Un centauro. No me hace gracia la idea de no poder parpadear.

—O de respirar. Tendrías que vivir en el agua. Se encogería todo muchísimo.

Solté una risilla.

—Te toca —dijo ella mientras le daba un bocado a la hamburguesa para probarla.

—Tengo que buscar en Google preguntas. No puedo soltarlas así sin más —repliqué al tiempo que sacaba el móvil.

Repasé una lista de preguntas del *¿Qué prefieres?*

—Vale. ¿Qué prefieres: enfrentarte a monos voladores o a hormigas infinitas?

Se tragó el bocado.

—A los monos voladores —contestó sin pensárselo—. Las hormigas no se acabarían. Esa ha sido muy fácil, hazme otra.

Miré de nuevo.

—¿Qué prefieres: conocer la historia de todos los objetos que tocas o poder hablar con los animales?

Torció el gesto.

—No me gustan ninguna de las dos. En ambos casos la moral me obligaría a solucionar misterios sin resolver durante el resto de mi vida. Pero si tengo que elegir, lo de los animales.

—¿No te gusta solucionar misterios sin resolver?

—Sí me gusta, pero no quiero que se convierta en mi trabajo. Solo resuelvo asesinatos misteriosos para divertirme.

La miré con sorna.

—Me toca —dijo ella—. ¿Qué prefieres: ponerle a una hija tuya el nombre que te dé la gana o el de una compañía telefónica a cambio de dieciocho años de wifi gratis?

Solté una carcajada.

—¿Cómo? ¿Algo como Xfinity o algo así?

—Ajá.

—Xfinity no está tan mal —dije.

—¿Eso es un sí? ¿Lo harías?

—¿Cuánto cuesta esa wifi gratis que tendría?

Meneó la cabeza.

—En fin, suponiendo que van a darte el plan premium a cambio de tu primogénita…, ¿entre setenta y cinco y cien dólares al mes?

—Que a lo largo de dieciocho años serían unos veinte mil dólares ahorrados. Sí, lo haría.

Me miró boquiabierta.

—¿Obligarías a tu hija a vivir para siempre con ese nombre por veinte mil dólares ahorrados? Yo pagaría veinte mil dólares para que mi hija no se llamara así.

—¿Qué pasa? Ni que fuera a llamarla CenturyLink. Xfinity es un nombre bonito.

—Si eres un caballo en una peli de Disney.

Giré el tronco para mirarla con expresión sería.

—No hay nada de malo en que Xfinity contribuya a los gastos domésticos. Criar a un niño sale caro.

—Guau. Qué pena que te dejes comprar tan rápido. Al menos podrá buscar terapeutas en Google.

—Podríamos ponerle un apodo y se podría cambiar legalmente de nombre a los dieciocho.

—¿Cuál sería el apodo? ¿Contraseña?

Sonreí.

—No sé, ¿qué apodo le pondrías tú?

—Ava —contestó sin pensar siquiera.

—¿Por qué Ava?

—Porque me gusta el nombre. Si alguna vez tengo perro, le pondré Ava.

El gato salió de debajo del sofá.

Briana lo miró parpadeando.

—Qué fuerte…

Chichi me olisqueó. Después olió a Teniente Dan. Luego el

gato volvió a mirarme y me frotó la mano con la cabeza y dejó que lo acariciase.

—Hola.

Briana meneó la cabeza.

—¿Cómo lo has hecho? —me preguntó incrédula—. Lleva semanas escondiéndose.

—Muévete despacio, habla en voz baja y ofrece comida —contesté, mirando al gato y susurrando.

Ella cogió tres patatas fritas, las mojó en kétchup y se comió la punta.

—Estoy impresionada.

La miré con una sonrisa, porque me gustaba haber hecho algo que la impresionara.

—Bueno, ¿cuál es tu cita ideal? —preguntó ella antes de darle otro bocado a las patatas—. ¿Qué cosas vamos a hacer en el tiempo que finjamos estar juntos?

Me encogí de hombros.

—Esto.

Me miró.

—¿En serio? ¿Te gusta esto? ¿Pasar un rato juntos y ya?

—Me encanta esto.

Ella asintió con la cabeza.

—A mí también. Y no se valora lo suficiente. Lo mismo que salir de excursión o ir de acampada.

—¡Exacto!

—Nick nunca quiso acompañarme —dijo—, siempre tuve que ir sola.

—Yo iré contigo —le aseguré, más rápido de la cuenta, y me arrepentí de inmediato. No me estaba pidiendo que la acompañara.

—Dios, me encantaría.

Esbocé una sonrisa.

—Hay muchos senderos estupendos cerca de la cabaña.

—Muy bien, tenemos una cita. ¡Ah! Me acabo de acordar: seguramente debería borrar todas las apps de citas. No quiero que alguien me vea en Bumble o algo y piense que te estoy poniendo los cuernos. —Sacó el móvil—. También deberías borrar las tuyas. Por si haces *match* con una de las enfermeras o algo.

—No tengo ninguna.

Me miró por encima del teléfono.

—¿En serio? ¿Ni una sola?

Negué con la cabeza.

—No.

—En fin, ¿dónde conociste a Amy?

—En el trabajo. Y a mi novia anterior también.

—Guau. Te has ahorrado el horror de las citas por internet —dijo—. Qué suerte tienes.

—Ni siquiera sé cómo son. Nunca me he registrado en un sitio de esos —confesé.

—¿Quieres ver mi perfil?

—Claro —contesté al tiempo que me sentaba a su lado en el sofá. El gato me siguió y se me subió al regazo.

Briana toqueteó varias veces la pantalla del teléfono antes de dármelo, con su perfil abierto.

La foto principal era de ella en las cascadas del Parque Minnehaha con una gorra de béisbol gris y gafas.

Tenía poca info. «Bebe en compañía, nunca fuma, no tiene hijos ni quiere». En su bio se leía:

No busco nada serio. Solo a alguien con quien pasármelo bien. A quien le encanten los tacos. Ten en cuenta que te buscaré en Google y que se me da muy bien, así que no te molestes si no eres quien dices ser. No quiero una relación seria y no vas a convencerme de lo contrario, así que no te enamores.

—¿No quieres nada serio? —le pregunté, mirándola.

—Nada.

—¿Ahora o nunca?

—Nunca.

Oh.

¿Tan malo había sido su divorcio? Amy también me había hecho daño, pero no estaba preparado para tirar la toalla. Todavía no estaba listo para salir con alguien, pero con el tiempo lo estaría.

Le devolví el móvil.

—Has mentido.

—Eh, ¿en qué?

—Pones que te gustan los tacos. Pero los que te gustan no son tacos de verdad.

Fingió indignarse.

—Venga ya.

—¿Qué tal el estómago? ¿Todo bien? —le pregunté con una sonrisa mientras le colocaba una mano al gato en el lomo.

—No te metas donde no te llaman, Jacob. Encantador de gatos. Un día de estos te llevaré a Taco Bell, me comeré diez tacos de esos y tú te quedarás impresionado y para nada asqueado.

Me eché a reír, y ella hizo lo mismo.

Dios, qué fácil era.

Me pregunté si a ella también se lo parecía. O a lo mejor todas sus amistades eran así. Las mías no. Tener esa clase de conexión con alguien tan pronto era raro para mí.

De alguna manera, Briana me convertía en la mejor versión de mí mismo cuando estaba con ella.

Dejó de reírse y miró con una sonrisa a Chichi, que seguía en mi regazo.

—¿Por qué cortasteis tu ex y tú? —preguntó mientras acariciaba al gato.

Solté el aire.

—Es difícil de explicar.

Esperó.

—Es… Es como si yo hubiera sido un figurante.

—¿Un figurante?

—Sí. Como si ella fuera la protagonista y yo el amigo fiel. Todo giraba siempre a su alrededor. Lo que quería hacer, lo que le gustaba. Yo solo estaba allí de figurante. Y cuando por fin dije algo al respecto, se fue. —Solté una carcajada un pelín seca—. Lo gracioso es que Jeremiah sí que es su amigo fiel. Y eso le gusta. Les gustan las mismas cosas y él está encantado de darle lo que ella quiera.

—Ah, lo entiendo perfectamente. Así son las cosas con mi

madre y Gil. La sigue como un perrito faldero. ¿Cómo se conocieron Amy y tu hermano? —me preguntó.

—Trabajan juntos. De hecho, se conocieron antes que Amy y yo. Amy es pediatra y él es enfermero en el servicio de pediatría del Memorial West.

—¿Por eso te fuiste del hospital?

—Exacto. —Solté otro largo suspiro—. ¿Y tú qué? —le pregunté—. ¿Qué pasó entre Nick y tú?

Apretó los labios y miró al gato en vez de mirarme a mí.

—En fin, llevábamos juntos doce años. Diez de casados. Y durante dos de esos años mantuvo una aventura con una amiga común. Así que…

La miré.

—Lo siento.

—En fin, fue todo una mierda. Kelly y yo quedábamos. Me mandaba mensajes casi todos los días, así que el asunto es mucho más sórdido de lo que debería ser. Estoy convencida de que la aventura emocional duró muchísimo más que la física. Creo que Nick se pasó casi todo nuestro matrimonio deseando que yo fuera ella. —Soltó una carcajada carente de humor—. Eso solo se lo había dicho a Alexis. Es humillante.

—No, no lo es. Solo es tener mal gusto por parte de él y ser mala persona por parte de ella.

Asintió, pero no me miró.

—En fin, que luego se dedicó a joderme de todas las formas posibles. La casa era suya antes de casarnos y mi nombre no estaba en la escritura. Era de su abuela y, como me hizo firmar unas capitulaciones matrimoniales, no me correspondía nada. La mitad de las cosas que había dentro eran mías. Eso me lo concedieron. Pero estaban allí, y me parecía que todo estaba contaminado, me resultaba asqueroso, así que no quería nada y tuve que enfrentarme a él en una batalla judicial que duró un año para que me diera el valor monetario equivalente. —Se le endureció la expresión—. Cuesta mucho asimilar que alguien a quien quieres esté conforme con prenderle fuego a tu vida y largarse.

La miré fijamente.

—Sé lo que quieres decir. Amy no hizo ni el intento. Fuimos a una única sesión de terapia. Se levantó y se fue, y ahí se acabó. Cortó conmigo.

Me miró parpadeando.

—¿¡El mismo día!?

Asentí.

—El mismo día. Y nunca echó la vista atrás.

—¿Qué pasó en esa sesión?

—Me sinceré sobre lo infeliz que me sentía.

—¿Y su respuesta fue rendirse sin más? —Meneó la cabeza.

Aparté la mirada.

—Me sentí traicionado durante mucho tiempo —añadí—. Y después ella empezó a salir con Jeremiah, y me sentí traicionado de nuevo. Y luego se comprometieron..., y me di cuenta de que ya había sobrepasado mi capacidad para sentir dolor, el daño ya era demasiado grande.

Se quedó callada un momento. Y luego me miró.

—¿Sabes en lo que suelo pensar? En la compatibilidad perfecta. ¿Sabes que en la donación de órganos la compatibilidad al cien por cien nunca es tal? Siempre existe la posibilidad del rechazo, aunque se alineen los astros como en el caso de Benny contigo. Nada es perfecto, jamás. Solo existe una compatibilidad con más probabilidad de éxito que las demás. A lo mejor eso es lo que os pasó a vosotros. Podría haber funcionado, pero te habrías pasado toda la vida haciendo cosas que no querías.

—Es posible. Seguramente tengas razón. —La miré de reojo—. ¿Y si la persona con la que tienes compatibilidad perfecta está ahí fuera? ¿No vas a buscarla?

Resopló.

—Es demasiado tarde. He tirado la toalla. Ya me han hecho daño para toda la vida.

Le sostuve la mirada, pero ella volvió la cabeza.

—A lo que íbamos, ¿es triste que quiera que Amy se ponga celosa? —preguntó—. A lo mejor estoy proyectando mi propia amargura en esta situación, pero quiero que maldiga el día que te dejó marchar. Tenemos que ponernos muy en plan Morticia y Gomez Addams cuando la conozca. Pero en plan de que no podemos dejar de tocarnos, como si nos hubiéramos parado para echar un polvo rapidito de camino.

—Creo que a estas alturas le importa muy poco lo que yo haga, pero te agradezco la idea.

Se cerró una puerta en la casa. La escalera crujió y Benny apareció por el pasillo.

A Briana se le iluminó la cara.

—Oye, ¿adónde vas?

Su hermano se detuvo al otro lado de la mesa del sofá.

—A casa de Justin. Se ha comprado una PlayStation. Hola, soy Benny —me dijo con un leve gesto de la mano—, encantado de conocerte.

—Yo Jacob, lo mismo digo.

Tenía mejor aspecto que la última vez que lo vi. Seguía muy frágil, pero Briana estaba en lo cierto; parecía más alegre, más tranquilo.

Se me hacía un poco raro ver a esa persona a sabiendas de que en pocos meses tendría uno de mis riñones en su cuerpo. Pero no tuve mucho tiempo para darle vueltas a la idea, porque Briana se deslizó por el sofá para acurrucarse a mi lado.

Me quedé sin respiración.

—Vamos a ver una peli o algo —dijo mientras me colocaba una mano en el pecho—. Pon la alarma si vuelves a casa después de que me haya acostado, ¿vale?

—Vale. Hasta luego. —Se despidió con un gesto de cabeza y se fue.

Cuando cerró la puerta al salir, Briana echó la cabeza hacia atrás para mirarme con una sonrisa.

—¿Qué tal? ¿Ha estado bien? —Tenía los labios muy cerca de los míos.

Carraspeé.

—Pues sí.

—¡Yuju! —exclamó encantada.

Después se alejó de mí.

—Tenemos que practicar lo de tocarnos antes de conocer a Amy. Para que no nos tensemos ni pongamos cara rara.

—Claro. Buena idea.

Tenía el pulso acelerado. La escena me sumió en el silencio. Briana me había dejado mudo de nuevo.

Fingí que quería comerme todas las patatas fritas de golpe y me incliné hacia delante para cogerlas de la mesita. Comimos en silencio mientras veíamos la tele, y mi corazón por fin se tranquilizó.

Unos minutos después se terminó la hamburguesa y soltó la caja para limpiarse las manos con una servilleta. Luego dobló las piernas, se las acercó al torso y apoyó la cara en las rodillas para mirarme.

—¿Sabes lo que pienso cuando nos sumimos en estos silencios? —me preguntó.

La miré.

—¿El qué?

—Que cuando estamos callados, acordamos sernos inofensivos. Que nos limitamos a compartir el mismo espacio sin más, dejando que el otro exista tal cual es, sin hacernos daño y sin molestarnos el uno al otro.

—¿Sernos inofensivos? —La miré con sinceridad—. Me apunto.

Esbozó una sonrisilla.

—Estupendo. Yo también.

22

Briana

*T*res semanas. Jacob y yo llevábamos con nuestra falsa relación tres semanas. Y me encantaba.

Dios, me gustaba Jacob. Me gustaba muchísimo.

Pasábamos casi todos los días libres juntos, casi siempre con su familia o en sitios donde podíamos hacernos buenas fotos para Instagram. Quedamos con Jill y Walter para cenar en Outback. Nos pasamos por la cafetería de su hermana Jane, donde se podía disfrutar de la compañía de los gatos, para tomar un café con leche y saludarla. La semana anterior llevamos a los mellizos al parque para que Jewel y Gwen pudieran pasar unas horas a solas. Carter bajó rodando una colina y se mareó, tras lo cual le vomitó encima a Jacob, pringándolo de arriba abajo. Fue graciosísimo. Jacob se lo tomó de maravilla. Me encantaba verlo con los niños. Era muy paciente y tierno con ellos.

Salimos a pasear, visitamos distintas cafeterías para tomar algo y llevamos al abuelo a comer. Me presionó para que le comprase tabaco todo el rato, pero fue divertido de todas formas.

Cada vez que la camioneta de Jacob aparecía en mi camino de entrada, me emocionaba. Volvía a tener a alguien con quien hacer cosas. Con quien compartir mi día. Con quien salir a comer, ver una peli y quedar en los días libres.

Hacía muchísimo tiempo que no tenía esa clase de compañerismo. Nick ya estaba muy distanciado incluso antes de separarnos.

Jacob y yo nos mensajeábamos cuando no estábamos juntos, hablábamos por teléfono o nos escribíamos cartas. Estábamos tan preparados para la fiesta de compromiso de esa noche que daba risa. Habíamos perfeccionado lo de las demostraciones públicas de afecto. Jacob era bastante cariñoso cuando se sentía cómodo. Cuando había alguien cerca, nos cogíamos de la mano o nos acercábamos más el uno al otro. Era facilísimo. Sobre todo porque lo adoraba. Literalmente.

Era muy tierno, amable, gracioso y humilde, y daban muchas ganas de ofrecerle amor a espuertas. Me embargaba la necesidad de cuidarlo, de mimarlo y de quererlo sin más.

Esa noche iba a ir a su casa por primera vez. Vendría a recogerme y nos pasaríamos por allí primero antes de ir a la de sus padres para la fiesta de compromiso. Todavía no había estado allí. Tenía que verla antes de conocer a Amy por si salía el tema. Estaba emocionadísima.

Me recogió a las cuatro, y yo salí a toda prisa hacia la camioneta.

—Hola. —Sonrió mientras yo tiraba el bolso en el asiento y me subía. Levantó una bolsa—. Te he traído un dónut red velvet.

Sonreí.

—¿En serio?

—Tengo que darte de comer o te vuelves gruñona e improductiva.

Solté un jadeo, fingiendo estar ofendida.

—Yo nunca soy improductiva.

Se echó a reír mientras me ponía el cinturón de seguridad. Después salió marcha atrás del camino de entrada al tiempo que yo metía la mano en la bolsa.

—¿Dónde está Teniente Dan? —le pregunté.

—En casa. No quería dejarlo en la camioneta mientras entraba en la tienda para comprarte el dónut. —Me miró de reojo—. Estás guapa.

—Gracias. —Me miré el vestido rojo con estampado floral a la rodilla y atado al cuello. La fiesta de compromiso era hawaiana. Jacob llevaba una camisa negra hawaiana con grandes aves del paraíso. Era muy cursi y para nada de su estilo. Seguro que había tenido que comprarla.

Según él, la fiesta era justo lo que a Amy le gustaba. Temática, bulliciosa y con mucha gente.

Le di un mordisco al dónut. Después lo sostuve delante de su boca para que él pudiera darle otro.

—Bueno, ¿cuál es el plan? —le pregunté lamiéndome el pulgar, que tenía cubierto de frosting—. ¿A qué hora vamos a llegar?

Masticó antes de tragar.

—La fiesta empieza a las seis. Estarán la familia de Amy y algunos de sus amigos. Mis padres pagan el catering. Seguramente durará hasta las nueve o así. Deberíamos quedarnos todo el tiempo.

—Entendido. ¿Estás nervioso?

Hizo una pausa. Estaba nervioso.

En las últimas semanas había llegado a conocerlo tan bien que no necesitaba que me lo dijera. Conocía su lenguaje corporal y sus expresiones faciales, y también todos sus silencios.

—Oye, no puedo asegurarte que no vaya a ser una mierda, no quiero mentirte —dije—. Pero vamos a bordarlo.

Me miró un segundo con una sonrisa agradecida, aunque no parecía muy convencido.

Detestaba que tuviera que pasar por aquello. Yo no habría sido capaz de hacerlo. Si tuviera que ir a la fiesta de compromiso de Nick y Kelly, aparecería con mi vestido de novia para meterle fuego a todo.

Claro que Jacob no era así. Era diplomático y no tenía ni un pelo de rencoroso. Se decantaba más por mostrarse comprensivo y culparse por lo mal que se había portado otra persona con él en vez de admitir públicamente que alguien se la había jugado.

Yo no tenía problema alguno, pero ninguno, en decirles a todos que Nick me la había jugado. Que le dieran.

Enfilamos la calle de Jacob y estiré el cuello para ver bien. Vivía en un barrio tranquilo en Minnetonka, a unas cuantas manzanas del lago. No sabía qué me había esperado, pero lo descubrí en cuanto vi la casa.

Era pequeña. Y resultaba muy curiosa en el enorme terreno lleno de árboles, casi como un cobertizo que habían convertido en una casa. Seguramente fuera una casita de vacaciones en otra época, al estar tan cerca del popular lago. Una bonita fachada. Un jardín muy bien cuidado y diseñado, con hostas y lilas que estaban bien podadas…, no como el mío.

Nos bajamos y rodeamos primero el jardín trasero. Me enseñó la fuente para pájaros y el columpio del porche, orientado hacia el bosque.

Después volvimos a la fachada y abrió la puerta para dejarme ver a un emocionado Teniente Dan y un acogedor y luminoso salón. La planta era diáfana con una cocina reformada de estilo rústico a la izquierda y una mesita con dos sillas. Había unos sillones reclinables de cuero muy elegantes delante de la tele donde en cualquier otra casa habría estado el sofá.

—Es mona —dije mientras acariciaba al perro y echaba un vistazo a mi alrededor—, pero no tienes sofá.

—Los sillones son cómodos.

—Sí, pero ¿cómo haces las noches de tranquileo con Netflix? ¿Cómo te acurrucas? ¿Y solo dos? ¿Qué pasa si viene más de una persona a la vez?

—No quiero que venga más de una persona a la vez.

—Está claro, qué espanto.

Me miró con sorna.

—Me gustan más las personas cuando no las tengo cerca. Excluyendo a la presente.

Solté una carcajada.

Teniente Dan terminó conmigo y se subió a uno de los sillones, y miré a Jacob fijamente.

—Madre del amor hermoso, ¿es su sillón? ¿Solo tienes dos y uno es para el perro?

Se encogió de hombros y me miró con una sonrisilla.

Meneé la cabeza y empecé a dar una vuelta para ver sus cosas mientras me seguía en silencio. Había una enorme estantería que iba del suelo al techo con marcos de fotos en los estantes. Muchísimas plantas. Vi un frasco de pastillas para la ansiedad junto a la cafetera, en la cocina.

No había mencionado que tomase medicación para la ansiedad, pero me lo había imaginado. Me gustaba que cuidase de su salud mental. Era mejor que agujerear las paredes a puñetazos.

Cogí el frasco y lo agité.

—¿Sirve de algo?

Asintió con la cabeza.

—Sí. De mucho.

—Bien.

Solté el frasco.

Había mucho color en su casa. Paredes amarillas, toques de azul, coloridos azulejos detrás de la encimera de la cocina, bonitos cuadros. Un precioso candelabro sobre una mesita y una vidriera en una ventana.

Se quedó justo detrás de mí, en silencio. Como si la inspección fuera un examen y estuviera esperando su nota.

—No se parece a lo que me había imaginado —dije al tiempo que cogía una vela de vainilla y la olía.

—¿Cómo te la habías imaginado? —me preguntó desde atrás.

Me encogí de hombros y solté la vela.

—No sé. Como suelen ser las casas de los tíos. Fría, gris y seria. O totalmente vacía, con un colchón en el suelo para dormir. Me gusta —dije al tiempo que me volvía para mirarlo.

Vi que esbozaba una sonrisilla.

—¿La has decorado tú mismo? —le pregunté.

—Sí.

—Has hecho un trabajo estupendo. Pero necesitas una foto enmarcada de los dos. Por si tu familia viene de visita.

—Tengo una. Está junto a la cama.

Me llevé una mano al pecho.

—Ay, cariño, ¡has pensado en todo!

Sonrió.

Señalé el pasillo con la cabeza.

—¿Puedo ver el dormitorio?

—Claro.

Lo seguí por un pasillo lleno de fotos de sus familiares en las paredes. Dejamos atrás un pequeño aseo a la izquierda. Abrió una puerta al final de este y se hizo a un lado para dejarme pasar.

La espaciosa habitación estaba limpia y ordenada. Tenía suelo de madera y una alfombra azteca debajo de la cama. Una estantería ocupaba toda una pared, también llena de libros. Había una butaca verde botella con un cojín junto a la ventana. Otro cuarto de baño al final del dormitorio y una enorme cama para Teniente Dan en un rincón. Contaba con una zona para hacer ejercicio con una máquina de remo y un soporte con pesas donde había una esterilla de yoga apoyada. Vi varias plantas, un cuadro abstracto encima del cabecero… y la cama, con una colcha blanca y una manta de color mostaza doblada a los pies.

En cuanto me fijé en la cama, me dio un vuelco el corazón. Ahí dormía.

«Ahí es donde lo hace…».

La idea me cortó un poco la respiración. Porque mentiría si dijera que no había pensado en Jacob y en el sexo durante las últimas tres semanas. Mucho.

Me resultaba tan atractivo que me parecía increíble. Estaba en muy buena forma. Pero me obsesionaba su clavícula. Era una cosa rarísima. Las clavículas nunca me habían resultado atractivas hasta Jacob. ¿Podría ser que como veía tan poco de su cuerpo lo que sí veía me parecía muy erótico? Los antebrazos, el cuello, la nuez. El otro día en el parque se le subió la camiseta mientras jugaba con uno de los mellizos y casi me dio un infarto al ver los cinco centímetros de abdomen y la línea de vello.

Y me encantaba cómo olía. Cuando nos encontrábamos delante de algún conocido y teníamos que aparentar que estábamos juntos, lo primero que hacía era acercarme a él y olerlo. Olía a ropa limpia y a jabón. El dormitorio olía igual. Todo ese sitio era Jacob concentrado.

Y podía imaginarme que estábamos juntos en su cama. Me imaginaba que volvíamos a casa después de haber pasado el día juntos, quizá un poco achispados y quizá me besaría y quizá…

Quizá…

Esa palabra, «quizá», era peligrosa. Pero de un tiempo a esa parte formaba parte de mis pensamientos. Mucho.

No podía negar lo que empezaba a sentir.

Era como si yo fuera uno de los animales maltratados que él rescataba. Como si me estuviera incitando a salir de mi escondite con comida, palabras pronunciadas en voz baja y palmaditas, y empezaba a sentirme segura. Y mi contundente NO a tener otra relación había empezado a convertirse en un quizá.

Aunque solo con él.

Claro que a él no le interesaba. Y aunque sí le hubiera interesado, tampoco era una buena idea. Seguía enamorado de Amy. Trabajábamos juntos, iba a donarle un riñón a Benny. Si las cosas entre nosotros se torcían, no quería que eso afectase a nuestra relación laboral ni a lo que sentía por lo que iba a hacer por mi hermano. No era una buena idea liar las cosas ni cruzar líneas.

Sin embargo, tampoco quería que hubiera otra en esa cama con él.

La idea me provocaba una especie de pánico.

No quería que nadie más recibiera cartas escritas de su puño y letra. No quería que le sonriera a otra mujer ni que pasara tiempo con ella. Sentía un extraño afán posesivo por él y por el pequeño universo que habíamos creado, que era ridículo y aterrador a partes iguales, porque ¿hasta qué punto era real nuestro universo?

Estaba pasando tiempo conmigo para sobrevivir al escrutinio al que nos someterían cuando Amy estuviera cerca. Solo venía a verme para hacernos las fotos que necesitábamos y para conocernos lo suficiente como para fingir con éxito que salíamos juntos, nada más. Si eso no estuviera en juego, ¿pasaría tiempo conmigo?

—Te dije que tenía cabecero en la cama —comentó a mi espalda.

Se me escapó una carcajada un poco más alta de la cuenta. Cuando me di media vuelta, lo descubrí apoyado en el marco de la puerta. Había cruzado los brazos por delante del pecho y me miraba con esos tiernos ojos castaños.

Estar en el dormitorio de un hombre tenía algo muy íntimo. Seguramente porque solo había un motivo para estar allí...

Carraspeé.

—¿No tenías una habitación para las plantas? —le pregunté.

Asintió.

—Sí, ven.

Se apartó del marco de la puerta y me llevó al otro lado del pasillo. Cuando abrió la puerta, me quedé sin aliento por la sorpresa.

Era preciosa.

Debía de haber al menos cien plantas en sus macetas.

Era un porche cerrado con una mesa antigua pegada a una ventana que daba al patio posterior, rodeado de bosque. Había plantas trepadoras, preciosas suculentas, plantas de hojas anchas y helechos en macetas colgantes. En un rincón borboteaba una fuentecilla. El ambiente era un poco húmedo y olía a tierra.

Ese lugar era un jardín mágico secreto.

Claro que toda su vida era así, me di cuenta de repente.

Ese era su mundo privado, y casi nadie tenía acceso a él. Solo podías entrar con invitación, estaba diseñado para ser pequeño y permanecer oculto, y exclusivamente suyo. Me sentí una privilegiada por estar allí.

Vi un enorme tarro de cristal en un estante de madera en el rincón. Dentro había varias plantas. Estaba cerrado con un corcho.

—¿Qué es eso?

—Es un terrario —contestó desde atrás.

—¿Cómo lo riegas?

—No se riega. Es un ecosistema autosuficiente. Se riega solo.

—Guau, qué bien. Mi planta ideal.

Me di media vuelta para mirarlo.

—Tienes una vida preciosa, Jacob.

Algo que no supe identificar le cruzó por la cara.

—Gracias —murmuró.

Señalé la mesa con la cabeza.

—¿Ahí es donde me escribes?

Se metió las manos en los bolsillos.

—Sí.

Sonreí. Me gustaba la idea de que sus palabras nacieran allí, en esa habitación mágica. Era como él.

Jacob sabía quién era. Parecía una persona crecida. Madura.

Su vida estaba compuesta por cientos de miles de pequeñas decisiones, cada cosa que había en ella la había elegido él, nadie más, de modo que todo era justo como él quería.

Imagina ser la mujer que él ha elegido para compartir ese espacio. Que un hombre tan amable como ese te escoja para formar parte de su íntimo y aislado mundo. Ser tan especial como cada cosa con la que se ha rodeado con tanto mimo. Qué afortunada sería esa mujer. Y me pregunté cómo era posible que Amy no se hubiera sentido así. Cómo era posible que hubiese tenido el amor de un hombre semejante y no lo hubiera deseado.

Esbocé una sonrisa tierna mientras miraba la estancia.

Me gustaba que Jacob supiera lo que le gustaba. Sabía lo que necesitaba y había construido una vida a su alrededor que lo reflejaba.

Yo había hecho lo mismo en una ocasión. Construí una vida.

Elegí muebles y fotos para enmarcar, y coloqué recuerdos de las vacaciones en los estantes. Y después el hombre con el que lo había hecho se lo dio a otra. Y ahora yo vivía en los restos desconchados y desvaídos de mi infancia. Vivía con linóleo medio despegado, una alfombra de pelo largo y muebles feos que detestaba.

Quería volver a sentirme así de completa. Lo estaría. En cuanto Benny hubiera recuperado la salud, cambiaría de vida. Cambiaría de casa. Buscaría una para hacerla como esa. Para ser como Jacob.

Para ser como mi antiguo yo.

Sorbí por la nariz y me di media vuelta para mirarlo.

—Esta habitación me recuerda a algo que mi madre decía.

—¿El qué?

—*Un hombre que puede mantener viva una planta tiene la paciencia de aguantar tus mierdas.* —Se lo traduje antes de que me preguntase qué quería decir.

Sonrió.

—Nunca te había oído hablar en español —dijo—. Es muy bonito.

No sé por qué, pero el comentario hizo que me ardieran un poco las mejillas. Quizá porque su forma de mirarme al decirlo lo convirtió en un cumplido personal, como si la bonita fuera yo. Y eso me gustaba mucho. Porque, a juzgar por esa casa, Jacob sabía distinguir lo que era bonito.

Se miró el reloj.

—Creo que deberíamos irnos. —Pero no se movió de la puerta.

La parte divertida de la noche se había acabado. Pasábamos al segundo acto, el plato fuerte. Tres horas completas socializando.

Y Amy.

Estaba nervioso. Y seguramente un poco destrozado. Verse obligado a ver a su exnovia celebrando su compromiso con su hermano y que todos lo mirasen para averiguar si se iba a morir porque tenía el corazón destrozado no iba a ser fácil.

—¿Necesitas un abrazo? —le pregunté.

Frunció el ceño.

—¿Qué?

—Da la sensación de que necesitas un abrazo. ¿Puedo abrazarte?

Normalmente no nos tocábamos a menos que fuera parte de la farsa, un engaño para nuestros espectadores. Pero allí no había nadie para vernos y, la verdad, no sabía si me lo iba a permitir siquiera.

Me ofreció una de sus silenciosas pausas. Y después asintió.

—Sí.

Acorté la distancia que nos separaba y lo rodeé con los brazos.

—Estoy aquí por ti —susurré—. Pasaremos juntos por esto y todo saldrá bien.

Respondió devolviéndome el abrazo. Me puso la barbilla encima de la cabeza, y sentí sus manos mientras me acercaban más a él. Una cálida y fuerte jaula de la que no quería salir. Y él tampoco debía de querer apartarse, porque el fugaz intervalo de tiempo de un abrazo apropiado para la familia y los amigos se consumió y... nos quedamos así.

Y yo me permití derretirme en el abrazo.

Era firme. Fuerte. Pero, de alguna manera, también suave, como si pudieras chocarte con él sin hacerte daño. Sentía contra mi mejilla el pulso que le latía en el cuello. El olor de su piel estaba tan cerca que me incitaba, y algo cálido cobró vida en mi interior al sentir su cuerpo pegado al mío.

Solo atinaba a pensar en lo cerca que estaba su dormitorio. En que lo único que llevaba debajo del vestido era un tanga minúsculo y un sujetador sin tirantes que se quitaba con rapidez.

Su aliento me hacía cosquillas en el hombro. Tenía su boca justo ahí.

Me pregunté si quería tocarme. Si también estaba pensando en eso. Si le gustaba mi olor, mi aspecto y la sensación de mi cuerpo contra el suyo.

O quizá para él era justo como se suponía que tenía que ser. Un simple acuerdo platónico.

O algo todavía peor.

Quizá cuando yo lo tocaba, él deseaba que fuera su ex.

Eso bastó para sacarme de la ensoñación y ser la primera en apartarse.

Cuando lo solté, me deslizó las manos por la espalda hasta la cintura, y así nos quedamos una centésima de segundo. Carraspeé y me alejé un paso. Apartó las manos de mí.

—¿Preparado? —le pregunté con la voz un poco más aguda de la cuenta.

Me miró la cara fijamente un segundo. Después asintió.

—Preparado.

23

Jacob

*E*sos cabrones siempre están tramando algo —dijo Briana.

Acabábamos de aparcar delante de la casa de mis padres.

Negué con la cabeza.

—No. Dime otra.

—No. Esa es. «Esos cabrones siempre están tramando algo». Esa es la frase del día para escapar.

—No puedo decir eso —dije.

—¿Por qué no?

—Porque yo no hablo así.

—Jacob, se supone que esto no debe ser fácil. Requiere un esfuerzo.

Me miró muy seria y no pude evitar sonreír. Era guapa. Guapísima.

—No puedo incluir «cabrones» —repliqué, bajando la voz al pronunciar la palabrota— en una conversación normal.

—¿Por qué no? Jafar lo hace todo el rato.

Resoplé.

—Esa es la frase. Tiene que ser difícil o la dirás nada más entrar. Te tienes que ganar tu respiro a solas en la escalera con el perro. —Me miró con expresión traviesa.

—Muy bien. Pero avisada quedas: es posible que sea incapaz de hacerlo.

—Claro que lo harás. Creo en ti y en lo poco que te gustan los eventos sociales.

Me reí.

Habíamos llegado desde mi casa. Briana la había visto por primera vez. Le había gustado.

Que era lo que yo deseaba, que le gustase.

Me había pasado días asegurándome de que estaba perfecta. Había comprado una funda nórdica nueva y un felpudo para la entrada. Les había quitado el polvo a todas mis plantas y había limpiado el fregadero con lejía. Había arrancado las malas hierbas del jardín y organizado los libros. Quería impresionarla.

—Dame un segundo para retocarme los labios —dijo mientras bajaba el parasol.

Dejé que mis ojos le recorrieran el cuerpo, aprovechando que estaba ocupada. Se le había subido el vestido, y me detuve en su muslo una fracción de segundo antes de obligarme a apartar la mirada.

Al verla en mi dormitorio el corazón empezó a latirme más fuerte que nunca. Su simple presencia me excitaba. Tuve que ajustarme la parte delantera de los pantalones.

No podía dejar de pensar en ella. En todo lo relacionado con ella. Todo el tiempo. La situación empeoraba día a día.

Y el abrazo…

Conocía los fundamentos científicos de lo que había sentido. Sabía que la presión de su contacto enviaba señales a mi sistema nervioso vegetativo, calmaba mi respuesta de lucha o huida y liberaba oxitocina, creando una sensación de tranquilidad y unión.

Sin embargo, también habían pasado otras cosas. Cosas que no pasarían si hubiera abrazado a mi hermana.

Todavía olía su perfume en mi camisa. Todavía sentía dónde la había estrechado contra mi cuerpo, y no podía pasar por alto lo mucho que me gustaba. Lo guapa que estaba ese día, lo bien que olía. Lo agradecido que me sentía con ella por que estuviera haciendo aquello, sin importar el motivo. Y todo eso reforzaba mi deseo de devolverle el favor. Lo único que había deseado hacer durante esas últimas semanas había sido demostrarle lo mucho que la apreciaba y que valoraba su amistad. Mi cerebro había dejado de preocuparse por la boda y por todo lo que conllevaba la situación, y había pasado a ocuparse de cómo cuidar de Briana. En mi interior había ido manifestándose una silenciosa observación de su bienestar, de la misma manera que sucedía con todas las personas que me importaban. Sin embargo, con ella era distinto.

Muy distinto.

Subió el parasol y le dio un beso al aire.

—Lista.

—Supongo que deberíamos salir —dije.

—Sí. ¿Estás preparado?

—Nunca estoy preparado para una fiesta. Simplemente me hago a la idea de que tengo que entrar.

Se rio.

—¿Por qué lo celebran aquí? —me preguntó mientras cogía el bolso—. ¿No podían organizarlo en un restaurante, en un salón de celebraciones o algo así?

—Aquí es donde lo celebramos todo. A mi madre le gusta. Es su forma de tenernos siempre cerca.

—Ah. Eso es inteligente, supongo. No se van a casar aquí, ¿verdad?

—No. Creo que es en un hotel en North Shore.

Teniente Dan soltó un gemido impaciente en el asiento trasero. Quería ver a mi madre.

Suspiré.

—Muy bien. Venga, vamos.

Cuando entramos, la casa estaba vacía. La fiesta hawaiana se celebraba en torno a la piscina, y la comida consistía en cerdo asado. Todo el mundo estaba fuera. Atravesamos el salón hasta las cristaleras de la terraza superior y los vimos a todos. Dejé salir a Teniente Dan para que fuera a buscar a mi madre, pero Briana y yo nos detuvimos allí a mirar.

Toda mi familia estaba en el exterior, junto con los padres de Amy y su hermana. Algunos de mis primos se congregaban próximos a la piscina con Dorothy, la mejor amiga de mi madre. Shannon, la mejor amiga de Amy y su compañera de universidad, estaba en el bar. Las mesas estaban ocupadas por los compañeros de trabajo y los amigos de Amy y Jeremiah. Había antorchas tiki encendidas y guirnaldas de luces colgadas. Mi madre había contratado a un camarero y había cócteles servidos en piñas y cocos por todas partes. Los mellizos corrían entre las mesas, y el abuelo se movía tan deprisa con la silla de ruedas entre la multitud que la gente tenía que apartarse de un salto.

Amy estaba de pie en medio de todo el jaleo mientras Jeremiah acariciaba a Teniente Dan. Mi hermano llevaba una camisa hawaiana roja y estaba contando alguna anécdota animada. Amy llevaba un vestido de cóctel blanco con un collar de flores en torno al cuello y se estaba riendo de lo que él decía.

Era la segunda vez que los veía juntos como pareja. La primera fue en el asador, cuando me dieron la noticia de la boda. Sin embargo, esta ocasión era diferente. No me escocía. De hecho, no sentía nada en absoluto.

Mentira. Sentía alivio, porque ese podría haber sido yo, en mi propia fiesta de compromiso con ella. Y habría sido el mayor error de mi vida.

Me alegré de que lo nuestro hubiera terminado.

Creo que era la primera vez que por fin lo sentía. Me alegraba de que lo hubiéramos dejado.

No echaba de menos a Amy. Verla con otro no me molestaba. En absoluto. Quizá porque por primera vez en mi vida me pasaba los días con alguien que parecía comprenderme, y la comparación no hacía más que resaltar lo pésima que había sido mi relación con ella. Y me pregunté por qué había dejado que se alargara tanto.

¿Cuántos años había perdido sintiéndome tan infeliz, tan solo? ¿Por qué había esperado tanto para actuar al respecto, para decirle algo, para hacerle saber cómo me sentía? Había aguantado y lo pasé fatal.

—¿Estás bien? —susurró Briana.

Meneé la cabeza, pensando en todo el tiempo que había perdido.

—No.

Y todavía seguía pagando las consecuencias. Porque aún tenía que superar ese día. Era la fiesta de compromiso de Amy y Jeremiah, pero yo era el entretenimiento.

—Todo el mundo me va a mirar —añadí en voz baja.

—No. Me van a mirar a mí. Y yo voy a estar mirándote a ti. Así. —Me colocó las manos en el pecho y me contempló con cariño. Pestañas largas. Intensos ojos marrones.

Preciosa.

El corazón empezó a latirme con fuerza, igual que mientras estuvo en mi dormitorio. Igual que cuando me llamaba, o cuando veía una carta suya, o cuando la veía salir de su casa y bajar corriendo los escalones del porche.

Y en ese momento me miraba como si me quisiera.

Que yo sabía que no era verdad. Pero lo parecía. Todos los demás pensarían que me quería.

Le devolví la mirada. Me la sostuvo con una sonrisa, y en ese instante deseé inclinarme y besarla, como había deseado hacer en mi casa poco antes.

¿Cómo respondería ella?

Quería saber si alguna vez había pensado en mí como yo pensaba en ella. Si se emocionaba al verme. Si sentía algo por mí más allá de nuestra amistad, si alguna vez había valorado llegar a más. Quería saber si había algo real en todo aquello. Porque empezaba a parecérmelo. Por lo menos a mí me lo parecía.

Carraspeé y aparté la mirada.

—Venga. Vamos a acabar con esto de una vez —dije.

Los Beach Boys sonaban por los altavoces cuando salimos. Había una batidora en marcha. Debía de haber unas cien personas y había mucho jaleo, pero todo pareció quedarse en silencio cuando empezamos a bajar la escalera.

Todos nos estaban mirando.

Briana me agarró la mano para darme un apretón y caí en la cuenta de lo insoportable que habría sido todo aquello sin ella. De haber tenido que ir solo, no habría podido hacerlo.

—¡Ahí están! —exclamó mi madre al vernos. Recorrió la distancia que nos separaba con un coco en una mano y un collar de flores en la otra, mientras Teniente Dan saltaba a sus pies—. Hemos esperado a que llegarais para trinchar el cerdo —dijo mientras abrazaba a Briana, tras lo cual le puso el collar en torno al cuello. A mí me saludó con un beso y en ese momento se hizo el caos de nuevo.

Se nos acercaron Gwen, Jewel y Walter. Mi madre se alejó para recibir a más invitados y yo me quedé callado, con la ansiedad a flor de piel, mientras Briana hablaba por mí.

Tendría que ir a saludar a Amy y a Jeremiah, y a presentarles a Briana. Pronto.

Una vez superado ese momento, ya no sería tan incómodo. Sabía que teníamos que zanjar lo de las presentaciones, dejar que todos nos miraran, y que el resto resultaría más fácil. Pero estaba temiéndolo. Intentaba armarme de valor. Sin embargo, al final fueron Amy y Jeremiah los que se acercaron a nosotros.

—¡Aquí estás! —exclamó Amy, que se internó en el grupo y lo separó.

—Gracias por venir —dijo Jeremiah con una sonrisa mientras se acercaba para abrazarme con esa seguridad tan típica de mi hermano pequeño. Con la actitud relajada de un extrovertido un poco borracho, rodeado de su propia gente en su propia fiesta.

Yo, en cambio, me sentía congelado.

Paralizado de nuevo, como aquel día en el hospital, en la habitación de Benny. Enmudecido por la complicada dinámica de esta situación tan imposible y por toda la gente que me observaba. Todos los invitados estaban conteniendo la respiración, preguntándose qué haría Jacob al ver a Amy con su hermano.

Mi perro me dio un empujón en una mano con la cabeza.

Los ojos de Amy volaban de Briana a mí.

—¿Y esta es…? —preguntó al ver que no las presentaba.

—Briana —contestó ella mientras le sonreía a mi ex—. Enhorabuena por el compromiso.

Carraspeé.

—Es mi novia —conseguí decir.

—¡Lo sé! —exclamó Amy, con más alegría de la cuenta—. Nos han dicho que tenías novia. Nos pareció increíble.

Seguramente no lo dijera en plan literal, pero así sonó. Sentí que Briana se tensaba a mi lado.

—Te entiendo —replicó Briana con sequedad—. Cuando Jacob me explicó el motivo de esta fiesta a mí también me pareció increíble.

Amy se quedó con la boca abierta. Walter enterró la nariz en el vaso de cerveza, Gwen aspiró el aire entre los dientes y Jewel susurró:

—Joder. Se los ha cargado, a los dos.

Jeremiah movió los pies.

—Le estaba contando a Amy que trabajáis juntos —dijo en un intento por cambiar de tema.

—Sí —repliqué, recuperando parte de la compostura—. Briana es médica de urgencias en el Royaume Northwestern.

—¿Te gusta? —le preguntó Amy con una sonrisa forzada, que a todas luces intentaba entablar conversación para salvar el mal comienzo.

—¿Trabajar con él? Me encanta —contestó Briana, mirándome extasiada—. ¿Sabéis lo que me dijo el otro día? Os va a encantar esta historia. Nos llegó un paciente con una lesión importante en el cuero cabelludo. Prácticamente se le había despegado media cara, era horrible. En fin, después de que acabáramos de atenderlo y tal, Jacob me agarró, me llevó a un almacén de suministros y me dijo mientras me miraba a los ojos: «Briana, te querría aunque no tuvieras cara».

Casi me ahogo de la risa. Fue algo tan inesperado que me arrancó por completo de la espiral de la ansiedad.

Amy la miró y luego me miró a mí, como si intentara descubrir si Briana estaba bromeando.

Tosí en un puño, sin dejar de sonreír.

—Es verdad. Eso le dije.

Amy apretó los labios.

—Qué tierno —dijo sin emoción.

Briana me agarró del brazo.

—Siempre me dice cosas así. Es muy romántico. —Me sonrió un segundo y volvió a mirar a Amy—. Vamos a irnos a vivir juntos.

Volví la cabeza para observarla.

Amy la contempló un instante y luego hizo lo propio conmigo.

—Vais a… iros a vivir juntos. —Lo dijo despacio, como si no lo hubiera entendido.

—Sí. Prácticamente me lo suplicó —replicó Briana—. Y me quedé en plan… pues, mira, tienes razón, las paredes de mi casa son demasiado delgadas, no dejamos dormir a los vecinos en toda la noche y el pobre acaba demasiado deshidratado después como para irse a su casa en coche. En fin, que me alegro mucho de haberos conocido —siguió—. Pero necesito una copa. Jacob, ¿te apetece beber algo?

—¿Sí?

Me arrastró hacia la barra y los dejó allí plantados.

Bueno. Prueba superada.

—¡La odio! —susurró Briana en cuanto nos alejamos lo suficiente como para que no nos oyeran.

—No la odies —le dije, todavía riendo—. Estoy seguro de que esto tampoco es fácil para ella.

Murmuró algo en español. Luego me llevó a un lugar tranquilo junto a la piscina. Cerró los ojos y soltó un largo suspiro con los labios fruncidos, como si intentara tranquilizarse. Volvió a mirarme, meneando la cabeza.

—Lo siento —dijo con voz más serena—. Me pongo muy protectora con la gente que me importa. Y su comentario no me ha gustado.

—Tranquila —repliqué, intentando disimular cuánto me encantaba que dijera que yo le importaba.

Cruzó los brazos por delante del pecho.

—A ver, ¿qué le pasa a esa mujer? ¿Era necesario? ¡NO ME PUEDO CREER QUE TENGAS NOVIA! —exclamó con una voz que pretendía ser la de Amy—. ¿Por qué es tan difícil de creer, eh? Eres un diez. ¿Qué le resulta tan raro, joder?

Levanté una ceja.

—¿Soy un diez?

—Eres un once.

La miré sonriendo.

—Así que, ¿me seguirías queriendo aunque no tuviera cara? Eso la hizo reír, pese al enfado.

—¿De dónde sacas esas cosas? —le pregunté con una sonrisa.

—Se me da muy bien improvisar. En serio. Espero que nada de lo que diga te afecte, por cierto.

—Amy no es mala persona. No creo que lo haya dicho con mala intención.

—Sí, bueno, pues que aprenda a pensar mejor las cosas que dice de ti, porque no voy a pasarle ni una. He estado a un tris de lanzarme al barro.

La miré con sorna.

—La verdad es que me asustas un poco, dicho sea de paso.

—No sabes hasta dónde soy capaz de llegar.

Me crucé de brazos.

—Eres consciente de que ahora tendrás que vivir conmigo, ¿verdad?

—¿Ah, sí?

—Lo digo en serio. Mi familia se presenta en mi casa sin avisar todo el tiempo. Descubrirán que mentiste.

Hizo un gesto con una mano para restarle importancia.

—Pon un cepillo de dientes rosa en el cuarto de baño.

—Eso no va a funcionar.

Lo curioso era que yo quería que se quedara conmigo. No me gustaba que se fuera a su casa por la noche. Ni siquiera me gustaba cuando salíamos del trabajo y teníamos que irnos en coches distintos y quedar más tarde para cenar. Me encantaría que durmiera en mi casa, aunque solo fuera por ser puntilloso.

Aunque solo la tuviera de forma temporal.

Una hora y media después, el cerdo ya estaba trinchado, labor de la que se había encargado el servicio de catering. Habían montado una fuente de chocolate con piña y fresas, y el espectáculo de malabares con fuego acababa de terminar. Mi madre sí que sabía organizar una fiesta.

Me sentía relajado. Habíamos pasado el rato hablando con Jill, Jewel, Walter y Gwen en una larga mesa de pícnic cerca de las antorchas tiki.

Briana había debido de impresionar a Jewel antes, porque mi hermana se acercó a ella como si hubiera encontrado un nuevo miembro de su manada. Jewel se sentía atraída por las mujeres alfa.

Briana se había sentado tan cerca de mí que nuestros muslos estaban pegados. Yo le había colocado una mano en la rodilla y ella no dejaba de apoyarse en mi brazo. Casi se me había olvidado que estaba en la fiesta de compromiso de mi ex. Que estaba en una fiesta.

Ese era el efecto de Briana.

Aunque pareciera raro, con ella me sentía a solas. Me sentía igual que cuando estaba solo. Tranquilo y relajado. Como si solo estuviéramos nosotros y no cien personas más.

Me gustaba estar solo. Con ella.

Le llegó el turno al karaoke. Briana se inclinó para susurrarme al oído. Estaba tan cerca que podría haber girado la cabeza y besarla.

—Esta fiesta la organizan los cuatro jinetes del Apocalipsis —me dijo.

—¿No te gusta el karaoke? —le pregunté, volviéndome un poco, de modo que nuestros labios quedaron a escasos centímetros.

—Sí. Pero este es tu infierno, no el mío.

Me estaba riendo del comentario cuando mis padres se acercaron a la mesa, seguidos por Amy y Jeremiah, con varias bandejas de fruta bañada en chocolate. Se sentaron todos. Amy nos miró con una sonrisa tensa que Briana le devolvió.

Jeremiah le dio un codazo a su prometida.

—Voy a cantar. ¿Qué elijo?

Amy se mordió el labio como si estuviera pensando.

—«500 Miles» de los Proclaimers.

—¡Oooh, me encanta! —exclamó Jill.

Jeremiah apuró su bebida y corrió hacia el escenario.

—¿Cómo está tu hermano? —le preguntó mi padre a Briana—. Llevo un tiempo queriendo preguntártelo. Dijiste que estaba en el hospital el día que os conocisteis, ¿verdad?

Briana y yo intercambiamos una brevísima mirada. Todavía no le habíamos contado a mi familia lo de Benny. Supuse que ese momento era tan bueno como cualquier otro. Hice un pequeño asentimiento con la cabeza.

Ella volvió a mirar a los demás.

—Bueno, en realidad, tenemos un pequeño anuncio al respecto. Mi hermano Benny sufre de insuficiencia renal. Está en diálisis. Su tipo de sangre es poco común y parecía que nunca iba a conseguir un donante de riñón. —Hizo una pausa para entrelazar su brazo con el mío—. Pero Jacob le va a dar uno de sus riñones.

Alrededor de la mesa todos se quedaron petrificados.

—Jacob… —susurró mi madre.

Jewel se llevó las manos a la boca.

Jill me observó, parpadeando.

—Es un regalo precioso.

Amy me miró en silencio.

Briana tenía los ojos llenos de lágrimas mientras decía:

—Se sometió a todas las pruebas sin decírmelo. Lo hizo sin más. —Miró a mi madre—. Me dijo que lo hacía por ti. Porque otra persona lo hizo por ti una vez.

Mi madre se llevó una mano al pecho, sobre el corazón.

—Qué hombre tan bueno —replicó mi madre—. Ay, Jacob, estoy muy orgullosa de ti.

Esbocé una sonrisilla renuente. Todas mis hermanas sonreían. Walter asentía en silencio. Mi padre me miraba muy sonriente, parecía orgulloso.

Y Amy estaba apoyada en el respaldo de su silla, con los brazos cruzados.

Miré a Briana. Me estaba sonriendo.

—Es lo que siempre digo —terció mi madre, enjugándose las lágrimas—. El amor se demuestra. Así es como se sabe que es real. Y qué manera más bonita de demostrárselo a alguien, Jacob. —Miró por encima de mi cabeza—. Vaya por Dios. Alguien le ha dado tabaco al abuelo. —Hizo ademán de levantarse—. Seguro que han sido los primos.

—Esos cabrones siempre están tramando algo —dije.

Briana soltó una carcajada y yo me incliné hacia ella y emití una risilla.

Me lo estaba pasando en grande.

Briana no paraba de reírse.

—Jacob, ¿puedes ir a por mi bolso? Creo que lo he dejado en la sala de taxidermia.

Me estaba dando una excusa para que me tomara el respiro.

Me puse en pie.

—Claro.

Intercambié una mirada con ella antes de irme. Iba a seguirme. Me di cuenta. Estaba deseando quedarme a solas con ella. Esa era la recompensa. No escabullirme de la fiesta ni sentarme en la escalera con el perro. Era tenerla para mí solo.

Fui a la sala de taxidermia y esperé cinco minutos. Cuando oí el crujido de la puerta al abrirse, me volví y sonreí. Pero no era Briana.

Era Amy.

24

Jacob

Amy cerró la puerta tras ella.

—¿Puedes hablar un momento? —me preguntó.

Parpadeé.

—¿Pasa algo?

—Solo necesito hablar contigo.

La miré fijamente.

—Vale. —No alcanzaba a imaginar de qué quería hablar. Apenas habíamos cruzado palabra desde que cortamos.

Hubo un breve silencio y después me preguntó:

—¿Qué estás haciendo, Jacob?

—¿Cómo? ¿A qué te refieres?

—¿«Te querría aunque no tuvieras cara»? ¿Ahora llamas «cabrones» a tus primos? ¿Os vais a vivir juntos? —Meneó la cabeza—. ¿Qué te está pasando?

Sentí que se me aceleraba el pulso.

—No te entiendo.

—Estoy preocupada por ti —adujo—. Ahora mismo eres vulnerable. Acabas de pasar por una ruptura difícil, conoces a esta mujer y te vas a vivir con ella. ¿Tan pronto?

Me crucé de brazos.

—Tú te vas a casar pronto con Jeremiah.

Ella también cruzó los brazos.

—Conocí a Jeremiah dos años antes de que te conociera a ti y trabajamos juntos todos los días…

—Briana y yo también trabajamos juntos.

—¿Y en menos de seis meses ya se va a vivir contigo?

Meneé la cabeza.

—¿Y a ti qué te importa?

—¿Y si lo hace por interés?

—¿Qué interés puede tener? —repliqué exasperado.

—¿Conseguir que le dones un riñón a su hermano?

Fue como si me diera un bofetón.

—¿Empezasteis a salir antes o después de que ella supiera lo que ibas a hacer? —quiso saber.

No contesté, y mi silencio confirmó su acusación.

—Lo único que te digo es que tengas cuidado —siguió—. Me parece raro que ella esté tan enamorada cuando os acabáis de conocer.

Sentí que se me ponía el vello de punta.

—¿Por qué te cuesta tanto creer que alguien pueda quererme? —le solté—. ¿Crees que es imposible que encuentre a alguien solo porque tú no me querías?

Se quedó boquiabierta.

—No es que no te quisiera. Lo sabes. Es que lo nuestro no funcionaba. Nuestra relación ya no tenía arreglo…

—Fuiste tú quien no quiso arreglarla.

—¡No me hablabas de nada! Durante los últimos dos años y medio era como si estuviera hablando sola…

—¡Precisamente! Menos mal que por fin te has dado cuenta.

Bajó la voz para decir:

—Estás siendo muy injusto. No me negué a ir a terapia. Pero llegamos a aquella sesión y me dijiste que no querías tener hijos conmigo. No querías vivir conmigo y no querías casarte. ¿Cómo íbamos a solucionarlo si eras tan infeliz? Si me odiabas tanto…

—No te odiaba. No quería hijos hasta que nos entendiéramos mejor. No me parece una cosa tan ilógica. ¿Y por qué estamos hablando de esto? Lo nuestro se acabó.

Asintió.

—Sí. Cierto. Pero me sigo preocupando por ti. Me preocupa que alguien se aproveche de ti. ¿Quieres despertarte dentro de seis meses y darte cuenta de que te han timado para donarle un órgano a alguien con quien ya ni hablas? A ver, ¿cómo sabes siquiera que ella es quien dice ser…?

—Para. Ahora mismo. —Me quedé allí, respirando con dificultad. No quería oír ni una palabra más.

No estaba enfadado por lo que habíamos discutido. En ese momento me daba exactamente igual lo que había fallado entre nosotros, el rencor que ella me pudiera tener o de qué manera podríamos haber salvado nuestra relación. Estaba enfadado porque ella estaba verbalizando en voz alta mi peor miedo.

No sabía qué sentía Briana, si acaso sentía algo. A lo mejor solo lo hacía por el riñón. Sinceramente, no lo sabía. Y en ese momento me preocupaba que Amy estuviera viendo algo que yo había pasado por alto. Tal vez resultaba obvio que Briana nunca podría quererme de verdad, y todo el mundo lo sabía menos yo. Eso me daba pánico y hacía que me sintiera a la defensiva, expuesto y desesperado.

Porque me estaba enamorando de ella.

Esa era la verdad. Me estaba enamorando de ella.

Me daba miedo analizar a fondo lo que pasaba entre Briana y yo por miedo a que desapareciera. Y no me gustaba que Amy lo cuestionara o lo desacreditara, sobre todo porque ni siquiera yo sabía si para Briana era algo más que la farsa que habíamos acordado montar.

Se oyó un ruido en el pasillo, seguido de un graznido de Jafar.

—¡Cucú, mamonazo! ¡Bieber! ¡Bieber!

Amy guardó silencio dolida. No me miraba a los ojos. Le temblaba la barbilla y me sentí mal por haber sido tan cortante con ella.

Me pasé una mano por el pelo.

—A ver, todo esto da igual. Las cosas son como son. ¿Y sabes qué? Me alegro de que hayamos acabado así, porque tú estás con quien debes estar. —Hice una pausa—. Y yo también.

—Lo sé —replicó en voz baja—. Es que… me siento responsable de ti. No quiero que te hagan daño. Me repatearía. —Volvió a mirarme—. Solo quiero lo mejor para ti. Que seas feliz. Tanto como lo soy yo.

Asentí brevemente con la cabeza.

—Lo sé —dije en voz baja—. Te creo.

Amy guardó silencio un momento. Luego pareció decidir algo, acortó la distancia que nos separaba y me dio un abrazo.

—Lo siento, Jacob —susurró—. Siento mucho haberte hecho daño.

Solté un largo suspiro.

—No estoy dolido —le aseguré, devolviéndoselo—. Ya no.

Y era cierto. Porque ya no me importaba.

Quería a Amy. Pero no estaba enamorado de ella. Por fin lo entendía. Lo había superado por completo. No estaba enfadado. No estaba resentido. Ese abrazo era tan platónico como si se lo estuviera dando a mi hermana…, que era justo lo que estaba sucediendo.

Se me ocurrió que el universo había puesto algo en su sitio cuando Amy eligió a Jeremiah. Que tal vez así era como debería haber sido desde el principio. Estaba escrito que Amy formara parte de mi familia y de mi vida. Aunque no era para mí. Y tenía clarísimo quién lo era.

—No hace falta que te preocupes por mí —le dije, estrechándola con fuerza—. Porque soy feliz. Y lo que tengo con Briana es real.

Claro que no sabía si era verdad. En todo caso, reuniría el valor para averiguarlo ese mismo día.

25

Briana

*E*speré cinco minutos y luego me excusé para seguir a Jacob a la sala de taxidermia.

Nadie se dio cuenta de que nos habíamos levantado de la mesa. La fiesta estaba en su apogeo. Jeremiah cantaba «500 Miles» en el escenario y todo el mundo lo acompañaba en el estribillo. Entré en la casa, eché a andar hacia el vestíbulo, y entonces fue cuando oí las voces. Las voces de Jacob y Amy. Estaban discutiendo.

Se me encogió el corazón.

Me apoyé contra la estantería para escuchar, sin respirar apenas.

—No es que no te quisiera ... —dijo Amy.

Siguieron discutiendo en voz baja.

—Durante los últimos dos años y medio era como si estuviera hablando sola ... —Amy de nuevo.

—¡Precisamente! Menos mal que por fin te has dado cuenta —gritó Jacob.

Nunca lo había oído enfadado. Nunca lo había visto enfadado. Ni siquiera sabía que fuera capaz de enfadarse.

Sin embargo, claro que era capaz de enfadarse. ¡Porque se trataba de Amy!

Era como todas las veces que había pillado a Kelly y a Nick discutiendo. Peleándose porque no podían estar juntos.

Peléndose porque estaban enamorados el uno del otro y frustrados porque les dolía. No se discute con alguien que no te importa.

Jacob seguía enamorado de ella.

No lo había superado.

Y lo peor era que ella tampoco.

Amy debía de haberlo seguido hasta allí. Había esperado a tenerlo a solas para arrinconarlo cuando Jeremiah no se diera cuenta.

O tal vez no. Tal vez había sido Jacob quien la había acorralado a ella.

Y así de fácil mi «A lo mejor puedo salir con él» se convirtió en un rotundo «No».

Me sentía decepcionada, muy decepcionada. Como si de repente me hubiera quedado sin ningún apoyo.

Justo entonces recordé que ese acuerdo era justo lo que Jacob decía que era: un acuerdo.

No se había enamorado de mí. Nada de aquello era real. Suspiraba por otra. Y esa mujer no había resuelto lo que sentía por él, aunque estaba comprometida con su hermano.

Quería llorar. Menuda putada.

Algo en mi interior me decía que volverían a estar juntos. Que estaba presenciando el momento en que ambos se daban cuenta de que ver al otro con otra persona era demasiado doloroso.

Seguro que se había puesto celosa al vernos juntos. Seguro que las cosas habían tomado un cariz demasiado serio —la boda se acercaba a toda velocidad, Jacob «había pasado página» y se estaba dando cuenta de que lo suyo había terminado de verdad— y no podía soportarlo.

Yo tenía muy claro qué sentía Jacob. Me lo había dicho el día que acepté llevar a cabo la farsa: «La quiero».

El amor sin resolver siempre vuelve. Persiste. Se infecta. Se acumula en el interior de las personas hasta que acaba saliendo y pudre todo lo demás. Te obliga a guardarle rencor a tu pareja porque no puede ser la persona a la que en realidad amas y nunca lo será. Te obliga a comparar y a sentirte decepcionado cada vez que te das cuenta de que nadie es tan buena como «ella».

Yo lo sabía mejor que nadie. Ya lo había vivido una vez.

Se oyó un ruido detrás de mí, de algo que se caía.

—¡Cucú, mamonazo! ¡Bieber! ¡Bieber!

Jafar había tirado un marco de la estantería. Estaba tan concentrada escuchando la conversación que no me había dado cuenta de que había entrado el loro.

Doblé la esquina antes de que abrieran la puerta y volví a la fiesta.

Media hora más tarde Jacob y yo dejábamos la fiesta en silencio. Había abandonado la casa de sus padres callado y nervioso. Amy salió unos minutos después, con cara de haber estado llorando.

Saltaba tanto a la vista que estaba molesto que no le dije que había oído su discusión con Amy ni le pregunté qué le pasaba. La verdad, yo también me sentía demasiado molesta para preguntarle.

Me preguntaba qué habría hecho para que me hubieran maldecido a revivir una y otra vez la asquerosa dinámica de mi matrimonio.

Jacob no tenía la culpa. Me había dejado claro desde el principio que todavía amaba a su ex. Lo supe desde que acepté ayudarlo. Ni siquiera podía enfadarme. Pero era una mierda. Solo quería llegar a casa para poder pensar y compadecerme de mí misma en privado.

Jacob tenía una mancha de pintalabios en el cuello de la camisa.

Junto a una flor roja del estampado, así que no se notaba mucho, pero la vi. Amy llevaba pintalabios rojo.

Habría jurado que hasta olía su perfume en él. Seguro que era producto de mi imaginación, pero cada vez que se movía percibía un ligero olor a peonía. Quería vomitar.

¿La había besado? ¿Lo había besado ella? ¿Qué había pasado en esa habitación? Dejé de respirar por la nariz y clavé la mirada al otro lado de la ventanilla. Lo que hubiera pasado no era asunto mío.

Aparcó delante de mi casa y casi ni esperé a que la camioneta se detuviera.

—Hasta mañana —le dije sin más mientras me bajaba.

No me dijo ni adiós.

Cuando entré, descubrí a Benny en el salón con Justin.

—Hola —dije antes de irme directa a mi dormitorio.

Tendría que hacerle la diálisis. Pero antes quería quitarme el ridículo vestido y la ridícula flor que llevaba en el pelo. A esas alturas ambos estaban empañados, como toda la velada.

Ese día me había sentido guapa. Pero en ese momento me sentía invisible. Porque la única persona que quería que me viera no me veía. Solo la veía a ella.

Me quité la flor del pelo, tiré el vestido a una silla, me lavé la cara y arrojé el sujetador al cesto de la ropa sucia. Me puse las bragas de abuela más grandes que encontré y el pantalón del pijama de franela con una camiseta desgastada que decía «Vota a Pedro».

Cuando salí para conectar a Benny a la máquina, me hizo un gesto con la cabeza.

—Oye, tu novio está dando vueltas en el porche delantero.

—¿Cómo? —le pregunté mientras encendía la máquina.

—Lleva ahí como veinte minutos. La app del videoportero echa humo.

Lo miré parpadeando.

—¿Está paseando de un lado para otro en el porche?

—A veces baja los escalones a la carrera y luego vuelve.

Justin resopló.

Saqué el teléfono y abrí la app. Allí estaba. Dando vueltas de un lado para otro. Como si se le hubiera ido la pinza.

Técnicamente solo estaba a unos cinco metros. Podía abrir la puerta para hablar con él. Pero en cambio, activé el altavoz a través de la app.

—¿Jacob? ¿Qué haces ahí fuera?

Se detuvo y miró el videoportero.

—Tengo cámara —le dije—. Puedo verte. Haciendo lo que sea que estés haciendo.

—¿Puedes salir? —me preguntó.

Solté un largo suspiro. «Vale», pensé mientras arrojaba el móvil al sofá.

—No me espiéis —murmuré, dirigiéndome a mi hermano y a su secuaz. Acto seguido, salí al porche y cerré la puerta a mi espalda—. ¿Qué pasa? —pregunté mientras cruzaba los brazos por delante del pecho.

Jacob parecía nervioso. Tenía la ansiedad por las nubes. Seguramente por la pelea/reconciliación con Amy, algo de lo que querría hablar, que era lo menos que yo podía hacer teniendo en cuenta que éramos amigos y que él iba a donarle un órgano a mi hermano. Sin embargo, tuve que prepararme desde el punto de vista emocional.

Él siguió en silencio.

—¿Jacob?

Tragó saliva.

—Yo… quería preguntarte… —Hizo una pausa para lamerse los labios—. Quería preguntarte si te gustaría salir conmigo. Salir de verdad.

Sus palabras me golpearon como si me hubiera caído encima una tonelada de ladrillos. Me dejaron sin aliento. Me sentí triste y derrotada al instante.

—Jacob, no.

Me miró con la cara demudada. Tuve que cerrar los ojos y soltar una bocanada de aire.

—¿Por qué? —le pregunté, mirándolo—. ¿Por qué quieres salir conmigo? ¿Cuál es tu razón para pedírmelo? Aquí. Ahora. Esta noche en particular.

Parecía un poco confuso.

—Me… me gustas. Me gusta pasar tiempo contigo. Yo…

—A ver si lo adivino. ¿Estás preparado para pasar página con Amy? ¿Ya llegado el momento de salir con otra, de dejar esa relación atrás?

Me miró parpadeando.

—Bueno…, sí.

Suspiré. No me lo pedía porque quisiera salir conmigo. Me lo pedía porque acababa de tener una discusión confusa y demoledora con su ex. Porque estaba ansioso por olvidarla y buscaba una distracción que lo ayudara a sentirse mejor. Y yo estaba allí. Era la personificación del premio de consolación. Del «Confórmate con esto, que no está tan mal».

No quería ser el premio de consolación de Jacob mientras superaba su desengaño amoroso. No quería ser la relación intermedia con la que quería entretenerse mientras intentaba superar lo de Amy o resolver sus problemas.

No quería ser su segunda opción.

—Jacob, sé que ha debido de ser muy difícil para ti preguntármelo —dije, intentando que no se me quebrara la voz—. Pero ya he pasado por lo de «Acepta la realidad y quédate con tu pareja tal como es». No pienso volver a hacerlo. Mejor nos limitamos a seguir adelante los próximos meses. A hacer lo que hemos acordado. A sernos inofensivos. Y luego la boda habrá terminado y podrás salir con alguien de verdad. ¿De acuerdo?

Me miró con cara inexpresiva. Totalmente inexpresiva.

Sabía que los engranajes estaban girando. Seguramente haciendo horas extra. Y me sentí fatal porque debía de haberse armado de valor para pedírmelo y yo lo había rechazado, y seguro que se estaba arrepintiendo de haber sacado el tema. Pero debía ser clara con él. No iba a ser el clavo que sacase otro clavo, ni su follamiga, ni su amiga con derecho a roce.

Solo sería su amiga.

—Lo siento —dijo por fin con voz ronca—. No pretendía incomodarte. No volveré a pedírtelo.

Estaba a punto de echarme a llorar.

Que no añadiera nada más, que no hablara de sus sentimientos, era casi una admisión de culpa. Como si estuviera reconociendo que sus razones para pedirme salir eran justo las que yo pensaba.

Dejé de mirarlo y asentí.

—Gracias.

Se sumió de nuevo en el silencio y me miró. Como si esperara que yo cambiase de opinión si se quedaba allí el tiempo suficiente.

—Buenas noches —dijo.

Luego se dio media vuelta y echó a andar hacia la camioneta.

Entré en casa, apoyé la espalda en la puerta y enterré la cara en las manos. Me habría clavado las uñas en la garganta de buena gana. Me habría puesto a tirar cosas al suelo, a gritar con la cara hundida en una puta almohada.

Todo aquello era una mierda. ¡Una mierda!

—¿Por qué te ha pedido salir tu novio y le has dicho que no? —me preguntó Benny.

Levanté la cabeza y lo fulminé con la mirada.

—Te dije que no me espiaras.

—No lo he hecho, es que has dejado la app abierta en el teléfono. La cerré cuando me di cuenta.

Puse los ojos en blanco y me acerqué al sofá para coger el móvil.

—En serio, ¿por qué te ha pedido salir?

—Es que… Déjame tranquila, ¿vale? Es complicado.

Me miró en silencio un momento, pero lo dejó pasar.

La verdad, debería alegrarme que mi hermano se hubiera recuperado lo bastante como para que le importara algo mi vida.

Por Dios.

Lo conecté a la máquina de diálisis, haciendo todo lo posible por no llorar delante de Benny o de Justin, que seguía sentado viendo la tele. Cuando terminé, me fui a mi dormitorio y llamé a Alexis.

—Hola —me dijo, contestando al primer tono.

Sorbí por la nariz.

—¿Puedo ir a verte?

Estaba fregando los platos.

—Claro. ¿Cuándo?

—Ahora mismo.

Me la imaginé mirando el reloj.

—No llegarás hasta medianoche.

—A la una. Tal vez a la una y media. Tengo que esperar a que Benny acabe con la diálisis. No hace falta que me esperes despierta. Deja una manta en el columpio del porche y ábreme cuando te levantes por la mañana.

—¿Qué ha pasado?

Me aparté el móvil de la boca un segundo mientras tragaba saliva para deshacer el nudo que tenía en la garganta.

—No puedo decírtelo ahora o me echaré a llorar. Le diré a Benny que vaya al centro de diálisis unos días. Todavía me quedan dos días libres. Es que necesito irme de aquí y estar en otro sitio.

La oí cerrar el grifo.

—Vale. Pero te espero despierta.

—No, en serio. No lo hagas. Deja la puerta abierta.

Colgamos. Hice la maleta, terminé la diálisis de Benny y me fui.

Jacob no me había mandado ningún mensaje ni me había llamado como solía hacer por la noche. Me dolía el estómago. Me sentía como si acabara de romper con alguien.

Hasta ese momento había podido fingir que a lo mejor Jacob había pasado tanto tiempo conmigo porque en realidad yo le interesaba un poquito.

Y quizá fuera así. En mi opinión, los sentimientos podían superponerse. A lo mejor estaba enamorado de Amy y también estaba enamorado de mí.

Pero eso no era suficiente.

No quería compartir espacio con otra mujer dentro del hombre que amaba. Ya lo había hecho demasiadas veces. Estaba cansada de poner excusas de por qué estaba bien aceptar menos de lo que merecía. Como mínimo, merecía estar con alguien que hubiera superado sus problemas. Y Jacob no lo había hecho. Estaba claro.

Llegué a Grant House sobre la una y cuarto de la madrugada y Alexis me abrió la puerta antes de que hubiese subido siquiera los escalones del porche.

—¡Uf! Te dije que no me esperaras —susurré.

Me abrazó contra su barriga.

—Soy una *consigliere* de guerra. No dormimos en horario de trabajo.

Daniel me saludó, junto con el perro, cuando entré por la puerta. También me había esperado despierto. Eso hizo que me sintiera todavía peor. Me abrazó. Luego besó a su mujer en un lado de la cabeza y se fue a la cama.

Quería que Alexis se acostara, pero me llevó a una de las

habitaciones de invitados, encendió una vela, se acomodó en el colchón a mi lado y se colocó una almohada debajo de la cabeza.

—Cuéntame.

Y lo hice.

Se lo conté todo. Y lloré como si fuera un bebé.

—Me gustaba de verdad —dije, sorbiéndome los mocos y secándome las lágrimas.

—¿Y ya no? —preguntó.

—Me sigue gustando. Pero me dejé llevar por la emoción y se me olvidó lo que estábamos haciendo. Es un acuerdo, no es real. ¿Sabes que he llegado a pensar que a lo mejor podía salir con él? —Solté un gemido incrédulo—. Pero no le gusto. ¡Solo quiere que lo ayude a olvidarla!

—¿Se ha explicado? ¿Te hablado de la discusión con Amy?

—No. Y no le dije que la había oído. ¿Para qué? Se limitaría a negarlo. A intentar convencerme de que no oí lo que creo que oí. O lo confirmaría todo, me diría que Amy siempre será el amor de su vida, pero que en realidad está listo para pasar página, cosa que no es así. —Meneé la cabeza—. Deberías haber oído lo enfadado que estaba. La discusión que mantuvieron. Nunca lo he oído hablar así, Ali. Es comedido y reservado. Callado.

—¿Cómo es ella?

Puse los ojos en blanco.

—Perfecta. Se parece a Rosamund Pike, pero más guapa.

—Tú también eres guapa —me dijo, cerrando los ojos.

—¡Ja!

¿Qué importaba si era guapa? ¿O inteligente? ¿O si a Jacob le gustaba pasar tiempo conmigo, confiar en mí y apoyarse en mí?

Porque al igual que sucedió con Kelly, yo seguía sin ser «ella».

26

Jacob

Volví a casa de mis padres después de dejar a Briana en la suya.

Me encontré a mi madre sola en la cocina, sacando la basura del cubo.

—Jacob —me dijo cuando entré con Teniente Dan—, creía que Briana y tú os habíais ido hace horas.

—Yo lo hago, mamá. —Le quité la bolsa de basura, le hice un nudo en la parte superior y la dejé junto al cubo para sacarla cuando me fuera. Miré a mi alrededor—. ¿Dónde está papá?

—Limpiando la zona de la piscina. Tampoco hay mucho que hacer, ya casi hemos terminado.

Me quedé allí de pie, con las manos en los bolsillos, mirando al suelo. No sabía por qué había ido. Solo sabía que no podía volver a casa. No conseguiría dormirme.

—¿Qué pasa, cariño? Pareces molesto.

«Molesto» se quedaba corto. Estaba destrozado. Avergonzado. Hundido. Me sentía decepcionado como no me había sentido nunca.

Mi madre esperó y, como no le di más explicaciones, señaló la cristalera con la cabeza.

—Ven. Vamos a sentarnos en la terraza. Veremos a tu padre mientras saca el bañador de Carter de la piscina.

—¿Salió desnudo?

—Como una exhalación. Estuvo correteando por el jardín

durante cinco minutos antes de que Gwen lo atrapara. Te juro que entre los mellizos y tu abuelo he perdido diez años de vida.

Esbocé una pequeña sonrisa. Salimos a la terraza y nos sentamos en el sofá. La fiesta de compromiso había terminado. Las antorchas tiki seguían encendidas, y el suelo estaba lleno de collares de flores y de vasos desechables, como si fuera un carnaval tropical. Mi padre estaba allí abajo, limpiando el fondo de la piscina con la red mientras los vasos se movían con la brisa.

Teniente Dan saltó, apoyó la cabeza en el regazo de madre y yo le miré las manos mientras lo acariciaba. Estaban deformadas por la artrosis.

El lupus ya no se manifestaba tanto, pero el daño a su cuerpo estaba hecho. Era una mujer fuerte. Soportaba el dolor y seguía haciendo lo que le gustaba. Y cuando no podía, la ayudábamos.

En realidad, mi madre me recordaba mucho a Briana. Ambas eran fuertes. Y testarudas, y se conocían a sí mismas. Briana no habría dicho que no sin motivo. Además, ni se lo pensó. Volví a estremecerme al recordarlo.

—¿Briana y tú os habéis peleado? —me preguntó mi madre, que irrumpió en mis pensamientos.

No sabía cómo explicárselo. No sabía cómo decirle que en realidad no le gustaba a mi novia, que no quería salir conmigo y que pretendía cumplir la promesa que me hizo como si fuera un contrato que quedaría finiquitado al acabar la obra.

Todavía no podía creerme su respuesta. Que solo teníamos que seguir adelante con la farsa, llegar al final y después yo podría salir con otra. Como si fuera intercambiable por cualquier otra mujer. Como si lo de ser mi «novia» fuese un puesto que yo tratara de cubrir.

No quería a ninguna otra.

Me dijo que ya había puesto en práctica lo de «Acepta la realidad y quédate con tu pareja tal como es». ¿Eso es lo que haría conmigo si saliéramos? ¿Conformarse?

El dolor se abatió sobre mí de nuevo. La humillación.

Me pasé las manos por la cara.

—No creo que Briana sienta por mí lo que yo siento por ella —dije—. Y no sé qué hacer al respecto.

Mi madre guardó silencio un instante.

—¿Puedo hacerte una pregunta? —Esperó hasta que la miré—. ¿Por qué alargaste tanto las cosas con Amy? Eras muy infeliz. Todo el mundo se daba cuenta.

Me quedé mirando la piscina un buen rato.

—Tenía miedo al cambio —contesté al final—. Y creía que el problema era yo. Pensaba que cualquier relación que tuviera sería igual de difícil por mi culpa. Por cómo soy.

Ella negó con la cabeza.

—Jacob, ¿sabes ese dicho de que si estás con alguien que no habla tu idioma, te pasarás toda la vida teniendo que traducir tu alma? Amy nunca habló tu idioma. Ni más ni menos. Ninguno de los dos hicisteis nada malo, es que sois dos personas muy distintas. Por eso sé que Briana es diferente. Ella te entiende, incluso cuando no dices nada.

La miré. ¿Mi madre se había dado cuenta?

—Deberías ver cómo te mira —siguió—. Cuando tú estás distraído. Te mira como si fueras lo mejor que le ha pasado en la vida.

Aquello no era amor. Era gratitud por lo que estaba haciendo por su hermano. Alivio.

O tal vez estuviera actuando y en el fondo no significara nada.

Mamá me miró con ternura.

—El amor se demuestra, Jacob. Así que demuéstralo.

Negué con la cabeza.

—Pero ¿cómo? ¿Y si no quiere que lo haga?

Mi madre se echó a reír.

—Esa mujer no tiene ningún problema para decirte lo que quiere y lo que no. Pregúntaselo. Si pone un límite, respétalo. Pero si le preguntas si puedes hacer algo y te dice que sí, no lo dudes. Hazlo. Y no te rindas con ella. Porque hace mucho tiempo que no te veía tan feliz.

Me quedé mirando la piscina. Y me di cuenta de que ni siquiera tenía una alternativa que no fuera demostrarlo. De que el impulso de estar cerca de Briana era tan fuerte que aplastaba todo lo demás. El orgullo. El sentido común. La humildad. Incluso la ansiedad.

La ansiedad…

Había dejado que la ansiedad dictara mi vida durante mucho tiempo. Todo lo que hacía giraba en torno a no sentirme incómodo, a no salir de mi espacio seguro. No mantuve con Amy las conversaciones difíciles que debería haber mantenido y no corté con ella por el miedo a lo desconocido que llegaría después. Había continuado esa relación porque cualquier cosa nueva me daba miedo y no estaba dispuesto a arriesgarme. Necesitaba que mi vida fuese tranquila, fácil y estable.

Sin embargo, no haría eso con Briana. Saldría de mi zona de confort. Tenía que hacerlo. Porque allí era donde estaba ella. Y por ella iría a cualquier parte.

Incluso en ese momento, rechazado y hundido, seguía queriendo orbitar a su alrededor, aunque ella no me permitiera el aterrizaje.

Caí en la cuenta de que solo contaría con unos meses más para poder orbitar a su alrededor. Mientras nuestro acuerdo me lo permitiera. Mientras se esperaba que lo hiciese, de hecho. Porque después…

Después el acuerdo llegaría a su fin.

27

Briana

*E*l móvil estaba vibrando.

El sol se colaba por las cortinas. Tardé un segundo en darme cuenta de dónde estaba. Papel pintado de flores en las paredes. Una cama con dosel. Alexis dormida a mi lado.

Estaba en Grant House.

Saqué el móvil y miré la pantalla con los ojos entrecerrados. Eran las ocho y media de la mañana, y Jacob me estaba llamando.

Deslicé el dedo para contestar.

—¿Hola? —susurré.

—Hola. Buenos días.

Me froté los ojos.

—Buenos días.

Alexis empezó a despertarse.

—Me preguntaba si te gustaría ir a desayunar —dijo.

¿Cómo?

Eso sí que no me lo esperaba. Creía que se sentiría raro unos días. Que se aislaría como hacen los introvertidos cuando han tenido un encuentro desagradable y que me tocaría a mí ponerme en contacto de nuevo.

—No estoy en casa —repliqué.

—Ah. ¿Dónde estás?

Alexis se incorporó y bostezó contra el dorso de la mano.

—Estoy en Wakan —contesté mientras señalaba el móvil con gestos exagerados y articulaba la palabra «Jacob» para que mi mejor amiga supiese quién era—. Voy a pasar aquí unos días.

—Ah —repitió. Y después añadió—: ¿Puedo ir?

Parpadeé.

—¿Quieres... venir? ¿Aquí?

—Sí. Si no hay problema.

Alexis empezó a asentir como una loca.

—Pero... mis amigos son desconocidos —señalé, como si se le hubiera olvidado su personalidad—. Solo te gusta estar con personas a quienes ya conoces.

—Da igual, no me importa.

¿Qué estaba pasando allí?

—Pues..., ¿vale?

—Estupendo. ¿Puedo llevarme al perro? Si no, lo dejo con Jewel.

Me despegué el móvil de la boca.

—¿Puede traerse al perro? —pregunté susurrando.

Alexis asintió.

—Sí, no pasa nada, puede venir —contesté.

—Genial. Mándame la dirección en un mensaje. Salgo dentro de media hora. —Y colgó.

Me volví para mirar a Alexis sin dar crédito.

—Va a venir —dije con incredulidad.

Sonrió.

—Lo sé.

—¿Por qué va a venir? No le gustan las cosas desconocidas. Ni los lugares. Ni las personas. Ni cambiar de planes.

—No, pero desde luego tú sí le gustas. —Sonrió de oreja a oreja.

Me quedé allí sentada, meneando la cabeza. Todo aquello era desconcertante, muy atípico de él. ¿Intentaba demostrarme que no me guardaba rencor por lo de la noche anterior? Podría haberme dicho que ya lo había superado con un mensaje. No era necesario que fuese hasta Wakan.

Quizá estaba tan alterado por lo sucedido con Amy que necesitaba una distracción y no le importaba qué hacer para conseguirla.

Seguro que era eso. Aunque yo no fuese «la mujer de su vida», no podía negar que nos lo habíamos pasado bien juntos.

Sin importar el motivo, era un acto provocado por la desesperación. Me sentí un poco plof por la idea de que ir hasta allí fuera una extensión del impulso que lo había llevado a pedirme salir la noche anterior.

Suspiré.

—Tengo que hacer una foto del camino de entrada —murmuré mientras me levantaba de la cama.

—¿Del camino de entrada? —preguntó Alexis.

—Necesita saber dónde aparcar. Él es así.

28

Jacob

$\mathcal{L}$o estaba metiendo todo en el macuto que usaba cuando iba a la cabaña cuando empezaron a llegarme mensajes de texto de Briana. Al verlos, tuve que sentarme en el borde de la cama.

Briana

Hay dos personas aquí, Alexis y su marido, Daniel. Daniel es carpintero y le gusta la jardinería. También es el alcalde. Alexis era médica de urgencias, pero ahora es la doctora del pueblo en la clínica satélite que el Royaume tiene en Wakan. Lo normal es que pasemos el tiempo tranquilamente, pero también podemos dar un paseo en bici por el sendero o ir al pueblo andando para tomarnos algo en el VFW. Puede que haya algunos lugareños, pero evitaré que Doug se te acerque. Es el único extrovertido que te dará la lata. O puede que no, porque no tienes tetas. 😄
Cuando llegues, tendrás tu propia habitación con baño. Te mando foto del dormitorio, otra de dónde aparcar y otra de Alexis y Daniel. Grant House antes era un bed and breakfast, y seguramente puedas buscarlo en Google para ver la propiedad y hacerte una idea antes de venir. Hasta dentro de un rato!

Me dejé el móvil en el regazo.

Briana sabía que necesitaba los detalles. No tenía que pedírselos, no tenía que darle explicaciones… ni tampoco obviar la explicación y verme obligado a apañármelas sin los detalles.

«Te entiende incluso cuando no dices nada…».

A eso se refería mi madre. Eso era lo que veía.

La emoción creció en mi interior. Y después se desinfló de nuevo. Porque aunque habláramos el mismo idioma, no significaba que también me desease.

29

Briana

Alexis y yo estábamos sentadas en el columpio del porche tomando café cuando llegó Jacob.

El corazón me dio un vuelco nada más verlo. Tuve que agarrarme el pecho.

—¿Qué pasa? —me preguntó Alexis, que me miró mientras Jacob aparcaba la camioneta.

Meneé la cabeza.

—No lo sé. —Pero sí que lo sabía.

No daba pie con bola con ese hombre.

Me tenía completamente loca. Me bastaba con mirarlo para ser feliz. Quería bajar corriendo los escalones y abalanzarme sobre él para besarle la cara como un cachorro emocionado.

Me quedé donde estaba.

Se bajó de la camioneta con un macuto colgado del hombro y una maceta en la mano mientras Teniente Dan saltaba a su espalda. El perro me vio y subió los escalones deprisa para saludarme. Lo estaba acariciando cuando Daniel abrió la puerta y Hunter salió en tromba. Hunter le olió el culo a Teniente Dan antes de bajar los escalones para abalanzarse sobre Jacob y comerle la cara a besos, justo lo que yo me moría por hacer.

Jacob soltó el macuto y se agachó para acariciar al perro. Seguramente ese iba a ser el mejor momento del día para él. El resto lo detestaría. Estar con desconocidos, socializar y en un sitio nuevo. Seguía sin entender por qué había venido.

Levantó la cabeza para mirarme y se echó a reír mientras Hunter soltaba un aullido emocionado, y juro por Dios que la determinación de no convertirme en el clavo que Jacob quería usar para sacarse otro clavo casi se desintegró. Era incapaz de apartar la mirada de él. Así de mal me tenía.

A veces daba la sensación de que Jacob y yo éramos dos imanes a los que les daban vueltas una y otra vez antes de unirnos. Atrayéndonos, repeliéndonos y volviéndonos a atraer.

Me sentía muy atraída...

Alexis se inclinó un poco y susurró:

—Es guapo.

—Lo sé —mascullé—. Claro que lo es. Lo tiene todo para hacer que esto sea más difícil.

Bajé los escalones para salir a su encuentro.

—Hola —lo saludé al detenerme delante de él.

Se enderezó y se colgó el macuto del hombro.

—Hola.

Y nos quedamos allí plantados, mirándonos a los ojos, por algún motivo.

¿Por qué tenía la sensación de que deberíamos estar besándonos en ese momento?

Uf. Necesitaba que alguien me rociara con una manguera.

Daniel bajó los escalones con Alexis para salvarme de mí misma, menos mal, e hice las presentaciones.

Jacob le dio a Daniel la macetita que llevaba en la mano.

—Briana me ha dicho que te gusta la jardinería —dijo—. Te he traído esto.

Daniel puso los ojos como platos.

—Una colocasia multicolor.

Jacob sonrió como si acabara de escapar de una fiesta de cumpleaños en un bar.

—La he propagado de una de las mías.

—Guau, ¿en serio? Gracias —dijo Daniel, que le dio la vuelta con asombro—. Ya sé dónde ponerla. Es increíble.

Jacob pareció aliviado de que su regalo hubiera gustado y me miró con la sonrisa de cachorrito ansioso por agradar que siempre me ablandaba.

—Te enseñaré tu habitación —dije al tiempo que señalaba hacia atrás con la cabeza.

Dejó a Teniente Dan dando saltos en el jardín con Hunter y me siguió escaleras arriba. Nos detuvimos en el descansillo para mirar la enorme vidriera.

—Es preciosa —dijo mientras la observaba con detenimiento.

La vidriera representaba un oso negro en un claro del bosque. Los laterales de la ventana simulaban un frondoso bosque de árboles con altos troncos.

—Seguro que es original de la casa —añadió—. Lo raro es que no estuviera en la página web, porque es única.

—Grant House se construyó en 1897 —dije mientras empezábamos a subir de nuevo.

—Lo sé —replicó a mi espalda—. He leído todo lo que he encontrado. Me encantan estos sitios.

Lo llevé al segundo dormitorio de invitados. Soltó el macuto en el arca emplazada a los pies de la cama y echó un vistazo a su alrededor.

—Es bonita.

—Sí.

Cuando volvió a mirarme a los ojos, yo estaba de pie delante de la chimenea con las manos en los bolsillos y me asaltó de nuevo el impulso de abrazarlo. Me alegré de que estuviera allí, aunque al mismo tiempo me habría gustado estar en casa de sus padres para tener un motivo para tocarnos.

Dos días sin poder abrazarlo siquiera. Mi cuerpo me gritaba que lo tocase. Quería sentir su cálida mano en la mía o su cuerpo pegado al mío. Quería oler su piel aunque solo fuera para borrar el recuerdo del perfume de Amy de la noche anterior.

Y después me sentí triste, tristísima, de nuevo.

No era mío.

Estaba allí conmigo, pero su corazón le pertenecía a otra.

«Que no se te olvide».

—Oye, a lo mejor deberíamos publicar una foto —dijo.

Carraspeé.

—Sí, buena idea. Podemos decirles a todos que estamos en un romántico *bed and breakfast*.

Señaló con la cabeza a su espalda.

—¿Te parece que nos sentemos en la cama?

—Claro. Desde luego. Que todo el mundo crea que vamos a pasar ahí todo el fin de semana.

Desde luego era allí donde yo deseaba que pasáramos todo el fin de semana.

Se subió a la cama y yo hice lo mismo por el otro lado. Era una cama de 105, así que tuvimos que pegarnos mucho. Apoyó la espalda en el cabecero y extendió un brazo para que me acurrucase junto a él, y me derretí entera por el contacto.

Eso.

Eso era lo que necesitaba. Podría quedarme así para siempre.

Jacob se acomodó en las almohadas y yo hice lo mismo contra su pecho. Irradiaba un olor cálido y familiar, y entendí por qué era capaz de ganarse a perros que odiaban a los hombres y de convencer a gatos tímidos de que salieran de debajo de los sofás.

Hacía que me sintiera segura. Era la personificación de una nana. De una palabra amable. Del olor del café y las tostadas por la mañana o de una suave manta de franela. De la lluvia que golpeaba el tejado esos días que no tienes que ir a ninguna parte ni hacer nada.

Me pregunté si el sexo con él sería como meterte en agua cálida. Envolvente y maravilloso. Seguro que besarlo sería igual. Era muy tierno y cuidadoso. Sin duda me besaría con delicadeza. Y después con pasión. Le pondría una mano en el mentón para sentir la aspereza de la barba que empezaba a crecerle y se la colocaría en la nuca para acercarlo más. Me imaginaba la caricia de sus labios, de su lengua y de sus dientes. Su aliento en la boca mientras el pecho le subía y le bajaba contra el mío como en ese momento...

Estaba tan ensimismada que tuve que recordarme lo que se suponía que debía hacer. Carraspeé y coloqué la cámara, tardando más tiempo del necesario, solo para estar un segundo más entre sus brazos.

Sin embargo, él no miró a la cámara. Ladeó la cabeza para enterrarme la nariz en el pelo y cerró los ojos. Era una imagen fabulosa. Como si fuera un momento íntimo con un hombre enamorado de mí y nos hiciéramos esa foto.

Me asaltó el impulso de soltar el móvil y alzar la cabeza hacia la suya para ver qué sucedía a continuación.

En cambio, hice la foto y me levanté de un salto de la cama.

Tuve que fingir estar muy ocupada publicando la foto en Instagram para no mirarlo mientras se me calmaba el corazón.

Era una foto buenísima, la verdad. Tierna. Íntima.

Después me di cuenta de que Amy la vería y que eso solo conseguiría tensar todavía más las cosas entre ellos. Tal vez incluso se convirtiera en el detonante que le diera un giro a los acontecimientos.

La familia de Jacob parecía muy comprensiva. Si Amy volvía a cambiar de hermano, sabía que lo aceptarían. Montarían un pollo de los suyos, eso sí. Seguramente Jewel fuera la que más protestase. Parecía disgustarle perder el tiempo con numeritos y tonterías, y seguro que decía lo que pensaba. Pero después acabarían encogiéndose de hombros, aceptándolo y pasando página.

La verdad, a esas alturas no tenía nada claro que su boda con Jeremiah llegara a celebrarse.

A ver, yo haría lo que había dicho que iba a hacer, que era ser la novia de Jacob hasta la boda. Pero después me darían la patada. De nuevo.

Me alegraba de que hubiera venido ese día. Porque nos quedaba muy poco tiempo para seguir fingiendo.

30

Jacob

$\mathcal{M}$e darías un puñetazo en la cara por mil millones de dóla-res? —me preguntó Briana.

Estábamos en el VFW, en Wakan. Eran las nueve de la noche y llevábamos allí unas cuantas horas después de cenar en Jane's, el pequeño restaurante situado en Main Street. Habíamos pasado el día paseando por el pueblo, yendo a tiendas de antigüedades, comprando helados y visitando el mercado de frutas y verduras. Estábamos sentados en un reservado en la parte trasera del bar con Alexis y Daniel.

Briana esperaba mi respuesta como si fuera una pregunta seria.

—Si estuviéramos casados —insistió— y alguien te ofreciera mil millones de dólares por darme un puñetazo en la cara, tan fuerte como pudieras, con mi permiso, ¿lo harías?

—No —le contesté—, no te daría un puñetazo en la cara.

Puso los ojos como platos.

—Pues ya puedes ir cambiando de opinión, Maddox. Porque yo sí que te lo daría.

—Por mil millones de dólares, la verdad es que no me molestaría —repliqué.

Jadeó al oírme.

—Ah, así que tú puedes recibir un puñetazo en la cara, pero yo no, ¿verdad? Eso es sexista.

—No es lo mismo —repliqué—. Yo soy más fuerte que tú. Podría partirte la mandíbula.

—¿Y yo no podría partírtela a ti? Estamos hablando de mil millones de dólares. Xfinity tiene que ir a la universidad.

Se me escapó una sonora carcajada.

—¿Quién es Xfinity? —preguntó Daniel por encima del borde de su cerveza mientras su mirada volaba entre nosotros.

—Nuestra traumatizada primogénita cuyo nombre se eligió para que tuviéramos internet gratis. —Me miró de nuevo—. Dime que me pegarías un puñetazo en la cara, Jacob.

La miré con sorna.

—Creía que nos íbamos a ser inofensivos.

—Convertirte en el único culpable de que yo no sea multimillonaria es incumplir ese trato. Porque me hace mucho daño.

Meneé la cabeza.

—No puedo lastimarte. Pagaría mil millones con tal de no hacerlo.

Briana me miró con una sonrisilla renuente.

Doug se acercó a la mesa con una guitarra en la mano.

Ella puso los ojos en blanco.

—Doug, ¿sabes cuál es la definición de locura? —le preguntó, alzando la voz para que pudiera oírla antes de que llegara a nuestra mesa.

Eso pareció indignarlo.

—No es para ti —replicó él al tiempo que levantaba la guitarra—, ya tuviste tu oportunidad.

Briana resopló.

—Hay carne fresca nueva en la barra —dijo él, señalando a dos mujeres que bebían cerveza.

Briana estiró el cuello para mirarlas.

—Ah. En fin, asegúrate de llamarlas «carne fresca» a la cara. A las mujeres nos gusta.

Doug pareció pensárselo.

—Es buena idea. Lo haré. Gracias.

Todos se echaron a reír.

Doug le hizo un gesto a Daniel con la cabeza.

—Oye, préstame veinte pavos, ¿quieres?

Daniel sacó la cartera y le tendió un billete.

—Gracias —dijo Doug, que lo cogió y se lo metió en el bolsillo de la camisa—. Deseadme suerte. —Y se fue.

—Va a necesitar algo más que suerte —señaló Briana.

—No vas a recuperar esos veinte en la vida…, lo sabes, ¿verdad? —le dijo Alexis a su marido.

—Sí —contestó Daniel con los labios pegados a la cerveza—, pero al menos esas pobres chicas tendrán copas gratis.

Briana meneó la cabeza.

—Ese tío es un peligro con patas.

Alexis se echó a reír.

Briana se volvió para mirarme.

—¿Quieres regresar a casa paseando? He venido para relajarme y meterme con Doug, pero ya no cuento con él.

—Nosotros nos quedamos un rato más —dijo Alexis mientras se frotaba la barriga—. No hemos echado la llave, podéis entrar en la casa sin más.

Dejé dinero en la mesa, nos levantamos del reservado y echamos a andar hacia la puerta. Quería marcharme, pero no porque me molestara estar allí, sino porque me apetecía estar a solas con Briana.

Me lo estaba pasando bien. Briana había dicho que si me sentía abrumado en algún momento, podíamos irnos, algo que había ayudado mucho.

Cuando era pequeño, mi madre siempre intentaba introducirme con tiento en nuevas actividades. Nunca me obligaba. Sin embargo, sí me decía que si iba a una fiesta de cumpleaños, a una excursión o al campamento de verano, me esperaría en el coche y era libre de irme si quería antes de que terminase la actividad que fuera. La mayoría de las veces me lo pasaba bien y me quedaba. Y luego, después de un tiempo, ya no hizo falta que ella esperara fuera. Saber que tenía la opción de irme era lo que me infundía el valor necesario para darle una oportunidad a las cosas.

Briana personificaba esa misma red de seguridad. Y probablemente ni se daba cuenta de lo mucho que eso cambiaba el resultado para mí.

Amy siempre me había metido de golpe en las situaciones, pero después no entendía por qué me ponía tan ansioso, tan retraído, y quería irme nada más empezar lo que fuera. Sin embargo, con Briana tenía la sensación de que me sumergía despacio. Me acomodaba con tiento. Y una vez dentro, me sentía cómodo. Seguramente me sentía igual que los demás. Tranquilo, relajado y normal. Ella protegía la vida de mi batería interna. Ni siquiera creía que lo hiciese de forma consciente la mayor parte del tiempo. Lo achacaba más bien a la intuición.

Era otra de sus cualidades extraordinarias.

Salimos a la cálida noche de principios de junio y echamos a andar hacia la casa. Tuve que contener el impulso de cogerla de la mano.

Tocarla en público se había convertido en algo natural para mí. Pero porque casi todo el tiempo que estábamos en público había alguien de mi familia presente, y el contacto físico era necesario para mantener la farsa. Allí no contábamos con eso. Daniel y Alexis estaban al tanto de nuestro acuerdo, así que no tenía excusas para ponerle una mano en la espalda, apartarle el pelo de la cara o sentarme lo bastante cerca de ella como para rozarla con la pierna. Era lo único que detestaba de estar en Wakan.

Le sugerí hacernos la foto para Instagram por el único motivo de recibir el abrazo que no pude tener al llegar. Y después no quise que este terminase. Deseé poder cerrar la puerta y quedarnos en la cama. Quería hibernar con ella. Olvidarme de que el resto del mundo existía.

Miré con los ojos entrecerrados algo grande que había debajo de una farola al otro lado de la calle.

—¿Eso es… un cerdo?

—Ah, sí —contestó—. Es Kevin Bacon. Es de Doug. Es una especie de mascota para el pueblo. Corretea por ahí y se hace fotos con los turistas.

Era enorme. Debía de pesar bastante más de cien kilos y llevaba un chaleco reflectante.

—¿Podemos acariciarlo? —le pregunté.

—Sí, vamos.

Cruzamos la calle y el cerdo gruñó cuando nos acercamos. Era enorme y rosa. Me agaché y le pasé una mano por la cabeza, y él nos olisqueó en busca de comida. Encontró los caramelos de menta que llevaba en el bolsillo, así que me los saqué, los desenvolví y dejé que se los comiera de mi mano.

En el chaleco tenía un hashtag de Kevin Bacon y un número para hacer donaciones por móvil.

—Me quito el sombrero con Doug, es un estafador —dijo Briana al ver lo de los pagos por móvil—. Él sí que me daría un puñetazo en la cara por mil millones de dólares.

—Y luego yo tendría que darle un puñetazo a Doug en la cara gratis.

Me miró boquiabierta mientras intentaba aparentar seriedad, pero estaba conteniendo las carcajadas.

—Estarías golpeando a la persona equivocada. Yo soy la del puñetazo por mil millones de dólares… Aunque entiendo el impulso de pegarle un puñetazo a Doug gratis. En fin, ya me entiendes.

Solté una risilla mientras acariciaba el crespo pelo de Kevin.

—No, pero ya en serio —siguió—, tenemos que ponernos de acuerdo en esto.

Meneé la cabeza.

—No voy a hacerlo. No voy a pegarle a mi mujer.

—Nick lo haría.

—En fin, parece que Nick estaba dispuesto a hacerte muchas cosas que yo nunca te haría.

Asintió con la cabeza.

—Vale, ahí le has dado.

—¿Y por qué es tan importante el dinero? —pregunté al tiempo que me enderezaba—. Tienes un buen sueldo. No necesitas mil millones de dólares.

Me miró.

—Jacob, crecí siendo pobre. Pero muchísimo. Al punto de que no sabía si iba a haber comida en la mesa. Por mucho que tenga, nunca rechazaré los medios para evitar sufrirlo de nuevo.

—Ah —dije—. No sabía que tu infancia había sido tan dura.

Ella se encogió de hombros con la mirada clavada en el cerdo.

—Pues sí. A ver, que fue buena. Pero también dura. Tuve que empezar a trabajar muy joven para ayudar a mi madre. Ella limpiaba casas antes de conseguir el título de enfermera, y yo la acompañaba para ayudar.

—¿Cuántos años tenías?

—¿Diez? ¿Once?

Por Dios, no me imaginaba trabajando tan joven.

—Benny lo tuvo mejor que yo —siguió—. Cuando cumplió los diez, mi madre ya tenía un trabajo con un buen sueldo y yo estaba empleada en el Starbucks y también de camarera. Me alegro de que él no lo pasara tan mal.

Yo también me alegraba. Pero me repateaba que ella hubiera pasado apuros.

Haría cualquier cosa para evitar que pasara apuros.

Buscamos el sendero para bicicletas que llevaba de vuelta a la casa. La luna había salido. Caminábamos bajo los árboles que había junto al río, y aminoré un poco la marcha para tardar más. Cuando llegáramos, seguramente se acostaría, y ya no la vería hasta el día siguiente.

—Bueno, ¿y dónde estaba tu padre mientras tanto? —le pregunté.

Ella respiró hondo por la nariz.

—Se había ido. Mis padres se divorciaron cuando mi madre estaba embarazada de Benny. Llevo casi treinta años sin ver a mi padre.

—¿Dónde está?

Se encogió de hombros.

—¿De vuelta en El Salvador? La verdad es que no lo sé. No me importa. Creo que tiene otra familia. Mi madre siempre tuvo más de un trabajo hasta que consiguió un puesto de enfermera. Después la contrataron unos ricachones blancos cuando su abuela se hizo demasiado mayor como para vivir sola. Confiaron en ella. Mi madre cuidó a esa anciana durante seis años. Se le daba muy bien. Cuando la mujer murió, le dejó un poco de dinero que mi madre usó para pagarme los estudios y comprar la casa que estábamos alquilando. En la que vivo ahora.

—Me miró mientras caminábamos—. Quien diga que el dinero no lo es todo es porque nunca le ha faltado.

Seguimos andando un rato en silencio.

—En fin, de todas formas no te pegaría un puñetazo en la cara —le aseguré—. Pero me deslomaría para que siempre tuvieras todo lo necesario. Pasaría hambre con tal de que tú comieras.

Me miró con sorna.

—Nunca permitiría que pasaras hambre por mí —replicó.

—Lo sé, por eso nunca te lo diría.

—¿¡No me lo dirías!?

—Los verdaderos sacrificios son los que nadie conoce.

Se quedó callada un segundo.

—Jacob, eres demasiado puro para este mundo.

Se me escapó una carcajada.

Ella me miró con una sonrisilla.

—Que sepas que te considero capaz de hacerlo al cien por cien, y eso que casi nunca me creo las galanterías de los hombres.

Bajé la mirada al sendero pavimentado. Briana no tenía ni idea de lo que sería capaz de hacer por ella.

—Teniendo en cuenta tu infancia, me sorprende un poco que fuera yo y no tú quien llamara Xfinity a nuestra hija para ahorrar dinero —dije.

—Me sacrificaría con gusto, pero nunca sacrificaría a mis hijos —replicó—. La idea es darles una vida mejor que la que tú tuviste.

—Podría tener una buena vida llamándose Xfinity.

—Sí, pero a lo mejor tendría una vida estupenda llamándose algo normal, como Ava.

Sonreí.

—Muy bien —accedí, mirándola—, la llamaremos Ava.

Acabó esbozando una sonrisa.

—Bien. Ava Xfinity… Ortiz —dijo, recalcando la última palabra—. No pienso adoptar el apellido de un hombre y tampoco voy a dejar que mis hijos lo hagan.

—¿No adoptaste el apellido de Nick? —le pregunté al tiempo que la miraba de nuevo.

—Pues sí. Y luego tuve que cambiármelo. Cuando mi madre se casó, también adoptó el apellido de mi padre, y luego tuvo que cambiárselo cuando se fue, lo que implicó cambiar también mi apellido, que por supuesto acabó siendo el apellido de su padre. He tenido tres apellidos distintos en la vida y todo para continuar una ridícula tradición patriarcal. No volveré a hacerlo.

Me encogí de hombros.

—Vale. Pues adopto yo tu apellido.

Se echó a reír, pero no había sido una broma. La miré.

—Que sepas que si de verdad quieres restregárselo a Amy, podríamos alargar esto un poquito más. Quizá comprometernos, por ejemplo. Casarnos. Tener unos cuantos hijos.

«Vivir felices y comer perdices…».

—Ja. No me tientes. Soy rencorosa y me encantan las estafas largas.

Solté una risilla. Sentí la vibración del móvil en el bolsillo y lo saqué para mirar la pantalla. Era Jill.

—Espera, tengo que contestar. ¿Jill? —dije tras descolgar el teléfono.

—¿Dónde estás?

—En Wakan. Con Briana. ¿Por qué?

—Estoy en tu casa.

Sonreí.

—Espera. —Puse el altavoz—. Vale, ¿puedes repetirlo?

—Mmm, ¿que estoy en tu casa?

Miré a Briana.

—Lo que estás diciendo es que has ido a mi casa sin avisar y sin que te invitara para verme a una hora intempestiva.

—Mmm, sí. ¿Por qué lo dices? Lo hago siempre. Necesito que me prestes la panificadora.

Miré a Briana con cara de «Te lo dije».

—Volveré mañana —repliqué.

—Uf, vale. Pues que sepas que Jane te ha dejado un paquete de café en el porche. Saluda a Briana de mi parte.

Colgué y miré a Briana con una sonrisa ufana.

—Saludos de parte de Jill.

—¿Haces tú el pan? —me preguntó.

—¿En serio? ¿Con eso es con lo que te quedas de la llamada?

—Vale, ya lo pillo —respondió ella—. Van mucho a verte y te preocupa que descubran que no vivo allí. Pues iré a menudo también.

—¿Y si empiezan a investigar?

—¿Por qué van a hacerlo?

—Porque son cotillas, se aburren y no respetan los límites.

—Pues dejaré cosas en tu casa. Meteré un par de cajas de tampones debajo del lavabo. Dejaré un sujetador encima de una silla.

Meneé la cabeza.

—Con eso no basta.

—Jaaacob —protestó—, no puedo quedarme en tu casa. Me sentiría fatal.

—¿Por qué?

—Porque te encanta el tiempo que pasas solo.

—Eso no es cierto —me apresuré a replicar… demasiado rápido. Carraspeé—. Estuve compartiendo piso con Zander casi seis años. No me importa vivir con alguien. —«Siempre que ese alguien sea la persona adecuada…»—. Creo que dejar que mi familia vea que vivimos juntos es buena idea —terminé.

Me miró de reojo.

—¿De verdad?

—Sí. Significa que vamos en serio. Amy y yo nunca vivimos juntos.

Briana echó la cabeza hacia atrás.

—¿Nunca? ¿Por qué no?

—Porque estar mucho tiempo con ella me agotaba —contesté.

—¿Y estar conmigo tanto tiempo no te agotaría? —Me miró con cara de que no se tragaba esa mentira—. Tenemos el mismo turno. Literalmente estaríamos juntos las veinticuatro horas del día, siete días a la semana.

«Lo sé».

—Si te digo la verdad, no me agotaría tenerte al lado tanto tiempo —le aseguré.

—Solo lo dices para que no me sienta mal por haberte obligado a vivir contigo o a explicarle a tu familia por qué lo de vivir juntos no salió bien.

—Lo digo porque es verdad.

Se quedó callada un momento.

—¿Has hablado con Amy hace poco? —me preguntó.

Era una pregunta rara.

—Hablé con ella un poco en la fiesta hawaiana de ayer.

—¿De verdad? ¿Cuándo?

—Cuando entré en busca de tu bolso —respondí.

Ella asintió, mirando al frente.

—¿De qué hablasteis?

Solté el aire despacio por la nariz.

—La verdad es que discutimos.

—¿De qué?

Hice una pausa.

—De cosas del pasado. —«De ti»—. Nada importante.

No me apetecía hablar del tema. No me apetecía decirle que mi ex no se tragaba que ella me quisiera…, porque había dado en el clavo. No quería poner sobre la mesa la ironía de la acusación de Amy.

Como no añadí nada más, Briana dijo:

—Seguro que estaba celosa.

Resoplé.

—No lo estaba.

—Hazme caso, lo estaba. Seguro que creía que te ibas a pasar el resto de la vida suspirando por ella, y como ahora tienes a una novia obsesionada contigo, no lo soporta.

Tuve que dejar de mirarla. Porque una Briana obsesionada conmigo se alejaba tanto de la realidad que dolía pensarlo siquiera.

—Creo que sigue enamorada de ti —insistió.

Se me escapó un jadeo incrédulo.

—Qué va.

—Hazme caso. Me cae fatal —dijo.

—Pasa de ella.

Se quedó callada a mi lado.

—¿Cómo te hizo sentir? —me preguntó al cabo de un momento—. La discusión.

Valoré bien lo que quería decir. Acabé decidiéndome por la verdad.

—Fatal.

Ella no añadió nada. Pero sí extendió un brazo y entrelazó nuestros dedos. El corazón me dio un vuelco por el inesperado contacto. El calor que irradiaba su mano me recorrió por entero.

Me dio un apretón y se pegó a mi brazo hasta que la miré.

—Siento que alguien te hiciera creer que es difícil quererte —dijo.

Sentí una opresión en el pecho. Me miraba con tanta sinceridad que me entraron ganas de pararme en seco y besarla.

Sin embargo, no había amor en sus ojos. Era lástima. O camaradería. O amistad. Era como el abrazo que me había dado el otro día. Quería consolarme. Nada más.

Lo sabía, pero eso no cambiaba nada. De todas formas quería besarla.

En ese momento yo era mi peor enemigo. Porque sabía cómo iba a acabar todo aquello y no pensaba mover un dedo para salvarme. No podía.

No tendría que haber ido a verla. Podría haber levantado muros entre nosotros y quedarme en casa. No teníamos por qué pasar tanto tiempo juntos fuera del trabajo o de los eventos familiares. Pero ¿cómo renunciar a un solo momento de verla o de hablar con ella? No podía justificarlo.

Habría ido a buscarla sin importar dónde estuviera o lo que estuviera haciendo. Me habría reunido con ella en una fiesta. O en un bar abarrotado o en una discoteca. Mi deseo de verla aplastaba mi instinto de supervivencia…, en más de un sentido.

Llegamos a la casa y me soltó la mano. Abrí la puerta principal para dejar que Teniente Dan y Hunter salieran a hacer sus cosas, y nos quedamos en el porche mientras los esperábamos.

—Oye —dije mientras observaba a los perros olisquear el jardín—, anoche te dejaste la rebeca en mi camioneta. Te la he traído.

—Ah, gracias. ¿Puedes devolvérmela? La verdad es que la he estado buscando.

—Claro.

Dejamos a los perros fuera. Teniente Dan no se escaparía. Estaba tan obsesionado con los premios que en cuanto acabara de hacer sus necesidades, entraría directo en la casa en busca de uno.

Llegamos a mi dormitorio y rebusqué la rebeca en el macuto mientras ella esperaba junto al arca.

Había dejado la rebeca en el asiento del acompañante de camino a Wakan para poder llevármela a la nariz. Olía a ella. Deseé poder quedármela.

Si viviera conmigo, habría cosas así por todas partes, todo el tiempo. Su champú estaría en mi ducha. Usaría mis tazas de café. Su cepillo de dientes descansaría junto al mío en el lavabo.

Deseaba tanto esas cosas mundanas que me dolía. Nunca lo había querido hasta ese punto con Amy, que tenía razón cuando me lo echó en cara. Pasé mucho tiempo apartándola, manteniéndola alejada. Pero a Briana la perseguía. Quería hacer de mi vida algo apetecible, de modo que deseara formar parte de ella. Iba a comprar un sofá para el salón porque el día que estuvo en mi casa dijo que no se podía pasar una noche de tranquileo viendo Netflix en los sillones reclinables. Sabía que la probabilidad de que Briana se acurrucase conmigo en un sofá era menor del uno por ciento, pero quería tener el sofá por si acaso.

A decir verdad, lo que quería hacer con ella no era en el salón precisamente.

Quería tumbarla en mi cama con el vestido rojo de la fiesta hawaiana y escenificar todo lo que se me había pasado por la cabeza durante las últimas semanas. Quería quitarle las bragas, subirle el vestido por las caderas y enterrarle la cara entre las piernas...

Tuve que parar.

Me parecía irrespetuoso. Como si la estuviera violando al pensar cosas así. Y había estado pensando mucho en cosas así. No podía evitarlo.

Una ráfaga de aire se coló por las cortinas y la puerta de mi dormitorio se cerró de golpe.

Briana dio un respingo.

—Dios, qué susto —dijo con una mano en el pecho.

Debía de ser una corriente de aire. A lo mejor Alexis y Daniel acababan de abrir la puerta principal.

Saqué la rebeca y se la ofrecí.

—Gracias —dijo.

Después nos quedamos allí plantados. La puerta estaba cerrada. Las luces eran tenues.

Solo estábamos nosotros y la cama.

Parecía el final de una cita. Una cita increíble en la que la química era alucinante y querías invitar a la otra persona a pasar la noche porque no te parecía bien que se fuera ya.

Era la clase de cita que nunca acababa. Se convertía en un desayuno al día siguiente y en una cena por la noche, y después de pasar muchas noches durmiendo juntos, se empezaba a vivir juntos, porque era tan natural que cualquier otra cosa sería una estupidez.

Que ella se fuera del dormitorio me parecía una estupidez.

Tuve que recordarme que Briana no sentía lo mismo que yo. Ella no sentía la química entre nosotros. Ella no se sentía atraída por mí ni experimentaba ningún tipo de apego.

Estaba haciendo un trabajo.

Si me hubiera dicho que sí cuando le pedí salir, habría echado el resto. Me habría comportado como si esa oportunidad fuera un regalo que me hacían una vez en la vida. Habría sido un tesoro para mí. No volvería a esforzarme tanto en la vida como lo haría para conseguir convencerla de que me aceptara si viera el más mínimo interés por su parte.

Sin embargo, le había dejado claro mi interés y ella había dejado claro que no le interesaba.

Y no había más vuelta de hoja.

Carraspeó.

—Hasta mañana. Buenas noches.

Me metí las manos en los bolsillos.

—Buenas noches.

La seguí con la mirada mientras echaba a andar hacia la puerta como si estuviera viendo el final equivocado de una película que me encantaba y que conocía de memoria.

Sin embargo, cuando intentó salir, la puerta se había atascado.

31

Briana

*C*ómo que está atascada? —pregunté.

Jacob se estaba frotando la nuca.

—Está atascada. No puedo abrirla.

Me quedé mirándolo. Después observé de nuevo la puerta y empecé a tirar del pomo con desesperación. Era como intentar abrir la caja fuerte de un banco.

—No... —jadeé—. No, no, no, no, no...

—¿Eres claustrofóbica? —me preguntó Jacob preocupado.

No, no lo era.

—Sí —mentí.

—Pero si comemos en el almacén de suministros...

—¡Esa puerta no está cerrada!

Saqué el móvil y llamé a Alexis mientras me paseaba de un lado para otro delante de la chimenea y Jacob abría las ventanas y la puerta del cuarto de baño, dispuesto a ayudarme con mi ficticio miedo a los espacios cerrados.

Contestó al segundo tono.

—Hola...

—¿Ali? Estamos encerrados en el dormitorio de Jacob.

—¿Qué?

—Es que entró una racha de viento, la puerta se cerró de golpe y ahora no se abre.

La oí entrar por la puerta principal mientras se lo contaba a Daniel.

—Acabamos de llegar a casa, subimos enseguida.

Tres cuartos de hora después seguíamos atrapados.

Jacob había intentado arreglarlo desde dentro, pero el problema no era la cerradura. La puerta se había hinchado y se había incrustado en el marco. Como un dedo roto que se hinchaba alrededor de una alianza.

—Tendré que romperla —anunció Daniel con resignación a través del altavoz del móvil.

—No, no la rompas —protestó Jacob de inmediato.

Lo miré boquiabierta.

—¿Cómo que no la rompa?

Señaló la puerta con un gesto de la cabeza.

—Es una antigüedad. Seguro que es original, de la misma época que la casa. Es irremplazable.

—¡Estamos encerrados!

Me miró con tranquilidad.

—Oye, en mi cabaña pasan cosas así. Los cimientos se asientan en el terreno, que cede un poco, y la casa se mueve. La humedad hincha las puertas. Ayer llovió, seguramente eso es lo que ha pasado. —Y añadió levantando la voz—: Daniel, ¿tienes un deshumidificador?

—Sí, en el sótano.

—Vale. Ponlo en el pasillo. Déjalo toda la noche funcionando. A ver si podemos secar un poco la madera. Si no podemos abrir la puerta por la mañana, ya veremos qué hacer.

—Buena idea —replicó Daniel desde el otro lado.

Miré a Jacob con desesperación.

—¿Toda la noche? ¿Tenemos que quedarnos aquí toda la noche?

—Íbamos a acostarnos de todas formas —dijo él—. Tenemos un cuarto de baño, agua y acabamos de cenar. No necesitamos nada...

—¡Yo sí necesito algo! ¡Necesito... necesito mi retenedor dental! —exclamé a la desesperada—. ¡No puedo vivir sin él!

Me miró con la expresión guasona de un padre que escuchaba un invento de un crío de tres años.

No podía pasar la noche en esa habitación con él. No podía compartir la cama con él. La miré, casi presa del pánico. Nunca había visto una cama tan pequeña… ¿Esa casa no había sido un *bed and breakfast*? ¿No se especializaban esos establecimientos en camas para parejas? ¿¿¿Era la habitación de un niño o qué???

—Siempre puedo colocar la escalera —dijo Daniel a través del altavoz—. Pero tendríais que salir al tejado…

—Sí. Eso. —Asentí con gesto entusiasmado—. Vamos a hacer eso.

—No vas a salir al tejado —protestó Jacob.

—¿Por qué no?

—Porque podrías caerte. Y mira las ventanas. Solo abren diez centímetros. Sería como salir por el canal de parto y te quedarías encajada.

—Tengo que darle la razón, Bri —dijo Alexis por el teléfono—. Es demasiado peligroso. Creo que el plan es bueno, quedaos ahí y ya está.

Miré a Jacob con desesperación.

—Perdona un momento —dije antes de coger el móvil, meterme en el baño y cerrar la puerta.

—Alexis, quita el altavoz y vete a tu habitación —susurré.

Se produjo una pausa y después oí que una puerta se cerraba.

—Vale, ya he quitado el altavoz.

—No puedo dormir aquí esta noche.

—¿Por qué no?

—Porque me acostaré con él.

Resopló.

—No tiene gracia —mascullé por lo bajo—. Tu casa me ha encerrado en una trampa sexual, llevo una eternidad a dos velas y me pone tanto que no voy a poder decirle que no. Seguramente se me abran las piernas en cuanto me mire, como las cabras esas que se desmayan de repente. ¡Es una crisis en toda regla!

—Me di cuenta de que se había apartado el móvil de la cara para que no la oyera reírse, algo que yo haría sin dudar—. Ali, que literalmente me lo propuso anoche.

—Te pidió salir —me corrigió ella sin dejar de reírse—. No te pidió que te acostaras con él.

—Sí que lo hizo. Ya estamos saliendo. Todos los días. No me estaba pidiendo que iniciara una relación sentimental con él porque sentimentalmente no está disponible y ha visto mi perfil de citas y sabe que yo tampoco, así que lo que me estaba preguntando en realidad era si me interesaría acostarme con él.

—Tu argumento me deja patitiesa…

—Así que ahora estoy encerrada en una habitación con un hombre del que estoy medio enamorada y que me pone muchísimo, que además quiere acostarse conmigo, y lo siento, pero voy a tener la misma fuerza de voluntad que un trozo de brócoli.

En ese momento se le fue la pinza. Tardó un minuto entero en dejar de reírse lo suficiente como para contestar.

—Oye, hay cepillos de dientes nuevos en el cajón, debajo del lavabo —dijo como pudo—. Puedo pasarte el retenedor por debajo de la puerta y nosotros nos ocuparemos de Teniente Dan. Además, que sepas que las paredes aquí son muy gruesas…

Gemí y me dejé caer en el inodoro.

—Es que no me creo que esté pasando esto…

—Yo sí.

—¿Y eso qué significa? —mascullé.

—Digamos que aquí a veces pasan cosas que no puedo explicar.

Apoyé la frente en la mano libre.

—Por Dios. ¿Y por qué es tan pequeña la cama, joder?

—Daniel está pintando la antigua. Puso esa en el dormitorio hasta terminar.

—Ya que estaba, que hubiera puesto una hamaca.

Se echó a reír de nuevo.

—¿Bri? Creo que acabas de llegar a la escena en la que los protagonistas comparten cama.

—Qué graciosa.

Cuando colgué y volví al dormitorio, Jacob estaba agachado delante de la chimenea, usando un atizador.

—¿Qué haces?

—Encender la chimenea —contestó al tiempo que se enderezaba—. Ayudará a que se seque la habitación desde dentro.

Claro. Íbamos a compartir una cama minúscula y encima con un fuego romántico. Perfecto.

Otra vez me estaba mirando con la sonrisa de cachorrito ansioso por agradar. Sabía que yo no quería estar allí. Suspiré y decidí hacer de tripas corazón. No era culpa suya.

Lo vi mirar por encima del hombro la cama y luego a mí.

—Bueno…, ¿qué lado de la cama quieres? —me preguntó.

¿Lado? Tendríamos que dormir el uno encima del otro.

Suspiré de nuevo.

—¿En cuál sueles dormir?

—En el derecho.

—Vale. Dormiré en el izquierdo.

Me miré la ropa que tenía puesta. Llevaba un top de tirantes y unos vaqueros. Las tetas se me desparramarían en cuanto me tumbara.

—Puedes usar una de mis camisetas —dijo, leyéndome el pensamiento.

—Gracias.

—Solo vamos a dormir —añadió.

Ja. Claro.

Me puse la camiseta que me dio. Olía a él, y eso empeoró muchísimo la situación. Alexis me deslizó el retenedor por debajo de la puerta, aunque en realidad no quería ponérmelo con Jacob delante, pero iba a tener que hacerlo después de montar semejante jaleo. Me hacía cecear.

La camiseta era lo bastante grande como para taparme el culo. Por poco. Sopesé la idea de dormir con los vaqueros puestos, pero eso sí que me haría sentir claustrofóbica, así que me colé en la cama a toda prisa para evitar enseñarle las bragas sin querer.

Jacob se metió en la cama, y sentí todo su lado izquierdo pegado a mi cuerpo. Después de ajustar las posturas con mucha incomodidad y bastantes disculpas por parte de los dos, todo con el fin de mantener su pene lo más alejado de mí que fuera posible, convinimos acostarnos espalda contra espalda. Habría sido más sencillo dejar que se acurrucase contra mi espalda o que se tumbara bocarriba y que yo me acurrucara contra su costado, pero ni de coña iba a hacer eso. Sería como ir cuesta abajo y sin frenos.

Tenía las rodillas casi fuera de la cama. Estaba segura de que él las tenía totalmente fuera.

Carraspeó.

—Oye, cabríamos mejor si…

—No —lo interrumpí.

—Nos abrazamos a todas horas. No es sexual —replicó por encima del hombro.

Tuve que contener una carcajada histérica.

—No es eso. Es que soy… muy claustrofóbica —mentí—. Ahora no me puede abrazar nadie, porque me pondría peor.

Se quedó callado un segundo.

—Vale. —Se colocó otra vez de espaldas a mí. Pero luego dijo en mi dirección—: ¿Quieres que nos quedemos hablando un rato? A lo mejor te cuesta dormir si estás nerviosa.

Solté un largo suspiro. Y luego me tumbé de espaldas y él hizo lo mismo.

—¿De qué quieres hablar? —le pregunté.

—Podrías hacerme una de esas preguntas tuyas tan raras.

—Mis preguntas no son raras —protesté, pronunciando raro las eses por culpa del dichoso retenedor.

Se incorporó sobre los codos.

—¿Qué prefieres: beber del inodoro o comer del arenero sucio del gato? ¿Eso no te parece raro?

—Era una pregunta excelente para romper el hielo, pensada para averiguar qué clase de persona eres en realidad.

—Claro, claro. —Tenía arruguitas en los ojos por la risa.

—Bueno, y tus preguntas ¿qué? También son absurdas.

—Mis preguntas son estupendas, lo que pasa es que no te las tomas en serio.

Jadeé.

—Me he tomado todas las preguntas que has hecho muy en serio. —Un ceceo como una catedral en «serio».

Eso pareció hacerle mucha gracia.

—¿En serio? Tu experiencia cercana a la muerte fue cuando se te escocieron los muslos en Disneyland el día que cumplías los veinticinco…

—ESTUVE A LAS PUERTAS DE LA MUERTE, JACOB.

Se echó a reír y el pecho le retumbó contra mi brazo. Le retumbó por todas partes. Estaba muy cerca.

Y estábamos solos…

Juro que bajó la mirada a mis labios un segundo, y de repente me di cuenta de que si me besaba en ese preciso momento, no me negaría. Era como si estuviera hechizada. Tenía la fuerza justa para negarme si me lo pedía, pero no la suficiente para salvarme si se lanzaba. Recé para que Jacob fuera Jacob esa noche y se mostrara respetuoso. Siempre lo hacía. Pero ¿y si esta vez no?

Una parte muy específica de mí esperaba que no lo fuera. Mi traicionera vagina se estaba poniendo la pintura de guerra y soplando un cuerno vikingo como si estuviera a punto de saquear su poblado.

Carraspeé.

—Estas preguntas para conocernos son muy importantes en nuestra falsa relación.

—¿Y qué averiguaste exactamente al preguntarme qué clase de corte de pelo me haría?

—Pues que tienes el pelo ondulado y una risa estupenda.

Se rio de nuevo. Seguía sonriendo cuando añadió:

—Deberías preguntarme cosas reales. Cosas con fundamento.

—No estás preparado para mis preguntas con fundamento. Créeme. Son muy invasivas.

Se acomodó mejor sobre un codo.

—Ponme a prueba.

Me incorporé también sobre un codo y lo miré.

—No podrás soportarlo.

—Sí que podré.

Entrecerré los ojos.

—No.

Me tumbé de nuevo.

—¿Qué? ¿Cómo que no?

—No. No tengo término medio, Jacob. Paso de las preguntas de *¿Qué prefieres?* a lanzarme a la piscina desde el trampolín más alto. Es *Verdad o reto* a lo bestia. Todavía no hemos llegado a ese punto. A lo mejor nunca llegamos a él.

—O sea que el motivo de que no quieras probar es que no me crees dispuesto a contestar las preguntas íntimas que puedas hacerme.

—Exacto.

—Las contestaré.

Volví la cabeza para mirarlo.

Él me devolvió la mirada con firmeza.

—Lo digo en serio. Pregúntame lo que quieras. ¿Qué quieres saber?

Me senté con la espalda apoyada en el cabecero.

—Quiero saber qué tienes en el historial de búsqueda y de páginas visitadas.

—¿Cómo? —Se echó a reír.

Me encogí de hombros.

—Eso es lo que quiero saber. Eso vale por mil preguntas.

En ese momento supe que se iba a echar atrás. Ese hombre no iba a dejarme ver qué clase de porno raro le gustaba ni de coña.

—Vale. —Se incorporó, cogió el móvil de la mesita de noche y me lo dio.

Lo miré sin dar crédito.

—Eeeh…

—Mi PIN es 7438.

Me había dejado sin habla.

—¿Por qué accedes a algo así? Solo quería descubrirte el farol.

Me miró a los ojos.

—No hay nada de mí que me dé miedo que sepas.

Me limité a mirarlo.

Sentía una opresión en el pecho y no era capaz de explicar el motivo…, aunque luego lo entendí. Porque durante muchísimos años mi marido fue un desconocido. Tenía otra vida de la que yo no sabía nada. Y allí estaba ese hombre dispuesto a que lo viera todo. Todo lo que era. No quería secretos entre nosotros. Me acababa de dar su dichoso PIN.

Cogí mi móvil de la mesita y se lo di.

—Pues entonces tú también vas a ver el mío. Mi código es 9008.

—Vale. Pero que sepas que yo nunca cambio el mío —dijo.

—Vale.

—Eso quiere decir que siempre tendrás acceso a mi móvil. Y a mi tarjeta de débito.

Lo miré boquiabierta.

—¡Jacob! ¿Acabas de darme el PIN de tu tarjeta? No puedes ir por ahí dando el PIN.

Me miró con sorna.

—¿Por qué? ¿No puedo confiar en ti?

—Pues claro que puedes confiar en mí. —Otra vez ceceé con cada ese, y él sonrió.

—En fin, si puedo confiar en ti, ¿qué problema hay?

Solté el aire despacio por la nariz.

—No deberías usar el mismo código para la tarjeta y para el móvil. Deberían ser dos distintos.

—Vale. —Me quitó el móvil y deslizó el dedo varias veces. Tecleó algo y me lo devolvió—. Ya está, he cambiado el código. Ahora es el mismo que el tuyo.

—¡Jacob!

—¿Qué? —preguntó entre risas—. Así no se te olvidará.

—¿Por qué tengo que saber tu código?

—Para leer un mensaje de texto si estoy conduciendo, para desbloquear mi móvil y hacer una foto, para comprobar mi calendario por si estamos libres el mismo día…

Lo miré con gesto elocuente.

—¿Qué? Pasamos mucho tiempo juntos. Habrá situaciones en las que necesites desbloquear mi móvil. Si no quieres usarlo, pues no lo uses, pero al menos tendrás la posibilidad si te hace falta.

Clavé la mirada en el móvil que tenía en la mano y noté que la cara se me descomponía un pelín, me di cuenta entonces de que tenía un nudo en la garganta. Miré la pantalla en negro durante tanto tiempo que él se percató.

—¿Estás bien? —preguntó al tiempo que agachaba la cabeza para mirarme.

¿No? ¿En absoluto?

Supongo que sería la primera verdad íntima que iba a confesar como parte de ese ejercicio.

—No sabía el PIN de mi marido —admití en voz baja—. Porque me hizo luz de gas para que creyera que estaba paranoica y que era una controladora por pedírselo.

Levanté la cabeza para mirarlo y vi la comprensión en su cara.

—¿Tú y yo? —dijo con ternura—. Lo nuestro es distinto. Hemos acordado sernos inofensivos.

Esas palabras me partieron el corazón. La promesa de Jacob de serme inofensivo parecía más sincera que mis votos matrimoniales hacia el final de la relación.

Lo creía cuando decía que no quería hacerme daño. Pero básicamente porque Jacob no le hacía daño a nadie.

Me miró fijamente un buen rato. Seguro que para asegurarse de que estaba bien. Pero tuve la sensación de que estaba atrapada en un trance hipnótico y fui incapaz de apartar la mirada. Veía las motitas de sus ojos. Sentía su aliento haciéndome cosquillas en la cara. Solo tenía que inclinarse un pelín para besarme.

No me entraba en la cabeza que Amy hubiera tenido su amor y su devoción y no hubiera hecho todo lo posible para retenerlo a su lado. Ni lo había querido ni había visto el tesoro que era.

Aparté la mirada y rompí el hechizo.

—¿Seguro que quieres hacer esto? —Sorbí por la nariz—. Es muy invasivo.

—Estoy seguro. Me da igual.

Tragué saliva con fuerza y tomé una honda bocanada de aire. «Vale, allá vamos».

Cogí su móvil y busqué su historial de navegación. Casi toda la primera página eran resultados de Google sobre Wakan. Sonreí al ver que había buscado en Google todos y cada uno de los lugares que le había dicho antes de ir.

Antes de las búsquedas sobre Wakan, tenía un largo historial de búsquedas de… ¿sofás?

Lo miré.

—¿Vas a comprarte un sofá?

—Sí —contestó al tiempo que se sentaba contra el cabecero—. La verdad es que quería enseñártelo. Para ver qué opinabas.

Echó un vistazo por el historial y pulsó en una entrada. Apareció un sofá azul marino.

—Ese. ¿Qué te parece?

—¿Por qué vas a comprar un sofá?

—Para cambiar los sillones reclinables como dijiste.

—¿Vas a cambiar los sillones porque he ido a tu casa una vez y he dicho de pasada que deberías tener un sofá?

—Quiero tener el salón como a ti te guste.

Se me ablandó todo.

¿Estaba haciendo planes por mí?

Planes permanentes que implicaban muebles…, y solo éramos amigos. Nick hasta se negaba a cenar un día con mi madre cuando iba de visita a la ciudad. Seguramente ya tuviera un pie fuera de nuestro matrimonio durante la última mitad. No formaba parte de sus planes a largo plazo. Y allí estaba Jacob en plan «Te conozco desde hace dos meses, a lo mejor vienes otra vez a mi casa, ¿qué sofá quieres?». Me arrancó una carcajada.

—Me gusta —dije—. Pero ¿no quieres probarlo antes? ¿Y si es muy duro?

—Si voy a probarlo, ¿me acompañarías?

—¿Quieres que te acompañe?

—Sí.

—Vale. —Asentí—. Iremos a probar sofás.

Sonrió y yo me concentré de nuevo en su teléfono mientras él miraba el mío.

Estaba muy callado.

La verdad, no recordaba lo que había buscado en Google la semana pasada. Nada escandaloso. Creía recordar que hubo unos cuantos días en los que estuve investigando sobre la copa menstrual. Pero me negaba a sentirme avergonzada por los productos menstruales, y a Jacob le daba igual. No conozco a un solo médico al que le importe eso. Y aunque hubiera algo humillante, casi quería que lo viera. Quería que viera todas mis facetas horribles y todos mis sucios secretos. En plan «Aquí tienes todas mis neuras. Aquí me tienes metida en un pozo, buscando en Google a médiums después de ver en TikTok a una que asegura haber resuelto un asesinato en Alabama que llevaba años sin resolver. ¡Y mira! En vez de acostarme tras eso, me puse a buscar pequeñas pollas de plástico que quería poner en los enchufes del dormitorio de Benny a modo de broma. ¿Qué te parece eso? ¿Es lo bastante raro para ti?».

Era como si quisiera comprobar que todavía me quería cerca después de conocerme. De conocer a mi yo espontáneo. A mi yo real. A mi yo caótico.

Quizá porque en un momento dado Nick me conoció de esa manera y decidió que prefería a otra persona.

Recordé cuando vi el historial de navegación de Nick, después de hackear su portátil y descubrir por fin lo que había estado haciendo cuando le estalló en la cara lo de su doble vida. Era como un calendario de engaños, la historia detallada de todas las mentiras que había contado.

Había buscado qué hotel de cinco estrellas estaba más cerca de su trabajo para poder follarse a Kelly en sábanas de mil hilos durante el descanso del almuerzo. Había buscado floristerías para mandar ramos que no eran para mí. Ah, y había buscado vuelos en primera clase a Cancún mientras yo dormía a su lado. Estaba organizando unas vacaciones románticas con su novia que pensaba decirme que era un viaje de trabajo.

Conmigo, si íbamos en avión a algún sitio, lo hacíamos en turista.

¿Y qué fue lo que no vi en el historial de búsquedas de Nick? Ni una sola entrada sobre embarazos. O paternidad. Ni cunas, ni sillas de coche, ni nombres para recién nacidos…

En fin.

El móvil de Jacob fue una experiencia de historial de navegación totalmente distinta.

Me gustaba ver lo que Jacob hacía cuando nadie miraba, porque era justo lo que él decía que hacía. Hasta la búsqueda de viveros a los que dijo que quería ir para comprar arbustos para su jardín, la de IMDB para ver el reparto de *Schitt's Creek* y la visita a la página web de Chuck & Don's donde había comprado chuches para Teniente Dan.

Jacob era quien decía ser. Todo el tiempo. Y para mí los hombres nunca eran quienes decían ser. Pero estaba claro que ese, a todos los efectos, sí lo era.

Y eso me acojonaba.

Creo que me habría sentido mejor si su historial de navegación hubiera consistido en citas de Andrew Tate y seis horas de Pornhub al día, porque entonces no habría tenido la sensación de que debía seguir buscando sus defectos. No habría tenido que seguir preparándome para la gran decepción cuando Jacob Maddox me mostrase de qué pie cojeaba de verdad. Podría decir sin más: «Ah, mira, aquí está». Y luego mi corazón habría empezado a colocar los ladrillos para levantar el muro con el que me gustaba rodearlo.

Creo que, de forma inconsciente, eso era lo que esperaba. Quería que me decepcionase. Quería traspasar la fachada que todos les mostramos a los demás y ver cómo era de verdad el Jacob espontáneo.

Sin embargo, me había salido el tiro por la culata. Porque estaba enamorada del Jacob espontáneo.

Me encantaba que hubiera buscado la carta todas las veces que habíamos salido a comer la semana anterior para saber qué pedir cuando llegáramos. Me encantaba que hubiera buscado El Salvador y después el pueblecito que le dije que era el lugar de nacimiento de mi madre. Me encantaba que el día que llevamos a los mellizos al parque y que Carter le dijo que quería que se pusiera unos calcetines con mapaches, emprendiera una cruzada de búsqueda en un montón de páginas web para encontrarlos. Me encantaba que rastreara plantas. Me encantaba. Hacía que me entraran ganas de subirme encima de él por tener esa afición tan sana que no implicaba metérsela a otra persona.

Me encantaba.

Me encantaba todo él. Lo quería.

En ese momento me quedé paralizada.

Madre del amor hermoso…, ¡lo quería!

Claro que ¿cómo no hacerlo? Era el hombre más merecedor de amor del mundo. Creo que te costaría muchísimo encontrar a alguien en la vida de Jacob que no lo quiera.

Y yo lo quería, lo quería de verdad. No como amigos. No lo admiraba sin más. En plan «Si no estuvieras enamorado de otra, me lanzaría de cabeza. Y me entregaría por completo».

El problema era que sí estaba enamorado de otra. Y el día anterior habían estado discutiendo en voz baja en una habitación llena de animales disecados, y ella le había dejado la marca de su pintalabios en el cuello de la camisa y su perfume en la ropa. Lo había mandado de vuelta a casa alterado y triste, porque todavía tenía el poder de hacerlo.

De modo que yo tenía que dejar de considerar siquiera la opción. Porque que yo lo quisiera daba igual mientras él siguiera queriéndola a ella.

Le devolví el teléfono.

—Toma.

Me devolvió el mío.

—Una pregunta: ¿al final te decidiste por la DivaCup?

—Ja. ¿Prefieres que sigamos hablando de cortes de pelo?

Meneó la cabeza.

—No. Me gustan tus actividades superinvasivas y totalmente inapropiadas para conocernos.

Solté una risilla.

Me sostuvo la mirada.

—Si quieres saber algo de mí, lo que sea, solo tienes que preguntar.

«¿Volverás con Amy cuando llegue el momento?».

«¿Sientes algo por mí, aunque sea un poquito nada más?».

«Si pudieras quererme como yo te quiero, ¿me harías daño o me dejarías?».

«Si estuviera embarazada, ¿buscarías información en Google?».

Lo miré con una sonrisa un buen rato, y él bajó de nuevo la mirada a mis labios.

—Oye —dijo, hablándole a mi boca.

—¿Qué? —repliqué, hablándole a la suya.

—¿Quieres bourbon?

Levanté la cabeza.

—¿Tienes bourbon?

—Sí. Lo traje como regalo para Daniel y Alexis, pero cuando vi que estaba embarazada, empecé a preguntarme si sería desconsiderado dárselo, así que lo tengo guardado. Podríamos abrir la botella.

—Pero tú no bebes.

—Sí que bebo. No bebo cuando tengo mucha ansiedad.

—Estamos encerrados en un dormitorio, retenidos por la propia casa…, ¿no tienes mucha ansiedad?

Negó con la cabeza.

—No.

Esbocé una lenta sonrisa. Acto seguido, saltamos de la cama al mismo tiempo.

32

Jacob

$\mathcal{N}$os habíamos sentado en el suelo, en frente de la chimenea, con la espalda apoyada en el arca a los pies de la cama. Hacía una hora que había sacado el bourbon del macuto y Briana estaba borracha..., muy borracha.

Estábamos jugando con una baraja de cartas que habíamos encontrado en la mesita de noche. El juego consistía en tirar una carta a la chimenea y, si fallábamos, teníamos que beber un trago. Íbamos uno a cuatro, y no a su favor.

Se apoyó en mi hombro y le quité la botella de las manos.

—Creo que hemos acabado de jugar —anuncié, tapando la botella y dejándola en el suelo a mi lado.

—Ojalá tuviéramos una caja de galletitas de queso —dijo, ceceando por culpa del retenedor.

Me reí un poco y ella ladeó la cabeza para mirarme.

—No te rías de mí. Con esa... con esa cara perfectamente simétrica y tus bonitos dientes, y la mirada de cachorrito.

Sonreí. No sabía a qué se refería con lo de la mirada de cachorrito, pero aceptaba lo de los dientes y lo de la cara simétrica.

Nunca me había alegrado tanto de quedarme encerrado en una habitación.

Todavía llevaba mi camiseta. Cuando me la diera, olería a ella. Lo estaba deseando. Le quedaba un poco corta, eso sí, y no paraba de ver cosas que no debería estar viendo. Eso también me alegraba, pero sabía que estaba demasiado borracha como para mostrarse pudorosa, así que había cogido la manta de la cama y la había envuelto en ella.

Tenía hipo.

—¿Necesitas vomitar? —le pregunté.

Ella negó con la cabeza.

—Nunca vomito. Nunca.

—¿Nunca?

—No. Ni el norovirus puede conmigo. Tengo un estómago de hiel…, un estómago de hielo…, ¡un estómago de hierro! ¿Has oído hablar del test de las dos cervezas y el cachorro?

Negué con la cabeza mientras sonreía.

—No.

Se frotó la nariz.

—Consiste en que te preguntes si te tomarías dos cervezas con una persona y si le dejarías cuidar a tu cachorro un fin de semana. Con algunas personas es un sí/sí. Con otras, un no/no. Mi exmarido era un sí/no. Me lo pasaba bien a su lado, pero no podía confiar en él.

—Amy era un no/sí. Confiaba en ella, pero me agotaba.

—He estado pensando que para mí tú eres un sí/sí —dijo. Ceceando.

Le sonreí con ternura.

—Tú también eres un sí/sí para mí.

—Bien. Porque quiero decirte una cosa. Creo que deberías saber qué clase de persona soy, ¿sabes? De lo que soy capaz, ¿me entiendes?

—Vale…

—Puede que no te guste después.

La miré con sorna.

—Estoy seguro de que me gustarás.

Meneó la cabeza.

—No. Esto es chungo. Horrible. Es lo que le hice a Nick. Cuando me enteré de todo.

La miré. Estaba tan seria que me volví para enfrentarla.

—Cuéntame.

Me miró en silencio un instante como si hubiera cambiado de opinión.

Luego se inclinó sobre mi regazo y cogió la botella de bourbon, la destapó, bebió un trago y volvió a dejarla en el suelo.

—Debe de ser chungo, sí.

Se enderezó de nuevo y me miró mientras resoplaba.

—En fin, cuando estaba en la universidad, trabajaba en Starbucks, ¿vale? Y cuando me tocaba un cliente maleducado, le preparaba una bebida superbuena. Por ejemplo, le ponía café infusionado en frío en el frapuchino en vez de café normal, ¿me entiendes? Y no les decía lo que había hecho para que nadie pudiera servírselo de nuevo. Así se pasarían el resto de la vida recordando lo rico que estaba el frapuchino aquel día y sin poder repetir la experiencia.

—Vaaale.

—Todavía no he llegado al meollo —dijo—. Te cuento esto para que entiendas lo que viene, ¿vale? Para que veas lo maquiavélica que soy.

Me reí entre dientes.

—Muy bien.

Me miró muy seria.

Levantó una ceja.

—¿Qué hiciste?

Soltó un largo suspiro. Luego murmuró algo demasiado bajo para que yo alcanzara a oírlo.

Agaché la cabeza.

—¿Qué? No te he oído.

—He dicho que eché purpurina por toda la casa.

Casi me ahogo por la risa.

—¿Cómo?

—Casi cuatro kilos de purpurina. Puse hasta en las aspas de los ventiladores del techo. Pensando en el futuro. Llevé una escalera y cogí puñados de purpurina y la dejé en las aspas para que cuando los encendieran...

Me eché a reír a carcajadas.

—¡No tiene gracia, Jacob! No estoy orgullosa de haberlo hecho, ¡así no se comportan las personas racionales!

—No, tienes razón —dije mientras me secaba las lágrimas—. Deberías estar en la cárcel. Voy a llamar a la policía.

—¡Jacob!

Tuve que taparme la boca con una mano para no despertar a Alexis y Daniel, porque me estaba descojonando de la risa.

Por un lado se debía al efecto del bourbon y también a la historia en sí, pero gran parte de la culpa la tenía la seriedad con la que ella la contaba. Parecía que estuviera confesando un asesinato.

—Eso no es todo. —Tragó con fuerza—. Le robé el plato del microondas. Y la bombilla del frigorífico. Me llevé la tapa de la batidora, los guantes del horno y el mando a distancia de la puerta del garaje. Le desafiné la guitarra y arranqué las últimas cinco páginas del libro que se estaba leyendo. Puse un sobre entero de polvo de Kool-Aid rojo en la alcachofa de la ducha, despegué las etiquetas de todas las latas de conserva, y metí gambas crudas en la barra de las cortinas del dormitorio… Deja de reírte.

Estaba llorando de la risa.

—En el trabajo lo llaman «hacer un Briana Ortiz» —siguió, muy apenada—. Qué vergüenza. Creo que las enfermeras se lo dicen a sus novios para asustarlos o…

Tuve que tirar de ella y besarla en la coronilla. No pude evitarlo. Parecía muy abatida.

—Tuvieron que cambiar la moqueta —susurró—. La purpurina no salía.

—Bueno, en tu defensa, creo que se lo merecía —dije, riéndome entre dientes.

Ella asintió con la cabeza contra mi pecho.

—Pues sí. La verdad es que sí.

—¿De dónde sacas cuatro kilos de purpurina?

—De Amazon. —Sorbió por la nariz—. Prime.

—Por supuesto. ¿Te arrepientes?

—No.

Solté una carcajada por la nariz.

Se quedó allí un segundo, sorbiéndose la nariz sin apartarse de mi torso. Luego se incorporó y se quitó el pelo de la cara.

—Dime algo que nadie sepa de ti.

—¿Cómo dices?

—Lo que has oído. Te acabo de contar la experiencia de mi vida que más me avergüenza. Así que ahora te toca a ti contarme algo.

Me apoyé en el arca y me lo pensé.

—Vale —volví a mirarla—. Cuando entré en la habitación de Benny el primer día, me quedé paralizado por lo guapa que eres.

Se quedó boquiabierta.

—¿Qué?

—Ni siquiera podía hablar.

Ella soltó una risilla.

—¡Venga ya! —exclamó al tiempo que me daba un empujón en la rodilla—. Solo lo dices para que me sienta mejor por lo de la purpurina.

La miré fijamente.

—Lo digo en serio.

Se quedó de piedra y yo sonreí.

—Bueno, yo no puedo dejar de mirarte las clavículas —soltó.

La miré con sorna.

—¿Las clavículas?

—Son muy sensuales —adujo, ceceando—. Y los antebrazos. Me encantan.

¡Vaya! No volvería a usar nunca manga larga. El invierno iba a ser duro.

—Cuando estuvimos hablando por teléfono aquel día, se puso a llover —confesé—. Y estaba en la terraza del restaurante. Acabé empapado.

Estaba atónita.

—¿Estuviste sentado bajo la lluvia solo para hablar conmigo?

Clavé la vista en el regazo durante un buen rato antes de volver a mirarla.

—Por ti soy capaz de eso y de mucho más.

Me miró a los ojos y guardamos silencio.

El fuego crepitaba, calentándome un lado de la cara mientras veía el reflejo de las llamas bailar en sus iris y me moría tanto por besarla que todo mi cuerpo gritaba.

Y ese fue el momento.

La primera vez que mi cerebro registró de forma consciente

lo que mi corazón me había estado diciendo durante las últimas semanas.

No me estaba enamorando de ella.

Ya lo estaba.

Resulta curioso que el anhelo se parezca tanto al dolor. Aunque tenía a Briana al lado, solo podía pensar en la parte que me faltaba. En la parte de ella que nunca tendría.

Estaba destinado a amarla de cerca y luego, con el tiempo, de lejos, y ella nunca lo sabría ni me correspondería.

Me quedé sin aire en los pulmones. Sin fuerza en los brazos y en las piernas. La desilusión y la desesperanza me debilitaron, porque supe que el dolor que sentía en ese momento siempre me acompañaría.

Briana era un acontecimiento vital catastrófico. Algo que lo había cambiado todo. Y yo no sería el mismo después de aquello. Todas las mujeres que había conocido y todas las que me quedaban por conocer no eran nada comparadas con ella.

Me había conquistado.

Y no lo pensé porque estuviera un poco borracho, o porque me sintiera sentimental, o por cómo el fuego le iluminaba cara, o porque mi camiseta se le pegara al cuerpo. Me había conquistado. Y sospechaba que siempre sería suyo. Sin importar cómo acabara todo aquello.

Nada podría haberme preparado para ella.

Extendí un brazo y le puse la mano en la mejilla. Acababa de romper una regla. De cruzar un límite. No tenía ninguna razón para tocarla así. Nadie nos miraba.

Sin embargo, ella no se apartó. Se limitó a cerrar los ojos y a inclinarse hacia mi mano, y yo intenté volcar todo el amor que sentía en ese pequeño contacto. Como si pudiera ayudarme a llegar a ella. Como si ella pudiera sentirlo. Quizá, de esa forma cambiaría algo que seguramente nunca iba a cambiar.

—¿Qué significa este? —susurró.

—¿A qué te refieres? —le pregunté, también en voz baja.

Abrió esos preciosos ojos y me miró.

—Este silencio —contestó con voz cándida—. Conozco todos tus silencios. Sé que cuando estás a solas conmigo y guardas silencio, es porque tu cerebro está tranquilo. Y cuando estás en público y guardas silencio, es porque tu cerebro está alterado. Pero este no lo reconozco. ¿Cuál de los dos es?

Le sostuve la mirada.

—Este eres tú.

Sonrió, se pegó a mí y la rodeé con un brazo. Se acurrucó contra mi costado y sentí que lo era todo. Todo mi universo condensado en ese lugar y en ese momento.

—¿Jacob? —susurró.

Le enterré la nariz en el pelo.

—¿Qué?

Una larga pausa.

—Te quiero.

Suspiré contra su pelo y cerré los ojos.

Estaba borracha. Todos queremos a los demás cuando estamos borrachos. Pero aunque su declaración no significaba lo mismo que la mía, estuve a punto de devolverle las palabras. Sin embargo, me di cuenta de que su respiración se había rejalado y comprendí que se había dormido.

No importaba.

De todos modos, nada de lo que habíamos hablado esa noche parecería real por la mañana. Al menos para ella. Pero podía abrazarla. Eso era real. Por lo menos podía quedarme con eso.

El fuego se redujo a brasas, pero me quedé allí hasta que me dolió la espalda por estar apoyado contra el arca. Llegados a ese momento, la levanté para acostarla en la cama. Y mientras la llevaba en brazos, la oí murmurar algo sobre teletransportarse.

33

Briana

*L*a puerta estaba abierta.

Me desperté medio tumbada encima de Jacob, con dolor de cabeza, la boca seca como nunca y una erección dura como una piedra debajo del muslo.

¡Por Dios! Me levanté de golpe y salí de la cama.

Jacob se incorporó, todavía adormilado.

—¿Qué pasa?

—Nada. La puerta está abierta. El plan ha funcionado —contesté mientras cogía mi ropa sin mirarlo. En ese momento me di cuenta de que cada vez que me agachaba, se me veía el culo por debajo de la camiseta que él me había prestado. Me bajé la parte de la espalda con una mano y salí corriendo del dormitorio con la ropa y lo poco que quedaba de mi dignidad en la otra.

No recordaba ni la mitad de lo que había pasado durante la noche. La neblina empezaba con el tercer trago de bourbon. Creía recordar que le conté lo de la purpurina. ¡Uf!

Me di la ducha más larga de mi vida, bebí agua, me tomé una pastilla de ibuprofeno y bajé para enfrentarme al pelotón de fusilamiento. Alexis me acorraló de inmediato en la cocina, pero solo pude contarle que me había emborrachado y que me había despertado con una erección debajo de la pierna.

Jacob no dejó de mirarme desde el otro lado de la mesa durante el desayuno.

Cada vez que yo levantaba la mirada, lo veía observándome en silencio. Normalmente sabía lo que estaba pensando cuando estaba callado, pero en ese momento su actitud me parecía indescifrable, y eso me hacía dar por sentado que le había contado lo de la purpurina y que se estaba planteando la posibilidad de que su falsa novia también era una asesina en serie.

Debió de llevarme a la cama. Porque yo no me acosté sola de ninguna manera. Me quedé frita en el suelo y seguro que me levantó él.

Jacob era tan delicado y tierno que nunca me había parado a pensar en su fuerza física. Me recordaba a esos caballos de tiro tranquilos y dóciles que utilizan para dar clases de equitación a los niños. Siempre se te olvida que pesan casi una tonelada y que son capaces de tirar de un carro cargado.

Ojalá hubiera estado lo bastante coherente como para recordar que me llevó en brazos. Seguro que todo fue muy sensual.

Después de desayunar, Jacob y yo volvimos a casa en coches separados.

Durante el camino pensé en su pene. Pensé mucho en su pene.

Sabía que habría un encuentro con él. Lo tenía clarísimo.

Desde el punto de vista clínico sabía que su erección no significaba nada. Estaba dormido. Solo era la evidencia de que tanto su sistema sanguíneo como su sistema nervioso funcionaban a la perfección, no había nada por lo que emocionarse. Pero también sabía que la próxima vez que cogiera el vibrador, estaría pensando en ese momento. En Jacob, tan calentito y dormido a mi lado en la cama. Y en su erección. Pero en mi fantasía yo no saldría corriendo del dormitorio. Más bien le metería una mano por debajo de los calzoncillos para despertarlo…

¿Y si lo hiciéramos sin más?

¿Y si nos enrollábamos mientras durase el acuerdo? Dos adultos con necesidades y un acuerdo, nada más. Amigos con derecho a roce.

Ya. Como si eso fuera lo único con él…

Precisamente por eso no podía cruzar esa línea. Porque no me creía capaz de separar el sexo de los sentimientos que albergaba.

No. Tenía clarísimo que no podría hacerlo.

Y no podía enamorarme más de un hombre que estaba enamorado de otra. No podía ser su segunda opción. No podía ser su plan alternativo.

Pero…, por Dios, ojalá pudiera.

Porque le permitiría a ese hombre que hiciera conmigo lo que quisiera. Que me dejara agotada. Que me impidiera dormir. Que me hiciera lo que nadie me había hecho nunca. Me había excitado de una manera que me estaba volviendo creativa. Me comería un dulce a lametones de su pecho desnudo.

No entendía cómo era posible querer tanto a alguien y al mismo tiempo sentir semejante atracción sexual. Cómo se podía adorar a alguien hasta ese punto y ansiar cuidarlo, ponerle tiritas en las heridas, y al mismo tiempo desear que me empotrara contra el cabecero de la cama. Quería que me susurrara palabras tiernas después de manejarme como si fuera un pretzel para ponerme en todas las formas sexuales posibles, y luego quería verlo dormir y mirarlo como si fuera el emoji con los ojos en forma de corazón.

Esas dos cosas nunca se habían manifestado a la vez en mi vida. No así.

Me había sentido atraída por mi marido. Había estado enamorada de mi marido. Pero no como lo estaba de Jacob. Ni de lejos. Y me vi obligada a preguntarme si eso era lo que Nick había sentido por Kelly.

Me repateaba.

Porque si ese era el caso…, lo entendía. En serio.

Nick debería haberme dejado. No debería haberme puesto los cuernos. Pero si yo hubiera sentido eso por Jacob mientras estaba casada con Nick…, habría sido una tortura. Me habría obligado a cuestionarme si el hombre con el que me había casado era el adecuado.

Habría bastado para acabar con un matrimonio.

Cuando por fin llegué a mi casa, eran las dos. Salí del coche casi a rastras y subí los escalones del porche hasta la puerta pensando en irme a la cama y que se me pasara la resaca, pero nada más abrir supe de inmediato que algo iba mal. Fatal.

Olía a chicharrón.

Mi madre estaba allí.

Solté una palabrota en silencio y Benny asomó la cabeza por la puerta de la cocina.

—¡Hola, BRIANA! Encantado de tenerte de vuelta, BRIANA.

Le dirigí una mirada asesina y un segundo después mi madre apareció detrás de él. Llevaba puesto su viejo delantal y se había recogido el pelo canoso y rizado en un moño en la coronilla.

—*¡Hola, mija!*

—*Hola, mamá* —le dije, abrazándola.

Benny me miraba por detrás de mi madre. Se había puesto un delantal y supe que había sido su pinche durante todo el tiempo que ella llevara allí.

Mi madre se apartó y me miró con desaprobación.

—Estás muy delgada. ¿No comes? ¿Dónde está tu novio? ¿No te da de comer?

—Sí que me da de comer, *mamá.*

Frunció los labios.

—Seguramente también esté demasiado delgado. Los médicos nunca coméis. Estoy haciendo pupusas, ven a ayudarme con la masa. —Volvió a la cocina sin esperarme.

Encorvé la espalda. Benny me miró indignado. Era mi turno para sufrir.

Quería a mi madre. Era una mujer increíble. Fuerte, capaz, una superviviente en cientos de sentidos…, pero era inaguantable.

Vivía para cuidar de los demás. Y cuando sus seres queridos sufrían una crisis, ese instinto se disparaba. Y ocurría aquello, que se plantaba en casa de su hija recién divorciada, y al parecer escuálida, y de su hijo enfermo por una insuficiencia renal. Lo fregaría todo y nos alimentaría hasta que suplicáramos clemencia.

Benny miró por encima del hombro hacia la cocina y luego acortó la distancia que nos separaba.

—No me puedo creer que la avisaras —susurró—. Teníamos un trato.

—Me llamó la semana pasada. ¿Qué querías, que la mandara al buzón de voz? —repliqué, también en un susurro—. Le dije que tenías un donante y que estabas bien. No le dije que viniera.

—Llevo haciendo *curtido* desde las ocho de la mañana. Por lo visto, estoy lo bastante enfermo como para que ella cruce todo el país en avión, pero no tanto como para no picar col.

Resoplé y recibí una mirada más mordaz.

—¿Cuánto tiempo se va a quedar? —pregunté en voz baja.

Levantó las manos con todos los dedos extendidos y empezó a moverlas hacia delante. Veinte, treinta, cuarenta, cincuenta... ¡¡Dos meses!?

Gemí en voz baja.

—¿Por qué?

—Ha venido para cuidarme mientras me recupero. —Me clavó un dedo—. Esto es culpa tuya...

—¿¡Culpa mía!? —susurré—. A ver, explícamelo.

—Me hiciste renunciar a mi piso —dijo él, sin alzar la voz—. Y ahora estoy atrapado aquí.

Me crucé de brazos.

—Bueno, si te ayuda en algo, yo también estoy atrapada aquí.

—No me ayuda. En nada, Briana. Vaya mierda.

—¿Gil no ha venido? —le pregunté.

—No.

¡Uf! Gil la frenaba. Siempre era mejor cuando Gil la acompañaba. A él le gustaba que lo cuidara y lo mangoneara. En eso se basaba su relación.

—A lo mejor es divertido —dije esperanzada.

Benny me miró como diciendo «¿¡QUÉ VA A SER DIVERTIDO!?».

—La cocina está hecha un desastre. Como si hubiera explotado todo el mercado ahí dentro. —Se quitó el delantal y me lo plantó en las manos—. *Mamá, me siento un poco cansado* —dijo al doblar la esquina—. Voy a echarme un rato.

—Muy bien, *mijo*. Briana me ayudará —replicó ella desde la cocina.

Benny sonrió satisfecho y yo puse los ojos en blanco. Estaba demasiado resacosa para aguantar aquello.

Pasé las siguientes cuatro horas ayudando a hacer tantas pupusas como para una boda. Además, quitamos las sábanas de todas las camas y las lavamos, y reorganizamos todos los armarios de la cocina. Mi madre anunció que iba a bañar al gato en cuanto abandonara su escondite, y en ese momento supe que Chichi jamás saldría de debajo del sofá.

Sabía por qué lo hacía. Cocinar y limpiar eran su respuesta al estrés. Mientras crecíamos, podía ofrecernos muy poco, pero aunque no hubiera dinero, nuestra casa siempre estaba limpia. Y a esas alturas quería alimentarnos por todas las veces que no pudo en el pasado, y lo hacía. En cantidades industriales para recompensarnos por los años de escasez, multiplicadas por un millón.

La ansiedad se le pasaría en cuanto tuviera la casa como quería. No dejaría de cocinar, pero en el momento en que sintiera que estábamos bien atendidos, ya no se pondría a limpiar los ventiladores del techo.

Sería maravillosa cuando hubiera nietos. Sería una «Mamá Rosa» increíble, porque era una madre maravillosa. Pero Benny y yo no necesitábamos ese nivel de atención maternal. Eso sí, ¿cuando hubiera niños alrededor? Sería un sueño hecho realidad.

Me sentía mal por no haber podido darle nietos. Siempre me sentía mal por eso.

Nos pusimos al día mientras cocinábamos y limpiábamos. Le hablé de mi «novio». Quería conocer a Jacob. Y a su familia.

La familia no era un problema, pero Jacob me preocupaba. Se volvería el centro de toda su atención y seguro que lo agobiaba.

No tenía claro si sería mejor presentarlos en casa de sus padres, donde mi madre contaría con más distracciones y no lo convertiría en su objetivo, o si era mejor hacerlo a solas, porque de esa manera nos libraríamos del estrés de tener que ver a Amy y Jeremiah, que probablemente estuvieran allí.

Y de repente me pregunté si debía presentarlos siquiera. Porque al cabo de unos meses Jacob y yo íbamos a cortar. Claro que luego me di cuenta de que si no lo hacía, mi madre pensaría que yo no quería que lo conociera o que Jacob no quería conocer a la madre de su novia.

Tendría que convencerla de que lo nuestro era real, igual que había tenido que hacer con todos los demás. Había tenido que levantar unos cimientos que luego debería derribar.

La mentira extendía cada vez más sus raíces. Y me repateaba. No por tener que mentir, sino porque deseaba que fuera verdad.

Le enseñé a mi madre a conectar a Benny a la máquina de diálisis. Debía admitir que en ese sentido era una ventaja enorme tenerla presente. Era enfermera, y podía compartir esa carga sin problemas. Que cualquiera de las dos pudiera conectarlo le daría a Benny la flexibilidad de hacerse la diálisis casi siempre que quisiera, aunque yo estuviese en el trabajo. No tendría que esperar a que llegara a casa.

Cuando por fin me fui a la cama, eran las once y tenía cuatro mensajes de Jacob. Uno para preguntarme si había llegado bien a casa. Otro dándome las gracias por haberlo dejado ir a Wakan y dos más con los selfis que nos hicimos el día anterior. Sonreí al verlos.

Esos dos últimos días me habían encantado. Adoraba estar con él. Hablar con él, hacer cosas con él. Cuando estaba con Jacob, sin importar el lugar, no quería estar en ningún otro sitio. Él era como el terrario que tenía en la habitación de las plantas. Un ecosistema autosuficiente. Todo lo que yo necesitaba o quería dentro del mismo ser humano. Ni siquiera me parecía posible.

Se me ocurrió que así debía de ser la verdadera compatibilidad. Así de fácil. Estar con Jacob era fácil como nunca me había imaginado que podía serlo. Y eso me ayudó a darme cuenta de lo forzado que había sido mi matrimonio. De los pocos temas de conversación que teníamos. De lo poco que a Nick le gustaba mi familia y de los escasos esfuerzos que hizo para conocerla o para conocer a Alexis. Ni siquiera coincidíamos en las vacaciones. Yo quería explorar y él relajarse. Esas cosas parecían insignificantes en aquel momento, solo eran pequeñas diferencias de opinión o gustos distintos. Pero a esas alturas parecían un neón alertándome. Eran una prueba de que algo andaba mal y de que siempre había sido así. De que tal vez me había casado con un seis sobre diez en la escala de la compatibilidad; si hubiera funcionado, habría sido sobre todo gracias al esfuerzo. Pero Jacob era un diez sobre diez. Un sí/sí. Con Jacob no era necesario esforzarse.

Jacob era perfecto.

Guardé una de nuestras fotos como fondo de pantalla y aparté todos los iconos de su cara para que no la tapasen. Me gustaba ver su sonrisa en mi teléfono.

Tendría que quitarla cuando cortáramos. Después no sería apropiado. Pero de momento podía tenerla.

Lo llamé y me contestó enseguida.

—Hola. No estás durmiendo, ¿verdad? —le pregunté.

—No. Estaba escribiendo en el diario. ¿Llegaste bien a casa?

Me subí a la cama.

—Sí. Mi madre está aquí.

—¿Ha venido desde Arizona?

—Sí. —Ahuequé la almohada y me la coloqué debajo de la cabeza—. Ha venido por lo del trasplante de Benny.

—Ah. ¿Puedo conocerla?

Me reí un poco.

—¿Quieres conocer a más gente de la mía? ¿No has tenido bastante?

—Bueno, Doug no me cayó muy bien, pero Alexis y Daniel sí.

—Vale, pero Doug no es de los míos. Mejor tenerlo lejos.

Se rio entre dientes.

—La verdad es que mi madre quiere conocerte —le dije—. Y a tu familia.

—Genial. Vamos a organizarlo.

Otra vez parecía entusiasmado por la idea de que le presentara a los integrantes de mi círculo más íntimo. La verdad era que se enfrentaba a la farsa poniendo toda la carne en el asador.

—¿Y si a tu familia se le escapa? —pregunté, bajando la voz—. Lo del riñón. Benny y mi madre no saben que eres el donante.

—Podríamos decírselo.

Fruncí el ceño.

—¿¡Decírselo!? Pensaba que estabas en contra de que lo supiera mucha gente.

—Por dos más no pasa nada.

Torcí el gesto.

—No sé yo…

—¿Qué ocurre?

—Estas dos personas más van a suponer mucho. Seguramente habrá lágrimas y abrazos.

—No pasa nada.

Era un poco raro que estuviese tan dispuesto a hacer aquello. Todo aquello. A ver, que yo sí que estaba obligada a conocer a su familia para lo de la farsa, pero él no tenía por qué conocer a la mía. En su caso parecía un esfuerzo extra.

—Estás muy sociable últimamente —repliqué.

—Quiero conocer a tus amigos y a tu familia.

No supe por qué, pero sus palabras me llegaron al corazón. Supongo que porque eso es lo que haría un novio de verdad. Mostrarse interesado en conocer a mis seres queridos. Seguramente su intención era que al presentar a las dos familias nuestra falsa relación pareciera más auténtica. No se me ocurría ninguna otra razón que lo motivase a que nuestros familiares se conocieran, sobre todo porque conocer gente era lo que menos le gustaba del mundo.

—Vale —repliqué—. ¿Cómo quieres hacerlo? ¿Quieres que les diga que eres el donante de riñón de Benny antes de presentaros? Me da la impresión de que si lo digo contigo delante, será incómodo.

—Claro.

—¿Cuándo quieres que organicemos lo de las presentaciones a la familia?

—Déjame que llame a mi madre y le pregunte qué día le viene bien.

—De acuerdo. —Bostecé.

Y nos quedamos un momento en silencio, pero sin cortar la llamada.

La noche anterior a esa hora estaba en la cama con él en Wakan. En ese momento también deseaba estar en la cama con él. Lo veía al día siguiente en el trabajo, pero no era lo mismo.

—Jill ha vuelto a venir hoy —dijo.

Me resultó raro, porque sentí que lo decía para recordarme que supuestamente íbamos a vivir juntos. Como si estuviera pensando lo mismo que yo, en estar juntos.

—Cuando tu madre conozca a mi familia, les dirá que no vives conmigo —señaló.

¡Mierda! No había caído en eso.

—Podríamos decirle la verdad —sugerí—. A ver, la verdad verdadera. Que no estamos saliendo.

—No —rehusó al instante—. Eso no me gusta. Porque se descubrirá el pastel.

Suspiré.

—Bueno. Déjame pensarlo. Ya se me ocurrirá algo. —Me froté los ojos—. Tengo que irme a dormir. Nos vemos mañana, ¿vale?

—De acuerdo. Hasta mañana. Buenas noches.

Sin embargo, no colgamos.

Esperé el momento de la desconexión. Quería que lo hiciera él. No podía ser yo, al menos no esa noche. Pero no ocurrió.

Nos quedamos al teléfono en silencio. Treinta segundos. Un minuto. Dos.

Seguramente se había olvidado de colgar. Seguramente tenía el teléfono encima de la mesa y había seguido escribiendo en el diario sin darse cuenta de que no habíamos cortado la llamada. Pero no lo oía escribir. Solo oía el suave borboteo de la fuente de la habitación de las plantas.

¿Y si había dejado el teléfono allí y se había ido? Sin embargo, me permití creer por un momento que estaba haciendo lo mismo que yo. Que me estaba reteniendo durante unos preciosos instantes más.

Me dejé llevar por el silencio. En mi imaginación lo estaba mirando. Esos ojos de expresión tierna, la curva de sus labios. El tic nervioso de su mentón cuando se sumergía en uno de sus silencios. El que yo era incapaz de descifrar.

Lo sentía al otro lado de la línea. Podía olerlo. Estaba convirtiéndolo en una imagen tridimensional, moldeándolo gracias al recuerdo que tenía de su cara, de sus gestos y de su estado de ánimo después de haberlo observado con tanta atención. Flotaba delante de mí como un fantasma, desde el otro lado de la línea telefónica.

Quería correr hacia él. Salir de ese lugar, coger el coche e ir directa a su casa. Irrumpir en su habitación de las plantas mientras él seguía sentado a la mesita, abalanzarme sobre él y aceptar todo lo que estuviera dispuesto a darme, por pequeño, temporal o insignificante que fuera. Era consciente de la lucha que mantenían mi cuerpo, mi corazón y mi mente. Uno gritando por él; el otro, demasiado asustado para actuar, y la última, argumentando de forma racional que sería una mala idea, una pésima.

Además, seguramente ni siquiera estaba allí. Solo estaría el móvil, abandonado en la mesa. Y yo, inventando cosas.

Me quité el teléfono de la oreja y miré la pantalla. Luego pulsé finalizar llamada.

Colgar e irme sola a la cama me pareció lo más triste que había hecho en la vida.

Esperé al día siguiente después de la cena, una vez acabada mi jornada laboral, para hablar con mi madre y con Benny. Mi madre había hecho *pollo encebollado*, muslos de pollo con una salsa de tomate y cebolla. Era mi comida preferida. Por supuesto, había hecho diez veces más de lo que podríamos comernos y acabaría en el arcón congelador del garaje, que se estaba llenando rápidamente. Pero en fin. Al menos no seguiría malgastando dinero en comida a domicilio.

Había pensado mucho en mi situación con Jacob. Había decidido mudarme con él, solo durante unos meses.

Tenía razón. Si seguía viviendo en mi casa, mi madre se lo diría a su familia. Mudarme con él era la única manera de asegurarme de que su familia no descubriera la mentira que yo había soltado. Había sido una ridiculez. No debería haberlo hecho. Pero Amy me cabreó muchísimo y no pude evitar el deseo de restregárselo en su estúpida cara.

En fin…

Le había prometido a Jacob que haría todo lo posible para que nuestra falsa relación resultara creíble. Y fui yo quien dijo que íbamos a irnos a vivir juntos. Era evidente que el asunto lo estresaba o no me insistiría tanto. Además, con mi madre y Benny, la casa estaba abarrotada. Mi madre podía hacerle la diálisis a Benny; mi presencia ya no era necesaria. Así que me iría a casa de Jacob después de cenar.

Estábamos terminando de comer y me limpié la boca con una servilleta.

—Bueno, familia, tengo algo que deciros —anuncié.

Mi madre se detuvo con el tenedor a medio camino de la boca.

—¿Estás embarazada?

—No, no estoy embarazada.

Su decepción resultó evidente.

Mi madre era muy tradicional. Si yo estuviera embarazada y soltera, no se alegraría. Pero, al parecer, que no tuviera hijos y siguiera soltera a mi edad era aún peor.

Solté un largo suspiro y miré a mi hermano.

—Benny, Jacob es tu donante de riñón.

Oí que el tenedor de mi madre golpeaba el plato.

—Él no quería decírselo a nadie —seguí—. Pero me ha dado permiso para contártelo. Además, me ha pedido que me vaya a vivir con él y he aceptado. Me voy. Esta noche.

Mi hermano parecía atónito. Mi madre se tapó la boca con las manos. Después se puso en pie y fue directa al frigorífico.

Me giré en la silla para mirarla.

—¿Qué estás haciendo?

—Sacando comida para Jacob. Briana, prepárale un plato.

—Mamá, todavía no voy…

—¡Sí, claro que se lo vas a llevar! —exclamó, sacando varios envases herméticos del frigorífico—. Como no vayas ahora mismo a alimentar a ese hombre, iré yo.

Solté un gemido. Jacob todavía no lo sabía, pero su congelador estaba a punto de llenarse de comida salvadoreña. Para los restos.

Volví a mirar a Benny. Me miraba en silencio, sin dejar de parpadear.

—No hace falta que hagas nada —le dije a mi hermano—. Él también es introvertido. Las muestras exageradas de gratitud y esas cosas no le gustarán.

Mi madre sacó una bolsa isotérmica de la despensa y fue directa al congelador del garaje. Cuando se cerró la puerta, Benny se humedeció los labios y dijo:

—No estarás haciendo ninguna tontería por mí, ¿verdad?

Fruncí el ceño.

—¿Qué?

—No vas a liarte con él por esto, ¿verdad?

Negué con la cabeza.

—No.

La expresión de su cara me dejó claro que no me creía.

—¿Por qué te pidió salir? —me preguntó—. La otra noche.

Me incliné hacia delante.

—Benny, necesito que me creas cuando te digo que Jacob nunca haría nada para aprovecharse de mí. Estoy enamoradísima de ese hombre. Y solo el cinco por ciento se debe a lo que está haciendo por ti.

En ese momento me di cuenta de que era cierto.

Era increíble, pero Jacob tenía tantas cualidades entrañables que donarle un órgano a mi hermano solo era la razón más insignificante por la que yo lo quería.

Benny me observó durante un segundo. Luego apartó la mirada y asintió en silencio.

—Siento dejarte aquí con mamá —dije en voz baja.

Resopló.

—No pasa nada. Lo entiendo. Dale las gracias.

—Lo haré.

Le cubrí una mano con la mía.

—Pero quiero que sepas que habría hecho cualquier cosa para que esto sucediera.

Asintió de nuevo en silencio.

Claro que igual ya lo había hecho. Porque al llegar a ese acuerdo con Jacob me había comprometido a acabar con el corazón destrozado.

34

Jacob

Alguien llamó a la puerta. Teniente Dan se levantó de un salto y empezó a ladrar.

Estaba en la habitación de las plantas, escribiendo en el diario. Eran casi las nueve de la noche. Imaginé que se trataría de Jewel. Mis otras dos hermanas ya me habían visitado en las últimas veinticuatro horas.

Suspiré, dejé el bolígrafo entre las páginas y cerré el diario. Me levanté y le abrí la puerta a... ¿Briana?

Llevaba dos maletas, una nevera portátil, un macuto y una bolsa isotérmica al hombro.

—Hola.

—Me mudo —anunció—. Pero solo durante unos meses.

Esbocé una sonrisa de oreja a oreja. Felicidad instantánea.

Entró cargando con el macuto y la bolsa isotérmica, mientras un excitado Teniente Dan saltaba a sus pies.

—¿Qué llevas en la nevera? —le pregunté.

—Más comida salvadoreña de la que tú y yo podemos comer. Y va a seguir llegando.

Sonreí mientras llevaba sus maletas directamente al armario de mi dormitorio. Le hice un hueco en la estantería y vacié varios cajones para que pudiera usarlos.

No era capaz de describir lo feliz que me hacía tenerla allí. Sería la última persona que vería antes de acostarme y la primera al despertarme.

Me imaginé el cuarto de baño lleno de vapor después de que se duchara, oliendo a su perfume y a su champú. Sus cosas esparcidas por mi casa. Un jersey en el respaldo de una silla. Sus zapatos junto a la puerta. La mancha de su pintalabios en mis tazas. Esos detallitos insignificantes que parecían tan grandes e importantes.

Enfilé el pasillo mientras ella salía de la cocina.

—He conseguido meterlo todo en el congelador —anunció.

Echó un vistazo por el salón con las manos en las caderas.

—Creo que cabrá aquí.

—¿El qué?

—El colchón hinchable.

Empezó a sacar un montón de goma arrugado y una bomba negra del macuto. Mi sonrisa se desvaneció. Pensé que iba a dormir en mi habitación. En mi cama. Conmigo.

—No hace falta que duermas en el suelo —dije—. Podemos compartir mi cama. Es lo bastante grande.

—No. Creo que es más apropiado que no compartamos habitación.

—Pero ya lo hemos hecho. Y esa cama era mucho más pequeña…

—Es mejor así, Jacob.

Su tono de voz tenía un deje tajante. Conectó la bomba y empezó a inflar el colchón mientras yo miraba, desinflado.

Había conseguido más, pero todavía no era suficiente. Seguía sin ser real.

Me quedé allí esperando que el colchón fuera demasiado grande. Pero no.

Una vez que terminó, se sentó en él y rebotó un poco.

La miré con el ceño fruncido.

—Bueno, ¿qué vamos a hacer si alguien llama a la puerta?

Se encogió de hombros.

—Lo meteré en la habitación de las plantas.

—¿Y crees que podrás hacerlo lo bastante rápido?

—Claro.

En ese momento, de repente, llamaron a la puerta. Briana me miró con los ojos de par en par. Después, se puso en pie, agarró el colchón y lo levantó de lado.

—¡Ayúdame! —susurró.

Me crucé de brazos.

—¿No crees que deberías estar preparada para ejecutar este plan por tu cuenta? Puede que yo no esté siempre disponible. ¿Y si me pilla en la ducha?

—¡No estás en la ducha! —exclamó mientras arrastraba el colchón de lado, sosteniéndolo contra las piernas.

—Bueno, siempre hay que prepararse para el peor de los casos, ¿no?

Tumbó una lámpara.

—¡Jacob!

Sonreí.

—No.

Soltó un chillido ronco y volcó una maceta, que cayó de lado y lo dejó todo perdido de tierra.

Empecé a reírme a carcajadas.

Logró enfilar el pasillo tirando a su paso las fotos enmarcadas hasta que llegó a la habitación de las plantas. Fue tan gracioso que ni siquiera me importó que dejara un rastro de destrucción a su paso.

Al cabo de un momento se oyó un portazo y volvió con expresión alterada. Se detuvo delante de mí respirando con dificultad, con la coleta torcida, y me señaló el pecho con un dedo.

—Que sepas que estamos a punto de tener nuestra primera pelea.

Me costó la misma vida mantenerme serio.

Volvieron a llamar.

Me miró con los ojos entrecerrados, se acercó a la puerta y la abrió.

Era Jewel.

—¡Hola! ¡Qué sorpresa! —exclamó Briana quizá con demasiada alegría—. ¡Pasa!

Mi hermana entró y se detuvo para contemplar la escena. Una lámpara en el suelo, fotos tiradas por todo el pasillo, la planta volcada, Briana despeinada. Me acerqué por detrás y le pasé un brazo por la cintura.

Mi hermana nos miró.

—¿Se puede saber qué estáis haciendo? Habéis destrozado la casa.

Briana se alisó el pelo.

—Pues echando un polvo. Las cosas se pusieron un poco salvajes.

—Deberías ver cómo ha dejado la cama —añadí.

Briana resopló.

Jewel asintió despacio con la cabeza.

—Vaaale. Pues genial. Gwen dice que parecéis sexualmente frustrados.

Briana y yo nos quedamos blancos al oírla.

—Te he traído la cuchara que me prestaste para hacer bolas de melón. Me voy. —Y se fue.

Me volví hacia Briana cuando la puerta se cerró.

Carraspeé.

—No estoy sexualmente frustrado —mentí.

—Pues yo sí —resopló ella.

Sentí que el calor me subía por el cuello. Había una solución tan fácil…

La vi cruzar los brazos por delante del pecho.

—No voy a hablar contigo durante cinco minutos. Estoy muy enfadada.

—¿Me vas a hacer lo de la purpurina?

Aspiró el aire entre dientes.

—Te la estás ganando, Maddox.

Me tembló el labio e intenté no sonreír, pero no pude evitarlo.

Echó a andar hacia mi dormitorio, supuse que para deshacer las maletas. Sonreí tras ella.

Una hora más tarde estábamos sentados a la mesa de la cocina mientras yo comía un plato de la comida que había traído. Era lo mejor que había probado desde que tenía uso de razón. Muslos de pollo en una salsa caldosa. Su madre era una cocinera estupenda.

—¿Dijiste que mandaría más?

Ella dobló una rodilla y apoyó la barbilla encima.

—Jacob, compra un arcón congelador.

Moví un poco la comida con la cuchara.

—Siento que tengas que estar aquí mientras tu madre está de visita.

—No me importa estar aquí.

Levanté la mirada.

—¿No?

—No. Claro que no. Será muy divertido. Y podemos compartir el coche para ir a trabajar.

—Podemos terminar de ver *Schitt's Creek* —sugerí.

—Y pasear juntos a Teniente Dan y comprar el sofá. Será estupendo para Instagram. Además, quiero que sepas que voy a dejarte espacio. Si necesitas irte un rato a la habitación de las plantas o lo que sea, lo entiendo perfectamente.

Dudaba que tuviera que hacerlo. No quería desaparecer cuando ella estaba cerca. Quería estar donde estuviera ella.

Le di una llave, sábanas, una manta y almohadas para la cama. Preparé la cafetera como siempre hacía para la mañana siguiente, salvo que eché el doble de la cantidad habitual, e incluso ese pequeño detalle me arrancó una sonrisa.

Estaríamos juntos todo el tiempo, en el mismo sitio. La idea hacía que me sintiera eufórico.

Nunca había imaginado que desearía eso. Nunca me había imaginado queriendo estar con alguien todo el tiempo. Pero ni siquiera eso bastaba, porque Briana iba a pasar la noche en otra habitación, no conmigo.

A partir de ese momento, y por primera vez en mi vida, dormí con la puerta abierta.

La semana siguiente establecimos una rutina, y yo me sentí más feliz que nunca.

Compramos un sofá. Tardarían una semana en entregarlo, pero de todas formas llevamos los viejos sillones a la cabaña y pasamos la noche allí. Fuimos a nadar al muelle y me obligó a practicar con ella el salto de *Dirty Dancing*, lo que significó que pude tocarla, aunque no hubiera nadie delante. Eso me alegró el día. Luego nos secamos y fuimos a cenar al restaurante.

No sacó a colación la anécdota que le conté sobre la conversación telefónica con ella bajo la lluvia. Así que no se acordaba. Menos mal.

Volvimos a la cabaña después de comer, nos sentamos en los sillones frente al fuego y estuvimos hablando hasta que se nos empezaron a cerrar los ojos.

Amy siempre se quejaba de que la cabaña era aburrida porque no había bares a poca distancia, ni habitaciones suficientes para llevar a nuestros amigos. Cuando se lo conté a Briana, me miró confundida y me dijo: «¿Cómo va a ser aburrida estando tú aquí?».

Me encantó cada minuto que pasamos juntos. Cada minuto.

Y luego volvimos al trabajo. Esa noche cenaríamos con su madre y con su hermano en casa de mis padres después de salir del hospital.

Me quedé de pie al otro lado de Urgencias, junto a la puerta de la habitación de un paciente, observando a Briana, que estaba en el control de enfermería. Estaba sentada con Jocelyn, actualizando historiales clínicos. Zander se acercó y se puso a mi lado.

—¿Qué haces?

—Vigilando a Briana. Le he comprado flores y estoy esperando a que lleguen.

—¿Por qué le has comprado flores?

Sonreí.

—Porque está enfadada conmigo.

—¿Por qué?

—Me preguntó si me la comería si fuera un osito de gominola. Le dije que sí.

Zander soltó una carcajada y Briana apartó la vista del ordenador y me miró con los ojos entrecerrados. Acto seguido, levantó una mano con el pulgar hacia abajo y yo me reí.

Zander me miró.

—Esto sigue siendo falso, ¿verdad? —me preguntó en voz baja.

Mi sonrisa se empañó un pelín.

—Sí. Sigue siendo falso.

—¿Estás seguro?

Solté un suspiro.

—Le pedí salir hace unas semanas. Me dijo que no.

—¿Te dijo que no? —Volvió a mirarla. Luego me miró y negó con la cabeza mientras intentaba contener una sonrisa—. En fin, ¿vas a volver a preguntárselo?

—No. Y no porque ya no me interese. Si cambiara de opinión, ella me lo diría. Pero no le gusto en ese sentido.

Me miró de reojo.

—¿Y a ti sí?

Me quedé callado un momento.

—Ajá. Me gusta.

Vi que aparecía alguien con flores por el pasillo y retrocedí un poco hacia la puerta. El momento en que Briana levantó la mirada y se dio cuenta de que eran para ella fue mi inyección de serotonina del día. Se le iluminó la cara, cogió la tarjeta y abrió el sobre. La vi leerla y reír. La tarjeta decía:

Queridísima Briana:

Mis más sinceras disculpas. Está claro que no me entero de nada.

)

Levantó la mirada para buscarme y sonrió al verme, y sentí que el corazón me llenaba todo el pecho.

Le ofrecería eso todos los días. Me pasaría el resto de la vida buscando formas de hacer que me sonriera así. Viviría para conseguirlo.

Cuando se acercó, todos nos miraban, como era habitual. Sabía que daría un espectáculo. No podíamos tocarnos demasiado en el trabajo. Las muestras públicas de afecto no estaban permitidas. Así que lo que hacíamos era actuar como si quisiéramos tocarnos, pero no pudiéramos hacerlo porque las reglas nos lo impedían. Se acercaba mucho a mí, me miraba como insinuando que si no estuviéramos trabajando, me besaría. Eso era lo que más me gustaba. Cuando lo hacía, sentía que correspondía mis sentimientos. Me permitía dejarme llevar por esa fantasía.

Se detuvo a un palmo, como si quisiera abrazarme.

—Zander —dijo, saludándolo con un gesto de la cabeza. Luego cruzó los brazos por delante del pecho y se volvió hacia mí—. Gracias por las flores, doctor Maddox.

—Entonces ¿estoy perdonado? —Sonreí.

Ella se encogió de hombros con gesto juguetón y apartó la mirada de mí.

—¿Qué te parece si te invito a cenar el sábado? —le pregunté.

Sus ojos regresaron a los míos.

—Quiero comida china.

—Vale.

—Yo hago el pedido y tú tendrás que ir buscarlo.

—Me parece justo.

Ella levantó una ceja.

—Voy a pedir la mitad de la carta.

—Por supuesto.

Nos habíamos inclinado el uno hacia el otro, muy sonrientes.

—Por Dios, meteos en una habitación —dijo Hector cuando pasó a nuestro lado.

Nos reímos un poco y nos separamos, pero no rompimos el contacto visual. Aquello se nos daba fenomenal.

Era difícil creer que uno de los dos estuviera enamorado y que el otro fuera tan bueno fingiendo.

—Oye, hay un paciente preguntando por ti en la habitación tres —le dijo Hector a Briana, que me dirigió una última mirada coqueta.

—El deber me llama —replicó, caminando hacia atrás—. Nos vemos durante el almuerzo.

La observé alejarse, sonriendo como un idiota, hasta que desapareció al otro lado de las puertas correderas de cristal de la habitación tres.

—Y estás seguro de que es falso... —dijo Zander.

Mi sonrisa desapareció.

—Estoy seguro. Para ella, al menos.

Solo éramos amigos. Aquello terminaría unas semanas después de la boda. Y el corazón se me iba rompiendo un poco cada día cuando lo pensaba.

Faltaban cuatro semanas para la boda. Cinco para el trasplante de riñón de Benny. Suponía que seguramente mantendríamos las apariencias durante unas semanas más. Y luego se acabaría.

Se acabaría.

Volví al trabajo.

Hector regresó diez minutos después mientras yo leía un historial.

—Oye, hay un *pendejo* tirándole los tejos a tu chica.

Levanté la mirada.

—¿Cómo dices?

—Sí, ahí está en plan «Dame tu número para ponernos al día» y tal.

Lo miré fijamente.

—¿Y se lo ha dado?

—Sí. Supongo que ella lo conoce o algo así, ¿no? Hazme caso y ve. El colega no para de tontear y a ella parece que le gusta. Además, está bueno. A ver, no tanto como tú, pero tampoco se queda atrás.

Miré durante un buen rato la puerta de la habitación en la que estaba Briana. Luego dejé el historial y me obligué a no correr.

35

Briana

Jacob me había mandado flores.

Sé que era solo para Instagram, pero daba igual. Aunque no las hubiera mandado por el motivo que yo quería que las mandase, seguramente se había pasado todo el día escogiéndolas. Así era él. Me lo imaginaba preocupado por el tema, leyendo las opiniones de la floristería antes de decidirse a usar sus servicios. Tal vez incluso llamando a la tienda para pedir una rosa de diferente color u otro jarrón distinto del que se veía en la foto de la página web.

Ese tipo de cosas hacían que deseara todavía con más fuerza que todo fuera real. Quizá si Jacob fuera menos atento, o menos tierno por las noches, o menos amable con sus padres, no estaría tan colada por él.

¿A quién quería engañar? Aunque no llegara ni a la mitad del hombre que era, habría caído con todo el equipo.

Por las mañanas hacía una cosa…, se apoyaba en la puerta del pasillo con una taza de café en las manos o hablándome sin más mientras yo estaba sentada en mi colchón hinchable. Tenía el pelo alborotado, el pantalón del pijama arrugado y una camiseta que seguramente olería a él. Y parecía… imposible no quererlo. Era uno de esos momentos en los que me costaba muchísimo no abrazarlo porque no había nadie presente para verlo. Seguro que estaría calentito y somnoliento. Seguro que tendría los labios dulces y sabría a café, y yo le pasaría los dedos por el pelo.

Así que me quedaba sentada en el dichoso colchón hinchable mientras fingía estar encantada de dormir en el suelo del salón en vez de acurrucada en su dormitorio con él.

Me encantaba vivir con él. Me encantaba de verdad.

Me gustaba que siempre tuviera música clásica puesta a un volumen bajísimo. Usaba perlas de olor en la colada y sus toallas siempre olían a lavanda. Me gustaba que encendiera velas cuando llovía. Me gustaba cuando le hablaba en voz baja a su perro, que estaba tan enamorado de Jacob como yo. Me gustaba oír sus pasos por el pasillo o el crujido de su cama cuando se levantaba por las mañanas. Me gustaba cuando entraba en la cocina sin hacer ruido para no despertarme mientras ponía la cafetera, o cuando me quedaba casi dormida viendo la tele con él en su cama y me tapaba con una manta y apagaba la luz.

Era atento y detallista. Era paciente y amable. Y su casa era como que te invitasen a un precioso nido, donde me sentía aislada y segura. Pero creo que en el fondo sabía que lo que me gustaba de su casa era él mismo. Él era el elemento clave del ecosistema autosostenible que era esa vida. Nada funcionaba sin él.

Abrí la puerta corredera de la habitación tres para ver al paciente que había preguntado por mí.

—¡Levi! —Sonreí de inmediato.

El hombre sentado en la camilla con la gasa ensangrentada en la mano también sonrió.

—Me parecía que este era tu hospital.

—¿Qué haces en Minnesota? —pregunté al tiempo que cerraba la puerta.

Me enseñó la escabechina.

—Rajándome la palma de la mano con un cuchillo de pelar.

Solté el aire entre dientes.

—Ya termino yo —le dije al residente que lo estaba preparando. Salió y me puse los guantes para echarle un vistazo al corte—. Ah, sí, te has hecho un buen destrozo. —Lo miré con fingida seriedad—. ¿Vas a ser valiente mientras te coso la herida? Nada de llorar.

—¿En serio? ¿Quieres que exhiba una masculinidad tóxica? ¿Tú? Si me duele, lloraré.

Meneé la cabeza mientras soltaba una carcajada. Dios, Levi. Tan guapo y zalamero como siempre.

Volví a cerrarle la mano para que apretase la gasa.

—Bueno, ¿qué tal tu mujer?

—Bien. Estamos divorciados.

Eché la cabeza hacia atrás.

—¿En serio? Se os veía muy felices en Instagram.

—Ya, bueno… No salió bien. Pero seguimos siendo amigos. Ya he visto que tú también te has divorciado. Lo sentí al enterarme.

Me encogí de hombros mientras me quitaba los guantes.

—Las cosas se tuercen. Qué se le va a hacer.

—En fin, ¿te acuerdas de Cindy? —preguntó él.

Tiré los guantes a la papelera.

—¿Cindy Baker? ¿Tu vecina? Claro. Jugábamos a *Guitar Hero* con ella en tu salón después del colegio.

—Ella es el motivo de que haya vuelto a la ciudad.

Levanté las cejas.

—¿En serio?

—Ajá. Me pidió amistad en Facebook el año pasado en mitad de todo el asunto del divorcio. Empezamos a vivir juntos hace dos semanas.

Meneé la cabeza.

—Qué fuerte. Tu alma gemela era la chica de al lado.

—Lo sé, es increíble.

La puerta corredera se abrió y entró Hector.

Levi sonrió.

—Los dos divorciados. ¿Quién lo iba a decir? Espero que no te moleste si digo que tu marido era un imbécil.

—No lo sabes tú bien.

Me miró con aprobación.

—Pero tienes buen aspecto. El pijama de médico te sienta bien.

Sonreí al tiempo que me apoyaba en la encimera.

—Gracias. Deberías verme cubierta de vómito y sangre.

Soltó una carcajada.

—Oye, tenemos que quedar para tomarnos algo —dijo—. Y ponernos al día.

—Sí, claro —dije.

Levi me hizo un gesto con la cabeza.

—Dame tu número.

Saqué el móvil y me volví hacia Hector.

—¿Puedes limpiar esto y aplicarle un poco de lidocaína? Y necesito un kit de sutura.

—Enseguida, jefa. —Pronunció la última palabra, ese «jefa», con cierto retintín. Me miró con los labios apretados y se fue.

Levi lo observó marcharse.

—¿A qué ha venido eso?

Puse los ojos en blanco.

—A saber. Se muere si no va de ofendido.

Levi me dio su número y yo le mandé un «Hola» en un mensaje para que se guardara el mío cuando tuviera la mano libre.

—Ya está —dije mientras guardaba el móvil.

Me observó un momento.

—¿Sabes que me hice las pruebas de compatibilidad con Benny?

Sonreí.

—¿De verdad? Gracias.

—¿Ha conseguido un donante?

Asentí.

—Pues sí. El mes que viene recibirá el trasplante. Una compatibilidad al cien por cien.

Sonrió.

—Bien. —Hizo otra pausa—. Oye, me alegro mucho de verte.

Asentí.

—Lo mismo digo.

—No es que me haya cortado a propósito como excusa para venir a verte, pero me ha alegrado el día, la verdad. Seguro que a Cindy también le gustaría quedar. Reunir de nuevo al grupo.

Me estaba riendo por el comentario cuando la puerta se abrió otra vez. Pero no era Hector, sino Jacob.

—Oye, quería consultarte una cosa si no te importa —dijo al tiempo que se asomaba a la habitación.

—Claro. —Miré a Levi—. Ahora vuelvo.

Salí al pasillo.

—¿Qué pasa, qué tienes?

Señaló con la cabeza por encima del hombro.

—Estoy a punto de drenar un absceso del tamaño de una naranja en la habitación seis.

Sonreí.

—Oooh, ¿has venido con regalos? Pero no puedo. Tengo que suturar esto. —Señalé con la cabeza por encima del hombro.

—Puedes dejárselo a un residente.

—No, voy a hacerlo yo.

Asintió despacio con la cabeza.

—¿Lo conoces o...?

—Sí, ¿recuerdas que te hablé de la familia para la que trabajó mi madre cuando era joven? ¿La que la contrató como enfermera para su abuela? Pues es el hijo pequeño. Se puede decir que crecimos juntos.

—Ah. ¿Me lo presentas?

Solté una carcajada.

—¿Quieres conocerlo?

Cruzó los brazos por delante del pecho.

—Sí, ¿por qué no? Quiero conocer a alguien con quien creciste.

—Es un desconocido. Ya sabes.

—Creo que puedo soportarlo.

Me encogí de hombros.

—Vale, ven.

Regresamos a la habitación, y Levi se sentó más erguido cuando entramos.

—Levi, te presento a mi amigo Jacob. Jacob, te presento a mi amigo de la infancia, Levi Olsen.

—Te daría la mano, pero... —dijo Levi al tiempo que le mostraba la herida.

Jacob hizo un gesto con la cabeza y se metió los puños en los bolsillos.

—En fin, estás en buenas manos.

Y después se... quedó allí plantado.

—En fin —repitió Jacob al cabo de un momento—, encantado de conocerte. —Luego me miró—. A las ocho en casa de mis padres para cenar esta noche.

—Ajá… —Lo miré desconcertada, ya que la cena era en honor a mi madre y a mi hermano, así que claro que sabía a qué hora era.

Siguió allí plantado el tiempo justo para que resultara incómodo. Y después se fue.

Miré a Levi.

—¿Es tu novio? —me preguntó.

Solté una risilla.

—Sí, es una larga historia.

Asintió.

—Pues parecía un pelín celoso.

Eso sí que me arrancó una carcajada.

—Créeme, no lo está.

Dios, ojalá lo estuviera.

36

Jacob

$\mathcal{M}$e había presentado como su amigo. ¡Su amigo!

Ocho horas después todavía era incapaz de dejar de darle vueltas mientras esperaba a Briana y a su familia en casa de mis padres.

Briana quiso recoger a su hermano y a su madre, y vernos allí. No habíamos podido almorzar juntos como planeamos, así que no llegué a preguntarle por Levi… Hice una mueca al pensar en él. Levi. ¿Qué nombre era ese? Parecía una herramienta de jardinería.

Me habían parecido cómodos el uno con el otro. Y ella había tardado demasiado en coserle la herida. Me quedé mirando la puerta de la habitación tres hasta que no me quedó más remedio que ponerme a drenar el absceso, y cuando terminé, ella seguía dentro.

¿De qué habrían hablado?

Me estaba mordiendo la uña del pulgar. Mi ansiedad había cobrado vida de nuevo. Llevaba semanas apaciguada, pero había vuelto. No sabía si se debía a la cena de esa noche o a Levi.

Su amigo.

Seguramente le estuviera dando demasiadas vueltas. Estaba seguro de que se las estaba dando. ¿Y si siempre presentaba a sus novios como amigos? A ver, que un novio es una especie de amigo. ¿Verdad? Técnicamente no era incorrecto.

Sin embargo, el problema estaba en que no era su novio. No de verdad. Y a lo mejor ella quería que él lo supiera.

Me puse a andar de un lado para otro en el vestíbulo mientras esperaba a que ella llegase al camino de entrada con el coche para poder recibirla en la puerta. Esa noche solo estarían mis padres, Jane y el abuelo. Los demás tenían que trabajar. Agradecía que hubiera menos gente, porque ya me sentía agotado. Por Levi.

Briana y su familia aparecieron diez minutos tarde. Mientras caminaban hacia la puerta desde la acera, inspiré hondo y la abrí con mi mejor sonrisa.

—Hola, ya habéis llegado.

—Lo siento, nos hemos desviado un poco —dijo Briana, que se acercó y me besó en la mejilla.

El corazón me dio un vuelco. Normalmente no recibía besos de ninguna clase.

Al menos, Briana quería que su madre y su hermano supieran que no era un amigo.

Se hizo a un lado para presentarme a su madre.

—Te presento a mi madre, Rosa.

—Hola…

La mujer se abalanzó sobre mí.

—¡Nuestro héroe! —exclamó con un poco de acento—. Rezamos por ti y Dios te trajo hasta nosotros. Gracias. —Mientras me abrazaba, Briana se encogió de hombros por detrás de ella con una sonrisa.

—De nada —dije con un hilo de voz.

Rosa se apartó y me sujetó de los brazos.

—Le dije a Briana: tienes un hombre muy especial. Cuídalo. Dale todo el sexo del bueno…

Me quedé blanco.

—¡MAMÁ! —Briana parecía espantada.

Rosa ni se inmutó.

—¿Qué? Vives con él, como si no supiera que lo hacéis.

En fin, a Rosa le iba a encantar mi madre.

Benny se acercó a su hermana, que seguía meneando la cabeza. Lo saludé con un gesto.

—Me alegro de verte de nuevo.

—Sí —dijo con incomodidad—. Gracias. Por…, ya sabes.

—De nada.

Briana me rodeó la cintura con un brazo y me estrechó desde el costado, y la miré y me perdí como siempre me pasaba cuando recibía uno de sus abrazos.

—Hueles bien —me dijo con una sonrisa.

Ojalá pudiera inclinarme y besarla. Eso era lo que haría un novio de verdad en esa situación. Un pico y una sonrisa.

—Tú también —dije en cambio.

«En cambio». Hacía cualquier otra cosa menos lo que de verdad quería hacer con ella.

El abuelo apareció a toda velocidad por el pasillo y me sacó de mi ensimismamiento. Se acercó tanto a Briana con la silla que ella tuvo que apartarse de un salto.

—¿Me has traído tabaco? —La fulminó con la mirada.

—No, no te he traído tabaco —respondió Briana al tiempo que cruzaba los brazos por delante del pecho.

—¿Se suponía que tenías que traerle? —preguntó Rosa.

Briana negó con la cabeza.

—No puede fumar, mamá.

—¡Y un cuerno que no! —gritó él—. ¡Este sitio es una cárcel!

—Abuelo… —dije.

En ese momento aparecieron mis padres por el pasillo, acompañados de Jane, para salvarme. Hice las presentaciones. Por algún motivo, Benny se presentó a mi hermana como Ben. Después mis padres se llevaron a Rosa y a Benny para enseñarles la casa con Jane y el abuelo, y Briana y yo nos quedamos solos un momento.

Dejó caer los hombros en cuanto doblaron la esquina.

—Lo siento —dije—. He encerrado a Jafar, pero no puedo hacer nada con el abuelo.

Resopló.

—¿Estás bien? —le pregunté—. Habéis llegado tarde.

—Sí, adivina qué hice de camino aquí. Vi una zarigüeya muerta, así que paré para traérsela a tu padre…, pero no estaba muerta.

Solté una sonora carcajada.

—Cuando la cogí, me siseó y caí de culo. Mi madre cree que

se me ha ido la olla por completo. Me caí sobre un arbusto y tuvo que quitarme hojas del pelo. Me he golpeado el codo. —Lo levantó para enseñármelo con el ceño fruncido.

Sonreí.

—¿Quieres que le eche un vistazo?

Se lo frotó.

—No, no le pasa nada.

La miré con expresión guasona.

—No hace falta que le traigas bichos muertos a mi padre.

—Pero quiero ser su preferida —gimoteó.

Me reí por lo bajo. Y luego me quedé mirándola sin más. La había echado de menos, aunque solo hubiera pasado una hora desde que la había visto en el trabajo.

Ya no me parecía normal estar separados. Y cuando estábamos juntos, no conseguía tanto de ella como quería.

Siempre estaba hambriento en lo que a ella se refería. Vivía de migajas, sin saciarme nunca. Incluso en ese momento, de pie en el pasillo en un sitio donde podíamos tocarnos, no se me permitía hacerlo, porque no había nadie para verlo. Todo, absolutamente todo lo que obtenía, era una actuación, y la carencia empezaba a pasarme factura a medida que transcurrían los días. Decirle que la quería sería dar un pequeño paso. Me parecía que era una pena quererla tanto como la quería sin que ella lo supiera. Sin que supiera que su simple existencia era el motivo por el que sonreía, por el que me alegraba de despertarme por las mañanas.

La llamaron por teléfono. Sacó el móvil del bolso y lo miró. Después lo silenció y lo guardó de nuevo.

—¿Alexis? —le pregunté.

—No. —No añadió nada más.

Benny y su madre estaban allí. Yo estaba allí. Si no era Alexis, ¿quién era? Claro que ya lo sabía.

Carraspeé.

—Oye, estaba pensando que es mejor que le digamos a todo el mundo que estamos juntos. Por si las moscas.

Ladeó la cabeza.

—¿Cómo dices?

—Me presentaste a Levi como tu amigo.

Frunció el ceño.

—¿En serio?

—Sí. Me di cuenta de ese detalle. Es que creo que debemos ser consistentes, ¿sabes?

—Lo siento. Me traicionó el subconsciente —adujo—. Oye, ¿y si le cuento la verdad? —preguntó en voz baja.

Se me aceleró el pulso.

—¿Por qué quieres hacerlo?

—La verdad es que no tiene contacto con ningún conocido nuestro. No me gusta mentir si no es necesario.

Quería decirle que no tenía pareja. ¿Por qué quería decirle que no tenía pareja? Sentí que el pánico me corroía por dentro como el ácido. Ni siquiera supe qué contestarle.

Señaló hacia el lugar por donde se habían ido nuestras familias.

—Deberíamos ir a buscarlos antes de que mi madre crea que la he abandonado —dijo, cambiando de tema. Me miró a los ojos—. Y que sepas que esta noche tendré que servirte la cena o mi madre creerá que no te trato como es debido.

La miré sin comprender.

—Pero estamos en casa de mis padres…

—Tú tranquilo, Jacob. Tengo que tratarte como el príncipe que eres. Mi madre ya le ha puesto flores a la Virgen para darle las gracias por haberte enviado. Has alcanzado la santidad.

En fin, al menos su madre estaba de mi lado. Estaba dispuesto a aceptar cualquier ayuda que me dieran.

37

Briana

*I*ba de camino a casa con mi madre y Benny después de la velada en casa de los padres de Jacob. La cena había ido bien. Benny pudo hablar con Joy sobre su trasplante. Creo que eso lo ayudó a tranquilizarse. Hasta ese momento no conocía a nadie que hubiera pasado por una operación así.

—¿Por qué dice Bieber el loro? —me preguntó mi hermano desde el asiento trasero.

—Se despierta todos los días como si estuviera poseído por el demonio —contesté.

—¿Y por qué tienen esa habitación tan rara con todos esos bichos muertos?

—No me ha gustado ese sitio —dijo mi madre—. Demasiados ojos.

—El padre es taxidermista. A mí me parecen graciosos —repliqué mientras me incorporaba a la autopista—. ¿No te ha gustado el mapache en el monopatín? —le pregunté a mi hermano.

Lo vi encogerse de hombros a través del espejo retrovisor.

—Sí, supongo.

—Briana, ¿por qué no le das tabaco a ese anciano? —preguntó mi madre.

—Lleva oxígeno, *mamá*. Podría causarle hipoxia.

—¿Y qué? ¿Tiene demencia? ¿No puede decidir si quiere matarse fumando?

—No, no tiene demencia.

—¿Y por qué no dejarlo fumar? Le dices: «Mire, si le doy esto, igual no puede respirar. ¿Lo quiere de todas maneras?». Y si dice que sí, pues es que sí. Yo le daría uno. Tú deberías darle uno.

—Joy no quiere que fume.

Hizo un gesto para quitarle hierro al asunto.

—*Uno no lo va a matar*. Es adulto, si quiere fumar, que fume. De todas formas se va a morir, así que mejor que muera feliz. Y eso vale por mí también. Que no se te ocurra decirme nunca que no puedo tener algo que quiero porque intentas que viva para siempre. Quiero morir haciendo lo que me gusta. Quiero ser feliz hasta el último momento.

—Vale, *mamá*.

—¿El secreto de la felicidad? —siguió—. Casarse con un viejo rico que te quiera más de lo que tú lo quieres. —Asintió con la cabeza mirando al frente—. Este no es feo, pero el resto lo cumple. *Enculado.*

Resoplé.

—Jacob no está colado hasta las trancas.

Echó la cabeza hacia atrás para mirarme.

—¡*Estás ciega!* ¿Es que no lo ves? Este me gusta. Nick nunca me gustó.

—¡Ja! —exclamé mientras cambiaba de carril—, a buenas horas me lo dices. —Solté el aire despacio por la nariz—. Jacob no me quiere más de lo que yo lo quiero a él, *mamá*, te lo aseguro.

Ella resopló.

—Sí que estás ciega. Te estás preocupando de lo que no es. Preocúpate de lo que importa.

—¿Por qué nunca te besa? —me preguntó Benny.

—Sí que me besa —lo contradije a la defensiva.

—No, no lo hace. Siempre parece que quiere hacerlo, pero nunca te besa.

Me removí en el asiento.

—No le gustan las demostraciones públicas de afecto.

—Pero siempre te coge de la mano, te toca y demás.

—Los besos son distintos.

—No son tan distintos… —masculló con retintín.

—Si te pide que te cases con él, acepta —dijo mi madre—. Se te está pasando el arroz.

—*Mamá*, por favor. Que acabo de pasar por un divorcio espantoso y llevamos saliendo como cinco segundos.

—Y ya le va a dar a tu hermano un órgano. *Dios mío*, ¿qué más quieres? Me gusta. Buen trabajo, guapo. Es muy educado.

—Sí que es educado. —Y generoso y amable—. Pero para que lo sepas, seguramente no me vuelva a casar nunca.

Se giró en el asiento para mirarme como si le hablase en otro idioma.

—¿Por qué?

—¿Porque no me salió bien?

Le quitó hierro al asunto de nuevo con un gesto de la mano.

—Tú limítate a ser lista. Haces que te dé un anillo caro. Lo pones todo a tu nombre, todas sus propiedades. Así, si te deja, te quedas con su casa.

—*¡Mamá!*

—¿Qué? Es lo que yo hice con Gil. Así sé que no va a dejarme. No se lo puede permitir.

—Gil está obsesionado contigo y sería incapaz de vivir sin ti —le recordé.

—Y si lo hiciera, tendría que ser sin su casa. —Se encogió de hombros.

Me eché a reír. Después miré por el retrovisor central.

—Bueno, ¿qué te parece la familia de Jacob? —Miré a mi hermano con una sonrisilla torcida—. Ben —añadí con retintín.

—Cierra la boca —masculló.

—Jane es guapa, ¿eh? —insistí con la mirada en la carretera—. Está soltera —canturreé.

—Lo sé. Me lo ha dicho.

Jadeé.

—¿Se lo has preguntado?

—No. Me lo ha preguntado ella a mí. Y luego ha dicho: «Yo también».

—¿Y bien? ¿Qué vas a hacer? —le pregunté, mirándolo a través del espejo.

—Nada. No estando así —susurró mientras se señalaba el catéter que tenía debajo de la camiseta.

Se me suavizó la cara.

—Un mes más, Benny.

—Me gusta su familia —dijo mi madre—. Buena gente.

—Hablando de familias —seguí, cambiando de tema—: Levi Olsen ha estado hoy en el hospital.

—¿Levi? ¿El pequeño Levi?

—Sí, ha vuelto a la ciudad. Quiere que nos tomemos algo.

Mi madre me miró.

—¿Jacob te lo permite?

—A ver, lo primero, ningún hombre me dice lo que puedo o no puedo hacer.

Mi madre cruzó los brazos por delante del pecho.

—¿Por qué no? ¿Tú no le dices lo que tiene que hacer?

—Esto…, pues no.

—No deberías ir si tienes novio —insistió ella.

—Levi no intenta tirarme los tejos. Está saliendo con Cindy Baker. También vendrá.

—Llévate a Jacob —dijo mi madre.

—¿¡Por qué!?

—Para que no se ponga celoso.

Puse los ojos en blanco.

—*Mamá*, no se va a poner celoso. Y Jacob no es de los de «Vamos a tomarnos unas copas con mis amigos». No le gustan esas cosas.

Chasqueó la lengua.

—Los hombres se ponen celosos, *mija*. Al menos dile que vaya para que sepa que puede hacerlo. Parece que nunca te hayas relacionado con hombres…

No podía explicarle a mi madre que ese hombre en concreto no se iba a poner celoso. Que no le importaría en lo más mínimo con quién me tomaba una copa.

Porque, en realidad, ese hombre no era mío.

38

Jacob

Cuando Briana llegó a casa después de dejar a su familia, salí al pasillo a recibirla.

—Hola —dijo al entrar—. Es tarde, creía que ya estarías dormido.

—Quería asegurarme de que llegabas bien a casa —aduje mientras me apoyaba en el marco de la puerta.

Sonrió.

—Creo que a mi hermano le gusta tu hermana —dijo, quitándose los zapatos junto a la puerta. Soltó el bolso en el aparador y se acercó a mí descalza—. ¿Quieres que veamos la tele en tu cama?

—Sí —contesté, demasiado deprisa.

Como ya no estaban los sillones y el sofá no lo entregaban hasta dentro de unos días, el único sitio para ver la tele era mi cama. Me gustaba tanto la situación que esperaba que el universo jugara a mi favor y mi nuevo sofá se cayera del camión.

La última vez que vimos la tele en mi cama, se quedó dormida. Cuando me desperté por la mañana, ya se había trasladado a su colchón hinchable, pero daba igual.

Nos lavamos los dientes el uno al lado del otro en mi cuarto de baño. Después cerró la puerta para ponerse una camiseta vieja de manga corta y unos pantalones cortos que me gustaban, y salió para meterse debajo de la colcha.

Esos momentos eran los que hacían que se me atenazara el corazón más que nunca, porque me resultaba muy fácil imaginarnos juntos. Una noche más en la vida cotidiana de una relación feliz. Parecíamos una pareja enamorada preparándose para acostarse y ver la tele.

Solo que no lo éramos.

Éramos amigos. Quizá incluso menos que amigos, ya que no sabía si ella estaría allí si no fuera a ayudar a Benny.

—Pareces cansado —comentó—. ¿Estás bien?

«No, me he pasado todo el día montándome películas de Levi contigo».

—Ha sido un día largo.

Se tumbó de costado y se apoyó en un codo.

—¿Estarás bien para mañana? Dos días seguidos socializando va a ser demasiado.

Al día siguiente se celebraría la despedida de soltero. Los chicos íbamos a ir de bar en bar en limusina, y Amy iba a celebrar algo para las chicas en casa de mis padres.

—Estaré bien.

—¿Seguro? ¿Habiendo una limusina? ¿Y bares? Los extrovertidos se reproducen por la noche, podría ponerse muy feo.

Resoplé.

—La invitación que Amy me mandó por la app Evite decía que íbamos a hacer velas —dijo Briana con una mueca—. ¿No le apetece montar en un toro mecánico con un velo de novia? ¿Divertirse de verdad?

—Supongo que no —contesté—. A lo mejor se muere por hacer velas.

Briana movió la cabeza.

—Pues te haré una. ¿Qué aceite esencial quieres?

Me froté la frente.

—Algo para el estrés.

Era un detalle que Amy la hubiera invitado. Intentaba incluir a Briana, y le agradecía el gesto.

Yo, en cambio, desearía que no me hubieran invitado a la despedida de soltero. Pasar la noche en una limusina yendo de un ruidoso bar a otro con los amigos borrachos de mi hermano me agotaba de antemano. Estuve a punto de decirle que no iba. Pero Briana señaló, con toda la razón, que si no iba, daría la impresión de que no estaba bien. Era el único hermano varón de Jeremiah. Tenía que estar allí. Sobre todo, tenía que estar allí si quería aparentar que lo apoyaba.

Además, si yo no iba, Briana tampoco iría a la fiesta de Amy.

Mis hermanas y mi madre estarían allí. Quería que Briana formara parte de las actividades de mi familia. Que la acogieran en su seno.

Claro que nada de eso importaría dentro de dos meses..., aunque tampoco habíamos hablado del final ni de cuándo tendría lugar exactamente. Lo cierto era que en cuestión de dos meses la boda habría pasado y ya habría transcurrido más de un mes de la operación. Habríamos cumplido con el trato.

¿Cuánto más podía esperar que se quedase?

Me quedé callado al pensarlo con los ojos clavados en la tele, mirándola fijamente sin ver nada.

El móvil de Briana sonó en el silencio. Lo cogió y se echó a reír.

—¿Quién es? —le pregunté.

—Ah, es Levi. —Se mordió el labio mientras contestaba.

Levi.

—Hoy estuviste mucho tiempo hablando con él —señalé mientras intentaba aparentar que no me importaba.

—Sí. Me ha gustado poder ponernos al día.

Carraspeé.

—¿Salisteis juntos en algún momento? —le pregunté.

—¿Levi y yo? Qué va. —Después sonrió—. Mi madre siempre bromeaba con que me casaría con él.

—¿Por qué?

—Creía que estaba colado por mí. No sé.

Se me secó la boca.

—¿Nunca quisiste salir con él?

Me miró.

—Lo que voy a decirte va a parecer un poco de la Inglaterra victoriana, pero su familia no lo habría aprobado.

—¿Por qué no?

Me dirigió una mirada elocuente.

—Éramos el servicio, Jacob.

—Pero ahora no eres el servicio. —Me arrepentí nada más decirlo. Por el amor de Dios, que estaba hablando a favor de ese tío.

Ella soltó una especie de risilla guasona.

—No, desde luego que he ascendido en el escalafón desde el instituto. —Miró de nuevo el móvil—. Hemos quedado para tomarnos algo la semana que viene en su casa. He pensado que podría ser el día que vas a llevar a Teniente Dan al veterinario. Volvería a casa antes que tú.

Se me cayó el estómago a los pies. ¿Iba a ir a su casa? ¿Era una cita?

Me daba miedo preguntar. Porque me daba miedo la respuesta.

Sabía que eso pasaría en algún momento. Como no me quería, acabaría saliendo con otro, y yo no podía hacer nada al respecto. Pero había pensado que de momento me ahorraría ese mal trago porque estaría a salvo gracias a las normas de nuestro acuerdo.

Sin embargo, Briana no tenía pareja en realidad. Y quería que Levi lo supiera. A lo mejor ya lo sabía. Si no llegaba a oídos de ningún conocido, ¿qué problema había en que Briana hiciera lo que le diera la gana?

Podría acostarse con él ese día. La idea hizo que el pánico me atenazara el pecho.

No tenía derecho a decirle que no fuera. Ni siquiera tenía derecho a que me molestase. Lo que había entre nosotros, nuestra relación…, todo eso era un favor. No era real. Joder, lo nuestro no era REAL.

El móvil le sonó otra vez. Y otra. Y otra.

No era un pitido fuerte, pero mi reacción al oírlo fue física. Cada vez que le llegaba un mensaje de texto, tensaba más los hombros y se me aceleraba el pulso. El sonido era tan perturbador que me parecían disparos.

Tin.

Tin, tin.

Tin, tin, tin.

—Oye, la verdad es que estoy muy cansado —dije al tiempo que cogía el mando a distancia y apagaba la tele—. Creo que voy a acostarme.

Se le descompuso la cara.

—Oh.

Parecía decepcionada. A saber por qué. Ni siquiera estaba viendo la tele y bien podría seguir con los mensajes en el salón.

Se levantó.

—Vale. Buenas noches. —Y después volvió a su colchón hinchable.

Estaba decepcionado porque no se quedaría dormida sin querer en mi cama y el resto de la noche se había ido al traste, pero no podía seguir viéndola mirar el móvil.

Apagué la luz, pero no podía quedarme dormido. Mi mente tomó una inmisericorde tangente. ¿Qué le estaba diciendo para hacerla reír? ¿Era más gracioso que yo? ¿Sentía mariposas en el estómago cuando le llegaba un mensaje? ¿Tendría que soportar verla salir con él? ¿Cuando nuestro trato aún no había terminado?

Estaba rumiando todo eso, y no era saludable ni me llevaba a ninguna parte. De modo que usé lo que había aprendido en terapia. Redirigí mis pensamientos. Intenté calmarme centrándome en lo que sabía que era positivo y cierto.

Briana buscó mi amistad al principio, así que debía de caerle bien. Dijo que yo le provocaba un afán protector. Se reía cuando bromeaba con ella. Me halagaba. Me decía que olía bien, que tenía una bonita sonrisa.

Y era posible que yo estuviera viendo cosas que no había en los mensajes con Levi. Acababa de retomar el contacto con él ese mismo día y seguramente solo tenían mucho de lo que hablar.

Eso me ayudó un poco, pero no lo suficiente.

Dormí alrededor de una hora y me desperté después de soñar que me atacaba un oso mientras hacía senderismo. Luego me quedé tumbado en la cama, preocupado por si un avión caía sobre la casa, si los mellizos tenían un accidente o si había perdido mi certificado de nacimiento.

¿Había perdido mi certificado de nacimiento?

Me levanté y lo busqué en la caja fuerte que tenía en el armario. Cuando lo encontré, eran las dos de la mañana y estaba con los nervios de punta. Quería salir a correr. Recorrer las calles a toda velocidad y librarme de esa sensación, o agotarme por completo, para así no tener fuerzas para pensar. Pero solo podía salir por la puerta principal y no quería despertar a Briana. De modo que usé la máquina de remo.

Después de tres cuartos de hora acabé empapado de sudor, pero no más cerca del sueño que cuando empecé. Me duché y me dije que bien podría ponerme a escribir en el diario para solventar algunas de las cosas que estaba sintiendo. De modo que fui de puntillas a la habitación de las plantas y escribí. Después de estar dos horas haciéndolo, por fin había desescalado lo suficiente como para dormirme, a eso de las seis, pero me desperté de nuevo a las ocho, tal como estaba previsto.

Y luego ella se pasó todo el día mandándole mensajes.

En la cocina mientras le preparaba el desayuno. En el salón en su colchón hinchable. En el cuarto de baño mientras se maquillaba. Durante todo el trayecto hasta la casa de mis padres para las despedidas.

No paró en ningún momento.

A esas alturas había silenciado el móvil, de modo que no lo podía oír. Y no le pregunté si estaba hablando con él, pero sabía que sí, y me imaginé los peores escenarios mentalmente: Levi coqueteando con ella y Briana correspondiéndole. Deseando terminar con nuestro trato para salir con él sin esconderse. Su madre se alegraría porque siempre había creído que se casarían y tal vez lo hicieran.

Tenía los nervios destrozados. Cuando por fin llegamos a casa de mis padres, el boquete que tenía en el estómago empezaba a provocarme náuseas. Estaba más acalorado de la cuenta y sudoroso. No dejaba de secarme las palmas en los pantalones. Tuve que comprobar tres veces que había colocado bien la marcha al aparcar. No lo recordaba.

—Muy bien —dijo ella, cuando por fin soltó el móvil y se volvió en el asiento para mirarme—. Aquí va tu frase del día. ¿Preparado?

No estaba preparado. No podía concentrarme.

—Sí.

—«En la situación económica actual». —Sonrió—. Ya está. Esa es la frase.

La miré fijamente.

—Vale.

Ella me devolvió la mirada.

—Es una buena frase, Jacob.

—Sí.

Ladeó la cabeza.

—¿Estás bien?

—Estoy bien.

No lo estaba. La cabeza me daba vueltas. Tenía la sensación de que el cerebro se me estaba separando del cuerpo. No podía respirar en condiciones.

Quería decirle que no podía ir a casa de Levi la próxima semana. Quería que dejara de mandarle mensajes. Quería que dejara de recibir mensajes en silencio.

Sobre todo, quería que me correspondiera. Quería que lo nuestro fuera real. Quería que aquello fuera distinto, pero no iba a serlo y tenía la sensación de que me estaba desmoronando poco a poco.

Bastante me costaba ya lidiar con la realidad de que Briana no sintiera nada por mí. Pero al menos tenía esos meses. Podía estar cerca de ella, aunque solo fuera durante un tiempo. Sin embargo, había surgido una brecha en ese espacio seguro por la que entraba agua, y me estaba ahogando.

—¿Jacob?

Parpadeé.

Me miraba raro.

—No es necesario que vayas.

—¿Qué?

—A la despedida de soltero. Puedes decir que no te sientes bien o lo que sea. Podemos volver a casa.

—Estoy… estoy bien.

Me miró fijamente.

—Pareces nervioso.

—No lo estoy.

Entrecerró los ojos sin dejar de mirarme, pero salí de la camioneta antes de que pudiera insistir. Estaba como un flan y me temblaban las piernas. Me costaba la misma vida actuar con normalidad. Andar con normalidad. Respirar con normalidad.

Teniente Dan caminaba a mi lado y me había pegado la cabeza a la mano.

Entramos en la casa, y me resultó imposible concentrarme. Los mellizos se abalanzaron sobre mí. Jafar estaba pavoneándose por el pasillo chillando palabrotas; el abuelo se puso a acosar a Briana, que no se quedó atrás y le devolvió todas las pullas. Todo parecía estar sucediendo debajo del agua. El tiempo parecía elástico. No sabría decir cuánto llevábamos allí. ¿Un minuto? ¿Una hora? ¿Había llegado ya la limusina? No. Me habría acordado. ¿Lo recordaría de ser así?

De repente, me encontré en el salón, sentado en el sofá con todos.

Amy y Jeremiah estaban allí, además de unos veinte invitados para las dos despedidas.

Briana me había cogido de la mano, pero habría jurado que podía oír su móvil, aunque sabía que lo tenía en silencio. Sentía el corazón acelerado y la boca seca. Teniente Dan me había metido la cabeza debajo del brazo, y de repente me di cuenta de que estaba sufriendo un ataque de pánico.

Amy y Jeremiah estaban haciendo una especie de anuncio. Yo estaba en una pecera.

Veía a Amy mover la boca.

—Vamos a tener un bebé.

Y después fui consciente de que todas las miradas se clavaban en mí y dije lo único que se me ocurrió decir porque tenía que largarme de allí.

—¿En la situación económica actual?

Salí corriendo de la estancia antes de que dejaran de funcionarme las piernas.

39

Briana

*E*n cuanto Amy hizo el anuncio, Jacob se desintegró. El cambio fue palpable. El vuelco de un vaso tambaleante al borde de una mesa. Destrozado.

Llevaba con la ansiedad a tope todo el día. Seguramente porque sabía que tenía la despedida de soltero y ya estaba agotado después de la cena con mi familia la noche anterior. Se había mostrado malhumorado y distante desde que se levantó. Yo había intentado darle espacio, porque era evidente que no aguantaba a nadie, de modo que me había pasado el día viendo vídeos de TikTok y mensajeándome con Alexis para no molestarlo. Pero en ese momento deseé haberlo convencido de que se quedara en casa. Ni en su mejor día tendría el ánimo necesario para oír esa noticia.

Usó la frase para escapar y prácticamente corrió hacia la escalera que llevaba al sótano. Cuando por fin bajé, estaba sentado en el sofá de estilo futón emplazado junto a la mesa de billar, llorando y respirando contra las manos.

Tenía un ataque de pánico. Pero un ataque de pánico real. Porque Amy estaba embarazada.

Se me partió el corazón, por completo.

Me planté delante de él, observando su crisis nerviosa en ese futón, y no encontré palabras para describir lo que me provocaba verlo de esa manera. Verlo en el momento exacto en el que había descubierto que ya no tendría una oportunidad con Amy porque habría un bebé, y de no ser así quizá habrían encontrado una solución, pero esto lo cambiaba todo.

Amy no iba a dejar a Jeremiah para irse con él.

Amy y Jeremiah iban a ser una familia.

Se había acabado.

Todas sus esperanzas se habían evaporado. Estaba destrozado, igual que yo.

Yo estaba allí. Me tenía delante y estaba enamorada de él, pero no le importaba porque solo tenía ojos para Amy. Me había enamorado hasta las cejas de Jacob, y él seguía perdidamente enamorado de otra.

También empecé a llorar.

Me quedé allí plantada, con los hombros encorvados y las lágrimas resbalándome por las mejillas.

Teniente Dan trataba de colarse frenéticamente en el hueco entre el abdomen de Jacob y sus manos, que tenía alrededor de la boca. Yo también quería meterme allí.

A la mierda. Lo hice.

Aparté al perro y me senté en su regazo. Me senté a horcajadas sobre él, con el vestido azul veraniego, y le rodeé el cuello con los brazos para pegarle los labios a la oreja y susurrar lo mismo una y otra y otra vez.

—Te quiero. Te quiero. Te quiero.

Me respondió de inmediato. Como si hubiera llegado hasta él a través de la niebla y se aferrase a mí para no volver a perderse. Me rodeó con los brazos, me enterró la cara en el pelo, y fue como si esos imanes que no dejaban de dar vueltas y más vueltas por fin se hubieran pegado y se hubieran detenido en seco.

—Te quiero —susurré—. Te quiero con locura.

«Aunque tú no me quieras a mí. Aunque a ti nunca te importe, no signifique nada o no llegue a ninguna parte. Te quiero».

Jacob respiraba con dificultad.

Le tomé las húmedas mejillas entre las manos y lo miré a los ojos mientras empezaba a recitar los ejercicios que usaba para tranquilizar a los pacientes de Urgencias con ataques de pánico.

—Busca cinco cosas que puedas ver —susurré—. Cuatro cosas que puedas tocar. Tres cosas que puedas oír. Dos cosas que puedas oler. Una cosa que puedas saborear.

Sin embargo, no hizo nada de eso. Se limitó a mirarme a los ojos. Debió de funcionar, porque al cabo de unos segundos sentí que se tranquilizaba. Que se le calmaba la respiración y también el corazón. Cuando quedó claro que empezaba a salir de ese estado, apoyé la frente en la suya y cerré los ojos.

«Quiéreme. Quiéreme a mí y no a ella. Y te cuidaré. Te protegeré y te salvaguardaré y seré todo lo que necesites. Te seré inofensiva…».

Meneó la cabeza despacio contra la mía como si pudiera oír mis pensamientos.

—Ya no puedo seguir con esto, joder… —murmuró.

Yo tampoco. Pero ni siquiera fui capaz de apartarme de su regazo. El poder que ese hombre ostentaba sobre mí me aterraba porque me volvía impotente. Me alegraba de que no me hubiera pedido nada más después de proponerme salir con él, porque era incapaz de negarle nada. Aunque fuera en contra de mis intereses. Sobre todo si iba en contra de mis intereses.

¿Por qué me empeñaba tanto en fingir que no estaba enamorada de un hombre que quería a otra? ¿Por qué hacía eso? ¿Por qué me torturaba? Otra vez.

Era todo muy injusto.

Cerré los ojos con fuerza en un intento por contenerlo todo, pero se me escapó un sollozo. Jacob se apartó un poco para mirarme, preocupado. Volví la cara, pero me agarró de la barbilla para que lo mirase.

—¿Qué pasa?

Meneé la cabeza.

—Briana, mírame.

Abrí los ojos. Su cara estaba tan cerca de la mía que veía las lágrimas en sus pestañas, esos párpados enrojecidos. Respiramos en el espacio del otro, mientras él me devolvía la mirada sumido en uno de sus silencios, el que me resultaba indescifrable.

Era perfecto.

Su cara me parecía una obra de arte. La curva de la nariz. El ángulo de la barbilla. Las motitas negras de los ojos, ese carnoso labio inferior. Lo observé sin pudor. Lo memoricé de cerca con tanto anhelo que tuve la sensación de que se me iba a parar el corazón de lo mucho que lo quería.

Era consciente de todo. De cada punto en el que nos tocábamos. De mis manos en sus cálidos y fuertes hombros. De mi vestido subido, con los muslos desnudos pegados a los suyos. De las cosquillas que me hacía su aliento en la cara, de la hebilla de su cinturón pegada a la parte baja de mi abdomen.

Él también me estaba mirando. Su expresión parecía torturada y dolorida, detestaba que ella le hubiera hecho eso. Que tuviera el poder de hacérselo.

Nos miramos en silencio. Yo queriéndolo mientras él la quería a ella. Levantó una mano con gesto titubeante y me secó una lágrima de la mejilla.

—Briana… —susurró.

El sonido de mi nombre me acarició los oídos.

Algo muy íntimo quedó suspendido en el espacio entre nosotros. Me tenía hipnotizada. También me hipnotizaba su proximidad, la mano que tenía sobre mi piel y la mirada triste de sus ojos mientras me recorrían la cara.

Se detuvieron en mi boca.

Me colocó el pulgar sobre el labio inferior y tiró un poquito hacia abajo. Y después hizo lo peor que podría haber hecho. Lo peor de lo peor que podría haber hecho jamás: me levantó la cabeza y me besó.

Solo un roce de sus labios contra los míos. Una prueba.

Fallé. Le devolví el beso.

Después, todo se desintegró.

Cualquier límite, cualquier atisbo del decoro o de la educación que habíamos mantenido esos meses desapareció de inmediato. Me pasó las manos por el pelo, yo le rodeé el cuello con los brazos y los besos se volvieron una extensión frenética, desesperada y anhelante de todo lo que ya habíamos estado haciendo…, pero no había nada allí y no había motivos para hacerlo salvo que yo era incapaz de negarle todo lo que quisiera y que nos habíamos vuelto locos por completo.

Ese hombre estaba sufriendo. Buscaba una distracción o una escapatoria de lo que sentía, y yo lo sabía.

Su lengua se debatió con la mía, me mordisqueó el labio inferior, separó los labios y empezó de nuevo. Separaba los labios y me saboreaba, se apartaba y me mordisqueaba, y besarlo fue todo lo que había imaginado que sería y mucho más. Ya sabíamos cómo hacerlo. Ya teníamos el ritmo, como si nos hubiéramos besado de mil maneras distintas durante cientos de vidas distintas. Conocía su boca. Conocía todo su cuerpo. Conocía todo su ser con los ojos cerrados después de llevar meses observándolo y anhelándolo, y él también me conocía. Lo notaba en cada caricia.

Me pegué más a él, y empezó a mover las manos. Deslizó una por mi pantorrilla y la metió por debajo de un muslo para agarrarme el culo y pegarme a su creciente erección. Le levanté la camisa y recorrí con los dedos su torso desnudo, frotándome contra la dureza que tenía debajo de mí. Cuando me metió los dedos en las bragas y empezó a acariciarme mientras me besaba con pasión el cuello, supe sin lugar a dudas que iba a follármelo en ese futón. No tenía ningún control sobre lo que estaba pasando y tampoco me importaba. No podía parar, literalmente.

Ni siquiera quería hacerlo.

Le di un tirón del cinturón hasta que él se hizo cargo y se bajó la cremallera. Levantó las caderas para bajarse los pantalones lo justo y que yo se la sacara.

Y luego la tuve en mi mano. Y estaba dura.

Por mí.

A lo mejor el resto de lo que sentía no me pertenecía, pero eso sí. Me excitaba pensar que yo podía excitarlo. Que, a falta de otra cosa, al menos podía hacerle eso a su cuerpo. Se la acaricié arriba y abajo con la mano entre nuestros cuerpos. Él colocó una mano sobre la mía con firmeza y me animó a ir más deprisa.

Estaba perdiendo la cabeza. Era demasiado y muy poco, todo a la vez.

Quería arrodillarme y metérmela en la boca para saborearlo, pero cuando hice ademán de levantarme, me agarró de las caderas y me volvió a dejar donde estaba. Se apoderó de mi boca, me apartó las bragas y me hizo bajar despacio sobre él. El ruido que brotó de su garganta mientras me penetraba casi consiguió que me corriera.

Eran fuegos artificiales. Explosiones. No existía nada fuera de ese momento.

Mi cerebro gritaba que sí.

Que sí a todo, absolutamente todo.

Síí.

Teníamos la ropa puesta. Me daba igual.

Seguramente la puerta no estuviera cerrada. Me daba igual.

Todos en la planta superior se fijarían en mi vestido arrugado y en mis labios hinchados y sabrían lo que habíamos hecho allí abajo... Me daba igual.

¡Me daba igual!

Había fantaseado muchísimas veces con ese momento. Jacob me había provocado un orgasmo de cientos de maneras en los últimos meses, solo que nunca había estado presente. Y seguro que lo dije en voz alta, presa del delirio, porque él me susurró al oído:

—Yo también. —Y después añadió con voz ronca—: Tú con el vestido rojo en la fiesta hawaiana. Tú con mi camiseta. Tú con el pijama de urgencias. Siempre tú...

Respirábamos de forma superficial. Mi pelo lo envolvía como una cortina y sus manos me levantaban por los muslos desnudos para guiarme sobre él, arriba y abajo. El ímpetu iba creciendo en mi interior y era tan maravilloso que iba a gritar su nombre como no me mordiera los labios cuando me corriese; y después él empezó a gemir y yo a jadear, y lo sentí tensarse y moverse en mi interior, y tuve un orgasmo que me hizo olvidar hasta cómo cojones me llamaba.

Lo quería con locura.

Quería morirme de lo mucho que lo quería. Quería colarme en su interior y vivir allí. Quería pasarme el resto de mi vida con él. Adorándolo. Protegiéndolo. Viviendo en todos sus silencios. Dejando que me tocase como quisiera, tan a menudo como quisiera.

La cabeza en su hombro en el cine. Un beso antes de dormir. Acurrucarnos en la oscuridad. Envejecer juntos cogidos de la mano.

Cualquier cosa que quisiera. Cualquier cosa que necesitara. Quería ser su todo.

Sin embargo, no lo era.

La realidad se abrió paso poco a poco antes de que me aplastara de golpe. Una vez pasado el momento de pasión, se me empezó a aclarar la cabeza y me di cuenta de lo que acababa de hacer.

Ese hombre estaba enamorado de otra.

Me había prometido que jamás volvería a permitir que un hombre me amase solo con la mitad de su corazón. Ni siquiera estaba segura de tener la mitad de Jacob. No estaba segura de tener ni un poquito de él.

Ni siquiera creía que Jacob estuviera allí.

—Por el amor de Dios, estáis siempre liados.

Nos volvimos y vimos a Jewel en la puerta.

—¡Está en el sótano! —gritó por encima del hombro—. Le está comiendo la cara a Briana. Como siempre. —Nos miró de nuevo—. Ha llegado la limusina. —Puso los ojos en blanco, se dio media vuelta y se marchó.

Nos miramos el uno al otro, sin aliento. Mi vestido le cubría el regazo, pero seguía dentro de mí. Me ardía la cara por el roce áspero de su mentón y tenía el pelo enredado y pegado a las mejillas húmedas.

Clavó los ojos en mi boca y me deslizó una mano por el pelo, pero me zafé de él antes de que pudiera inclinarse para besarme de nuevo.

—No —dije al tiempo que me bajaba el vestido.

Me asqueaba tanto lo que había hecho que ni siquiera era capaz de mirarlo a la cara. Acababa de hacerlo con él, tenía su semen en la ropa interior y, de repente, verlo abrocharse el cinturón me pareció demasiado personal.

Empecé a temblar. No sabía si por el orgasmo, por la adrenalina o por la desgarradora decepción que yo misma me había provocado.

—No podemos repetirlo nunca —dije cuando por fin me armé de valor para mirarlo.

Me miró parpadeando, con la ropa arrugada, desde el sofá.

—¿¡Cómo!?

—No debería haberlo hecho… —susurré—. Ha sido un error. Lo siento.

El silencio entre los dos fue como un vacío. No era la ausencia de sonido, era un mundo donde el sonido no existía. No soportaba su forma de mirarme.

Me estaba costando la misma vida no llorar. No quería que se viera obligado a lidiar con Amy y con mis sentimientos a la vez.

—Vas a perder la limusina —dije con un hilo de voz.

Me miró meneando la cabeza.

—Me da igual la limusina. —Hizo ademán de levantarse—. Briana…

Retrocedí.

—¡No! No me toques.

Era increíble lo cristalinos que se le veían los ojos mientras me miraba fijamente. Penetrantes y centrados. Como si hubiera pasado una tormenta y el sol hubiera salido, y él estuviera viendo todos y cada uno de mis defectos en mi cara. Todos los defectos de mi personalidad.

Quizá por fin estuviera viendo lo que hizo que Nick quisiera a otra.

No soportaba ese escrutinio. No soportaba la realidad.

Corrí al cuarto de baño y me encerré dentro.

40

Jacob

*M*e dejó noqueado. Fue como si hubiese estado en un accidente de tráfico emocional y hubiera salido volando del coche. ¿Qué era lo que había pasado entre nosotros?

Me quedé delante de la puerta del cuarto de baño sin saber qué hacer.

Briana me acababa de decir que me quería. Lo había dicho una y otra vez. Luego nos habíamos besado, habíamos intentado desnudarnos, se la metí y fue lo más maravilloso que había sentido en la vida. Y después… se acabó, Briana se sintió avergonzada y ¿había sido un error? ¿¡Qué había pasado!?

No quería irme en la dichosa limusina. Quería que saliera del cuarto de baño y hablara conmigo. No podía procesar todo aquello si no contaba con más información. No podía decidir cómo sentirme hasta saber qué le pasaba a ella.

¿Cómo iba a ser un error? ¿Cómo iba a arrepentirse de algo así? No solo había sido sexo. Briana sentía algo por mí. Me había quedado claro. Lo había sentido, no me lo había imaginado, de esto estaba segurísimo. Me había dicho que me quería. Punto.

Se oyó una insistente bocina en la calle.

Puse una mano en la puerta.

—Briana, por favor, déjame entrar.

—Jacob, vete.

Estaba llorando.

¿Qué le había hecho? ¿Le había hecho algo malo? Apoyé la frente en el marco y cerré los ojos con fuerza.

Me fallaba el cerebro. Mi mente era caótica y confusa. Se habían unido el final de un ataque de pánico y un acontecimiento trascendental con la mujer que amaba, y me resultaba imposible pensar con claridad. Me sentía sobreestimulado y alterado, y necesitaba regularme.

Seguí un buen rato con la mano pegada a la puerta. Después me saqué del bolsillo las llaves de la camioneta y las dejé de mala gana en la mesa de centro para que ella pudiera irse si quería. Cogí a mi perro y me fui.

No me subí a la limusina. Le dije la verdad a Jeremiah: tenía problemas con Briana y había tenido un ataque de pánico. A esas alturas me daba exactamente igual si me creía o no. Tal vez pensara que mi problema era el embarazo de Amy. También me daba igual. Me importaba una mierda lo que pensaran los demás.

Pedí un Uber.

Me calmé un poco en el trayecto de vuelta. Cuando llegué a casa, ya había dejado de temblar.

En cuanto entré, le mandé un mensaje de texto a Briana.

Me he ido a casa. Te he dejado las llaves de la
camioneta

No me contestó.

El colchón de aire estaba desinflado en mitad del salón, debía de haberse pinchado. Me quedé mirándolo. Me pareció una señal de mal agüero. De que las cosas entre nosotros estaban terminando. De que su tiempo en mi casa había terminado.

La ansiedad iba en aumento y me arrastraba.

No dejaba de darle vueltas a todo en la cabeza. Intentaba encontrar el momento exacto en el que las cosas se habían torcido o la razón por la que había echado un polvo conmigo si no quería.

Mi camisa seguía oliendo a su perfume.

Estaba muy mojada. Todavía sentía su cuerpo moviéndose sobre el mío, oía su grito al correrse. Lo había deseado tanto como yo. Prácticamente se había abalanzado sobre mí. Se me había tirado encima.

Me había dicho que me quería.

¿O no?

Tal vez no lo había dicho en ese sentido. Tal vez lo había dicho como lo decían mis hermanas. Para que me sintiese mejor. Para que supiese que les importaba. Tal vez no lo había dicho con el mismo sentido con el que lo había dicho yo.

Tal vez yo lo había interpretado como más me convenía.

Había entrado en un bucle con la escasa información que tenía. No podía hacer nada para solucionarlo. No podría saber lo que le pasaba hasta que hablara conmigo. Lo único que podía hacer era intentar serenarme y prepararme para cuando volviese a casa. Así que hice lo único que podía hacer. Me senté a escribir en el diario.

41

Briana

$\mathcal{M}$e aseé y salí para unirme a la despedida de soltera un cuarto de hora después de que Jacob se fuera. También me planteé la idea de irme, pero no quería que Amy pensara que su anuncio había sumido a Jacob en una espiral insalvable y que necesitaba mi apoyo. A ver, que sí, que lo había dejado para el arrastre con lo del embarazo; pero si me quedaba, eso amortiguaría el impacto de su reacción.

Cuando subí, las encontré a todas en la cocina derritiendo cera y escuchando a Michael Bublé. Allí estaban Jane, Jill, Jewel, Gwen, Joy y seis o siete mujeres más que no conocía, pero que me sonaban de la fiesta de compromiso.

Me sentí como si hubiera entrado en el plató de una comedia de televisión. Allí estaba yo, con el pelo alborotado después de echar un polvo, en la despedida de soltera de la mujer de la que mi falso novio estaba enamorado, mientras Jafar se movía por debajo de la mesa entre los pies chillando:

—¡Alexa, pide pan de ajo!

A lo que Amazon Echo respondía que el pan de ajo ya estaba en la lista de la compra. Me costó la misma vida no ponerme a reír como una loca.

Alguien me puso en las manos un cóctel que probé y que sostuve hasta que el hielo se derritió, porque era tequila puro con una gota de sirope de guayaba. Luego hice una ridícula vela.

Tendría que irme de la casa de Jacob. No podía quedarme con él después de lo que había pasado. Ni siquiera sabía cómo íbamos a continuar con esa falsa relación durante las semanas que nos quedaban. Me resultaría muy incómodo y hasta físicamente doloroso incluso cogerlo de la mano después de haber cruzado esa colosal línea.

Intenté no pensar demasiado en lo estupendo que había sido el sexo.

Sin embargo, no lo conseguí.

Besaba muy bien. Tanto que era para echarse a llorar. Si me hubiera besado antes, estaba segura de que no habría tardado tanto en cruzar la línea. Empecé a ponerme nerviosa solo de pensarlo.

Porque solo podía pensar en tocarlo, en el sabor de su lengua, en su olor y en sus gemidos.

Recordé que me invitó a tocarlo. Que me apartó las bragas de repente, con una brusquedad que jamás habría imaginado en él. Fue a saco. No se mostró tímido en absoluto. Y tenía la sensación de que solo había arañado la superficie, de que Jacob estaría lleno de sorpresas en la cama. Casi me lo imaginaba atravesándome con esa mirada serena y reflexiva tan suya antes de acorralarme contra la pared, bajarme las bragas y decirme lo que tenía que hacer.

¡Por Dios! Ese era el problema. ¡Hasta el punto de que ni siquiera podía concentrarme!

Observé mi vela. La mecha estaba torcida. La había hecho usando solo las dos neuronas que no estaban ocupadas con el vídeo sexual que estaba reproduciendo en mi cabeza.

No daba pie con bola. ¿Cómo no iba a hacerle daño a él si me lo estaba haciendo a mí misma?

Una pequeña parte de mí me decía que si empezábamos una relación sexual, eso nos llevaría a más. Que quizá con el tiempo superaría lo de Amy y se enamoraría de mí. Ya éramos amigos y entre nosotros había química. Mucha química. En cantidades industriales. No había amor, pero ya teníamos dos de tres, ¿no?

Patético.

Imagina que estás intentando convencerte a ti misma de empezar una amistad con derecho a roce con un tío del que estás enamoradísima mientras él desea fervientemente que tú seas otra.

Me odiaba a mí misma.

Mi enfurruñamiento se vio interrumpido cuando una tal Shannon, borracha como una cuba, levantando demasiado la voz y tocada con un sombrero que la proclamaba dama de honor, se puso en pie y le dio unos golpes a su copa con el tenedor. Las demás dejaron las velas para atenderla.

—¡Un brindis! —gritó.

Apenas podía mantenerse en pie. Aquello iba a ser bueno.

Amy sonrió y las demás levantaron las copas.

Shannon se tambaleó de nuevo.

—Por Amy —dijo, arrastrando las palabras y levantando su martini—. ¡Una mujer que se habría casado hace años si Jacob no hubiera mareado la perdiz! ¡Chinchín!

El silencio fue instantáneo.

Amy soltó su cóctel sin alcohol.

—Shannon, eso no es verdad…

La susodicha resopló.

—¿¡¿Cómo que no es verdad!?? Pues claro que lo es. Dejó escapar lo mejor que le ha pasado en la vida porque la ansiedad no lo deja funcionar. —Se rio de su propio chiste.

De repente, todas mis confusas y caóticas emociones se concentraron en ella con la precisión de un láser.

—Funciona de puta madre —solté.

Se oyó un jadeo colectivo. Shannon parpadeó como si acabara de darse cuenta de que yo estaba allí. Miró a su alrededor con los ojos enrojecidos, buscando aliadas. No vio a ninguna.

—¡Ja! —exclamó, levantando una mano—. Ni siquiera se ha ido en la limusina. ¿Conocéis a algún hombre incapaz de participar en una despedida de soltero?

Solté con brusquedad mi copa, de la que no había bebido, y la fulminé con la mirada.

—Sufre fobia social. ¿Esperas que vaya a una fiesta ruidosa en una limusina, con vuestros verborreicos maridos y que de repente se convierta en el alma de la fiesta? Deberías felicitarlo por haberlo intentado siquiera. No tienes ni idea del puto esfuerzo que ha tenido que hacer solo para venir. Y lo ha hecho porque el amor se demuestra de esa manera, con gestos. Ha apoyado a Amy y a su hermano desde el primer minuto. Ha sido un santo. Así que si hay algún gilipollas aquí no es él, ¡eres tú!

—¡Gilipollas! —chilló Jafar desde algún lugar debajo la mesa de la cocina.

Todas estaban boquiabiertas. Amy tenía los ojos como platos, Jane estaba colorada. Jill asentía con la cabeza, Jewel parecía que iba a votarme para presidenta y Joy estaba intentando contener una sonrisa.

Miré fijamente a Shannon hasta que ella apartó la mirada. Después saqué las llaves del bolso, me puse en pie y me fui.

Conduje hasta la gasolinera del final de la calle, compré siete tipos diferentes de chocolatinas, un paquete de tabaco y un mechero. Luego volví a la casa de los padres de Jacob, me colé por la puerta del garaje y fui directamente a la terraza acristalada, donde estaba el abuelo viendo la tele.

—¿Qué puñetas quieres? —murmuró cuando entré.

—Como empieces a dar por culo, cambio de opinión.

Lo saqué por las puertas correderas de cristal y lo llevé al cenador emplazado entre los árboles del jardín, protegido por las mosquiteras.

Le quité los cables, aparté la bombona de oxígeno, abrí el paquete de tabaco y le ofrecí un cigarro, que mantuve lejos de su alcance.

—Sé que estás en tu sano juicio, así que me consta que vas a entenderme si te digo que si decides fumar, tu enfermedad pulmonar puede empeorar. Si lo coges, vas a fumar en contra de mi consejo médico y de tu salud.

Me miró con los ojos entrecerrados.

—Cállate y dámelo.

Miré al techo, encendí el cigarro y se lo di. Luego me dejé caer en un sillón y empecé a comerme una barrita de Snickers como si fuera un burrito.

El anciano me miró.

—¿Una noche dura?

—No sabes cuánto.

Le dio una larga calada al cigarro y soltó el humo formando anillos.

—¿Tienes problemas con mi nieto? ¿Quieres que lo enderece?

Resoplé.

—¿Puedes hacer que me quiera?

—¿No lo hace ya?

—No —contesté—. No me quiere.

Otra calada.

—Y yo pensando que él era el listo de la familia.

Terminó el cigarro y le di otro. Abrí una chocolatina Milky Way y me senté para comérmela mientras miraba la oscuridad del patio a través de la mosquitera y reflexionaba sobre las más que cuestionables decisiones que había tomado a lo largo de mi vida.

Jacob no me había dicho que me quería.

Yo se lo había dicho muchas veces y él ni siquiera había replicado «Yo a ti también». Pero sí me había dejado claro que pensaba en mí cuando se masturbaba. Algo que me encantaría si también estuviera enamorado de mí.

Si me quedaba alguna duda sobre lo que significaba nuestra relación para él, esa era mi respuesta.

Tuve que enterrar la cara entre las manos.

La culpa era mía. Toda.

Él me había dejado claro desde el principio que estaba enamorado de otra. Así que la única culpable era yo.

Quizá si no me hubiera pasado siete pueblos al decirle a Amy que íbamos a irnos a vivir juntos, no me habría mudado a su casa y a esas alturas no estaría tan agotada de verlo todos los días con el pantalón gris de deporte.

Quizá si hubiera intentado calmarlo de otra manera que no hubiese implicado sentarme a horcajadas en su regazo, habría tenido la fortaleza necesaria para no hacerlo con él en un futón en el sótano de su madre.

Gemí. Había echado un polvo con él. En un futón. En el sótano de su madre.

Era una especie de parodia de mí misma.

Aunque para él solo fuera sexo, después de decirle que no iba a repetirse, se sentiría rechazado y como si hubiera hecho algo mal, porque así era Jacob. Y yo me sentiría avergonzada y decepcionada conmigo misma por ser incapaz de tomar las decisiones correctas, sobre todo en lo que a él se refería. La única forma de asegurarme de que no volvía a ocurrir pasaba por mantenerme alejada de él.

Aunque cumpliría mi promesa. Asistiría a los eventos familiares hasta la boda. Pero no me quedaría a solas con él, ni lo vería si el acuerdo no lo requería.

Lo había estropeado todo. Me había cargado el tiempo que nos quedaba.

Todavía tenía la cara entre las manos cuando oí pasos. Un segundo después alguien abrió la puerta del cenador. Levanté la mirada y me encontré a Amy, allí de pie.

Nos miramos sorprendidas. Luego ella miró al abuelo que estaba fumando y se quedó boquiabierta.

Apreté los dientes. ¡A la mierda ya!

—Adelante —dije, sentándome de nuevo en el sillón—, díselo a Joy. Me da exactamente igual.

Amy parpadeó. Luego levantó algo. Un paquete de Marlboro.

—Todas se los damos —dijo avergonzada—. Me refiero a las chicas. Así es como sabes que eres de la familia, cuando empiezas a darle tabaco a escondidas al abuelo. Fuma un paquete a la semana.

—Dos —la corrigió él con orgullo.

Me volví y lo miré boquiabierta.

—¿¡Qué!?

El abuelo no replicó, pero parecía muy satisfecho consigo mismo.

Volví a mirar a Amy.

—¿Cómo es que Joy no lo sabe?

Ella se encogió de hombros.

—Sí que lo sabe. Le dijo a Greg que no puede sentirse culpable si no es ella quien se lo da. Además, dijo que a él le va la marcha o algo así. Que hacerlo a escondidas le da vidilla.

El abuelo miró la punta incandescente del cigarro.

—Siempre he conseguido que las mujeres coman de la palma de mi mano. Y no he perdido el don.

Meneé la cabeza. Aquello era increíble.

—Has estado a punto de arrollarme con la silla de ruedas. Varias veces.

—Te quitaste de en medio, ¿verdad?

Consiguió arrancarme una carcajada.

Amy guardó silencio un momento, cohibida.

—¿Puedo sentarme?

Solté un suspiro por la nariz. Luego señalé con la cabeza el sillón de enfrente y se sentó en el borde como si yo fuera a cambiar de opinión y a obligarla a marcharse.

Se lamió los labios.

—Siento lo de Shannon —se disculpó—. Se pasó de la raya. Estaba muy borracha y la he mandado a casa.

No dije nada.

—Jacob no me tomó el pelo en ningún momento —añadió—. No hizo nada malo. Y tú tienes razón. Nunca tuve en cuenta lo difícil que le resulta demostrar el amor, no me esforcé a la hora de comprender su ansiedad. Me merecía lo que dijiste. Seguramente más que nadie. —Me devolvió la mirada.

Y yo la aparté.

—¿Quieres un Twix? —murmuré.

—Por Dios, sí.

Rebusqué en la bolsa de plástico de la gasolinera y le di la chocolatina, que ella desenvolvió para darle un mordisco. Cerró los ojos mientras masticaba.

—Gracias —susurró—. Me paso el día muerta de hambre.

La observé un momento.

—¿De cuánto estás? —le pregunté.

—De ocho semanas. —Respiró hondo y me miró—. La verdad, he tenido tantas náuseas y he estado tan agotada que ni siquiera quería hacer esta fiesta.

—¿Por eso hemos hecho velas en vez de irnos a bailar a algún sitio?

Se rio un poco.

—Han salido horrorosas, ¿verdad?

—La mía tiene un pelo.

Soltó una carcajada y no pude evitar sonreír. Se terminó la chocolatina y apoyó la cabeza en el respaldo del sillón.

Encendí otro cigarro para el abuelo.

—¿No tienes que volver a entrar? —le pregunté.

—No. Les he dicho que me encontraba mal y que necesitaba echarme un rato. Joy se las ha llevado al salón y les está enseñando sus vibradores favoritos.

Miré por encima mi hombro hacia la casa.

—Ay, madre. ¿Me lo estoy perdiendo?

—Ni que te hiciesen falta... —dijo con sorna, en plan «Tú y yo sabemos que con Jacob no necesitas de eso».

Meneé la cabeza por el comentario, que menos de una hora antes habría tenido que fingir que entendía. Por Dios.

—¿Es verdad que no se ha ido en la limusina? —me preguntó—. ¿Va todo bien?

No sé qué pasó. Tal vez me pareció vulnerable allí sentada. O tal vez fue la sincera preocupación con la que me miraba. El caso es que no quise mentirle.

—Hemos discutido.

Ella me miró.

—Lo siento.

No me pidió más información. Pero decidí dársela de todos modos.

—Creo que estoy un poco más enamorada de él que él de mí.

Amy parpadeó.

—Lo dudo muchísimo.

Resoplé.

—No, lo digo en serio —insistió—. Nunca lo he visto comportarse como lo hace contigo. —Meneó la cabeza—. Nunca quiso vivir conmigo ni que pasáramos mucho tiempo juntos. No me miraba como te mira a ti.

Estaba equivocada, por supuesto. Jacob no sentía nada por mí. Y en el fondo no estábamos viviendo juntos de verdad. Ni siquiera estaba saliendo con él. En todo caso, aquello solo demostraba el buen trabajo que habíamos hecho a la hora de engañarlos a todos. De todas formas le agradecí que lo dijera, porque solo intentaba que me sintiera mejor.

Se colocó un mechón de pelo detrás de la oreja.

—¿Sabes? Al principio pensé que solo estabas con él por el riñón —siguió, con un deje culpable en la voz—. Pero me equivoqué. Ahora veo que lo quieres de verdad y que hacéis muy buena pareja. —Sonrió un poco—. Estoy muy contenta de que haya encontrado algo así. Se lo merece.

La miré a la cara. Lo decía en serio. De verdad quería que Jacob fuera feliz.

Fue en ese momento cuando decidí que me caía bien.

No era tan mala como me había imaginado. En realidad, no era mala en absoluto. En cierto modo entendía por qué todos los Maddox estaban enamorados de ella.

Que la otra te caiga bien es una mierda.

Que te pase dos veces en la vida es una mierda todavía más grande.

La fiesta acabó una hora después, y puse rumbo a casa de Jacob.

Entré, dejé el bolso en el aparador y oí que se abría la puerta de la habitación de las plantas, y que él enfilaba el pasillo.

Teniente Dan fue el primero en recibirme. Jacob llegó detrás de él y se detuvo en la puerta con las manos metidas en los bolsillos del pantalón del pijama. Me miró a la cara sumido en uno de sus silencios. El de los engranajes del cerebro a pleno funcionamiento.

Mi colchón estaba desinflado en el suelo entre nosotros. Había empezado a hundirse la noche anterior y a esas alturas estaba oficialmente muerto. Me quedé allí mirándolo, mientras Jacob me miraba a mí.

Capté el olor de las flores que me había regalado. Las había colocado en la mesa del sofá para que las viera al despertarme. Cuando reparé en ellas, me entraron ganas de llorar. Esa parte se había acabado. Me resultaba increíble que me lo hubiera cargado todo de aquella manera. Nada volvería a ser igual. No solo había destrozado la calidad del tiempo que me quedaba con él, sino también nuestra amistad. La había enturbiado. La había cambiado para mal.

Claro que él no lo veía como yo. Él quería ser mi amigo con derecho a roce. Seguramente la distracción lo había alegrado.

Era yo quien no soportaba todo aquello.

—Duerme en mi habitación —dijo—. Yo dormiré en el suelo.

Negué con la cabeza.

—No. Me voy a casa. —Levanté la mirada para enfrentar sus ojos.

Hubo un largo silencio.

—¿Por qué?

—No puedo estar aquí.

Se pasó una mano por la boca y apartó la mirada de mí. Cuando volvió a mirarme, esos cansados ojos castaños me abrazaron sin más.

—Briana, vente a la cama y ya está.

Se me encogió el estómago. El poder de su llamada fue un susurro en mi alma. «Ven a mí, Briana. Ven…».

Sentí que mi corazón se acercaba a él.

Consiguió que le clavara los ojos en la boca. Que todos mis músculos se contrajeran para luchar contra el impulso de dejar que me llevase a su habitación e hiciese conmigo lo que quisiera. Que se me echara encima, me bajara las bragas y me besara hasta que me dolieran los labios.

Sin embargo, negué con la cabeza.

—No.

Me miró fijamente.

—¿Por qué?

—Jacob, necesito que me ayudes, ¿vale? No intentes besarme otra vez. Ni siquiera me toques cuando no estemos delante de tu familia. Vamos a llegar hasta la boda y luego acabamos con esto, ¿sí?

—¿Eso es lo que quieres?

—Te lo acabo de decir.

—A veces la gente dice cosas que en realidad no quiere decir.

Levanté las manos.

—¿Qué quieres de mí, Jacob?

Guardó silencio un instante.

—Todo. Lo quiero todo. Quiero que lo nuestro sea real.

Me reí como si estuviera desquiciada.

—Pero ¿qué dices? Estás enamorado de otra.

Me miró con los ojos entrecerrados.

—¿Qué?

Negué con la cabeza.

—A ver, sé que una relación entre nosotros te convendría. Y te agradezco que me encuentres atractiva, en serio, pero no voy a ser tu premio de consolación solo porque las cosas con Amy no funcionaron.

—Crees que estoy…

—Jacob, ni te molestes en negarlo. Os oí discutir el día de la fiesta hawaiana. Llegaste con una mancha de su pintalabios en la camisa, oliendo a ella, y luego me pediste salir a modo de distracción. Y hoy has sufrido un ataque de pánico porque ella está embarazada…

—He sufrido un ataque de pánico porque te estás mensajeando con Levi.

Lo miré en silencio, parpadeando.

—El día de la fiesta hawaiana discutí con Amy porque le preocupaba que me estuvieras usando por el riñón. Que en realidad no me quisieras. Y luego te pedí salir porque no quería creerla. Quería que lo nuestro fuera real, quería hacerlo real. Y Amy tenía razón. No lo era. —Meneó la cabeza—. Amy me da igual, Briana. No la quiero. Creo que nunca la quise. Me alegro de que esté embarazada, me gusta ser tío. ¿Y sabes qué? Que si solo estás conmigo por el riñón, también me da igual. Porque estoy tan enamorado de ti que me conformaría con cualquier cosa, joder. Me conformo hasta con eso. —Se le quebró la voz al pronunciar la última palabra.

Me miró en silencio. Era la primera vez en mi vida que me quedaba sin palabras.

—Úsame —dijo, con expresión resignada—. Úsame para lo que quieras. Pero quédate.

Sus palabras me paralizaron. Fue como si tuviera que aprender a respirar de nuevo antes de poder hablar.

—¿No la quieres? —susurré.

Negó despacio con la cabeza.

—No.

Nos quedamos de pie rodeados por un denso silencio. Oía los atronadores latidos de mi corazón.

—Jacob, estoy tan enamorada de ti que no puedo soportarlo.

Vi que esa información transformaba toda su cara.

—¿Qué? —susurró.

—Que yo también estoy enamorada de ti. Pensaba que querías a Amy. Pensaba que…

—Dilo otra vez. —Tragó saliva.

—Estoy… estoy enamorada de ti.

Vi que las palabras lo afectaban de forma física, expulsando el aire de sus pulmones y llenando sus ojos de esperanza. Acortó la distancia que nos separaba con tres largas zancadas y me acercó a él.

—Dilo otra vez —susurró.

—Estoy enamorada de ti —repetí sin aliento.

—Otra vez.

—Estoy enamorada de ti.

Se rio mientras parpadeaba para contener las lágrimas.

—¿Lo nuestro es real? —le pregunté.

Asintió.

—Siempre ha sido real.

Sollocé por la felicidad.

De repente, lo sentí en todo. En sus caricias, en la energía que irradiaba, en su mirada. Y me di cuenta de que siempre lo había sentido. Ese era el significado de su silencio. El que me resultaba indescifrable. Era yo.

De repente, la realidad cayó sobre mí como una lluvia de meteoritos. Podía tocarlo. Podía dormir en su cama, abrazarlo en el sofá y cogerle una mano simplemente porque me apetecía hacerlo. Podía besarlo…

Él debió de pensar lo mismo, porque sus ojos se clavaron en mis labios.

Extendió una mano para tocarme, como si quisiera comprobar que podía hacerlo. Se detuvo un segundo y luego me la enterró con suavidad en el pelo de la nuca, apoyó la frente en la mía y cerró los ojos. Su aliento me hizo cosquillas en los labios durante un larguísimo instante antes de que esa boca cálida y suave se uniera a la mía. Cada centímetro de mi cuerpo cobró vida.

Me besó como si estuviera volcando todo su ser en ese beso tan precioso, tierno y suave. Me envolvió entre sus brazos, con tanta fuerza y calidez que supe que siempre recordaría ese salón. Las luces tenues, el olor de las velas de vainilla y el colchón de aire desinflado a nuestros pies. «Claro de luna» sonando suavemente desde el altavoz de la estantería, su sencilla camiseta blanca y los pantalones de deporte que llevaba puestos y que olían a su cuerpo y a su jabón y a él.

Quería sentirlo. Quería explorar su cuerpo como si me perteneciera. Quería conocerlo con todos los sentidos, con las manos y los ojos y la boca. Quería oír los latidos de su corazón y oler el calor que irradiaba su piel.

Y él también lo quería.

No me lo podía creer. Era real.

Me eché a llorar.

Jacob se apartó y me miró.

—¿Qué te pasa?

Ni siquiera podía hablar, así que me limité a negar con la cabeza.

Él me retiró suavemente el pelo de la frente con un pulgar.

—¿Qué? Dímelo.

—Esto es lo que se siente cuando te quieren de verdad. Nunca lo había sentido antes. Y ni siquiera me había dado cuenta hasta ahora.

Me sonrió con ternura.

—Sí. Esto es lo que se siente.

Y nos quedamos allí abrazados. Inseparables, inamovibles, enredados como un árbol que hubiera crecido hasta convertirse en una alambrada.

42

Jacob

*N*o es justo, te estás inclinando —me dijo Briana con una sonrisa, mordiéndose el labio.

Me estaba inclinando. Tenía razón.

Ella estaba de espaldas a la pared, en el pasillo del hotel, mientras jugábamos a ponernos lo más cerca posible, como si quisiéramos besarnos. Teniente Dan se había sentado a nuestros pies. Estábamos esperando a Jewel y a Gwen para bajar al lugar donde tendría lugar la ceremonia. Era el día de la boda.

Yo llevaba traje y apenas me separaban unos centímetros de Briana. Ella se había puesto un vestido de cóctel verde y zapatos de tacón.

—No puedes besarme —adujo para hacerme sufrir—. Llevo los labios pintados.

—¿Puedo hacer esto? —le pregunté en voz baja al tiempo que me inclinaba para acercar los labios a uno de sus hombros desnudos—. ¿O esto tal vez? —Me acerqué a la clavícula—. ¿O esto? —Al cuello.

La había dejado sin aliento.

—Será mejor que pares —susurró.

—¿O qué? —la reté con los labios tan cerca de su piel que prácticamente podía sentir su pulso.

—O tendrás que llevarme de vuelta a la habitación —murmuró.

—Pues volvamos a la habitación.

—Por Dios, ya vale —protestó Jewel, que salió en ese momento al pasillo con Gwen y los mellizos.

Briana y yo nos reímos, y me alejé de ella.

Carter y Katrina corrieron hacia mí, y me agaché para cogerlos en brazos. Carter llevaría el anillo, así que lo habían vestido con un diminuto esmoquin que habían adornado con una flor rosa en el ojal. Katrina se encargaba de las flores y llevaba un vaporoso vestido blanco y una corona de flores rosas naturales.

—¿Qué llevas en los calcetines? —me preguntó Carter.

—Cocodrilos. Y mira lo que tiene Briana. —Le hice un gesto con la cabeza.

Ella se apartó el pelo del hombro para enseñarle los pendientes, unos cocodrilos verdes muy sonrientes.

Los mellizos soltaron una risilla y se zafaron de mí para salir corriendo hacia el ascensor.

Jewel parecía exasperada.

—Tengo que dejar a estos dos con mamá en la suite nupcial. Deberíais ir a sentaros. Jill y Walter ya están abajo.

—¿Dónde está Jane? —le pregunté.

—Ha bajado al vestíbulo porque ha quedado allí con su acompañante —contestó Gwen, que estaba poniéndose un pendiente.

—¿Jane ha traído acompañante?

Mi hermana era tímida y no acostumbraba a traer a nadie a los eventos familiares a menos que llevaran un tiempo juntos.

—Eso es lo que nos ha dicho —respondió mi cuñada—. Se ha mostrado muy reservada al respecto.

Levanté las cejas y miré a Briana.

—Un acompañante.

Puso cara de asombro.

Me encantaba que Briana conociera a mis hermanas. Que nuestros mundos se mezclaran. Me encantaba que pudiéramos cogernos de la mano aunque nadie nos viera. Podía tocarla cuando me apeteciera, algo que sucedía, la verdad, a todas horas. Nuestra vida sexual era tan activa como si quisiéramos recuperar todos los días que habíamos deseado acostarnos sin poder.

Durante el último mes había hecho mi cuota de ejercicio de cardio en la cama.

Nos decíamos «Te quiero» por mensaje desde el otro lado de la planta de Urgencias cuando estábamos trabajando. Lo escribíamos en notas que nos dejábamos el uno al otro. Lo susurrábamos en la oscuridad. Nos lo decíamos en medio de una conversación, solo porque podíamos.

Mi vida era un cuento de hadas.

Sin embargo, no me dormí en los laureles. Me juré que nunca lo haría. Tenerla en mis brazos mientras veíamos una película o acercarme por detrás para abrazarla mientras se tomaba un café o ponerle la mano en el muslo por debajo de una mesa..., todo era un regalo. Un privilegio. Y me juré honrarlo siempre. Escribía al respecto en el diario, cuando tenía tiempo. Estaba demasiado ocupado viviendo el sueño de mi vida como para sentarme a documentarlo. Pero era muy feliz.

Llegamos a la terraza donde se celebraría la ceremonia y tomamos asiento. Amy y Jeremiah pronunciarían sus votos en un cenador cuajado de flores. El clima era perfecto y el olor de las rosas nos envolvió.

—La organizadora ha hecho un buen trabajo —comentó Briana, mirando a su alrededor—. Me encantan las bodas.

La miré de reojo.

—¿Te gustaría volver a casarte? —le pregunté.

Me miró.

—No hace falta casarse para pasar el resto de la vida con una persona.

—¿No quieres casarte conmigo?

Me miró con sorna.

—¿Me lo estás pidiendo?

—¿Qué dirías si lo hiciera?

—Que no me puedo casar con un hombre con el que acabo de empezar a salir. Por muy bueno que sea el sexo.

Hice una pausa para sonreír.

—¿Cuánto tiempo debe pasar, entonces?

Se rio.

—No lo sé.

Me volví para mirarla de frente.

—¿Seis meses? ¿Un año?

—¿Vas a ponerte un recordatorio en el móvil?

—Lo digo en serio. Creo que deberíamos hablarlo.

Su expresión se ablandó. Parecía a punto de responder, pero en ese momento miró por encima de mi hombro.

—Ay, Dios mío…

Me volví y vi a Jane y a su acompañante en el pasillo, de camino a sus asientos. Su acompañante era Benny.

Briana sonrió.

—Hola, Ben —dijo con retintín.

Él pasó por completo del saludo y siguió a Jane hasta la primera fila.

Me volví hacia ella.

—¿Sabías que son amigos? —le pregunté.

Ella negó con la cabeza, todavía sonriendo.

—No. Seguro que pensó que iba a burlarme de él. Y, efectivamente, lo habría hecho.

Volví a mirar a Benny.

—Tiene buen aspecto.

Briana asintió con la cabeza.

—Está ganando peso y haciendo ejercicio.

—Y saliendo con chicas.

Me miró fijamente.

—Está mejorando gracias a ti. Por lo que vas a hacer.

Le puse una mano en la mejilla.

—¿Me seguirás queriendo cuando ya no tenga órganos que donar? —le pregunté.

—Te querría aunque fueras una cabeza parlante en un tarro —contestó, mirándome los labios.

—Yo te querría aunque no te gustaran los perros.

Jadeó.

—Yo te querría aunque fuera un osito de gominola y me comieras —susurró.

—Te comería aunque no fueras un osito de gominola…

—Chicos, estáis llegando a un nivel un poco asqueroso —protestó Jewel, que se sentó a nuestro lado con Gwen—.

Lo entendemos, estáis obsesionados el uno con el otro, pero ya vale.

Los dos nos reímos. Estaba a punto de volver a mi pregunta sobre la boda, pero empezaron los acordes de la marcha nupcial. Todos guardamos silencio mientras veíamos a la comitiva nupcial avanzar por el pasillo.

Primero la madre de Amy. Luego Jeremiah, que parecía un niño la mañana de Navidad. Después el padrino y las damas de honor acompañadas por los amigos del novio. Katrina lanzando pétalos de flores, seguida de Carter con el anillo en el cojín.

Cuando por fin apareció Amy en el otro extremo del pasillo, cogida del brazo de su padre en dirección al cenador donde Jeremiah la esperaba, todos nos pusimos de pie.

Sentí una tranquilidad total. Me alegré por ellos. Me alegré de verdad. El universo se había enderezado y todo era como debía ser. Nadie me estaba mirando para ver si iba a implosionar y, si alguien lo hacía, enseguida se daba cuenta de que estaba ocupado viviendo mi propia historia de amor y no volvía a mirar.

Llevaba semanas deseando que llegara ese día. Para bailar con Briana, comer la tarta nupcial y subir después a la habitación del hotel. Me alegraban las fotos de familia que íbamos a hacernos, porque ella saldría en todas, y en el futuro yo podría echar la vista atrás y recordar que ese día formó parte del comienzo de nuestra vida juntos.

Todas esas efemérides me emocionaban.

La miré de reojo.

—Ojalá mi yo de hoy pudiera enviarle un mensaje a mi yo de hace tres meses —susurré.

Ella sonrió.

—¿Ah, sí? ¿Y qué te dirías?

—Que cuando llegue este día, no me importará la boda porque estaré locamente enamorado de otra persona.

Se rio por lo bajo.

—¿Te lo creerías?

Meneé la cabeza mientras sonreía.

—No. Probablemente no.

Era demasiado bonito para ser verdad...

43

Briana

*E*sa era sin duda una de las mejores bodas en las que había estado, no como las dos últimas. Nadie me siguió con una guitarra. Mi acompañante no bebió de más porque estaba enamorado de la novia, como hizo Nick en la boda de Kelly. El hombre que me acompañaba esa noche no podía mantener las manos ni los ojos apartados de mí.

Jacob estaba relajado y feliz. Yo estaba feliz.

Lo vi bailar una lenta con Katrina. ¡Qué mono! No podía dejar de sonreír mientras lo veía mirarme, con arruguitas en los rabillos de los ojos y la niña del vestido de tul subida a sus pies.

Aunque el abuelo debió de recibir muchos cigarros por parte de los asistentes, Joy lo sacó en la silla de ruedas y le dio un puro después de cenar.

¡Y el acompañante de Jane era Benny!

Cuando por fin lo acorralé, se limitó a encogerse de hombros y decir:

—No te lo dije porque habrías montado un pollo. —Ajá.

Mi hermano se pasó toda la boda sonriendo. Sonreía como alguien con toda una vida por delante. Porque la tenía. Al cabo de una semana tendría un nuevo riñón. Un nuevo comienzo. Estaba saliendo con Jane, por quien sentía algo. Parecía ilusionado. Tuve que llamarlo Ben durante toda la velada.

Jacob me dio su porción de tarta. Era de Nadia Cakes, una red velvet... y luego cacé el ramo. Todo el mundo empezó a aplaudir y me reí mucho. Amy se acercó para abrazarme. Jacob estaba radiante.

Me pareció una de las mejores noches de mi vida, como si fuera el primer día del resto de mi existencia, tal vez. Y eso hizo que empezara a plantearme lo que me había dicho Jacob sobre la idea de casarme con él.

Era prontísimo para eso, demasiado. Nunca había considerado siquiera un nuevo matrimonio. O eso creía por lo menos. Pero tal y como sucedía con Jacob, había conseguido que mi «no» rotundo se convirtiera en un «quizá».

No detestaba la idea de que su familia fuera la mía. De que Joy fuera mi suegra, y Jewel, Jane y Jill se convirtieran en mis cuñadas.

Y me encantaba la idea de ser su mujer. De que se presentara como mi marido. Hacía que me sintiera orgullosa. Como si «esposa» fuera un título que de repente me apeteciera volver a tener.

Así que quizá. Solo… quizá.

Nos quedamos hasta la última canción.

Cuando encendieron las luces y todo el mundo empezó a salir, Jacob me cogió de la mano, fuimos en busca del ramo y atravesamos el vestíbulo del hotel con Teniente Dan en dirección al ascensor.

Iba descalza, con los zapatos en la mano. Jacob se había deshecho el nudo de la corbata y se había desabrochado el cuello de la camisa, que se había remangado. Yo llevaba su chaqueta sobre los hombros.

Una vez dentro del ascensor, cuando las puertas se cerraron, me acercó a él y me besó. Su boca sabía al champán del brindis de despedida. Me colocó una mano por debajo del culo y me pegó a él.

—Cuando estemos en la habitación, quiero que te sientes en mi cara —me dijo con voz ronca.

—Pero, ¿encima… encima? —susurré apenas sin poder respirar.

—Encima encima.

—Vale. Pero si mueres, tú mismo.

Se rio y volvió a devorarme.

Una vez en la habitación, dejaría que ese hombre hiciera conmigo lo que quisiera. Estaba dispuesta a romper la cama.

Lo había hecho más en el último mes que en los dos últimos años de mi matrimonio. Durante los días libres no salíamos del dormitorio salvo para coger del porche la comida que pedíamos a domicilio y para dejar salir a Teniente Dan. Nos quedamos sin condones tantas veces que Jacob acabó comprando un lote completo en Costco.

El ascensor se detuvo dos plantas por debajo de la nuestra. Interrumpimos el beso y él me colocó las manos en la cintura por respeto hacia quien entrara, pero seguíamos jadeando y mirándonos los labios cuando se abrieron las puertas.

—¿Qué te parece si pedimos algo al servicio de habitaciones? —me preguntó en voz baja, acercando la nariz a la mía.

—¡Sííí! Me muero de hambre. —Tenía un agujero en el estómago desde hacía dos horas—. Si pedimos ahora, llegará justo cuando terminemos —susurré.

Él soltó una risilla y luego nos dimos cuenta de que las puertas seguían abiertas, aunque nadie había entrado.

Jacob miró primero. Luego me volví yo. Y se me heló la sangre.

Fue como la Torre del Terror de Disneyland el día que cumplí los veinticinco. Las puertas del ascensor se abren para enseñarte algo horrible y confuso antes de precipitarte a la muerte.

Eran Nick y Kelly.

Inmóviles, como dos ciervos deslumbrados por los faros de un coche. Todos nos quedamos paralizados.

Iban muy arreglados. Cogidos del brazo. Nick llevaba el pelo más corto. Parecía más en forma que antes. Estaba moreno. Llevaba alianza. A Kelly le llegaba a los hombros el pelo rubio. Se había pintado los labios de rosa y puesto unos pendientes largos de oro que parecían hojas. Y lucía en el dedo un enorme diamante. Estaba radiante.

Y embarazada.

Sentí náuseas al instante. Teniente Dan gimoteó. El tiempo se detuvo.

Nick carraspeó.

—Mmm, esperaremos al siguiente.

Me quedé allí petrificada durante otro doloroso momento. Y luego las puertas se cerraron a cámara lenta.

La escena no podría haber durado más de quince segundos. Pero fue una bomba nuclear.

—¿Briana? —dijo Jacob, mirando fijamente mi perfil.

No lo oí. Me pitaban los oídos. Me flaquearon las rodillas y empecé a perder la visión periférica.

Y luego le vomité en los zapatos.

44

Jacob

$\mathcal{E}$stás bien? —le pregunté.

Briana había apoyado la frente en la ventanilla de la camioneta. Ya casi estábamos en casa. Apenas había hablado durante todo el trayecto. Ni en la habitación del hotel, mientras hacíamos el equipaje esa mañana. En ningún momento, en realidad, desde el encuentro en el ascensor de la noche anterior.

Tardó un buen rato en contestarme.

—Siento haberte vomitado encima —volvió a decir.

—Algo que no me había pasado nunca... en mi trabajo de contable.

Se rio un poco, pero sin alegría.

Teniente Dan estaba sentado con la cabeza en su regazo. Empezó a gimotear tanto en el asiento trasero para acercarse a ella que al final paré para ponerlo delante con Briana. La noche anterior hizo lo mismo. Tuve que dejarlo dormir en la cama.

—¿Es la primera vez que los veías juntos? —pregunté.

No respondió. Me acerqué y le cogí la mano. No me devolvió el apretón.

Algo iba mal.

Entendía el motivo de que estuviera tan alterada. Encontrarse con su exmarido y con la mujer con la que la había engañado, y verlos casados y a ella embarazada tuvo que ser impactante.

Aunque había algo más. Llevaba sin mirarme a los ojos desde la escena del ascensor. Y eso me había provocado un nudo en la boca del estómago y me había disparado la ansiedad.

¿Y si me estaba preocupando por algo que no tenía la menor importancia? Era posible que estuviese en estado de shock, que se sintiera mal y que necesitara un poco de tiempo para procesarlo.

Sin embargo, esa mañana no había tocado el ramo. La noche anterior se alegró mucho de cogerlo. Esa mañana, cuando fui a por él para dárselo, me dijo que no lo quería. Y eso me había parecido un mal presagio, pero no quise darle muchas vueltas.

Recorrimos el resto del trayecto en silencio. Se bajó nada más entrar en el garaje. Saqué su equipaje del maletero, pero no me dejó que lo llevara. Se limitó a murmurar que ya lo hacía ella, y empezó a andar, arrastrando la maleta sin esperarme. Cuando entré detrás de ella, la encontré en el salón mirando el sofá.

—Te prepararé una sopa —dije mientras soltaba mi macuto—. ¿Te apetece ver alguna película? ¿O *Schitt's Creek*? —Me acerqué por detrás y la abracé. Se puso tensa. Se me encogió el estómago—. ¿Qué pasa? —le pregunté.

Se apartó de mí despacio, como si se estuviera quitando una chaqueta sucia y no le apeteciera tocarla demasiado.

Se volvió para mirarme con los ojos enrojecidos.

—Me voy a casa.

Tragué saliva.

—Vale… —dije—. Te acompaño.

—No.

Se me disparó el pulso.

—De acuerdo. ¿Cuándo volverás?

—No voy a vivir contigo, Jacob.

Fue como una puñalada que me pilló desprevenido.

—No voy a vivir contigo, y no voy a casarme contigo. Si eso es lo que quieres, búscate a otra.

—Yo… no quiero a otra…

—Bueno, pues deberías. —Me miró con los ojos rojos y expresión desafiante. Como si de repente estuviéramos enfrentados.

Meneé la cabeza.

—¿Por qué quieres discutir conmigo?

—No estoy discutiendo —me contradijo con voz entrecortada—. Me limito a decirte las cosas como son.

Me humedecí los labios.

—A ver, lo que pasó anoche fue traumático. Vamos a hablar…

—No.

La miré fijamente.

—Briana —dije con tiento—, no voy a hacerte lo que él te hizo. Si estás preocupada por eso…

Se echó a reír. Fue una risa ronca y gutural que nunca le había oído.

—Es imposible saber lo que vas a hacer y lo que no —replicó—. Tal vez te hartes de mí. Quizá conozcas a otra sin la que no puedas vivir. Y un buen día llegaré a casa temprano, mi Bluetooth se conectará a tu teléfono cuando entre en el garaje y oiré que mi amiga le dice a mi marido, con el que llevo diez años casada, que disfrutó mucho follando con él sobre mi edredón nuevo. —Soltó una carcajada, como si fuera graciosísimo—. Ah —añadió, como si lo acabara de recordar—, y va y me deja por ella, y mientras están en mi casa, comiendo de mis platos y durmiendo en mi cama, yo sufro un aborto. Sola. En mi dormitorio cutre de la infancia con mis pósters cutres de *Smallville* en las paredes. Algo que a él le vino genial, porque no quería a mi hijo.

La miré en silencio, parpadeando.

—Yo… no tenía ni idea de que te había pasado eso…

—Pues eso me pasó. Y no, no me lo vas a hacer, Jacob. Porque no te lo permitiré. —Cogió el asa de la maleta y echó a andar hacia la puerta—. Yo no vivo aquí. Quiero irme a mi casa. Quiero a mi madre.

La agarré de la muñeca.

—Briana, yo no soy él…

Se zafó de mi mano con un tirón.

—¡Todos los hombres son él! Todos sois iguales, joder. —Se le quebró la voz al decirlo—. No lo eres hasta que lo seas. —Respiraba de forma entrecortada—. Una vez que llegues a conocerme no te gustaré, o encontrarás a otra, o querrás algo diferente y te irás. Así que mejor ahora. Y nos ahorramos el sofocón después.

Me subía y me bajaba el pecho, y el pánico crecía en mi interior. No sabía qué decir. Cualquier cosa que añadía empeoraba la situación y no sabía qué hacer.

Su expresión cambió un montón de veces durante los largos segundos que nos miramos. Ira. Dolor. Tristeza. Miedo. Y al final algo más suave, resignado y frágil.

—Necesito estar sola, Jacob —susurró—. Déjame estar sola y ya.

Y se fue.

45

Briana

$\mathcal{M}$i madre me ofreció un té calentito y me puso una mano en la frente.

—No tienes fiebre. Tal vez solo sea un virus estomacal. —Se sentó en la cama a mi lado.

Sostuve la taza entre las manos y me quedé mirando el líquido ámbar con los ojos desorbitados. Me sentía vacía. Estaba vacía.

Me había enfrentado a Nick completamente indefensa. La ira que me había protegido durante todo ese tiempo se había desintegrado sin que me diera cuenta y, cuando la necesité, no tenía nada que me protegiera.

Estaban casados. Ella estaba embarazada. Habían conseguido su «final feliz».

Si yo hubiera tenido el niño, ¿cuál habría sido mi papel? ¿El de madre soltera? ¿Como mi madre? ¿De un niño que a Nick no le importó y que seguramente hasta le alivió que yo perdiera?

Las secuelas de nuestro divorcio seguían presentes. Habían evolucionado. Ya ni siquiera estaban relacionadas con Nick. A esas alturas se habían convertido en un cuento con moraleja que debía aplicar a mi nueva relación, porque ¿qué había aprendido? ¿Qué había cambiado en esa ocasión? Estaba locamente enamorada…, de nuevo. Vivía en una casa que no era mía y que podían quitarme, de nuevo. Era vulnerable, me sentía expuesta y confiaba ciegamente en un hombre.

Y estaba embarazada. De nuevo.

No lo supe hasta aquel momento en el ascensor. Sentí las náuseas, y fue como si se encendiera una bombilla y mi cerebro y mi cuerpo se dieran cuenta justo al mismo tiempo. Y sucedió mientras estaba cara a cara con Nick, con Kelly y con el recordatorio de cómo terminaban las cosas cuando me sentía a salvo con un hombre. Vi lo que ocurría cuando me entregaba con total abandono, y al mismo tiempo caí en la cuenta de que acababa de hacerlo por segunda vez, joder.

No había aprendido nada de Nick. Nada de nada.

Lo mío con Jacob era muy reciente. Por supuesto que me quería. Pero ¿y cuando ya no me encontrara graciosa? Cuando estuviera enferma, o de mal humor, o hubiera menos sexo, o si perdía el bebé porque me resultara imposible llevar a término un embarazo. ¿Me querría si no pudiera tener hijos?

Llegaron las lágrimas.

Habíamos sido descuidados. No siempre, pero sí bastantes veces. Con Nick tardé tanto en quedarme embarazada que no pensaba que pudiera ser tan fácil. Fue como si mis pobres y abandonados óvulos se hubieran dado cuenta de que era su última oportunidad y hubieran arrasado las puertas del castillo.

Solté la taza en la mesita de noche, doblé las rodillas y enterré la cara en ellas.

Mi madre me puso una mano en el hombro.

—¿Qué pasa, *mija*?

Respiré con la nariz enterrada en el pijama de franela. Olía al suavizante en perlas de lavanda de Jacob y a la crema hidratante de olor a naranja que me había puesto en las piernas después del baño que mi madre me había obligado a darme al llegar a casa. Sabía que no volvería a oler ninguna de las dos cosas sin recordar ese momento.

Mi madre empezó a frotarme la espalda y eso me hizo llorar más fuerte.

—Estoy embarazada, *mamá* —lo dije sin más. Era la primera vez que pronunciaba esas palabras al universo desde que sucedió con Nick. Pero en esa ocasión no estaba emocionada. Estaba aterrorizada.

—¿Estás segura? —susurró ella.

Asentí sin apartar la cara de las rodillas.

—Me he hecho dos pruebas al llegar a casa. Estoy segura.

—¿De cuánto estás? —quiso saber.

Levanté la cabeza y me limpié las lágrimas de las mejillas.

—El embarazo empieza el primer día del último periodo. Así que de cinco semanas, probablemente.

—¿Jacob no lo quiere?

Meneé la cabeza.

—Ni siquiera lo sabe todavía.

—¿No habéis usado protección? Dos médicos… ¿Es que no sabéis cómo se hacen los niños?

Se me escapó una carcajada seca y apoyé la frente en la mano.

Mi madre soltó un largo suspiro y nos quedamos en silencio un momento. Luego me miró.

—Es un buen hombre.

Me empezó a temblar la barbilla.

—Sería un buen padre —siguió—. Un buen marido. Y no digo eso de muchos hombres, *mija*.

—No me voy a casar con él.

Me miró perpleja.

—¿Por qué no? Es posible que tengas un hijo suyo. —Me señaló la barriga—. ¿No quieres formar una familia?

Por supuesto que quería una familia. Pero ¿cuándo me había funcionado eso? Nunca. Ni en la que crecí ni en la que iba a formar cuando me casé con Nick. ¿Por qué iba a ser distinto en esa ocasión?

Solo que era distinto. Esa vez era peor.

Querer a Jacob era como salir disparada hacia arriba. Como si nada pudiera detenerme, y siguiera subiendo y subiendo. De no haber visto a Nick y a Kelly la noche anterior, tal vez habría sido así. Habría continuado en ese estado de fuga disociativa en el que me encontraba, tan feliz en mi olvido, porque Jacob me había hecho olvidar lo que era. Pero ya lo había recordado.

Era un hombre.

Y los hombres son todos iguales.

De repente, vi a mi tierno y dócil novio como un animal salvaje criado en cautiverio. Manso y domesticado, pero capaz de morderme algún día, porque llevaba ese instinto grabado en los genes.

Si Jacob me hacía daño, no habría suficiente ira en el universo para superarlo. Me mataría. Jamás me recuperaría.

—Nunca me volveré a casar. —Sorbí por la nariz—. No pienso hacerlo. Ni siquiera sé si debería seguir con él.

Mi madre retrocedió de repente.

—¿¡Qué dices!? ¿Cómo que no vas a seguir con él? *Oye, ¡estás siendo ridícula!*

—*Mamá*, para.

—Embarazada y con un hombre buenísimo que te quiere, ¿crees que ser madre soltera es divertido? ¿No recuerdas cómo fue?

—No puedo, *mamá*.

—¿¡Por qué!?

—¡Porque me dolerá demasiado cuando se vaya! —solté.

Se quedó callada.

—No puedo volver a hacerlo —añadí con voz titubeante—. No puedo. Y menos ahora. ¿Crees que no quiero? ¿Que no deseo que la idea de estar embarazada y tener como pareja a un hombre del que estoy enamorada no me provoque vértigo? Ni siquiera sé qué sentir ahora mismo. No lo sé. Ni siquiera sé si habrá un bebé dentro de una semana. Y si lo hay, no sé si podré darle la infancia que yo tuve. Es mejor así, porque cuando Jacob se vaya, no la destrozará... —Se me quebró la voz y enterré la cara entre las manos.

Me sentía como un juguete con un cortocircuito. Soltando chispas y con los cables pelados. Antes estaba bien. Era un ser humano completamente funcional y feliz. Y de repente ya no lo era.

Me quedé allí sentada, llorando. Los sollozos eran tan fuertes que me alegré de que Benny volviera a tener vida y no estuviera en casa para oírlos.

Sentí un apretón en el hombro y, al cabo de unos minutos, empecé a tranquilizarme.

Mi madre me pasó unos pañuelos de papel.

—Lo siento —dijo con un tono más suave—. No sabía que te hubiera afectado tanto. Siempre pensé que estábamos juntas en esto y que lo hicimos bien.

Respiré hondo para tranquilizarme.

—Pues claro que sí. Lo hicimos fenomenal. Es la única forma que sé de estar bien. Yo sola. Sin tener que confiar en un hombre.

Mi madre hizo una larga pausa.

—Briana…, sé que tu padre no era un buen hombre y que Nick tampoco lo fue. Y tal vez te enseñé que ningún hombre lo es y eso es culpa mía. Lo que quería era que te protegieras, no que tuvieras miedo de volver a amar. Yo lo hice. Encontré a Gil. Soy feliz. Ser feliz es la mayor venganza. Tener una buena vida. Así que ten una. Con Jacob.

Respiré hondo. Y volví a hacerlo. Miré a mi madre con los ojos húmedos.

—Me encanta la vida tranquila y sosegada de ese hombre tranquilo y sosegado —dije—. Quiero ser lo bastante valiente para quererlo con los ojos cerrados. Pero no me veo capaz.

Ojalá lo fuera. Ojalá lo quisiera menos. Porque en ese caso el riesgo no sería tan grande. No habría tanto que perder si me decepcionaba…, cuando me decepcionara. Y yo ya estaba en una situación muy precaria.

Jacob había conseguido introducirme en su vida con tanta delicadeza y sin fisuras que no me había dado cuenta de hasta dónde había cedido hasta que esa mañana me descubrí en su casa, despierta de repente.

Le eché un vistazo a su salón como si me hubiera desmayado tres meses antes y me hubiera despertado embarazada y viviendo con un hombre al que acababa de conocer. Esa era la realidad. Acababa de conocerlo. Ni siquiera habíamos pasado una estación completa juntos y ya estaba viviendo con él y esperando a su hija, joder.

Si no llegué a conocer a Nick después de doce años, ¿cómo iba a conocer a Jacob después de solo unos meses? Da igual lo bien que conozcas a un hombre, o cuánto tiempo haga que lo conoces, es imposible meterte en su cabeza. Es imposible saber lo que están pensando. Aunque la relación parezca perfecta, aunque él parezca perfecto, lo perfecto no es tan perfecto.

Siempre existe la posibilidad del rechazo.

Mi corazón quería creer que tal vez Jacob era diferente. Que quizá éramos almas gemelas y por eso todo había sucedido tan rápido y con tanta facilidad. Pero mi cerebro me gritaba que era idiota, que estaba tomando decisiones impulsivas e irresponsables con un desconocido. Y una cosa era hacerlo cuando solo mi corazón estaba en juego. Y otra muy distinta hacérselo a una niña.

No tenía la menor duda de que Jacob sería un padre maravilloso. Siempre querría a nuestra hija. Pero seguramente no siempre me querría a mí. Y no quería que mi hija tuviera que verme desmoronada en mil pedazos cuando llegara ese momento. Ver que un día nos separábamos, que él hacía las maletas y se marchaba como yo vi que hacía mi padre.

Tendría que tomar decisiones en ese momento para protegerla después.

Parpadeé en silencio, mirando entre lágrimas las manchas oscuras de las paredes donde antes había pósters.

No podía explicar la intensa y aterradora respuesta de huida que estaba sintiendo. La necesidad de escapar. De alejarlo antes de que me hiciera daño, como habían hecho todos los demás hombres importantes de mi vida. De ponerme a salvo antes de que fuera demasiado tarde. De aislarme antes de que la historia se repitiera.

Apoyé de nuevo la cara en las rodillas.

Estaba desesperada por oír a Jacob decirme que no había cometido un error terrible. Ansiaba que me hiciera todas las promesas y que me dijese que todo saldría bien, que estaba a salvo, que me amaba, que quería nuestra relación y que me quería a mí. Quería que me dijera que éramos diferentes, y le supliqué a Dios poder ser una mujer capaz de creer algo así porque nunca le habían hecho daño.

Sin embargo, no lo era. Y probablemente nunca lo sería.

46

Jacob

*B*riana no fue a trabajar ni el lunes ni el martes. Eran los dos últimos turnos que teníamos antes del permiso para la operación.

Me llamó la noche que se fue. Se disculpó entre lágrimas por cabrearse conmigo y me dijo que solo necesitaba un poco de espacio. Me preguntó si podía pasarme el miércoles para hablar. De modo que esperé al miércoles. No podía hacer otra cosa.

El cambio en ella iba mucho más allá de la sorpresa de ver a su exmarido con su flamante esposa. Había algo más de fondo, y no conseguía imaginarme de qué se trataba.

La echaba muchísimo de menos. No sabía qué hacer. Vivía a caballo entre la ansiedad y un comedido ataque de pánico a todas horas. Era como si mi corazón la buscase en la oscuridad, como si buscase el corazón de Briana porque antes estaba allí y ya no.

No podía dormir sin ella. Me quedaba tumbado en la cama, con la cabeza a mil por hora. Me vaciaba en mi diario, porque mis sentimientos no tenían otro sitio al que ir.

Nada estaba bien. Nada.

El miércoles llegó, y tuve que hacerme una analítica antes de ir a verla. Faltaban solo dos días para el trasplante. Me iría en coche a la Clínica Mayo a las cinco de la mañana del viernes para ingresar y que me hicieran el preoperatorio a las siete.

Compré pan de pita y la sopa que le gustaba de camino a su casa. Rosa nos dejó entrar a Teniente Dan y a mí. Me abrazó y me miró con la misma preocupación que yo sentía.

—Me alegro de que te vaya a ver —dijo en voz baja.

—Rosa, ¿qué pasa? —pregunté con el mismo tono—. No me habla. No sé qué he hecho.

Parecía compadecerse de mí.

—No has hecho nada. Tú solo dile que la quieres, ¿sí? Asegúrate de que lo sabe.

La miré fijamente a la cara como si así pudiera arrancarle alguna información. Sin embargo, ella se limitó a darme unas palmaditas en un hombro y a indicarme que siguiera por el pasillo.

Cuando llegué al dormitorio y vi a Briana, quise correr hacia ella como hizo mi perro. El impulso era tan fuerte que tuve que aferrarme al marco de la puerta para no acortar en dos zancadas la distancia que nos separaba.

Estaba sentada en la cama, con una camiseta ancha de manga corta. Llevaba la larga melena trenzada. Estaba muy blanca, y aunque sonreía mientras acariciaba a Teniente Dan, parecía triste. Dejé la comida que llevaba en la cómoda, rodeé la cama, me senté y la estreché entre mis brazos. Ella se rindió como si estuviera tan aliviada como yo de tenerla pegada a mí.

—Te he echado de menos —le susurré contra el pelo.

Tardó bastante, pero al final me dijo lo mismo. Tuve que cerrar los ojos con fuerza para no llorar por el alivio.

Me subí a la cama, me la coloqué encima y me limité a abrazarla. Empezó a llorar en silencio, y le besé la coronilla mientras le acariciaba el pelo.

—¿Qué pasa? —susurré—. Dime qué pasa.

Cuando por fin lo hizo, tenía la mejilla pegada a mi corazón.

—Jacob, estoy embarazada.

Me quedé paralizado.

—¿Estás embarazada? —La aparté un poco para mirarla a la cara—. Briana, eso es… eso es maravilloso —dije con una ancha sonrisa—. Eso es…

Sin embargo, ella no sonreía. Le temblaba la barbilla.

—No sé si puedo llevarlo a término. Con el último no pude.

Asentí y le tomé las manos entre las mías.

—Muy bien, no pasa nada. No es culpa tuya si eso sucede. Nos enfrentaremos a ello si ocurre. Ven a casa. Ven a casa para que pueda cuidarte.

Soltó un suspiro tembloroso.

—Jacob, no puedo vivir contigo. Lo digo en serio. Dije en serio todo el otro día. No debería haberlo dicho de esa manera, pero sí que lo dije en serio.

Meneé la cabeza.

—No… no lo entiendo.

Apretó los labios como si intentase contener las lágrimas.

—No creo estar lista para una relación.

El estómago se me cayó a los pies.

—¿Qué quieres decir?

No me contestó.

Me humedecí los labios.

—Oye, sé que lo pasaste muy mal con tu matrimonio. No será así entre nosotros. Te quiero. Por favor. Vuelve a casa. O deja que yo esté aquí…

—No, no puedo. Lo he pensado mucho los últimos dos días. —Apartó la mirada—. Jacob, ya no sé cómo entregarme al cien por cien. —Volvió a mirarme a los ojos—. Creo que no soy capaz de hacerlo. Ni de hacer nada de lo que eso implica. Mucho menos ahora. No puedo ser la mujer despreocupada y desinhibida que era antes de Nick. No puedo fingir que no sé cómo acaban estas cosas…

—No va a acabar. ¿Por qué iba a acabar?

Su expresión era tristísima.

—Eres perfecto, Jacob. Pero yo no. No siempre me querrás y yo siempre estaré adelantándome a ese momento. Nunca me relajaré. Estaré esperando a que ocurra. Nunca me sentiré segura. Nunca confiaré del todo en ti. Te apartaré de mi lado, y serás desdichado. Yo te haré desdichado.

—Soy desdichado sin ti —repliqué—. Eso es lo que me hace desdichado. —Tragué saliva—. Oye, entiendo lo que has pasado. De verdad. Y no planeamos que todo esto sucediera tan deprisa.

Es inesperado y aterrador para ti. Lo entiendo. Podemos ir más despacio. Podemos frenar un poco si te hace falta. Puedo darte espacio, pero nunca, jamás, te dejaré, Briana. ¿Me estás oyendo? Nunca. Todo lo que me importa en este mundo está en esta cama. Te quiero.

Uní mis manos a las suyas y les di un apretón mientras ella las miraba, sentada en silencio. Empezó a temblarle la barbilla de nuevo.

«Por favor…, créeme».

—Jacob, es mejor que…

—No lo hagas. Por favor. Espera un poco. No tomes decisiones importantes ahora mismo.

—¿Esperar a qué, Jacob? —replicó en voz baja. Me miró a los ojos—. ¿Qué va a cambiar? —Su forma de decirlo hizo que se me partiera el corazón en dos.

—A lo mejor cambias tú —dije—. A lo mejor tu cabeza acepta lo que le dice el corazón.

—No confío en mi corazón. Ese es el problema.

Teniente Dan le metió el hocico debajo del brazo, y ella empezó a llorar en silencio de nuevo. Quería cogerla en brazos, llevármela a un lugar donde pudiera mantenerla a salvo, envolverla con amor y aislarla de lo que fuera que la corroía por dentro.

Sin embargo, no podía hacerlo, así que me limité a abrazarla. La rodeé con los brazos, y ella se aferró a mi camiseta como si le diese miedo que fuera a desaparecer. Pero era ella la que iba a desaparecer, no yo.

El pánico me atenazaba. No sabía cómo amarla mejor de lo que ya lo hacía. Cómo demostrarle que no era como su exmarido ni como su padre. Ella poseía todo mi ser, no había nada que no estuviera dispuesto a darle, y si eso no bastaba para convencerla, ¿qué más podía hacer?

Nos quedamos abrazados el uno al otro varios minutos. Cuando por fin dejó de llorar, habló contra mi pecho.

—Lo siento, Jacob. —Sorbió por la nariz.

—¿Qué sientes? —pregunté con ternura.

Se quedó callada un buen rato antes de contestar.

—Estoy rota. —La desesperación con la que lo dijo hizo que se me saltaran las lágrimas.

—Todos estamos un poco rotos, Briana. Somos mosaicos. Estamos hechos de todas las personas a las que hemos conocido y de todas las experiencias que hemos vivido. Hay partes de nosotros que son coloridas, oscuras, lacerantes y hermosas. Y adoro cada parte de ti. Incluso las que desearías que no existieran. —Me aparté un poco para mirarla a los ojos—. ¿Qué necesitas? Dime qué puedo hacer. ¿Cómo puedo arreglarlo?

Se quedó callada otro rato.

—No puedes darme lo que necesito.

—Ponme a prueba.

Me miró fijamente.

—Necesito poder ver lo que hay en tu alma.

Meneé la cabeza.

—Te quiero, ya lo sabes.

Sin embargo, sus ojos me dejaron claro que no me creía.

No me volvió a mirar a la cara después de eso. Pero me dejó abrazarla y también me dejó quedarme. Al menos era algo.

Media hora después llevé la sopa a la cama. No comió mucho. Se mostró distante y retraída, y mi ansiedad cobró vida y se expandió.

Faltaban dos días para la operación, y saber que iba a estar incapacitado cuando ella podría necesitarme hizo que el pánico me abrumara. No quería estar tumbado en una cama de hospital durante una semana sin poder estar con ella. Si perdía al bebé, no podría acompañarla. La idea de no poder llevarla en brazos a la cama o de ir a su casa si decidía que quería verme, o de no ser capaz de cuidar de ella durante las siguientes dos semanas porque estaría recuperando de la operación no me gustaba en absoluto.

Sin embargo, no podía hacer nada para remediarlo.

Cuando se quedó dormida acurrucada contra mí, yo también me dormí. Fue la primera vez desde hacía días que pude cerrar los ojos sin que mi cerebro se pusiera a trabajar a marchas forzadas preguntándose por qué ella no estaba conmigo. Ni siquiera me había dado cuenta de lo agotado que estaba hasta que mi cuerpo por fin se rindió.

Hay una paz especial cuando duermes junto a alguien a quien quieres. Cuando sucumbes al sueño abrazando a esa persona y te despiertas y sigue ahí, y sabes que solo tienes que abrir los ojos para ver lo único que de verdad te importa.

Cuando sentí sus manos recorriéndome el cuerpo, ya no entraba luz por las cortinas. No sabía qué hora era. Creo que ella no estaba del todo despierta, yo tampoco, pero le deslicé una mano por debajo de la camiseta y ella me metió la suya por la cinturilla de los pantalones, y fue una especie de ensoñación, en ese estado entre el sueño y la vigilia, y fue maravilloso tocarla y que ella me tocara a su vez. Tener una prueba de que me seguía deseando, aunque solo fuera de esa manera.

No hablamos. Hablar le habría puesto fin a todo. Nos limitamos a besarnos, a quitarnos la ropa el uno al otro y a hacer el amor en la oscuridad. Pero ella parecía un fantasma, como si solo estuviera haciendo mecánicamente lo que antes hacía mientras estaba viva.

Cuando me desperté de nuevo, ya era de día. Y ella me pidió que me fuera.

No quería marcharme. Pero imponerle mi compañía a una mujer que no estaba segura de quererme a su lado solo empeoraría las cosas. De modo que me fui.

Rosa se despidió de mí mientras salía, y fue como una disculpa. Después me dio un sándwich de *casamiento* y huevo envuelto en papel de cocina y me dijo que necesitaba comer. Me marché con eso en la mano, sintiéndome más desanimado que cuando llegué.

Durante el resto del día hice todo lo que pude para mantener la concentración. Escribí en el diario. Regué las plantas y preparé la bolsa para el hospital. Me obligué a comer. Preparé la casa para estar fuera dos semanas, ya que me iría con mis padres para pasar la recuperación. Era consciente de que Briana no estaba en condiciones de cuidar de mí mientras me recuperaba y no quería echarle esa carga encima. Fui a dejarle el perro a mi madre. Cuando entré en la casa, la encontré un instante después que Teniente Dan. Estaba en el salón, leyendo.

Me sonrió por encima de mi emocionado perro.

—Jacob, ¿estás preparado? Mañana es el gran día. —Cerró el libro—. ¿Seguro que no quieres que te acompañe?

Me senté en el sofá a su lado.

—No vengas. Estaré en casa dentro de una semana y ya pasarás tiempo de sobra conmigo después. Tengo que quedarme aquí después de la operación.

Parecía desconcertada.

—¿Vas a recuperarte aquí? ¿Briana va a cuidar de Benny? Creía que se iba a encargar Rosa.

—Y así es.

—¿Va todo bien? —me preguntó.

Me froté la frente.

—No —contesté.

Soltó el libro en la mesa de centro y esperó. Y se lo conté todo menos lo de la falsa relación: el cambio de Briana después de ver a Nick y a Kelly, lo que Nick le hizo, que había sufrido un aborto el año anterior. Que dijo que nunca se casaría conmigo ni viviríamos juntos, que se mostraba distante y deprimida.

Y que estaba embarazada.

Mi madre me escuchó en silencio. Cuando terminé, soltó un largo suspiro.

—¿Cómo te sientes por lo del embarazo?

Me eché hacia delante y apoyé los codos en las rodillas mientras clavaba la mirada en la chimenea apagada.

—Feliz. Emocionado. Deseando que ella estuviera emocionada también. Pero no lo está. —La miré—. ¿Qué hago, mamá? Creo que va a dejarme.

—Jacob, está traumatizada.

La miré fijamente.

—Tiene la primera relación seria desde su divorcio, se ha quedado embarazada sin querer y su último embarazo acabó con un aborto traumático que pasó sola. Viene de una familia rota porque su padre los abandonó mientras su madre estaba embarazada. Está aterrorizada e intenta protegerse..., y es posible que tenga tanto miedo como para estar dispuesta a sabotear la relación para que acabe.

La miré meneando la cabeza.

—¿¡Por qué!?

—Prefiere que las cosas terminen según sus condiciones a que vuelvan a pillarla desprevenida. Es la única forma de sentir que controla el resultado. Es una respuesta al trauma muy habitual, Jacob.

—Pero… pero yo nunca le haría eso —le aseguré—. ¡Jamás!

Me miró con ternura.

—Lo sé, cariño. Pero a veces lo más difícil no es confiar en otra persona, sino en uno mismo. Briana no confía en sí misma para elegir bien. Teniendo en cuenta su historial con los hombres importantes de su vida, puede que incluso crea que cortar la relación con el padre de su hijo es lo mejor para el bebé. Ninguno de los padres de su vida se ha quedado, Jacob. Ver a Nick seguir con su vida con su esposa embarazada ha debido de ser muy difícil teniendo en cuenta las circunstancias. Si no hubiera sufrido el aborto, ese hombre habría sido el padre de su bebé. Y era evidente que no quería ni a Briana ni al bebé que casi tuvo con ella. ¿Por qué vas a ser tú distinto? ¿Por qué vas a ser tú quien se quede a su lado? —Agachó la cabeza para mirarme—. ¿Ha hecho terapia? ¿Ha hablado con alguien?

Me acomodé en el sofá y me pasé una mano por la boca.

—No lo sé. Ahora no va a ningún psicólogo, eso sí lo sé. No sé lo que hizo entonces.

Mi madre asintió con la cabeza.

—En fin, si tuviera que suponer algo, conociendo lo que conozco de Briana, seguramente no fue a ninguno. Es dura. Autosuficiente. Intentaría pasarlo como pudiera. Pero si no lidias con el trauma, al final acaba apareciendo. Seguramente esté deprimida. Y la depresión miente, Jacob. No le está diciendo nada que sea verdad, pero en su estado no puede saberlo sin ayuda.

La miré a los ojos.

—¿Y qué hago?

—Ya sabes lo que tienes que hacer. Lo mismo que hiciste con él. —Señaló con la cabeza el perro que dormía a mis pies—. Muévete despacio. Sé consistente. Dale confianza. Haz que se sienta querida y segura. Cerciórate de estar siempre ahí para ella. No tires la toalla con ella y asegúrate de que sabe que nunca lo harás. E intenta que vaya a terapia.

Solté el aire por la nariz con fuerza.

—Vale.

—Tiene que quererte mucho —dijo.

—No tanto como yo a ella. Ni siquiera creo que sea posible que pueda hacerlo —añadí en voz baja—. Es ella, mamá. —La miré—. Creo que lo supe nada más verla. —Se me escapó una risilla—. Aunque me mandó a freír espárragos.

Me miró con una sonrisa tierna y puso una mano sobre la mía.

—Quiero que sepas que ver a dos desconocidos enamorarse ha sido uno de los mayores regalos que he recibido en la vida.

Me quedé helado.

—¿A qué te refieres?

Sonrió con sorna.

—Por favor, Jacob. Mi trabajo consiste en saber cuándo no es real. Y también cuándo lo es.

47

Briana

Había llegado el día de la operación. Mi madre y yo llegamos la noche anterior para que ingresaran a Benny. Jacob vendría con Zander en coche.

Me comí un bagel seco del bufet del hotel, me tomé un descafeinado y conseguí que todo se mantuviera en el estómago. Me había dado cuenta de que tenía menos náuseas si no se me quedaba el estómago vacío, de modo que me llevé una caja de cereales conmigo y me comía unos cuantos cada par de minutos, como si estuviera alimentando un fuego.

Intenté no pensar en adaptarme a ese embarazo. No sabía si iba a ser algo a largo plazo. No sabía si al cabo de una semana seguiría llevando encima una caja de cereales. Lo sobrellevaba como podía y no me permitía pensar más allá de cada día. De cada minuto. De cada segundo.

Cuando llegamos al hospital, mi madre fue a la cafetería corriendo para comprarme un té. Me dirigí a la sala de espera de quirófanos y me encontré a Alexis sentada en una de las sillas grises. Casi me abalancé a los brazos de mi mejor amiga.

—Gracias por venir.

Se lo había contado todo la noche anterior por teléfono, sentada a solas en el aparcamiento del hotel, en el coche, mientras mi madre dormía. Alexis pensaba venir al hospital una vez que Benny y Jacob salieran de recuperación, pero después de hablar, cambió de planes y apareció por la mañana.

—Zander acaba de pasarse por aquí —me dijo por encima del hombro—. Ha ido a hablar con el cirujano. Jacob ya ha ingresado.

Me bastó oír que estaba cerca para que se abriera el grifo de nuevo. Me dejé caer en una silla y enterré la cara en las manos.

Me sentía como una esponja. No podía dejar de llorar. Y hasta lo más mínimo me estrujaba. Sabía que no estaba bien de la cabeza. Casi no podía funcionar, y nada mejoraba las cosas.

Ma daba igual que Benny fuera a conseguir el trasplante ese día. Me daba igual que siguiera embarazada, de casi seis semanas ya, o que diera la impresión de que Jacob seguía queriéndome…, de momento. Por más cosas buenas que estuvieran pasando a mi alrededor, el miedo me absorbía y me retenía en su oscuro interior. Todo parecía imposible. Y no sabía cómo no sentirme de esa forma.

Me percaté de que Alexis se sentaba a mi lado.

—¿Sigues pensando en cortar con él? —me preguntó en voz baja.

Sorbí por la nariz y asentí contra las manos.

—Ay, Briana.

—Lo sé.

Era lo único que podía decir.

—Es normal tener miedo —dijo con ternura—. Te han hecho daño, cuesta sentirse segura de nuevo. Te apartas porque es un acto reflejo.

Me sequé las lágrimas con la parte superior de la camiseta.

—A lo mejor ese acto reflejo es la única manera de conseguir que no vuelvan a hacerte daño.

—A lo mejor ese acto reflejo es lo único que te impide ser feliz.

La miré y ella me devolvió la mirada con firmeza.

—Bri, eres la mujer más valiente que conozco. Muy valiente.

Me tembló la barbilla.

Extendió una mano, sacó unos pañuelos de papel de una caja y me los puso en las manos.

—Te quiere de verdad. Me di cuenta incluso antes de conocerlo. Me di cuenta por cómo hablabas de él de que te quería. Incluso Daniel se dio cuenta.

Aferré con fuerza los pañuelos de papel en el regazo un momento, con la vista clavada en los puntos translúcidos que mis lágrimas creaban al caer sobre ellos.

—Tengo que irme —dije con un hilo de voz—. Tengo que verlo antes de que se lo lleven a quirófano.

Hice acopio de las pocas fuerzas que me quedaban y me puse en pie.

Alexis me miró desde el asiento.

—¿Bri? Cuando te diga que te quiere, créetelo. Sé valiente y créetelo.

Tomé una honda bocanada de aire y asentí, aunque sabía que no lo haría.

Recorrí los pasillos hasta dar con su habitación. A Jacob se le iluminó la cara nada más verme. Hizo que me sintiera culpable, fatal y agotada.

Llevaba un camisón de hospital y lo tapaba una manta hasta la cintura. Su preciosa cara tenía una expresión cansada y tal vez un poco ansiosa. Pero sobre todo penetrante. Como si esperase ver algo en la mía que yo sabía que no iba a encontrar.

Me senté en el sillón junto a la cama mientras terminaban de ponerle la vía. Era uno de esos silencios en los que siempre había creído que acordábamos sernos inofensivos. El problema era que yo no lo estaba siendo. Y no confiaba en que él no lo fuera conmigo.

Cuando la enfermera terminó y por fin nos dejó a solas, me tendió una mano. Me acerqué todo lo que pude a la cama. Le cogí la cálida mano y él entrelazó nuestros dedos antes de darme un apretón. Se inclinó hacia mí y me besó la coronilla, y tuve que cerrar los ojos con fuerza.

—¿Cómo estás? —susurró.

—Mejor —mentí.

Levanté la cabeza para mirarlo a la cara. A esos tiernos ojos marrones. A esa cara que me había hecho olvidarme de la precaución y del miedo.

Quería regresar a esa época. Contar con la bendición del olvido.

Pero no podía.

—¿Cómo te sientes? —le pregunté, obligándome a entablar conversación—. ¿Estás nervioso?

Me sostuvo la mirada.

—No me asusta lo que va a pasar ahí dentro. Me asusta que no estés aquí cuando salga.

Me tembló la barbilla y tuve que apartar la mirada.

—Te quiero —dijo.

Las lágrimas se me agolparon en los rabillos de los ojos.

—Briana, el amor se demuestra, ya lo sabes. Y aunque me mantengas alejado de ti, mi corazón siempre estará a tu lado. Déjame estar donde tú estés, no te pido más.

Me eché a llorar de nuevo.

—Yo también te quiero —repliqué—. De verdad que sí.

Apoyé la cabeza en la cama, y él me puso una mano en el pelo, y nos quedamos así, en silencio. Y tuve la sensación de que se alegraba de conseguir eso, por poco que fuera.

Una enfermera descorrió la cortina.

—Muy bien, pues ya nos vamos. ¿Estamos listos?

Jacob asintió, pero no apartó la mirada de mí en ningún momento. Cuando empezaron a sacar la cama de la habitación, me levanté para andar a su lado. Le sujeté la mano hasta llegar a las puertas de doble hoja tras las cuales solo podía entrar el personal autorizado. Me incliné y le di un beso con los labios tensos mientras intentaba no echarme a llorar.

Quizá Jacob y yo acabaríamos en la fecha prevista. Tal como siempre habíamos planeado. Solo que a esas alturas no había nada falso. A esas alturas todo era demasiado real.

—Tengo una cosa para ti —dijo. Me dio un paquete plano envuelto en papel marrón que tenía debajo de la manta.

Me sequé las mejillas.

—¿Qué es?

—Es algo que quiero que tengas. Te he marcado dónde debes empezar, pero puedes leer lo que te apetezca.

—¿Me estás regalando un libro?

—Es una historia, sí.

Sorbí por la nariz.

—Vale. —Me lo metí debajo del brazo.

—Si empiezas ahora, terminarás para cuando yo salga. —Me cubrió la mano con la que aferraba la barandilla de la cama con una de las suyas—. Te quiero —repitió—. Siempre te querré. Pase lo que pase.

Después empujaron la cama para atravesar las puertas y desapareció.

No quería esperar con mi madre, con Zander y con Alexis en la sala de espera. Necesitaba un momento a solas. De modo que seguí las indicaciones para llegar a la capilla del hospital y me senté en una banca.

La capilla era muy tranquila y estaba en silencio. Había una enorme vidriera azul sobre un pequeño altar. Flores. No había nadie más dentro, y mejor así, porque seguramente iba a ponerme a llorar, ya que parecía incapaz de parar.

Me coloqué el paquete que Jacob me había dado sobre las piernas y lo miré sin verlo.

El envoltorio estaba sujeto por un cordel marrón. Tiré de los extremos con dos dedos, deshice el nudo y aparté el papel. Era un cuaderno.

Un diario.

Su diario.

—Madre de Dios… —susurré al tiempo que lo levantaba.

Acaricié la tapa de cuero marrón con un dedo. Tenía sus iniciales grabadas. El cuero estaba muy suave después de tanto uso y todo el conjunto casi parecía cálido en mi mano, como si hubiera absorbido su esencia después de tantas horas escribiendo en él.

Lo abrí por la página marcada con un pósit verde. En él se leía: «Este fue el día que te conocí. Empieza aquí».

Quería que leyera su diario.

Me había quedado sin aliento.

No podía leerlo. Me parecía una especie de violación. Allí estaban sus pensamientos más íntimos, era mucho más invasivo que mirar su historial de navegación, no podía hacerlo.

Sin embargo, él quería que lo hiciera. No podía darle mucho más en ese momento. No podía prometerle nada, ni siquiera que en el futuro pudiera hacerlo. Pero al menos era capaz de leer el diario. De modo que lo abrí por la página marcada, inspiré hondo para tranquilizarme y empecé a leer.

Era una historia de amor. Nuestra historia de amor.

El día que me conoció y la primera vez que me vio.

Era tan guapa que me pilló desprevenido. Me quedé allí plantado, me olvidé hasta de lo que estaba haciendo...

Había escrito sobre lo sorprendido que se quedó cuando le dije que llevara cupcakes y lo agradecido que se sintió. Sobre lo mucho que lo animó que le contestara a su primera carta. Después había un resumen de cada carta que le había escrito y de los sentimientos que le habían provocado. Describía lo mucho que atesoraba cada una de ellas y el lugar donde las guardaba: un cajón especial de su mesa.

La vez que le mandé un mensaje privado en Instagram y cuando habló conmigo en la terraza del restaurante bajo la lluvia... ¿Estuvo sentado bajo la lluvia? ¿Solo para hablar conmigo? Se lo comieron los mosquitos. Recordaba eso, verle todas las picaduras en los brazos. Ese detalle no me lo contó.

Me eché a reír cuando llegué a la parte en la que describía que se obsesionó durante horas sobre qué comer en el almacén de suministros conmigo. Después estaba el momento en el que decidió donarle el riñón a Benny y que lo hizo por mí. No por Joy. Ni por Benny. Por mí.

Verla tan feliz al enterarse de la noticia ha hecho que merezca la pena todo lo que voy a pasar, solo por eso...

Había escrito que se le aceleraba el corazón cada vez que me veía al otro lado de Urgencias o cada vez que yo lo tocaba, lo mucho que le estaba costando fingir que no se estaba enamorando de mí.

Siento que mi corazón la está envolviendo de un modo que se escapa por completo a mi control y que no podré

deshacer. Soy incapaz de contenerlo, soy incapaz de hacerme el tonto y soy incapaz de frenarlo. Ni siquiera quiero
hacerlo...

Después cuando me pidió salir y lo rechacé, y lo mucho que
eso lo destrozó, pero no quería rendirse, de modo que me siguió
a Wakan.

Tenía que ir. Me daba igual salirme de mi zona de confort o que el simple hecho de preguntar si podía ir fuera
inapropiado, porque un día sin ella es un día malgastado.
Y un día normal ni siquiera me ofrece todo el tiempo que
me gustaría...

Luego el momento en el que se dio cuenta de que estaba
enamorado de mí. Yo estaba dormida, borracha, y él me abrazaba delante de la chimenea en Grant House. Decía que la espalda
le estuvo doliendo una semana por estar apoyado en el arca,
pero que pudo abrazarme, así que valió la pena.

Es curioso pensar que incluso estar allí sentado en el suelo con ella, incómodo y cansado, era mejor que estar sentado en cualquier parte del mundo sin ella. Ni siquiera quería
dormirme, porque prefiero estar despierto y con la mujer a
quien amo a arriesgarme a estar solo en mis sueños...

Después al día siguiente hablamos por el teléfono y al final
el silencio se extendió entre nosotros. No cortó la llamada porque no soportaba ser él quien colgase. Yo creía que se había
olvidado de colgar. Pero no fue así: no quería despedirse de mí.

Me quedé allí, escuchando. Me quedé sentado pensando que tenía suerte de seguir con ella en el silencio. Y me
di cuenta de que eso era el amor verdadero. Aferrarse incluso a los momentos robados que se supone que no debes
tener...

Había escrito que le encantaba poder oler mi perfume en su ropa, también sobre una vez que lo besé en la mejilla y que fue un mundo para él. Describía lo mucho que le costaba no tocarme. Lo mucho que le gustaba hacerme reír. Los distintos detalles que había intentado tener conmigo.

> Hoy le he mandado flores a Briana. Siempre le llevo cosas porque sí. Aunque con ella nada es porque sí. Hay mil motivos en cada segundo de cada día...

Que detestaba verme mandarle mensajes a Levi. Había una entrada muy larga de la mañana de la despedida de soltero, asegurando que no pudo dormir porque le preocupaba que yo quisiera a otro. Después otra entrada muy larga de la noche posterior a lo del futón en el sótano. Su confusión, su miedo y su dolor. Era como estar con él, viéndolo a través de sus ojos, sintiendo lo mismo que él.

Y después estábamos juntos.

Y él fue feliz, muy feliz. Tenía menos tiempo para escribir porque pasaba gran parte conmigo.

> Creía que había estado enamorado antes. Lo llamé «amor», creía que era amor. Pero Briana es la lección. Ella es la que me ha enseñado lo que de verdad se siente al vivir para otra persona...

Después vi a Nick y a Kelly.

Jacob escribió páginas y más páginas sobre lo que sintió cuando me negué a hablar con él. Sobre el miedo que lo atenazaba por la idea de estar perdiéndome. Aseguraba estar dispuesto a hacer cualquier cosa con tal de recuperarme y que se le partía el corazón al verme tan triste y que me echaba muchísimo de menos y se sentía impotente.

> Cuando se distancia de mí, me atormenta. Aún la siento a mi alrededor, pero no puedo verla ni tocarla, y sé, sin el menor atisbo de duda, que no puedo seguir así el

resto de la vida. Esto no es vivir. Nada tiene sentido sin ella...

Esa parte fue muy dura. Me dejé el diario bocabajo sobre un muslo. Tardé un minuto en recuperar la compostura. Cuando lo hice, lo cogí de nuevo mientras me secaba los ojos.

Y en ese momento estaba en mi casa y yo le contaba lo del bebé. Era feliz.

Sonreí pese a las lágrimas.

Se preocupaba por mí y por el embarazo, pero dijo que me quería y que estaría conmigo pasara lo que pasase. Había buscado en Google cunas, carritos para bebé y un cojín de embarazo para mí, y había pedido piruletas en Amazon que se suponía que ayudaban con las náuseas. Eso me hizo reír y llorar a la vez. Estaba emocionado. Quería cuidarme.

No era como Nick. No deseaba que el bebé desapareciera. Me quería. Nos quería.

Cuando por fin llegué a la última entrada, habían pasado horas y estaba llorando a lágrima viva. Encontré un sobre y lo abrí con manos temblorosas.

Queridísima Briana:

Sé que estás asustada. Tienes todo el derecho a estarlo. Pero algún día, dentro de varias décadas, cuando nuestros nietos ya sean adultos y peinemos canas, y hayamos pasado una vida siendo inofensivos el uno para el otro, encontrarás esta carta amarillenta y arrugada, olvidada en una caja de zapatos. La leerás y recordarás lo asustada e insegura que te sentiste en un momento dado. El pánico que te daba entregarte a alguien, lo mucho que te costaba confiar de nuevo... y sonreirás. Porque yo seguiré aquí. Y todavía estaremos enamorados.

Siempre tuyo,

JACOB

En ese momento me derrumbé por completo. Solté la carta y sollocé contra las manos.

Me había dejado ver su alma. Y lo único que había en ella era «nosotros».

Supe en ese preciso momento que superaría todo aquello.

Tenía que dejar de aferrarme a mi antigua vida, a mis antiguas inseguridades, a mis miedos y a mis cicatrices, porque de lo contrario iba a perder lo mejor que me había pasado en la vida.

Iba a perderlo a él.

A lo mejor no estaba preparada. A lo mejor nunca estaría preparada del todo. Pero iba a hacerlo de todas formas.

Iba a ser valiente.

48

Jacob

$\mathcal{M}$e desperté de la anestesia como de un sueño que no recordaba. Me desperté y luego caí de nuevo. El pitido de las máquinas en la niebla. La sensación de una cama que me llevaba de una habitación a otra. Murmullos. Luces en un pasillo. Una voz que conocía, otra que no. La que conocía no terminaba de ubicarla, pero me sentí tranquilo al oírla, y supe que alguien que me quería estaba en la habitación. Después me dormí de nuevo. Y luego me desperté y me desperté un poco más, y ella estaba allí, sujetándome la mano. La miré hasta que pude enfocar la vista.

—Hooola, estás aquí…

Sonrió. Era una sonrisa distinta. Más deslumbrante.

Se inclinó hacia delante y me dio un largo beso en la cara, y no terminaba de recordar por qué era tan importante eso, pero sabía que lo era.

—Eres guapísima… —dije. O era lo que creía haber dicho. Me dio la sensación de que no me había salido muy bien.

Sonrió con más ganas.

—Siempre tirándome los tejos. No hables todavía. Acabas de despertarte.

Cerré los ojos. Me dormí de nuevo.

Parecía que había transcurrido el tiempo cuando me desperté. Estaba en una habitación distinta. Seguía desubicado, pero no tanto. Una enfermera me estaba tomando las constantes vitales. Briana seguía sujetándome la mano.

La enfermera terminó, y yo intenté incorporarme.

—No, no, no. Quédate tumbado. —Briana me puso una mano en un hombro con cuidado.

Hice una mueca.

—¿Por qué tengo la sensación de que me ha atropellado un camión? —Mi voz sonaba muy cascada, y recordé que me habían intubado.

—Te hemos quitado el riñón. Dijiste que podía ser mío, ¿recuerdas?

—Solo uno, ¿no? —Me cambié un poco de postura e hice otra mueca de dolor.

—Le diré a la enfermera que te dé morfina.

—¿Volveré a tener dieciséis de nuevo? —pregunté con voz cansada—. ¿Me habré desmayado en un maizal por la borrachera de Jägermeister?

Se echó a reír y me apoyó la barbilla en la mano, que tenía sobre la cama.

—Que sepas que por poco no me dejan pasar. Dijeron que tenían que esperar a que te despertases para preguntarte. Solo me lo han permitido porque en la documentación de ingreso me pusiste como tu esposa.

La miré con una sonrisilla cansada.

—Intento que las cosas que deseo se manifiesten al hablar de ellas.

—¿Y deseas una esposa?

—Solo si eres tú.

Me miró con ternura.

—Estoy abierta al diálogo.

El corazón se me aceleró. Los dos lo supimos porque el monitor de frecuencia cardiaca empezó a pitar descontrolado.

Se acercó más a mí.

—Voy a mudarme a tu casa si te parece bien —dijo—. ¿Podemos empezar por ahí? ¿Ir despacio?

Le sonreí en silencio.

—Sí, me gustaría. Pero ¿por qué no buscamos otra casa? Así también sentirás que es tuya.

Se le suavizó la mirada.

—Jacob, no te gustan los cambios. Las mudanzas son estre-santes.

—Me da igual. Lo haré por ti. Podemos poner el nombre de ambos en la escritura... o solo el tuyo si eso hace que te sientas mejor.

Se mordió el labio y asintió.

—Vale. Gracias.

Le di un apretón en la mano. Ella me lo devolvió.

—Iré a recoger a Teniente Dan a casa de tus padres y cuida-ré de él hasta que vuelvas a casa —dijo.

—Gracias.

—Y también te cuidaré las plantas.

—Nooo —repliqué, alargando mucho la palabra, y ella se echó a reír.

Me pesaban mucho los párpados. Los cerré un segundo antes de abrirlos de nuevo.

—¿Cómo está Benny? —pregunté.

—La operación ha ido bien. Sin complicaciones. Su nuevo riñón ya está produciendo orina.

Levanté una ceja.

—¿En serio? ¿Tan pronto?

Se encogió de hombros.

—Es una compatibilidad del cien por cien.

—Alguien me dijo en una ocasión que la compatibilidad per-fecta no existe.

Me sostuvo la mirada.

—Esta sí existe.

Nos miramos fijamente un buen rato. Después se puso en pie y apoyó la frente en la mía antes de cerrar los ojos. Yo tam-bién los cerré. Seguía un poco ido y la oscuridad tras los párpa-dos hacía que todo pareciera un sueño.

—¿Lo has leído? —le pregunté susurrando.

Asintió con la cabeza.

—Sí, lo he leído.

—Me gusta Ava si es una niña —dije al tiempo que abría los ojos para mirarla.

—¿Ava Xfinity?

—Ava Xfinity Ortiz —confirmé, recalcando el apellido.

Se rio antes de sentarse de nuevo. Levanté una mano para tocarle la cara. Ella volvió la cabeza y me besó la palma, y supe que mi pesadilla había terminado. Había regresado conmigo.

—Lo siento mucho, Jacob —susurró—. Estaba muy asustada.

—Lo sé. —Le froté la mejilla con el pulgar—. Sé que lo estabas. Pero también sabes que me cuesta lo de las interacciones sociales, ¿verdad? ¿Y que tú me ayudas con eso? —pregunté en voz baja.

Sorbió por la nariz y asintió.

—Sé que a ti te cuesta confiar en los demás. Así que yo te voy a ayudar con ello.

Después me quedé tumbado, observándola. Disfrutando de la paz y de la tranquilidad que únicamente sentía estando solo… y también con ella.

—¿Qué pasa? —me preguntó.

—Me da miedo que solo esté drogado y que nada de esto sea real.

—Está pasando de verdad, Jacob.

Cerré los ojos.

—¿Cómo puedo estar seguro?

—Porque el amor se demuestra. Y yo te lo estoy demostrando.

Epílogo

Jacob

Dos años después

—La frase de hoy es: «Las cosas se consiguen despacio y con constancia».

Miré a Briana con una sonrisa.

—¿En serio? ¿Crees que voy a necesitar una frase? ¿Precisamente hoy?

Tenía a Ava en brazos, apoyada en una cadera. Llevaba un vestidito de tul amarillo con un lazo a juego en la cabeza. Intentaba meterse en la boca la flor que yo llevaba en el ojal, de modo que la cambié de lado.

Briana me dirigió una mirada elocuente.

—Creo que precisamente hoy la necesitas más que nunca. Hay unas veinte personas ahí fuera. —Señaló el patio trasero con la cabeza.

—Mi familia más cercana y la tuya. Jessica, Gibson, Zander y su marido, Alexis y Daniel. Creo que soy capaz de soportar eso.

Se encogió de hombros.

—Si tú lo dices… Pero usa la frase si la necesitas. —Se llevó las manos a la espalda y se colocó bien la cola del vestido de novia.

La boda se iba a celebrar en nuestra cabaña. Habíamos terminado de remodelarla el año anterior y decidimos que la ceremonia y el banquete se celebrasen en el jardín, delante del lago. Habíamos contratado a una organizadora de bodas y había una elegante carpa preparada para el banquete. Salvo por eso, nuestra boda no tenía nada de tradicional.

Estábamos esperando el uno al lado del otro junto a la puerta trasera a que todos los invitados terminaran de sentarse, porque yo iba a acompañar a Briana al altar. No le gustaba la idea de que alguien la llevase hasta mí como si fuera «una propiedad que cambiara de manos», cito textualmente. Briana quería que apareciéramos siendo iguales. Y a mí me provocaba menos ansiedad que estar de pie delante de todo el mundo a la espera de que ella llegase.

No habría una mesa principal para los novios a la que todos mirarían durante toda la noche. Nos sentaríamos con nuestros mejores amigos y sus parejas en una única mesa. No habría un primer baile, bailaríamos con todos los demás. Nada que pusiera el foco directamente en nosotros —en mí— salvo la ceremonia. Queríamos celebrar nuestra unión con nuestras familias y nuestros amigos, y Briana sabía lo que yo necesitaba para sentirme cómodo, motivo por el que estaba casi convencido de que no iba a tener que usar esa frase para ganarme un respiro. Era una de las muchas razones por las que la quería con locura.

Sonreí y la miré, allí de pie con su vestido blanco y el ramo de flores.

—¿Seguro que quieres casarte conmigo? —le pregunté—. Ya no me quedan órganos que donar.

—Lo pensé y eso casi me hizo cambiar de idea. Pero luego fuiste y te cambiaste el apellido a Ortiz y lo complicaste. Si no me caso contigo ahora, quedaría como una imbécil. —Dibujó un mohín con los labios.

Me eché a reír. Había hecho muchas cosas a lo largo de esos dos años para asegurarme de que Briana sabía que esa relación no se parecía en nada a su anterior matrimonio.

Seguía con el mismo PIN en mi móvil: el suyo. Íbamos a terapia de pareja una vez al mes, solo para asegurarnos de que manteníamos abierta la comunicación y de que yo no me despistaba en cuanto a lo que ella necesitaba de la relación para sentirse segura. También había ido a terapia sin mí, para lidiar con algunas de las emociones que le habían dejado su anterior matrimonio y su infancia.

Era bueno que dispusiéramos esos cimientos, porque sufrió una breve depresión posparto después de tener a Ava. Conseguimos que la superara. Después yo empecé a tener ataques de pánico en el trabajo cuando su permiso de maternidad se acabó y Rosa tuvo que volverse a Arizona para estar con su marido. Dejar a Ava con desconocidos cuando era tan pequeña me ponía muy nervioso.

A Briana le gustaba ir a trabajar y no quería renunciar a la seguridad de un sueldo propio. De modo que lo hablamos y decidimos que yo dejara mi puesto en el Royaume Northwestern para quedarme en casa con Ava hasta que empezase en el colegio. Así que era un amo de casa. Mi salud mental nunca había estado mejor.

Empezó a sonar la canción con la que queríamos recorrer el pasillo: «Falling Up» de Will Heggadon. Era hora de ponernos en marcha, de seguir subiendo y subiendo, tal como ella lo describía.

La organizadora apareció de la nada, hablando por un manos libres.

—¿Preparados?

Briana me miró, con el ramo en las manos.

Sonreí.

—Preparados.

Briana se cogió de mi brazo y yo me coloqué mejor a Ava. La organizadora abrió la puerta de la cabaña, y Briana y yo salimos al porche. Todos se pusieron en pie.

No me gustaba esa parte, porque todo el mundo iba a observarnos. Pero me gustaba muchísimo la parte de casarme con el amor de mi vida, de modo que valía la pena sufrirla.

Recorrimos el pasillo, sonriéndoles a nuestros invitados. Daniel tenía en brazos a su hija, Victoria Montgomery Grant, y estaba al lado del marido de Zander.

Alexis y Zander, nuestros padrinos, nos esperaban bajo la celosía con Teniente Dan, que empezó a botar sobre una pata al vernos aparecer.

Rosa y Gil sonreían de oreja a oreja cuando pasamos junto a ellos. Gibson y su esposa estaban en la misma fila. Gibson todavía no se había jubilado.

Jill y Walter se encontraban con Jewel y Gwen, y tenían a los mellizos sentados entre ellas. Me levanté la pernera de los pantalones para enseñarles con disimulo los calcetines de ardillas que llevaba puestos. Ya tenían ocho años, pero todavía les encantaba.

Ben estaba sentado con mi hermana Jane. Se habían ido a vivir juntos el año anterior. Alquilaron mi antigua casa después de que Briana y yo nos compráramos otra. Nuestra nueva casa tenía mucho sitio para el bebé y un dormitorio de invitados extra para cuando Rosa nos visitara. Teníamos dos arcones congelador repletos de comida salvadoreña.

El trasplante de riñón de Benny salió bien y le iba genial. Corría maratones, había vuelto al trabajo y se había convertido en una parte de mi familia tanto como lo era Briana. Se rumoreaba que Jane y él serían los siguientes. Briana me dijo que le daría el ramo a mi hermana en persona.

Pasamos junto al abuelo, y Briana resopló por lo bajo. Estaba fumando sin esconderse. Mi madre se encogió de hombros como si se hubiera rendido. Mi padre me guiñó un ojo.

Cuando llegamos a la altura de Amy y Jeremiah, sentados en el rincón de la primera fila, me detuve para que Ava se fuera con su tía. Mi hermano pequeño tenía a mi sobrina en brazos, que era unos meses mayor que mi hija. Serían buenas amigas con el tiempo, tal como lo eran Briana y Amy.

Briana le pasó el ramo a Alexis y me cogió de las manos.

Cada uno había escrito sus votos.

El oficiante pronunció unas palabras sobre el matrimonio y sobre amarnos y apoyarnos el uno al otro. Leyó un poema sobre dos personas diferentes que eran perfectas la una para la otra porque completaban las partes que le faltaban al otro. Y después llegó el momento de los votos.

Me había devanado los sesos buscando lo que quería decir. Y al final se me ocurrió lo que creía que era perfecto.

La miré a los ojos.

—Briana, acuerdo serte inofensivo.

Me miró con una sonrisa porque sabía que eso era todo. Era la única promesa que ella necesitaba oír.

Le tocaba a Briana. Esbozó una sonrisa torcida.

—Jacob, acuerdo serte inofensiva.

La sonrisa apareció en mi cara sin más, seguida del escozor de las lágrimas. Y en ese momento no percibí las miradas de todos sobre mí. Estábamos únicamente nosotros dos; como si estuviéramos solos, pero estando juntos, demostrándonos el amor. Porque eso pasaba con el amor: se demostraba. Y yo nunca dejaría de hacerlo.

Besé a la novia.

Agradecimientos

Gracias al doctor Jared Fialkow, especialista en nefrología, por su experiencia, y a las enfermeras de urgencias Terri Saenz Martinez y Kristyn Packard por responder a un millón de mensajes privados sobre la vida en Urgencias de un hospital. Gracias, Liesl Burnes (también enfermera), por los mensajes aleatorios y frecuentes a altas horas de la noche con preguntas raras sobre el hospital. A las lectoras beta Kim Kao, Jeanette Theisen Jett, Kristin Curran, Terri Puffer Burrell, Amy Edwards Norman y Dawn Cooper; y a la revisora de temas sensibles Leigh Kramer: no lo habría conseguido sin vosotras. Gracias a Sue Lammert, psicoterapeuta especializada en traumas; a la doctora Karen Flood y a la doctora Julie Patten, psicóloga colegiada, por ayudarme a describir con sensibilidad y precisión todo lo relacionado con la salud mental que aparece en este libro. Como siempre, asumo la responsabilidad de cualquier error, no es culpa de las personas que me han asesorado.

Gracias de corazón al equipo de Forever por todo lo que hacen: mi editora, Leah Hultenschmidt; la publicista, Estelle Hallick; la diseñadora de la cubierta, Sarah Congdon; la editora de producción, Stacey Reid; Michelle Figueroa, Tom Mis y Nita Basu del equipo de audio, y las innumerables personas que han trabajado tanto para que este libro llegue a tus manos.

Gracias, Valentina García-Guzio, por tu ayuda con el español. Gracias a Stephanie Arndt por la sugerencia del título cuando tuvimos que cambiarlo en el último minuto, y un saludo a Sara Reda por charlar conmigo a través de mensajes privados durante días sobre narradores a los que echarles un ojo para el audiolibro.

Stacey Graham, ¡no puedo creer que ya llevemos cinco libros! ¡Ay, madre! Gracias por traerme hasta aquí, ¡me está encantando el viaje!

Nota de la autora

Cuando mi editora me pidió que escribiera algo para explicar el porqué de los temas que trata este libro, al principio creí que hablaría de mi experiencia con la ansiedad o de mi deseo de construir a mi primera protagonista divorciada. Pero cuando empecé a escribir, me di cuenta de que la historia que quería contar era mucho más personal. De hecho, lo es tanto que casi no puedo hablar del tema todavía.

Así que voy a tomar una honda bocanada de aire.

En 2020, en mitad del horror que estaba teniendo lugar en el mundo entero, empecé a darme cuenta de que se me caía el pelo.

No era algo muy evidente. Era tan insignificante que creí que me lo estaba imaginando. Parecía tener un poco menos de lo normal, nada más. Podía deberse al estrés por la pandemia y por las elecciones, o tal vez tenía un poco de anemia. Mis reglas eran espantosas, así que podría ser eso. Me sentía fenomenal. Empecé a tomar hierro y me dije que si no mejoraba al cabo de unos meses, iría al médico por si las moscas.

Cuando por fin fui a mi médico, se me vino el mundo encima.

Padecía enfermedad renal crónica.

Me la diagnosticaron en cuestión de una semana, junto con una enfermedad autoinmune crónica y progresiva, el motivo de mi estado. Y el pronóstico no era bueno. Me dieron un treinta y tres por ciento de probabilidad de que mi enfermedad renal entrara en remisión, un treinta y tres por ciento de que se quedara como estaba y un treinta y tres por ciento de que acabara en insuficiencia renal al cabo de cinco años. En aquel entonces yo tenía cuarenta.

Pasé de estar totalmente sana, sin necesidad de tomar siquiera vitaminas, a tener citas con un especialista distinto cada semana. Entré en un mundo de procedimientos y tratamientos dolorosos. Me hicieron una biopsia renal. Me recetaron un sinfín de medicamentos. Recibí una segunda opinión. Y una tercera. Detesto las agujas con toda mi alma, pero a esas alturas me estaban haciendo dos e incluso tres analíticas al mes.

Los médicos querían administrarme químio con el fin de suprimir mi sistema inmunitario para detener la degeneración, y me aterraba lo que esos medicamentos le harían a mi cuerpo. Me aterraba tener un sistema inmunitario deprimido durante una pandemia antes de que hubiera una vacuna disponible. Busqué en Google mi enfermedad autoinmune y me topé con un agujero negro compuesto de grupos de Facebook, donde leí historias de personas que acababan con úlceras en los ojos y que perdían todos los dientes. Me puse a llorar en el aparcamiento de un Starbucks cuando me di cuenta de que mi bebida preferida ya no sabía igual por lo que mi enfermedad autoinmune les estaba haciendo a mis glándulas salivales.

Caí en una depresión. Mi mejor amiga estaba tan preocupada por mí que también comenzó a sufrir depresión. Lloraba todos los días, pero todos. Me pusieron una dieta estricta por el riñón y no podía comer los alimentos que me encantaban. Ya no podía tomar AINE, de modo que mis reglas dolorosas se convirtieron en insoportables e insufribles. Mi calidad de vida cayó en picado.

El diagnóstico me destrozó.

Y durante todo ese tiempo nadie supo nada, salvo mi círculo más íntimo. Seguí haciendo publicaciones en redes sociales, promocionando mis libros y comportándome con normalidad de puertas para afuera. Escribí *Parte de tu mundo* durante todo esto, y de alguna manera conseguí terminar el libro que más éxito ha tenido hasta la fecha. Todo parecía maravilloso desde fuera, pero en realidad estaba viviendo mi peor año.

A tus riñones no les gusta decirte cuándo están mal. De hecho, casi nadie demuestra indicios de enfermedad hasta que ya se encuentra en fase tres. Yo tuve muchísima suerte de darme cuenta de que se me caía el pelo y de no esperar más de lo que esperé para comprobar si pasaba algo. Mis riñones todavía no habían sufrido mucho daño, de modo que mis médicos acordaron esperar a ver qué pasaba para darle a la medicación menos agresiva la oportunidad de empezar a trabajar antes de mandarme algo más fuerte.

Sin embargo, durante seis meses las analíticas seguían igual: no estaba mejorando. La ansiedad me comía en los días previos y posteriores. La notificación de los mensajes de correo electrónico con los resultados me provocaba ataques de pánico, porque nunca eran buenas noticias. Mi mundo giraba en torno a mis problemas de salud. Yo era Benny. Y después, de repente y como por arte de magia, las analíticas empezaron a mejorar un poco.

Intenté no crearme esperanzas, pero al mes siguiente los números bajaron todavía más. Cada vez que llegaban los resultados de las analíticas, había una mejora con respecto al mes anterior. Empezó a crecerme de nuevo el pelo y mi enfermedad autoinmune se quedó en pausa, y el café empezó a saberme de nuevo bien... y tras eso ¡puf! Un año después del diagnóstico, entré en remisión. Recuperé mi vida. Sin más. Tendré que medicarme lo que me queda de vida, tendré que vivir siempre con mi enfermedad autoinmune, que podría reaparecer en cualquier momento, pero la remisión total te da un pronóstico maravilloso. Creo que ni mi médico se esperaba lo que pasó. Tuve mucha, muchísima, suerte.

Siempre he apoyado sin tapujos la donación de órganos. De hecho, la menciono en casi todos mis libros. Pero ahora comprendo a la perfección la otra parte y el impacto que necesitar un trasplante tiene en la vida de la persona que lo recibe. Sé lo que es vivir cientos de posibilidades. Que te preocupe no recibir un órgano si lo necesitas. Ver tu mundo reducirse cada vez más a medida que el declive de tu salud te va cercando... Y volqué todo eso en *Siempre tuyo*. Sabía que quería que nuestro protagonista fuera la clase de hombre que yo estuve a punto de necesitar, de modo que convertí a Jacob en un donante de riñón. Incluí el impacto psicológico de una enfermedad crónica que cambiaba la vida en el libro, no solo con Benny, sino también con Briana, que observaba impotente su sufrimiento, porque cuando tienes a personas que te quieren, sufren contigo.

Todos mis libros se componen de fragmentos de mi vida. Algunos los reconocerás gracias a mis redes sociales. Algunos no los reconocerás nunca. Tal como dice Jacob, somos mosaicos. Estamos hechos de todas las personas a las que hemos conocido y de todas las experiencias que hemos vivido. Hay partes de nosotros que son coloridas, oscuras, lacerantes y hermosas. Todos mis libros son mosaicos con trozos de mí y de mis experiencias vitales, unidos con toques de ficción. Para entretenerte. Para ayudarte a evadirte. Para educarte y, con suerte, cambiar tu forma de ver el mundo y lo que le aportas. Tengo la esperanza de que, gracias a este libro y a haber compartido mi historia, algún día consideres la donación de órganos. Cambia vidas.